U0055740

小不點

關於藝術與革命、愛與回憶、階級與決心

EDWARD CAREY 愛德華·凱瑞

A NOVEL

Little

一個人稱

小不點

的女僕

關於她非凡的人生故事與歷史冒險

情節包括：走過三個國家、失去孩子、失去父母、猴子的鬼魂、裁縫人臺、木娃娃、大量假人、一位國王、兩位公主、七位醫生、徒步走遍巴黎的男子、原本是店鋪人偶的男子、他的媽媽成為富婆、蒐集殺人犯的男子、數位知名哲學家、英雄與禽獸、所有舉足輕重的人物、一棟比一棟大的房屋、進步、退步、大家庭、重要歷史場景、知名人士、不知名人士、愛、恨、屠殺無辜人民。目睹：

謀殺、支解、

街頭喋血、慘劇、監獄、

家破人亡、婚姻、

捕捉並保存記憶、

災難日常展示、

歷史歸屬。

主角親筆

撰寫

另附：

主角親筆繪製插圖。

使用石墨、炭筆、黑堊*。

※素描圖：她的鉛筆。

*注：黑堊（black chalk），可作為蠟筆或顏料使用的炭質黏土、頁岩或石板。

獻給伊莉莎白

序幕

1761～1767

小村莊

從出生到六歲

1

我出生的經過以及我的父母。

五歲的沃爾夫岡．阿瑪迪斯．莫札特寫出大鍵琴小步舞曲的同一年，英國從法國手中奪走印度朋提謝里區的同一年，〈一閃一閃亮晶晶〉這段旋律首度問世的同一年，那一年，也就是一七六一年，巴黎人在沙龍裡述說各種傳奇故事，城堡裡的野獸、長著藍鬍子的男人、長睡不醒的美女、穿長靴的貓、玻璃鞋、長著一簇亂髮的兒子、裹著驢皮的女兒。而在倫敦的俱樂部，大家談論國王喬治三世與與夏洛特王后的加冕典禮；而在距離這些活動非常遙遠的地方，有座位在亞爾薩斯的小村莊，在一位氣色紅潤的產婆與兩名村姑的見證下，一個驚恐的母親生下太過嬌小的寶寶。

這個孩子匆忙受洗之後命名為安．瑪麗．葛羅修茲，不過我將簡單稱她為瑪麗。剛出生時，我非常小，像媽媽將兩隻小手捧在一起一樣大，所有人都認定我一定活不久。儘管如此，出乎大家的意料，我不但撐過了第一個夜晚，還繼續呼吸，活過了一整個星期。接下來，我的心臟持續穩定跳動，毫無間斷，就這樣度過我人生的第一個月。腦袋長得像豬頭的迷你嬰兒。

我出生時，寂寞的媽媽才十八歲，她身材嬌小，身高不足五尺，是神職人員的女兒。這位神職人員，我的外公，因為天花而喪偶，生性非常嚴苛，脾氣暴躁，總是一身黑袍，從來不准女兒離開視線。他過世之後，我媽媽的人生從此改頭換面。媽媽開始認識很多人，村裡的許多男人來追求她，其中有一位士兵。這位士兵稍微過了一般人成家的年紀，卻依然單身，因為他見識過太多可怕的事、失去過太多同僚，因此性情憂鬱，他喜歡上媽媽；他相信兩個人一起悲傷也算是幸福。她名叫安娜—瑪麗亞．沃特納。他名叫約瑟夫．喬治．葛羅修茲。他們結婚了。我的父母。有愛、有歡喜。

我媽媽有個大鼻子，羅馬風格。我爸爸則有個往上翹的強壯下巴，至少我這麼認為。然而，婚後不久，我爸爸的休假結束了，他重回戰場。媽媽的鼻子和爸爸的下巴相識才不過三個禮拜。

一開始他們便彼此相愛，一直相愛。父母對彼此的愛呈現在我的臉上。我生來便擁有沃特納的鼻子與葛羅修茲的下巴。這兩個特色各自便足以引人注目，讓這兩個家族的人長相個性十足；然而，放在一起的效果卻不太好，彷彿太過暴露，連不該露的地方也露了。小孩會照自己的樣子生長。有些是毛髮生長的天才；有些年紀輕輕就開始長牙；有些滿身雀斑；有些出生時如此潔白，看到的人都會嚇一跳。我則用鼻子和下巴開出我的人生道路。

當然啦，那時候我還不知道未來將見識到多麼奇特的身體、住在多麼堂皇的建築裡、經歷多麼血腥的事件；然而，在我看來，我的鼻子和下巴已經預先知曉了。鼻子和下巴，多麼堅固的人生盔甲。鼻子和下巴，多麼優秀的伙伴。

我這種社會階級的家庭不會送女兒去上學，所以媽媽親自藉由上帝教育我。聖經是我的啟蒙讀物。我幫忙搬柴、去森林撿火種、洗碗、洗衣、切菜、拿肉。我掃地。我清潔。我搬運。我永遠忙個不停。媽媽教我要勤勞。媽媽只要有事可忙就很開心；每當徬徨不安襲上心頭，只有找新的事情做才能驅除。她總是時刻勞動，忙碌非常適合她。

「去找事情做。」她經常這麼說。「一定能找得到。妳爸爸遲早會回家，到時候他會說妳好乖、好有用。」

「謝謝妳，媽媽。我要做有用的人，我會做到。」

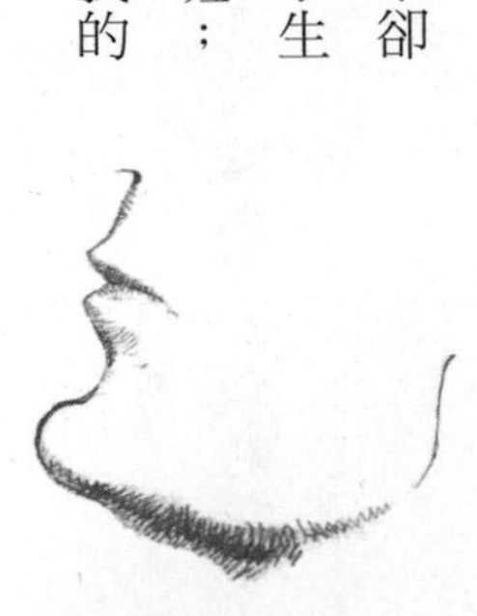

「多可愛的小人兒。」

「是嗎？我是小人兒？」

「沒錯，我的寶貝小人兒。」

媽媽幫我梳頭時非常用力。有時候，她會摸摸我的臉，或拍拍我的軟帽。她可能不是太漂亮，但我覺得她很美。她的一邊下眼瞼有顆痣。真希望我記得她的笑容。印象中，她確實會笑。

五歲時，我的身高和鄰居家的老狗一樣。接下來我會長到門把的高度，我很喜歡磨蹭門把。接著，我的身高會長到一般人心臟的部位，然後就此停止。村裡的婦女來看我，吻我的時候，她們偶爾會喃喃說：「以後不容易找丈夫喔。」

滿五歲的生日那天，親愛的媽媽送我一個娃娃。她的名字叫瑪塔；我自己幫她取的名字。我非常熟悉她小小的身體，大約是我的六分之一；我完全瞭解她，因為我經常拿著她玩耍，有時候粗魯，有時候非常溫柔。我拿到她的時候，她沒有衣服也沒有臉。她由七塊木片組成，組合在一起之後，會呈現出大致類似人體的形狀。除了媽媽之外，瑪塔是我和世界最初的親密接觸；我去哪裡都帶著她。我們在一起很幸福：媽媽、瑪塔、我。

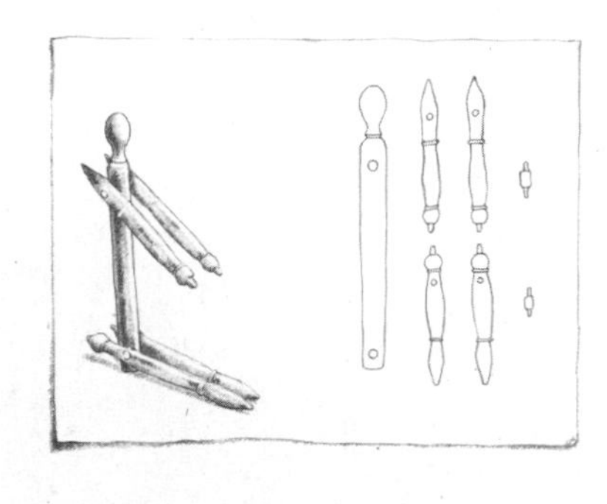

2

◆◆◆

葛羅修茲一家。

最初的那幾年，爸爸一直不在，軍隊一直找藉口不讓他休假。他又能怎麼辦？他就像可憐的蒲公英種子，軍隊把他往哪裡吹，他就只能往哪裡飛。他雖然不在，但我們沒有忘記他。有時候，媽媽會要我坐在火前的四腳凳上，跟我說爸爸的事。我非常喜歡說爸爸這個詞。有時候，媽媽不在的時候，我會偷偷練習，對著爐臺、椅子、五斗櫃或樹木叫爸爸，對那些東西鞠躬或擁抱，準備有一天可以迎接爸爸。整個村子裡到處都有爸爸的蹤影：他在教堂裡；他在牛棚邊。媽媽說過，爸爸是個正直的人。就算他永遠不回家，我們心裡也要記住他是這樣的人。

但後來有一天，他回來了。真正的爸爸被迫退役——不是在戰場上受傷，因為那一年歐洲沒有打仗，而是在遊行時被故障的大砲打傷。那尊大砲在一七六二年的弗萊貝格戰爭中受損，後來八成只是隨便修理一下。那尊故障的大砲一出現，就害我的人生天翻地覆。某次禮拜日遊行，也是那尊大砲最後一次登場，人們原本要發射禮炮，但大砲卻嚴重堵塞，逆向噴發硫磺、碳粉、硝石以及滾燙的金屬，形成一道很寬的弧形。爸爸不巧就在那個弧形的範圍裡，因此終於獲准回家。

媽媽既開心又擔心，都快發瘋了。「妳爸爸要回家了！很快他就會康復。一定會。妳爸爸回來了，瑪麗！」

然而，回到家的那個人卻是被人推進門。回到家的爸爸是坐在輪椅上的爸爸。爸爸發黃的雙眼濕潤，那雙眼睛似乎完全不認得站在眼前的妻子。當妻子開始發抖哀號，那雙眼睛依然毫無變化。爸爸頭頂沒有頭髮，炸膛的大砲轟掉了他的頭皮。不過，輪椅上那個可憐人最大的問題，是少了下頷骨，人類臉部最大的一塊骨頭，通常稱為下顎。

說到這裡，我必須招認一件事：是我擅自認定下巴像爸爸。如果不是像他，我怎麼會有如此顯眼又礙眼的下巴？我從來沒見過爸爸，但正因為如此，我更希望身上能有他的特徵，這樣才能天天確認我是他的女兒、他是我的爸爸。現在我已經不太確定，究竟是他回來之後，因為太渴望他有下巴，所以我才開始宣稱下巴像他，還是一直都這麼相信——畢竟童年已經離我太遙遠，當時的那些人也早就鞠躬下臺了。但少了下巴確實是個問題，我渴望能夠理解，也渴望能看到他完整的面貌。那個人，我重傷的父親。我希望能看到他健全的模樣，於是幻想我的臉能夠補足那張臉，因為我眼前的那張臉是如此悲慘、如此毀壞。

爸爸回家之後，我得以一窺我的未來。一扇小小的窗開啟，輕聲呼喚。

輪椅上那個人雖然缺了下顎，但裝上了一片銀板取代。那片銀板做成一般人臉龐下半部的模樣。銀板是開模製作的，因此可以合理推斷，應該有許多不幸的人有著和爸爸一模一樣的銀下巴。那塊銀板可以拆下來。爸爸變成兩部分，可以裝回去，但會有點痛。

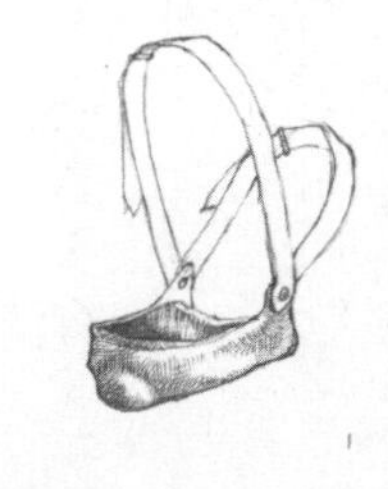

可憐的爸爸不知道自己身在何處。他認不得自己的妻子，也不知道那個默默看著他的小女孩是他的親生女兒。

媽媽雇用產婆來幫忙，她非常親切，總是喘不過氣來，手臂非常粗，只要能賺錢的事她都願意做；她也找來附近村莊的醫生幫忙，桑德醫生。他們合力在廚房旁邊幫爸爸布置了一個小房間，他進去之後再也沒出來。他整天躺在床上，有時候望著窗外，有時候望著天花板，但我覺得他好像從來沒有專注看過任何東西。我花很多時間坐在床邊陪爸爸，雖然他不會跟我講話，但我幫他講，想像他想告訴我的各種事。

爸爸回來之後，媽媽就上樓關上房門。隨著日子一天天過去，她躺在床上的時間越來越長。她不再勞動，這樣對她從來沒有好處。桑德醫生說媽媽受到太大的打擊，必須慢慢鼓勵她恢復原本的生活。爸爸回來之後，她的整個身體都變了；她的皮膚變得黃黃亮亮，很像洋蔥皮。她發出以前沒有的氣味。有一天早上，我發現她幾乎一絲不掛躺在外面的地上哭，那時候是冬天。我扶她回床上躺好。

我在父母之間奔忙，照顧樓上的媽媽和樓下的爸爸，讀聖經給他們聽。我用小四腳凳充當身體的延伸，讓自己能搆到爸爸床鋪四周他需要的東西。產婆幫爸爸清潔、洗澡時我都在場。產婆很疼我，有時候會緊緊抱住我，在那些時刻，我總會感到驚奇，人的身體竟然可以這麼大；我也全力抱住她。我們經常一起吃飯，她好像會把自己的食物分給我。說到我爸爸的時候她憂心蹙眉；說到我媽媽的時候她不停搖頭。

有一天早上，我坐在床邊陪爸爸的時候，他死了。那樣的死非常渺小，甚至很溫和。我用心仔細觀察。他抖了一下，發出喀喀聲響，非常輕微，然後非常安靜地離開我們，幾乎難以察覺。那最後的輕微聲響，來自於葛羅修茲頭腦中最後的葛羅修茲念頭找到了出口。產婆進來時，我依然坐在床邊握著他的手。她立刻明白爸爸已經不在人世了。她輕柔地將他的一隻手放在胸口，另一隻放在旁邊，然後牽起我的手帶我去她女兒家。那天我一定是在那裡過夜的。

幾天後，爸爸下葬了。我們應要求在棺材上灑土，但裡面的爸爸並不完整。桑德醫生將爸爸的銀板交給我，他說可以賣錢。那片銀板相當重，像是錫杯裝滿水的重量。我忍不住想知道爸爸會不會想要這塊銀板，和他一起下葬會不會更好。我想要挖開他的墳把銀板放進去。沒了下巴，他在天堂要怎麼講話？不過，仔細一想，我領悟到一個道理：這塊銀板並非爸爸真正的下巴，而是以別人的下巴鑄模製作的。只有我擁有他真正的下巴，永遠在我身上，在來自媽媽的鼻子下面、距離不遠的地方。

爸爸留下了軍隊制服、一塊銀板、一個寡婦、半個孤兒，以及貧窮。他的軍隊津貼不夠我們生活。媽媽為了要讓我們母女活下去，決定去找工作。桑德醫生伸出援手，透過醫療界的人脈打聽到一位醫生需要家庭幫傭，伯恩醫院的菲利普．柯提烏斯醫生。柯提烏斯醫生回信了。一收到信，媽媽又開始動起來——比之前更勤奮，彷彿不敢停下來。

「這是位受過高等教育的紳士呢，瑪麗！」她瞪大眼睛驚呼。「而且住在城市裡，瑪麗，大城市的醫生！我們再也不必住在鄉下黑漆漆的小屋裡了。那裡會有高高的房屋，光線充足、空氣流通。我爸爸，妳的外公，總是說我們值得更好的地方。噢，城市！住在城市裡的柯提烏斯！」

不久之後，一七六七年的某一天，我和媽媽坐上貨車，出發前往伯恩。我坐在媽媽身邊，一手抓住她的衣角，另一手握著爸爸的銀下巴，裙子口袋裡放著瑪塔。葛羅修茲一家搬遷。我們搖搖晃晃離開我出生的村莊，離開豬圈、教堂、爸爸的墳。

我們再也沒有回來。

第一部

1767～1769

一條單向道

到我八歲

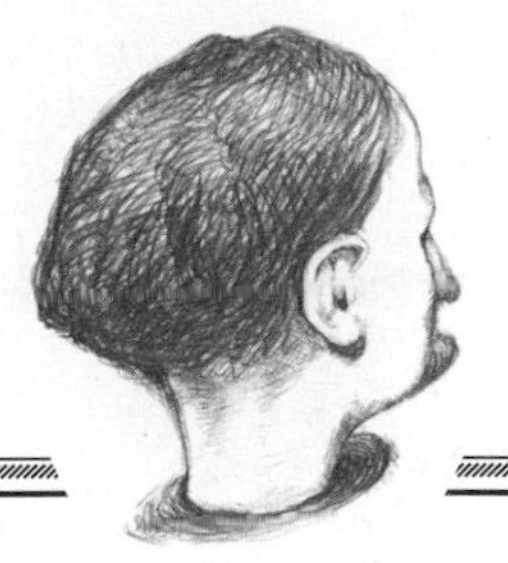

3

◆◆◆

我和媽媽見識到許多神奇的新東西，有一些放在檀木展示櫃裡，以及我第二次目睹死亡。

伯恩的夜晚，有著陰森的高聳建築、無燈的狹窄街道，幽暗人影走動。你很容易就能找到伯恩醫院，這棟建築凌駕所有街道。我們在醫院前面下車，神職外公的行李箱放在我們腳邊，我們只有這件行李。貨車搖搖晃晃離開，等不及想回到鄉下。

伯恩醫院正中央是一道巨大的黑色閘門，非常寬，足以讓兩輛馬車同時通過，有如巨神的大嘴，將病患吞進廣大神祕的內部。我和媽媽走向那道黑色大門。旁邊有個鈴，媽媽敲響它。鈴聲傳遍空無一人的醫院廣場，附近某處傳來咳嗽吐痰的聲音。大門上的一小塊木板打開，一顆頭出現；我們只能勉強看見。

「看診時間過了。」那顆頭說。

「麻煩一下——」媽媽說。

「明天早上再來。」

「麻煩一下，我要找柯提烏斯醫生。他知道我要來。」

「誰？」

「柯提烏斯醫生。我們母女要去他家幫傭。」

「柯提烏斯？柯提烏斯死了。已經五年了。」

「我這裡有他寄來的信。」媽媽拚命堅持。「一個禮拜前收到的。」

一隻手伸出來，接過那封信；窗口關上。我們隱約聽見裡面有人交談，窗口重新打開，那個頭再次出現。「那個柯提烏斯！另外那個柯提烏斯。從來沒有人來找過那個柯提烏斯。他不住在醫院裡，他住在威什崔斯街。妳不知道在哪裡？妳鄉下來的是吧？恩斯特應該可以帶妳們去。」我們聽到大門後面傳來另一個人的聲音，那顆頭回答：「恩斯特，你可以——好，應該沒問題。恩斯特會帶妳們去。繞過街角就會看到側門。側門旁邊有盞晃動的提燈，恩斯特在提燈下面等妳們。」

窗口再次關上，恩斯特出來等我們，他穿著醫院雜工的黑色制服。恩斯特的臉上有個歪歪扭扭的鼻子；他的鼻子往一個方向去，臉卻往另一個方向去。顯然他年輕的時候常打架。

「柯提烏斯？」恩斯特問。「柯提烏斯醫生。」媽媽說。「柯提烏斯。」恩斯特再次說，然後帶著我們出發。

離開醫院五分鐘，我們看到一條髒兮兮的小街道。這就是威什崔斯街。夜晚中走過這條街，我覺得兩邊的房屋彷彿在低聲對我們說話，不要在這裡停下。繼續往前走。離開我們眼前。恩斯特在一扇門前停下腳步，比起其他房子，這棟顯得又窄又小，擠在兩個霸道的鄰居中間，顯得可憐兮兮、缺乏關注。

「柯提烏斯家。」恩斯特說。

「這裡？」媽媽問。

「就是這裡。」恩斯特確認。「我自己也只來過一次。以後也不想再來。先不說裡面有什麼，總之我從來不喜歡這裡。沒錯，我不管柯提烏斯的事。不好意思，請等我走了再敲門。」恩斯特和他歪扭的鼻子離開了，速度比來的時候快很多，他把燈也一起帶走了。

我們放下行李箱。媽媽坐在上面看著那扇門，彷彿覺得關著比較好。因此由我上前敲了三下。四下。門終於開了，但沒有人走出來。門一直開著，但依舊沒有人出來問我們有什麼事。我和媽媽等了一陣子，最後我拉拉她的手，她終於打起精神，牽著我、拎著行李箱，走進屋裡。

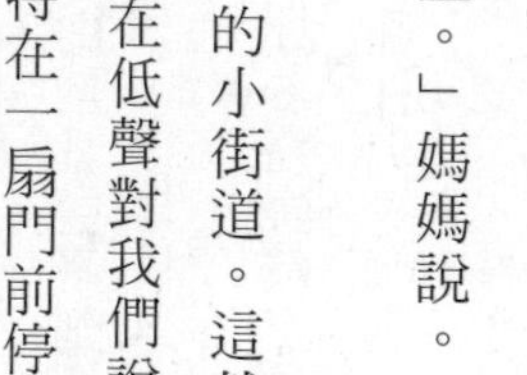

進去之後，媽媽輕輕關上門；我緊抓著她的裙子。我們站在陰暗中四處張望。媽媽突然倒抽一口氣：那裡！有個人躲在角落。一個非常瘦、非常高的男人。非常瘦，彷彿到了即將餓死的最後階段。非常高，頭頂差點碰到天花板。像鬼魂一樣慘白的臉。室內的昏暗燭光顫抖跳動，照亮深深凹陷的臉頰、濕潤雙眼、一撮撮油膩的深色頭髮。我們站在行李箱旁邊，彷彿以為能得到保護。

「我要找柯提烏斯醫生。」媽媽說明。

沉默許久，在寂靜中，那顆頭若有似無地點了點。

「我想見他。」她說。

那顆頭發出幽微的聲音。聽起來有點像「嗯」。

「我可以見他嗎？」

非常小聲、非常緩慢，彷彿只是碰巧開口，那顆頭說：「我的名字就是柯提烏斯。」

「我是安娜－瑪麗亞．葛羅修茲。」媽媽說，想要抓住自己。

「嗯。」那個人說。

互相介紹到此結束，接下來只剩沉默。終於，角落那個人再次開口，說話的速度非常緩慢。「我……妳知道，我……我不太習慣和人相處。我最近太少練習。我很欠缺……練習。

必須要有人在身邊，必須要有可以說話的人……否則就會忘記，妳知道，他們……究竟是怎樣。老實說，也會忘記該怎麼和他們應對。不過以後不一樣了。有妳們在。對吧？」

沉默更久。

「那個，如果妳們準備好了，或許——我帶妳們認識一下環境？」

媽媽的表情非常不愉快，她點點頭。

「好，或許妳會想看看。我好高興妳們來了。歡迎。我應該早點說才對：歡迎。我原本打算妳們一到就要說。我已經想好了，我一整天都在想要怎麼說。不過後來，呃，我忘記了。我太少……妳知道，太少用。」醫生說，緩緩離開站著的地方。他整個人像是由木棍和掃帚柄組成的，又細又長，他像蜘蛛一樣展開長長的身體。我們跟著他，保持一段距離。

「樓上有個房間，專門給妳們用。」柯提烏斯說，用蠟燭比比樓梯，「只有妳們。我絕對不會上去。我希望妳們在這裡住得開心。」然後他用比較有自信的語氣說：「請過來，請往這裡走。」

柯提烏斯醫生打開走道上的一扇門，我們走進一條小通道。盡頭有另一扇門，下方的門縫透出一點光。顯然在我敲門之前，醫生原本待在這裡。「這個房間，」柯提烏斯說，「是我工作的地方。」他在門前停下腳步，瘦瘦長長的背對著我們。他停頓一下，盡可能拉直身體，然後緩慢清晰地說：「請進。」

房間裡至少點著十根蠟燭，全都有防風罩，因此非常明亮；房間裡非常凌亂，一開始難以理解。長長的架子上擺滿瓶瓶罐罐，全都有軟木塞，裡面裝著彩色粉末。比較短的架子上放著不一樣的罐子，玻璃比較厚；玻璃蓋感覺比較嚴謹，可見裡面黏黏的液體可能有毒，有的是黑色、有的是棕色，也有透明的。

好幾個箱子裡裝滿毛髮；感覺像人類的頭髮——不是嗎？一張支架長桌上擺著幾個黃銅大盆與數百種雕塑工具，有些頭尖尖，有些嘴彎彎，有些很小，只有別針那麼大，有些則像屠夫的大刀。桌子中央的一塊木板上，放著一個快要乾掉的淺色東西。

一開始很難準確辨認那是什麼。一塊肉？或許是雞胸肉？但也不是，然而又有種熟悉的感覺，每天都會看到的感覺。那個東西是……我感覺那個詞已經在舌尖上了。就是這個！我大吃一驚。是舌頭！非常像人類的舌頭，就放在那張長桌上。我很好奇：如果那真的是舌頭，怎麼會出現在這裡？失去這根舌頭的人在哪裡？

除了舌頭，這個房間裡還有其他東西。工作室裡最顯眼的的東西全都放在檀木展示櫃裡，架子上清晰標註，一層層往上下左右延伸，幾乎占滿整面牆。標籤上有著用烏賊墨汁寫的文字，字跡秀麗：人體骨架、腦顱、脊柱、胸鎖關節骨、顳肌、眼球、迷走神經、生殖器。桌子上的舌頭旁邊有另一個標籤，上面寫著舌頭。

我開始理解了：人體器官。這個房間裡裝滿了這種東西。而我，一個小女孩，看著這所有人體器官。他為我們做介紹。各種人體器官，這是叫做瑪麗的小女孩。叫做瑪麗的小女孩，這些是各種人體器官。我躲在媽媽身後，依然抓著她的裙子，但那些神奇的東西讓我忍不住探出頭來。

柯提烏斯現在說個不停：「泌尿系統，包含垂掛的膀胱。骨骼，從腿部最大最有力的股骨，到顏面最小最脆弱的淚骨。」他一一檢視工作室裡的東西。「也有各種肌肉，全都有標示。頭部一共十組，從枕額肌到翼內肌。各種動脈，從上甲狀腺動脈到總頸動脈。靜脈也有：從腦靜脈到小隱靜脈、脾靜脈、胃靜脈、心靜脈、肺靜脈。我有各種器官！有些分開放在紅色絲絨墊上，有些和鄰居一起放在木板上展示。耳朵的骨性迷路多麼精緻神奇呀！還有腸子，像是一朵朵又長又粗的雲，小腸和大腸都是──那麼長、那麼蜿蜒。」

媽媽環顧工作室，表情越來越不舒服。柯提烏斯一定察覺到了她有多害怕，因為他急忙接著說：「這些都是我的作品。我的作品。我的骨性迷路、我的膽囊、我的心室。是我做出來的。這些只是模型，怎麼說？複製品。我不是故意……我太少……我很抱歉。妳會怎麼看

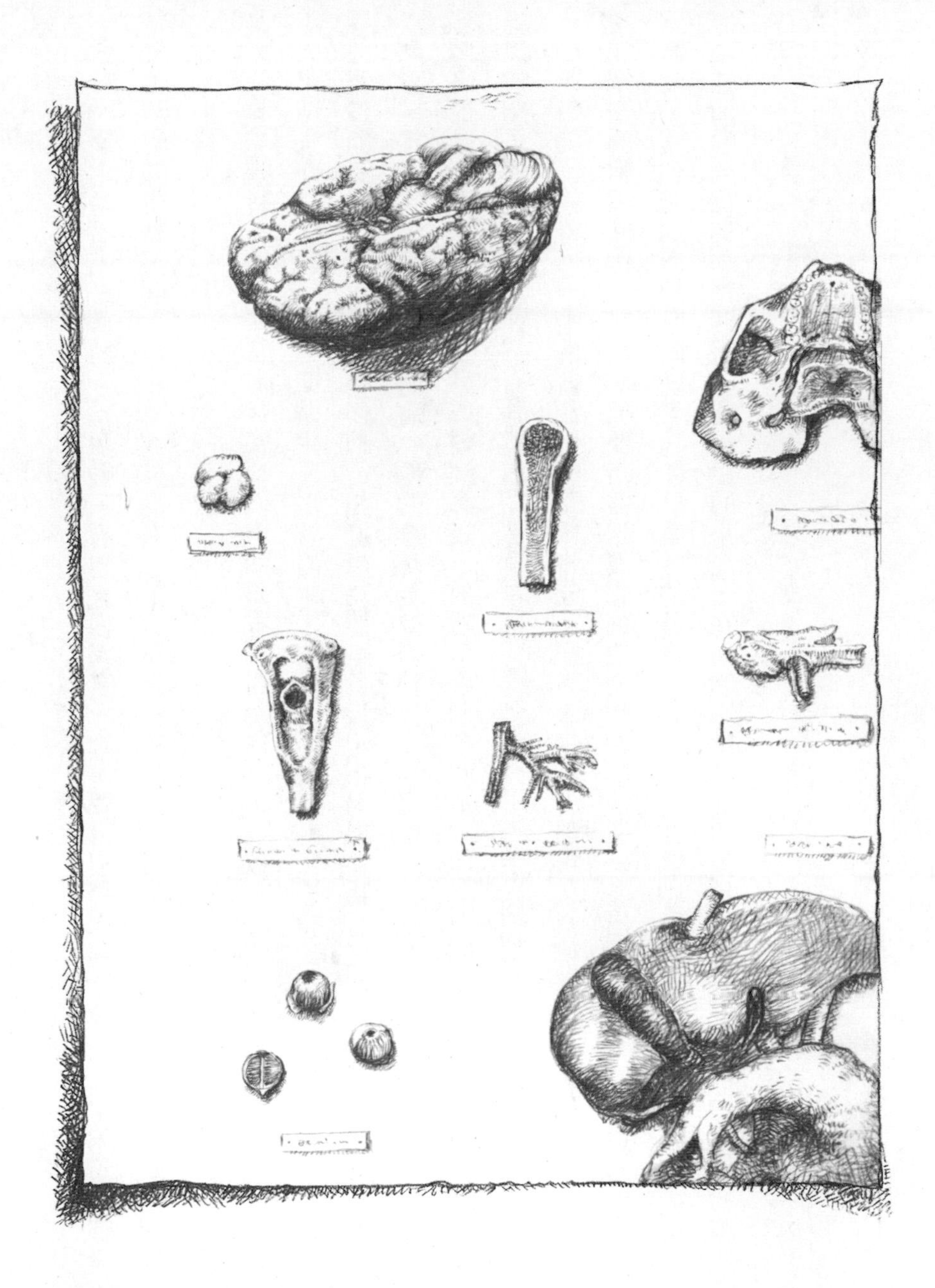

我？不要以為是……真的。當然啦，看起來很逼真。妳不覺得很逼真嗎？妳一定要說對。妳知道一定要說對。噢，沒錯，非常逼真，但並不是真的。不。雖然看起很像真的。沒錯。因為，事實上，妳知道，是我做出來的。」

我們轉身看他。因為工作室裡的東西讓我們太過驚訝，以致於一開始忘記要研究最重要的東西：在亮處的柯提烏斯醫生。現在看來，柯提烏斯很年輕，至少比媽媽年輕。剛才看到他瘦長黯淡的身體在黑暗中移動，我還以為他是老人，不過現在我看到他又高又瘦，害羞又熱衷，相當年輕，呼吸很興奮。他的身高至少六英尺，非常瘦削，站在工作室的角落，比我們高很多；現在他單薄的鼻翼輕輕翕動。他看著我們參觀他的作品，明顯感覺得出來他非常以這間工作室為榮。他吸氣時臉頰凹進去，從來沒有鼓出來過；細細的鼻子在瘦長臉上延伸，有如一條繩索。他的前額兩側冒出青筋，很多、很細。最後，這個怪人瘦長巨大的雙手在窄窄的胸前交握。我以為他要禱告，沒想到他竟然拍起手來。發出的聲音不大，但節奏很激動，有如聽到有糖吃的幼童。如此歡快的聲音，在這間工作室中顯得無比突兀。他的上半身往前彎，彷彿那裡關著一隻蒼白的小鳥，在他的心臟前面不停拍打翅膀；彷彿他很怕鳥逃走。

「我。這些全都是我做的。每一個。用蠟做成的。我自己一個人做的！其他還有很多，這裡的只是一小部分。絕大部分的作品都放在醫院，經常有人去參觀！」

柯提烏斯醫生介紹完畢之後，我轉身看媽媽。她的臉非常蒼白，滿是冷汗。她沒有說話。我們三個默默站著，終於，柯提烏斯說長途跋涉一定很累，問我們要不要先去休息，但他好像很失望。

「我們確實很累了，先生。」她說。

「那麼，晚安了。」

「噢，不好意思，先生。」媽媽說。「我們的文件。你應該想收起來吧？」

「不、不，不用。麻煩妳們自己保管。」

媽媽拎著行李箱上樓，我跟在後面，進入我們的小房間之後，她關上門。我們能聽見柯提烏斯在樓下走來走去的聲音。媽媽坐在窗邊很久。她一動也不動，我很擔心她的老毛病又發作。最後我扶她走向我們的床鋪。在新家的第一個晚上，我們完全沒有入睡。媽媽抱著我，我抱著瑪塔。天亮時，我們依然這樣抱著。三個小小的女性，非常焦慮。

下樓之前，媽媽對我說：「現在我們被綁在這裡了，妳和我。懂嗎？我們的一舉一動都必須取悅他。萬一被趕出去，我們就完蛋了。只要柯提烏斯醫生繼續雇用我們，我們就能活下去。寶貝女兒，要好好伺候他。」

我抓住媽媽的裙子，她憂傷地輕聲說：「不行。」

媽媽去拿鑰匙。我們刷地板。媽媽煮飯。我們上市場買菜，但市場把她嚇壞了。路上擠滿了人，但不只如此。市場裡賣的東西——掛在勾子上的肉，被切開；那麼多動物，有些切成一塊塊，有些身體完整而且腳被綁在一起；脖子歪斜、鳥喙染血的家禽，像被處決的犯人一樣吊掛——這一切，加上魚的眼睛、到處飛的蒼蠅、活人手上染血的肉，這一切都一再讓媽媽想起在柯提烏斯醫生的工作室裡看到的東西。

至少醫生家裡很安靜。柯提烏斯本人整天待在工作室裡，很少出來。他偶爾出來的時候，看到我們總是一臉驚訝：「太少見到人……太少。」他喃喃自語，重新躲回工作室裡。午餐時間到了，媽媽將餐點放在托盤上，沃特納家族的鼻子翕動表達不悅，她端著托盤站在廚房餐桌前，最後抖了一下，湯灑出來一點。我扶她坐下，然後自己把午餐送去給柯提烏斯醫生。他彎腰坐在工作臺前，現場有三個舌頭：真正從人體分離的舌頭、他的完美蠟製模型，加上他工作時吐出的舌頭。

「湯，先生。」我說。

他沒有回答。我把湯放下，出去之後關上門。晚餐的時間也一樣，我進去工作室，說一聲：「燉肉，先生。」

事實上，第一個禮拜每天都這樣。一天兩次，柯提烏斯會來廚房對媽媽說：「我好高興有妳們在，真高興，真愉快，真……開心。」兩次媽媽都伸手握住她的十字架。

第二個禮拜，我正以為彼此似乎都比較習慣了，但我和媽媽被敲門聲嚇了一跳。是從醫院來的人，像恩斯特一樣穿著黑色制服，但他的名字叫海因利希。海因利希的鼻子很不顯眼，其他五官也不特別；現在我已經毫無印象了，真的，除了他那個很難記住的名字之外，我對他沒有半點印象。「送東西來給柯提烏斯。」海因利希說，介紹他的身分。「我負責送東西。我們以後會常見面。今天的貨是什麼？」他掀開金屬箱的蓋子，戳戳裡面蓋著薄棉布的東西。「好像是一塊生病的內臟。」

媽媽閉上眼睛，比個十字。我上前伸出雙手，想要做個有用的人。海因利希猶豫不決。

「謝謝你。」我說，把手伸長一點。「謝謝你。」

海因利希有些勉強地把箱子交給我，媽媽急忙關上門。她注視我一下，彷彿不認識我了，然後她躲回廚房。我跟上去，問她東西要不要送進去。她用力點頭，揮手要我帶著箱子離開廚房。我拎著箱子去工作室。

「一塊內臟，先生。」我說，把箱子放在我平常放餐點的地方，這次柯提烏斯醫生終於抬起頭了。

媽媽越來越無法工作。她經常坐在廚房裡，雙手握著小十字架。柯提烏斯的家裡有蒼蠅，永遠有蒼蠅，她因此非常驚慌，因為蒼蠅在整棟房子裡到處飛，可能會飛進工作室，把工作室裡的東西散播在所有地方。媽媽經常坐著不動，雖然清醒但閉起眼睛，我聽從她的指示跑來跑去。

我送箱子去工作室之後過了兩天，我和媽媽坐在廚房的火邊，媽媽讀聖經給我聽，這時，柯提烏斯醫生輕輕敲門走進來。

「葛羅修茲寡婦。」他說。媽媽閉起眼睛。「葛羅修茲寡婦，」他再次說，「如果不會太麻煩，葛羅修茲寡婦，我想請妳——對了，我真的很開心，我們相處得這麼愉快，彼此作伴，我們成為小團體——嗯，我希望妳能來工作室幫忙。可以嗎？最好明天就開始。如果妳能一大早來那就太好了。我想教妳如何處理我的作品，以免不小心弄壞。我希望妳能妥善熟悉。相信妳最後一定會愛上這份新工作。妳將成為專業人士。」

柯提烏斯醫生看到媽媽輕輕點頭，但我不認為她答應了。媽媽點頭的動作比較像抽搐，但是他解讀錯誤。

「很好，那就晚安了。」他說。「謝謝妳。」

那天晚上，回到我們在閣樓的房間之後，媽媽叫我躺下，然後親吻我的前額。「瑪麗，要做個有用的人。妳非常乖。」她說。「對不起，我沒辦法了。我努力過了，但真的沒辦法。」

「沒辦法做什麼，媽媽？」

「乖乖睡吧，別說話了。晚安，瑪麗。」

「晚安。」

然後媽媽要我閉上眼睛，要我馬上睡著。她說，閉上眼睛，臉朝牆壁。我聽見她忙東忙西，從床上拿起一條床單，移動一張椅子。我睡著了。

我醒來時，蠟燭熄滅了。天剛剛亮。媽媽不在床上。淡淡的藍色日光灑進房間，剛好足夠讓我隱約看見一個黑色的東西掛在屋梁上。印象中之前沒有那個東西。天色逐漸變亮，我終於明白那個東西是什麼。是媽媽。媽媽上吊了。

我慌張地抓住媽媽的一隻腳，但那隻光裸的腳無法帶來安慰，因為畢竟已經冷了，冷冷的觸感讓我更加確認媽媽已經走了。或許女人死掉不算什麼大事，到處都有女人死去，我寫下這個句子的時候，肯定已經有好幾個女人死掉了；差別在於，我只在乎這個女人，這個掛在屋梁上的女人，她和世界上其他女人不一樣——這個女人是我媽媽。以前，我總是可以躲在媽媽身後；現在我沒得躲了。爸爸的死很安靜，像在思考一樣，但媽媽的死不一樣，媽媽的死充滿行動力，非常迅速確實，媽媽將自己踢出生命。以後我該抓著誰的裙子？從此我再也沒有裙子可抓了。她冰冷的鼻子搖晃遠離我，表明她拋棄了我。

「媽媽，」我說，「媽媽、媽媽。媽媽！」但媽媽，或者該說那個只有一部分是媽媽的懸掛物體，始終沒有回應。我慌亂地四處尋找，想要找到安慰或保護，最後只找到瑪塔。

柯提烏斯醫生一定聽到我的哭喊，因為他在樓下大聲對我說話。「妳媽媽去哪裡了？」他問。「時間到了。時間早就到了。我們不是說好了？」

「先生，她不會去了。」

「她一定要來、一定要來，畢竟我們說好了。」

「拜託，先生。拜託，醫生。」

「嗯？」

「她好像死了。」

於是柯提烏斯上來閣樓。他打開門，我跟在他身後。柯提烏斯瞭解屍體。他專精於死去的身體與鬆垮的臉。此時此刻，他打開我們房間的窗戶，立刻辨認出那個像大衣一樣吊掛的東西，是一具屍體。

※我用林鴿代表媽媽。

「停了，」他說，「停了、停了、停了……停了。」

他關上門。我和他一起站在閣樓的樓梯前。

「停了。」他再次說，彎腰湊到離我很近的地方，悄悄低語，彷彿在說祕密。他走下樓梯，然後轉身看著我，再次點頭，整張臉垮下，露出極度哀傷的痛苦神情。他小聲說：「停了。」然後走出房子，關門上鎖。

許久之後，我和瑪塔坐在樓梯中央。我們一動也不動地坐著等待。媽媽在樓上，應該是吧。噢，媽媽在樓上，媽媽死了。

終於，醫院那邊派人來了。柯提烏斯醫生跟他們一起回來。「我不能讓人重新動起來。」他說。「我可以讓他們不動，我可以把他們拆開，沒錯，老實說，我非常擅長，甚至可說是出神入化，但我從來沒辦法讓他們和我一起工作。他們不肯。他們拒絕。他們封閉。他們停止。」醫院來的人走上閣樓，繞過我和瑪塔，幾乎沒有察覺我們。醫院人員當中最老的那個打開門讓所有人進去——除了柯提烏斯，他們不准他進去，把他關在外面。於是我們兩個一起留在外面，我猜想，我們兩個應該都在納悶，我們是不是犯了什麼大錯，所以他們不肯讓我們進去？柯提烏斯醫生現在變得非常害羞。他不肯看我，雖然年輕的柯提烏斯醫生和我非常靠近。他感覺年輕得誇張，幾乎像個小孩，眼睛只肯看門。

終於，門開了。最老的那個人，非常嚴肅，緩緩輕聲說：「帶那個孩子去樓下。不要讓她上來。」

柯提烏斯搖頭，然後用非常無力、非常痛苦的語氣說：「霍夫曼醫生，如果你逼我碰她，我擔心她也會死。」

「胡說。快點，菲利普。菲利普．柯提烏斯，你可以的。」

「我不確定。我真的不確定。」

「帶孩子下樓。這裡的事交給我們處理。」

「可是我要拿她怎麼辦？」

「無所謂。」霍夫曼醫生怒斥。「快點帶她下去就對了。」

他再次把我們關在外面。

片刻之後，柯提烏斯輕拍我的肩膀。「走吧，」他說，「請跟我走吧。」他下樓走向工作室。我把瑪塔放進口袋，讓她待在安全的地方，然後站起來慢慢跟上。

進入工作室之後，柯提烏斯左顧右盼，似乎不知道該怎麼處置我。然後他似乎找到答案了。他從架子上取下一箱骨頭，然後以非常慈祥的動作交給我一塊，我記得是人類的肩胛骨，好像是右側。

「這是一塊很好的骨頭，」他小聲對我說，「能帶來安慰的好骨頭。肩膀的這個部分又大又平，呈現三角形，非常適合撫摸。沒錯，能讓人安心的好骨頭。」

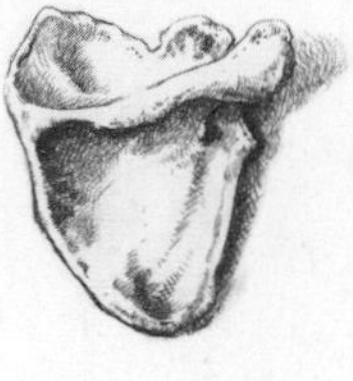

許久之後，霍夫曼醫生下樓找我們，發現我們在工作室裡，我坐在凳子上，柯提烏斯坐在旁邊的地上，翻著一箱骨頭。

「還有這個，妳看，這是顳骨……這個呢，啊，左頂骨……還有這個，薦骨——很棒吧？骨頭是不是很神奇？這些全都是我的老朋友！」

「處理完了。」霍夫曼醫生說。

我坐著不動。

「現在呢，」霍夫曼醫生接著說，「該怎麼處置這個孩子？我們得找個地方安置她。」

「我可以留下她嗎？」柯提烏斯醫生急忙問。「這個孩子。我可以留下她嗎？」

我是討論的主題。我坐著不動。

「不可能。」霍夫曼醫生說。

「噢，我想留下她。」

「究竟為什麼？」

「她不怕。」

「她為什麼要怕？」

「她敢拿骨頭。」

「那又怎樣？」

「她很安靜。」

「所以呢？」

「她或許很聰明、或許很愚笨，我不知道。但如果你不介意，我想先留下她。」

「她能幫你忙嗎？」

「或許我可以訓練她。」

「好吧，」霍夫曼醫生說，「你就先留著她吧，我無所謂。等我們想出更好的安置方法再說。」

4

一個變成兩個。

只剩下我們的第一個晚上，我站在廚房，柯提烏斯設法煮飯。我想要有用，想要像媽媽教我的那樣工作。我問柯提烏斯醫生可不可以幫忙，因為他非常不知所措，於是我把起火的鍋子撲滅，幫忙準備食材。柯提烏斯醫生對我說：「我不怕妳。妳完全不讓我感到害怕。妳什麼都沒有，對吧？完全沒有。」吃完晚餐，該睡覺了，柯提烏斯目送我走上閣樓。

「晚安，小小孩。」

「晚安，先生。」

「妳叫什麼名字？我應該要知道妳的名字，妳知道。我不確定該怎麼對待小孩子，我肯定會弄錯很多事，不過一般而言，小孩都有名字。我該怎麼稱呼妳？」

「安．瑪麗．葛羅修茲。但媽媽都叫我……瑪麗。」

「那麼，晚安了，瑪麗。去睡吧。」

「晚安，先生。」

於是我上去閣樓，懷抱著一絲微小的希望，說不定媽媽會重新出現在那裡，我想告訴她今天發生了好多難以置信的事。當然，她不在。不過，雖然他們把媽媽搬走了，但忘記拿走她用來上吊的床單，就那樣堆在房間角落。這時候，我認清她真的不會回來了。明天不會，後天不會，週末不會；伯恩這座城市，柯提烏斯的家，甚至我自己，都必須放下媽媽繼續前進。我很想知道他們把她帶去哪裡了。

閣樓的房間讓我不安。只要我轉開視線，就會突然覺得媽媽還掛在梁上，脖子歪扭，頭倒向一邊。但一回過頭，她又不見了。我總覺得掛在那裡的人不太像媽媽，而是從我身邊搶走媽媽的人。我不信任這個房間——我寧願去其他任何房間也不要待在閣樓——等到柯提烏斯醫生應該已經回房睡覺的時間，我悄悄下樓，帶著一條毯子、媽媽送我的瑪塔、爸爸的銀板。我先去廚房，但在廚房裡，我又覺得上吊的女人跟來了，我覺得歪脖子媽媽站在火爐前。我看到媽媽的聖經依然放在窗臺上，現在讓我很害怕。我寧願去其他任何房間，也不要待在閣樓或廚房。但我走出廚房時，又覺得歪脖子媽媽跟著我在屋內移動，我靈機一動，只有一個地方她不會跟來：工作室。我知道工作室裡存放著那些恐怖的東西，那些祕密最好不要去挖掘。但在工作室外面，我總覺得歪脖子媽媽在旁邊呼吸，於是我快步去到那裡，一進去就立刻關上門。我獨自在一個到處是身體零件的房間裡，四面八方都能感受到那些東西的存在。但我感覺不到歪脖子媽媽了，於是，我在工作臺下面慎重地為自己鋪了一張小床，懇求那些人體器官不要欺負我，然後緊緊閉上眼睛，終於睡著了。

我原本打算要早早起床，躡手躡腳回樓上，不讓柯提烏斯醫生發現。但我醒來時，柯提烏斯在搖我，已經是早上了。「妳在這裡！竟然在這裡睡覺！」他說。「快起床吧。」對於我跑進工作室、在工作臺下面睡覺這件事，他再也沒有多說什麼。我摺好毯子放在架子上，猛然想起媽媽死掉的事。「快來、快來。」他說。「快呀、快呀，動作快。」

七點整，我開始學習。

「妳一定要記住，」他蹲下來對我說，「我不習慣和人相處。我只熟悉人體器官，而不是整個人。我想瞭解他們；我想認識他們。但我的模型對我產生太大的影響。最近，我開始夢到自己躺在襯著紅絲絨的檀木展示櫃裡。沒錯，而且最嚴重的問題，最讓我害怕的問題，我無法克服、無法忽視、無法解決的問題，是我在夢裡覺得很舒服。放我出去，」柯提烏斯說，用手指點點我的胸口，「快來人放我出去。妳有沒有聽見我拍玻璃的聲音？我在這裡，誰能放我出去？我想認識人。我想認識妳。沒錯。就是這樣。就是如此。我不怕妳。一點也不怕。」

柯提烏斯醫生突然站起來，匆匆忙忙開始工作。

不久之後，他突然放下手中的東西。「我知道了！」他大喊。「我知道該怎麼做了！我想到辦法了！」他在工作室裡走來走去拿東西，一件件放在工作臺上。

柯提烏斯終於覺得滿意了，於是說：「開始吧，瑪麗——那是妳的名字，妳知道。開始吧，如果妳準備好了，也有意願，那我們就開始吧。」

「我準備好了，師傅。」

「這些工具原本屬於我父親。」他說。「我父親是伯恩醫院的首席解剖師，非常偉大。他過世之後，這些工具由我繼承。」他走向一個裝滿石灰粉的桶子，量了一些出來，然後倒進一個金屬桶裡，加上量好的水，然後開始仔細攪拌。

「為了讓妳明白運作的過程，讓妳能夠理解，讓妳能夠跟上工作的程序，我要做一個模型。不是身體器官，不是，今天不一樣。今天，為了教導妳，如果妳不反對，我要用妳的頭做模型。」

「我的頭？」

「對，妳的頭。」

「我的頭嗎，師傅？」

「我再說一次：妳的頭。」

「你覺得好就好，師傅。」

「我覺得好。」

「那好吧，師傅，好，做我的頭。」

於是我們開始動工。

「首先要塗一點油——」他把油抹在我臉上，「——這樣完成之後，」他說，「才能輕鬆取下石膏。」他準備上石膏。「管子！」他突然大喊。「一定要放管子！我差點忘了。」他邊說邊小心將鵝毛管插進我的鼻子，讓我能夠呼吸。「閉上眼睛。在我說可以之前，千萬不要睜開。」

柯提烏斯醫生拿石膏過來。我感覺他薄薄地上了好幾層，然後再鋪上浸泡過石膏的布條。石膏奇特的溫熱彷彿鎖在我的臉上。我的臉頰、眼瞼、脖子都覺得黑暗溫暖，好像漂浮在什麼地方，甚至已經死了。在黑暗中，我好像看到媽媽，但她很快又消失了，只剩下黑暗空虛，沒有人在。

終於，石膏拆掉了，光線回來，我回到工作室。柯提烏斯醫生匆忙將石膏模拿去工作臺上。接著，他用油塗我的頭髮，並要我換個姿勢，做出我後腦的石膏模，最後是耳朵。

「現在呢，」他說，「爐子一定要準備好，火要點起來。我先示範，但只有一次。下次就換妳。」他點燃爐子。「好，仔細看、跟著學。」他拿來各種工具放在工作臺上。首先他研磨顏料。「茜草紅，」他解釋，「朱紅，摻在一起。緋紅染劑。一點藍。還有綠。一點就好。磨碎。非常少量的黃。混合。像這樣。現在加這個，」他快步走向一個裝在籃子裡的細頸大瓶，倒一點到小容器裡，「松節油，顏料一定要加這個。好了，混合出來了。好了，妳的顏色。」

他從架子上拿了一個黃銅大盆給我看，硬是要我看裡面。他把空盆放在爐子上。

「目前沒有東西。那裡有張凳子，妳過去坐下。現在應該可以進行下一步了。」他拿起一把大刀，走向一個上鎖的櫥櫃，開鎖之後，在我看不見的地方非常小心地切東西。然後他重新鎖上櫃子，把東西拿回來。

「這個，」柯提烏斯拿著一塊半透明黃黃的東西，「我手中的這個東西，這個物質，可以成為世間萬物，然而，」他接著說，深情地將那個東西轉來轉去，「本身卻沒有特質、沒有性格。如果只有這個，根本什麼也不是。然而，這個東西可以很友善，可以保存，可以變美，可以變醜，可以是骨頭，可以是腹腔，可以是一條條動脈或靜脈，可以是淋巴結，可以是大腦的下視丘，可以是指甲，可以成為一切。從耳朵裡最小的鐙骨，到肚子裡彎彎曲曲長達好幾英里的腸子。什麼都可以！也可以是：妳！」

「這到底是什麼，先生？」我問。

「這是視覺、是記憶、是歷史。可以成為灰色的肺、紅棕色的肝，可以成為一切。可以成為妳。」

「可以成為我的娃娃瑪塔嗎？」我問。

「可以！沒錯，當然可以！這個東西可以附著在任何物體的表面上，精準的程度極為驚人。無論粗糙、細緻、鋸齒、光滑、平整、斑駁、凹陷、撕裂、疤痕、硬殼、滑溜。隨便妳選。沒有不能附著的表面。」

「那麼，可以成為媽媽嗎？」

他思考片刻之後說：「不行，孩子。這個也不能變成我的父親或母親。他們也死了。他們活著的時候可以。我多希望那時候做了，但現在已經來不及了。他們化為烏有了。妳能理解嗎？他們不能重新出現，他們的樣子只存在我們心裡，不是精準的模樣，而是模糊、片段。這樣不夠。沒有表面。要知道，這個東西，需要表面。這是唯一的規定。妳媽媽已經來不及了。」

「我很難過它不能成為媽媽。」

看到我的眼淚，他急急忙忙說下去：「它需要特性，渴望成為別的東西。只需要稍微給予引導。我們要不要給它引導啊，小女孩？小瑪麗？要不要看看它有多順從、演技多好？」

「好，先生。」

「既然這樣，妳要不要拿拿看？來，拿著。來，聞聞看。」

我拿過來。我聞一下。

「這只是蠟。」我失望地說。

「不！千萬別這麼想！千萬不要以為只是蠟！千萬不要。所有蠟都很神聖，而這個，這裡的這種蠟，更是蠟中貴族、蠟中之王。最擅於複製、最精於模仿、最誠實的物質。這個，即使在這裡，也是最高級的蜂蠟。」

「最高級的蜂蠟。」我重複，以免忘記這個名字。

「由蜜蜂屬中的東方蜜蜂製造。非常好，我們來讓它工作吧。」

「蜜蜂屬。」我說。

蠟塊放進銅盆中融化，加入顏料，也加進一些松脂。他說明一定要注意溫度，一定要仔細調和蠟。準備完成。先處理我臉部的石膏模。為了方便之後能順利取下蠟，他在石膏模表面大量塗上一種稱為鉀皂的東西，然後倒進蠟液。一開始量很少，在模子上鋪薄薄一層，醫生非常仔細觀察。他用雙手拿起模子，往每個方向轉動，讓蠟在表面上下流動，避免產生氣泡；稍微放一下，然後再上第二層，再稍微放一下，再上第三層、第四層、第五層。他說，最後兩層只是為了增加厚度，讓蠟模有支撐力。再等幾分鐘，短短幾分鐘，蠟模完成了。輕輕鬆鬆就能從石膏模取下。

「這是我的臉？」我問。

「一模一樣。」他說。

他把蠟模交給我。還溫溫的，彷彿擁有生命，但很快蠟就變涼了。他在其他石膏模裡倒進蠟。每個模的祕密都揭曉了。我們眼前擺著我頭部的不同部位，由膚色的蠟製成，和我皮膚的顏色一模一樣，就像他剛才說的那樣。我的頭髮被壓得很扁，這部分他用棕色的蠟。接下來，要將這些部分裝在一起，把蠟模組合起來。各個部位結合，接縫要特別處理，刮去或切去多餘的蠟，然後再添上一層溫熱的蠟讓表面變光滑，看不出縫隙；脖子底端壓平，這樣頭才能站起來。蠟頭是空的，裡面要塞進碎布、麻絲、木屑。「增加支撐力。」他說。

工作臺上放著我的頭。

「我把頭組合在一起，」柯提烏斯說，「而不是拆開。」

我看著我的頭：我在工作室裡，眼睛閉著。一個小女孩，有著爸爸的下巴和媽媽的鼻子。現在我彷彿變成兩倍的存在。

第一天收工之後，我們在廚房喝湯。

「打擾一下，師傅？」我說。

「嗯，什麼事？」

「師傅，我一直在想我媽媽的事。他們把她送去哪裡了？」

「我不知道。」他回答。「不過我們可以查出來。霍夫曼醫生一定知道。下次他來的時候，我們問問。」

「我想去看她的墳。」

「嗯、嗯。當然。我們問他。」

喝完湯之後，我清理好所有東西，他說：「該睡覺了，瑪麗．葛羅修茲。」

「是，師傅。」我說，但想到要回閣樓，我就非常害怕。

「如果妳想睡在樓下也可以。在工作室。可是不要碰任何東西！等一下。告訴我，妳一個人在那個房間裡不會害怕嗎？」

「我感覺到四處都是那些東西。所有器官。」

「喔？」

「過一段時間我就不在乎了。」

「喔？有些人非常厭惡。去睡吧。好好睡。」

我回到工作室，鋪好床躺下。我同時在工作臺下面，也在工作臺上面。深夜裡，如果我非常安靜，好像可以聽見那些身體器官在呼吸。有我的頭在，我幾乎覺得自己也屬於這裡。

我也想著，假使我非常小心，他應該會讓我留下。

5

◆◆◆

霍夫曼醫生再次來訪。

柯提烏斯醫生有時候會叫我去點爐火，有時候會要我幫忙遞工具。為了做個對他而言有用的人，我必須學習工具的名稱。圓規和刮刀、拋光器和精修器、耙子和繩子、攪拌棒和半圓鑿、石膏刮刀和切黏土用的貓腸線；各式各樣的大量刀具，尖端各自有不同的凹槽，有些鼻子尖尖，有些彎彎曲曲，有些是鐵或鉛製造的，有些是木頭，硬木、軟木、檀木、櫻桃木，有些光滑、有些粗糙，有些十分鋒利、有些非常粗鈍。這些工具的名字我全部記住了。這些全都是雕塑家熟悉的工具，但只是柯提烏斯使用的一部分。他有許多外科器械，在工作上不可或缺。這些也都有名字，絕對不可以隨便稱呼「這個」或「那個」，也不能說是「彎彎尖尖的」或「弧形有鉤的」，大量工具的名稱都必須學習、熟記。手術刀自成一個家族，直直的、凸面的、底部扁平的，還有瘻管刀。剪刀也是親戚眾多，筆直的和微歪的，擴張器、把持器。這是中空錐刺，那是中空探針。千萬不能忘記幣型燒灼器，也不能忘記它的兄弟錐形燒灼器，還有表親鑰匙型燒灼器。絕對不能搞混尖頭鐵筆和串線針。

這是簡式拔牙鉗，那是龜背鉗；這是白內障刀，那是鼻探針；這是壓舌板，那是長頸夾。這些奇形怪狀的工具都是用來在人體內部工作，夾這個、拔那個，這裡刮、那裡燒。但柯提烏斯醫生不是用來做這些，而是用來製造模型。在我看來，這些工具非常渴望進入人體。每次我握住把手拿起來，都會深刻感受到工具想要轉過來刺進我的身體。處理這些工具要有堅強的心靈，因為它們的性格非常堅決。必須時時刻刻讓它們知道誰才是主人，因為只要一放鬆戒備，就算只是一下子，它們就會割開你的皮膚。我有好幾次中了招，割到手指、剪到手掌，每次柯提烏斯都很生氣。它們永遠乖乖順從柯提烏斯；他早已馴服了它們。在他手中，它們很聽話。

第一個禮拜，伯恩醫院的海因利希來送過兩次貨，箱子裡裝著要給柯提烏斯做模型的東西。我觀察他，開始幫些小忙。這些都是很深奧的東西。生病的器官送來之前，通常已經被醫院裡研究解剖的學生拿去拆解過了，切得亂七八糟，到處是學生鑽的洞。放上工作臺的東西總是黃黃灰灰的，濃濃的臭味蓋過所有氣味。就算臭味的來源已經不在了，那個味道還是繼續糾纏，鑽進嘴巴、鼻子、眼睛、皮膚。人體器官啊，我很想知道，你的主人是誰？疤

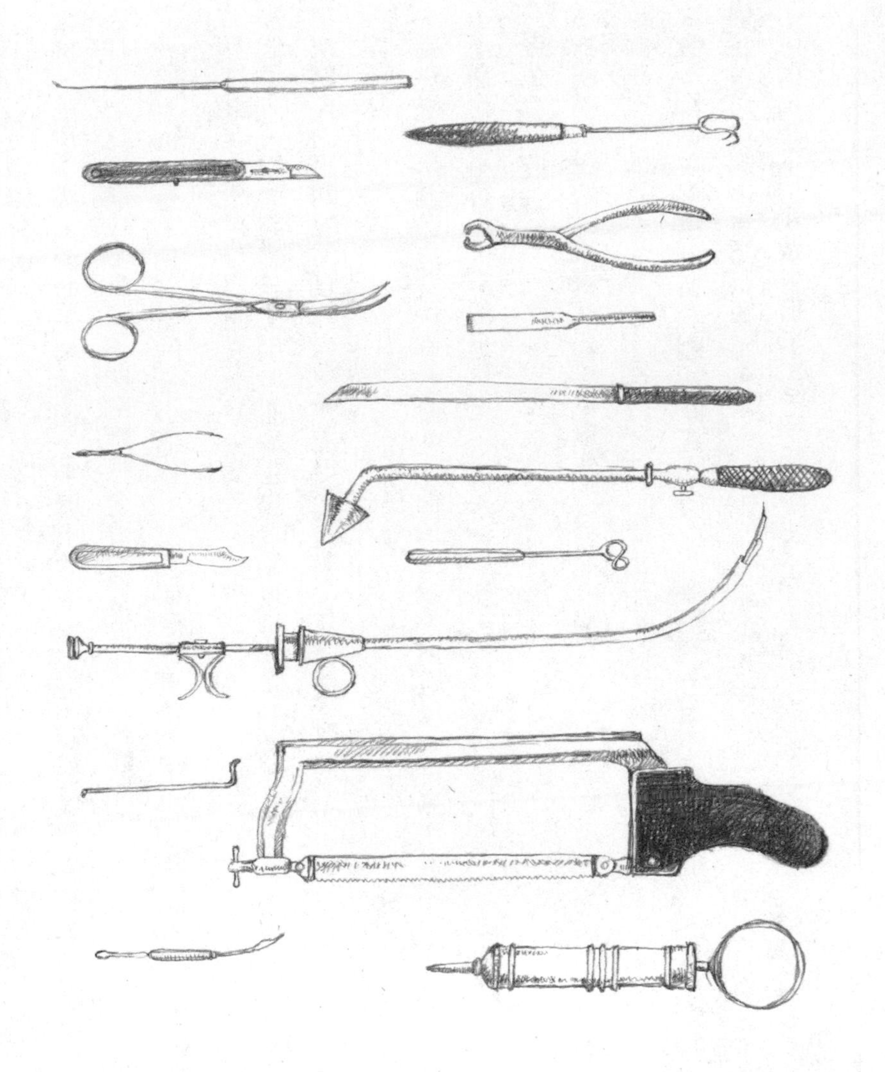

痕、雀斑、黑痣，冰冷肉體上的皺摺、手臂上的毛髮，這些便足以讓我猜想。習慣之後就沒那麼恐怖了：逐漸變成平常、預期中的事。這是柯提烏斯教我的。

「瑪麗，這只是人類身體的一小部分。沒有什麼好大驚小怪的，畢竟人類的身體是非常日常的東西。」

那個週末，霍夫曼醫生來了。他站在我的蠟頭前，似乎感到很神奇。「哎呀、哎呀，你又做了很厲害的東西呢。真的很像呢，柯提烏斯。真的很像。」

「謝謝您。」他說。

「當然啦，這個頭沒有什麼意義。」他這麼說，但視線始終無法離開。「柯提烏斯，能不能，不過應該不行……當然不行。」

「醫生？」

「我剛才想說的話很沒必要，很傻。」

「醫生？」

「呃，那個，柯提烏斯，剛才我在思考，想要提議，說不定你也能做個這麼像的，一模一樣的我。可以嗎？你認為呢？」

「可以，醫生。我做得出來。」

「真的？」

「完全沒問題，醫生。」

「你覺得我很傻嗎？」

「一點也不會。您想要就做吧。」

「我想要。我認為我值得彰顯，畢竟我成就斐然。銅像有點太誇張，不過這個，像這樣，用蠟做的，嗯，有何不可？我會很喜歡。」

「那就做吧，醫生。」

「好。嗯。好。」

柯提烏斯走向石膏桶。我上前招呼老醫生。

「請坐，先生。」

他坐下，現在感覺有點緊張。我幫他圍上一條布，就像在理髮店一樣。柯提烏斯拿著油過來。

「我要打開您的上衣領口露出脖子。請閉起眼睛。」

「好。」他說。

「請不要睜開。」

我的主人在他臉上抹油。霍夫曼醫生縮了一下。

「看來我只能任你擺布了，是吧，柯提烏斯？」

「請保持不動。」他說。「請務必保持不動。我會把這兩根管子插進你的鼻子，請透過管子呼吸，直到我說可以拿出來。嘴巴也要保持緊閉。」

霍夫曼醫生不再說話，沉默地任由我們在他身上工作。他把自己交給我們。他的胸口起伏，只有這個能證明他還活著。柯提烏斯拆除石膏模，裡面的人重新出現，卑微、無助，不停眨眼，對我們很不放心。我決定這是個好機會。

「打擾一下，先生？」我對霍夫曼醫生說。

「什麼事，孩子？」

「我想知道，我媽媽被送去哪裡了？」

「很遺憾，妳媽媽過世了。」

「是，醫生，我知道。可是她在哪裡？我想去看她。」

「看她？」他驚呼。「多奇怪的想法。」

「我爸爸過世之後有座墳墓。醫生，請問我媽媽的墳墓在哪裡？」

「孩子，」他說，「沒有墳墓。」

「沒有墳墓嗎，醫生？完全沒有？」

「不、不，只有一個坑。她和其他許多不幸的人一起下葬。但沒有交給學生解剖，沒有交給醫院研究，這是柯提烏斯的要求。我嚴厲禁止把她拿去研究。儘管如此，那只是個貧民的墳坑。簡單下葬，但不失莊重。有人禱告。灑了生石灰。和那一天的其他貧困死者一起下葬。」

「可是這個坑在哪裡？我媽媽現在在哪裡？」這下我真的心急了。

「不准這樣和我說話。沒禮貌。」

「求求您！求求您！」

「這種事情沒有留下紀錄。生石灰的效果……很迅速。」

「噢，媽媽！」我哭喊。

霍夫曼醫生走向柯提烏斯。

「可以看看我的頭嗎？」

「在這裡。」柯提烏斯給他看模子。「現在是陰模，也就是反的。但注入蠟就可以做出正的。」

「我很想看看。」

「可以，但需要時間。要等兩天，到時候再回來。之後的工作不需要你在場，只要有模子就好。」

「我把頭交給你？」

「請放心交給我們。」

那天晚上，我獨自在工作室裡，用毯子蒙著臉哭泣，因為我媽媽沒有墳墓，我不能去看她。她沒有留下任何東西，完全沒有，只有她的聖經，但裡面彷彿只保存了她一小部分的不幸。不過，當我抹抹大鼻子時，想到一個非常棒的理論。我有鼻子——媽媽的鼻子。她依然存在。媽媽，我的媽媽。我無意間領悟到偉大的鼻子之道：她留給我她的鼻子，只要有這個，就足夠讓我記住她。我的兩個呼吸孔道，我可以吸進愛、嗅到愛。我很高興想出這個道理，並以我的理論為榮。媽媽在這裡，爸爸也在這裡，這樣或許我就可以繼續活下去。

6

◆◆◆

第一批頭。

柯提烏斯做出霍夫曼醫生的頭。那個頭皺皺的，嘴巴稍微下垂。眉間永遠有皺起來的痕跡，嘴唇單薄。

「做妳的頭的時候，」柯提烏斯告訴我，「我感覺像發現了很棒的東西，心中很滿足。但這顆新的頭，讓我覺得很焦慮，好像在這顆頭面前必須規規矩矩。就算他拿走了，我一點也不會覺得遺憾。」

霍夫曼醫生來了，他站在他的蠟頭前面看了很久。他非常感動，淚水濕潤眼眶。他深深嘆了一口氣，鼻孔抽動。

「沒錯，」他說，「這是我，我承認。這感覺真奇特，以各種角度看我自己，可以走一圈欣賞……我。好像我是別人。我之前對自己的瞭解不夠完整。嗯，做得很好。」

我不確定最後那句話是講給柯提烏斯聽，還是說給蠟頭聽；不過，我確定他說的時候眼睛看著蠟頭。他帶著蠟頭回伯恩醫院。看著他們離開，我們兩個都不覺得難過。

兩天後，醫院的牧師來了，他也要做蠟頭。他非常熱誠，於是柯提烏斯接受委託。但當頭做好牧師來拿的時候，表情有點難過，彷彿他期待看到聖人，眼前卻只出現一個禿頂的渺小男子，下巴有個小窩。

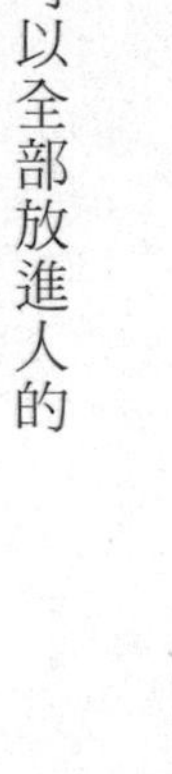

我認為，在威什崔斯街，我和柯提烏斯醫生合作無間。不過我得承認，有時候我也會礙事。

「師傅？拜託，師傅，可以聽我說嗎？」

「怎麼了？」

「師傅，這面牆上的那些器官，健康的那些——真的可以全部放進人的身體裡面？」

「對，每個人都有全部的器官。」

「裝不下吧！」

「裝得下！」

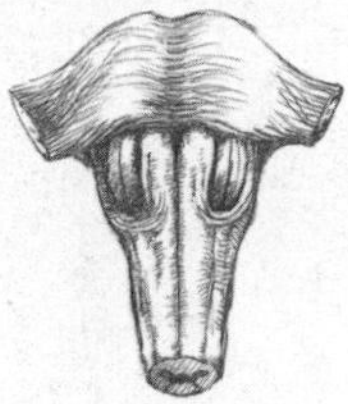

「不可能！」

「我說過了，裝得下。」

「我們裡面塞得滿滿的呢，對吧，師傅？」

「瑪麗，我在工作！以前這裡很安靜。去讀書。」然後他似乎整個人停住，好像有靈感了。「我改變主意了，拿著這支炭筆和這張紙，去角落那邊畫圖。」

「畫什麼，師傅？」

「畫……畫那個。」

「那是什麼？」

「延髓，脊髓頂端。」

「延髓。脊髓頂端。是，師傅。看起來好像頭髮中分的老鼠。」

「快去畫！」

於是我就開始畫圖。只要不必點爐火、遞工具，我就坐在角落畫圖。

柯提烏斯做的第四個頭是醫院的院長。他看到霍夫曼醫生和牧師的頭，所以也想要自己的。事實如此：人們迷戀自己。他來到威什崔斯街，柯提烏斯受寵若驚。院長把自己的頭放在醫院中庭展示。他經常有意無意站在蠟頭前面。沒過多久，就連不需要看醫生的人、明明很健康的人，甚至是健壯活潑的人都跑來了。他們唯一的病就是太好奇；他們特地走進醫院的黑閘門，只為了看院長站在院長的頭旁邊。

我畫柯提烏斯父親留下、做模型的工具，我畫腎臟、肺臟。我畫瑪塔。我畫爸爸的銀板下巴，我畫自己。我畫不好，真的很差，一開始完全不行，但我很認真。

「瑪麗，這些只是塗鴉而已。」柯提烏斯說。「跟我來。」

我跟著他去廚房。他拿出一條麵包，撕下一些白色的部分揉成球，然後走回工作室。他拿起我的畫——我畫的是膽囊，至少應該是——他用那團麵包搓紙張，直到紙上的痕跡全部轉移到麵包上，麵包變得非常黑，紙則幾乎恢復全白。

「畫錯的時候——看得出來很常發生——就去廚房。拿麵包。」

一天下午，我在畫圖的時候，他問我：「那是什麼？」

「就是那個，」我說，「肝。肝臟。」

「真的嗎？」他問。「仔細看清楚。麵包。」

過了一會兒，他說：「不對，還是不行。再仔細看，更認真看。麵包。」

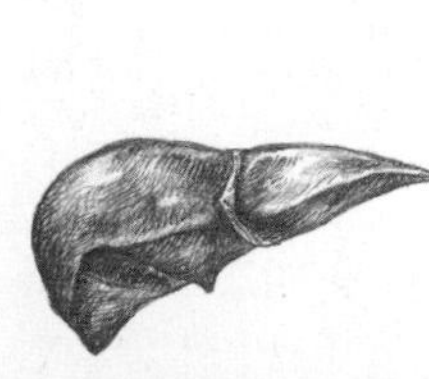

畫圖的過程中，我學會人體骨骼的名字，我研究全部的器官，研究脊椎有幾節，並全部畫下來。我從他的書中找出解剖圖，用鉛筆學著畫。我連晚上睡著都拿著筆。我畫柯提烏斯醫生。

因為院長的蠟頭，伯恩的一些人得知柯提烏斯醫生的名字，以及威什崔斯街的這棟房子。他們上門來。他們說：幫我做頭像，柯提烏斯就做。蠟燭店老闆的頭，鍛造師傅的頭，銀行員的頭，軍官的頭。人們持續登門，每個禮拜都有一、兩個。

我開門迎接伯恩市民。「先生，請跟我來。」我說，帶訪客去坐下。柯提烏斯的作品擺滿好幾個架子，每個人都看呆了。「很神奇吧？」我說。「非常神奇。」訪客緊張地回答。我幫他們在脖子和胸前圍好布，輕輕取下他們的假髮，幫他們洗臉，把他們的頭髮往後夾好。我請他們閉上眼睛，然後在他們的睫毛上抹油，接著是眉毛、下巴四周、前額頂端。我小心翼翼將呼吸管插進他們的鼻孔，動作總是非常輕。我幫柯提烏斯準備伯恩市民的頭。「現在，來這裡的伯恩市民不再只有器官，」柯提烏斯開心地說出感想，「現在都是完整的，只有完整的。」現在只差沒有女人。沒有女人來找柯提烏斯。

柯提烏斯捕捉每條皺紋、每個毛孔，每條疤痕、每個酒窩。每次做頭的時候，他都會畫下眼睛四周，標註各種細節，並且以水彩著色。臉部做石膏模的時候，為了安全而必須閉上眼睛；等到頭完成了，眼睛必須睜開才會顯得栩栩如生。蠟頭完工之後，柯提烏斯再根據素描和註記，把眼睛加上去。我發現，每做一顆新頭，柯提烏斯自己的臉也產生變化；他努力模仿每個陌生人的表情，學習新臉的動作，像蠟一樣複製。

伯恩市民發現了威什崔斯街。經常有馬車找來，但這個新生意讓一個人很不高興。霍夫曼醫生看到其他人也有蠟頭，讓他的顯得不那麼特別了，他也擔心醫院會失去製造內臟模型的人，他越來越不安、越來越徬徨。他告誡柯提烏斯，現在他所做的事算不上科學。要是他繼續這種奇怪的生意——頂多只能稱之為副業，根本不算正業——伯恩醫院將不再雇用他。果然沒過多久，他們停止支付他的薪水。

那天晚上，我們坐在廚房餐桌邊，柯提烏斯發表了一番出色的演說。雖然他說話的時候低著頭，彷彿對碗裡的湯講話，但我認為他應該是說給我聽的，而不是馬鈴薯或洋蔥。

「霍夫曼醫生以前要我做的模型，都是用來教育未來的外科醫生，」他娓娓道來，「或是為了教育民眾。疾病的小模型。我會被叫去醫院病房鑄模，坐在臉上有梅毒瘡的年輕人身邊，為舌頭爛掉的婦女做模型，或是因為疾病失去鼻子的人。每一次，那些疾病模型做好之後，他都會叫我拿去沿街展示給伯恩市民看。他要我說，這個是天花的樣子，要當心。或者，這是梅毒的案例，酒精中毒會變這樣，鴉片上癮會造成這種危害。要注意。」

他停頓一下，大聲喝湯。他接著說。

「這就是我的工作，這樣的工作對人際關係很不利，會讓所有人遠離。從事這種工作的人來到家門前，會徹底毀掉人們內心的歡樂。大家排擠我！我哭著對霍夫曼醫生抱怨，終於我不必再去病患家中。之後我一直待在家裡，見不到任何人。但我很想和人接觸，霍夫曼醫生雖然不贊成，但最後還是答應讓我雇傭人。妳們來到我家，後來妳可憐的母親走了。

「不過現在我再也不孤單了，現在人人歡迎我。大家來找我，他們看著我，雖然他們不會和我握手，但至少他們會看著我。以前不分晝夜都只有我一個人，和死亡作伴，和失去生命的東西為伍，現在生命來到我的門前，我對生命說，快請進、快請進，你離開太久了，歡迎，歡迎來我家！我喜歡這樣的新生活！但現在，瑪麗，霍夫曼醫生說他不接受！唉，霍夫曼醫生不懂。我絕不會回到過去！我絕對不要！腎臟永遠有另一個腎臟作伴，但我卻只有一個人，像闌尾一樣孤單。以後再也不會了。因為有妳。」

他的湯喝完了。我收拾空碗。

「謝謝你，師傅。」

「嗯。」他說。

他沒有看到我大大的笑容。

7

◆◆◆

遠方有座城市。

柯提烏斯失去醫院的薪水後，他做蠟頭的收入剛好足以應付生活開支。柯提烏斯檢查櫥櫃，確認蠟和其他材料都夠用。他繼續只做頭。各種帳單紛紛到來：房租、材料費，最後還寄來信件要求柯提烏斯償還幾個月的薪資，因為最近幾個月他似乎並沒有為醫院工作，而是在忙自己的事。

有一天，兩位外國客人來找柯提烏斯。我從鑰匙孔確認他們不是醫院來的人，然後才讓他們進來。我說：「兩位先生，這邊請。」那兩個人穿著全套正式服裝，一個是灰色、另一個是白色，兩個人都氣喘吁吁。穿白色衣服的那個人拿著筆記本、羽毛筆和彈開式的旅行墨水瓶；他的外套上沾到藍色墨痕。他的鼻子很大，但下巴很小。

「我們聽說了你的事。」他對柯提烏斯說，他的德文講得很好，但聽得出來是外國人。

「你在地方上頗負盛名。那麼，既然我們有多餘的時間，就親自來看看。」

柯提烏斯帶那兩位先生參觀放在架子上等候領取的頭。穿白衣服的人迅速看完，然後自行坐下，翻開筆記本飛快地寫東西。灰衣服的那個人，花比較長的時間欣賞，深色眼睛貼近蠟頭。

「你們是伯恩公民的頭像，」他輕聲對著蠟頭說。「我認識你們。我在你們狹小的長廊上，聽見你們低聲交談的聲音。你們發出很重的氣音。像氣體一樣的語言。我感覺到你們的嫌惡。」

他轉身背對那些頭，站著不動一會兒，然後彎下腰抱著頭，頭好像很痛，並且低聲呻吟。「要去哪裡才能找到一絲平靜？」他從口袋拿出一株枯萎的植物，研究一陣子之後逐漸鎮定下來，喃喃自語說：「Picris hieracioides（毛連菜）。」這些字似乎帶給他安慰。

白衣服的人似乎認為我打擾到灰衣服的人，揮手要我過去。「不要吵他，醜醜的孩子，過來我這裡。他無法理解兒童。他自己有小孩，但都被他送走了。但是我理解你們。例如說，我看得出來，妳很想知道我飛快地寫了什麼，對吧？妳當然很想知道。好吧，既然妳這麼堅持，我就告訴妳吧。我在回憶以前走過的地方。我突然想起一段以前走過的路。我收集人生中走過的路。有人問我，我走的距離有那麼遠嗎？真的值得寫那麼多嗎？我告訴他們，重點不在於距離，而是走得多徹底。相信我，我走得非常徹底。想必現在妳一定很想知道我走過什麼地方。對吧，小小的勇者？」他這樣稱呼我，似乎很滿意自己的觀察，然後他接著說下去，完全不在乎我會作何感想。「小小的醜臉，小小的惡魔，穿著兒童的服裝……小小的玩意……小小的怒吼……小小一塊突出的肉……小小的人類宣言……小小的……小小？」他做出結論，最後依然不知道我是什麼，只知道我小小的，小小的某個東西。

他搔搔尖鼻子，低頭看鞋子，我這才發現，他的雙腳包著布袋，在腳踝處綁緊，真正的鞋子藏在布袋裡看不見。現在他解開布袋取下，露出他的鞋子：很普通的男用黑皮鞋，有幾處磨損，裝飾著銀絆扣。

「喏，」他脫下一隻鞋交給我，「聞聞看。用妳的大鼻子聞聞看。」

我聞一下鞋子。很臭。

「妳知道那是什麼味道嗎？」

「腳臭？」我不客氣地說，因為這個人對我很沒禮貌。

「巴黎，」他說，「是巴黎。」

這是我第一次聽到這個城市的名字。

「巴黎。」我說。

「我用這雙鞋走遍巴黎，」他接著說，「穿過新橋，經過聖安東路，進入不起眼的小巷弄。這雙鞋陪我走過那麼多街道組成的句子。我寫下我看見的東西；我全部寫下來。我不去名勝古蹟，不去大教堂，不去歷史建築。我和路人談話。愉快的人、悲慘的人、處在兩者之間的人；我全部認識。我在走路時看見他們，將他們寫進我的筆記裡。無論在哪裡，只要翻開我的筆記本，就能聞到巴黎的惡臭、聽見巴黎的喧鬧。閱讀任何一個句子，妳就會與我並肩同行，感受那一切。穿著這雙鞋，我看見了所有人：精疲力竭的百科全書作者、化學天才、法蘭西學院的院士、法蘭西喜劇院和歌劇院的演員、大道上的操偶師、技術一流的鞋匠、容易緊張的假髮匠、肢體殘缺的馬路搬運工、過度慎重的牙醫、極不精準的醫生、衣衫襤褸，瘦骨嶙峋的人、產婆、貴婦、扒手、黏著假痣，擦脂抹粉的有錢人、生長在工室的那些人。他們全都是巴黎這鍋濃湯裡的材料！」

那個地方感覺好像非常繁忙。

「我們是不可分離的三位一體。」那個人接著說。「右腳的鞋、左腳的鞋、我。我們走過恐怖絕境、我們踩過難以想像的東西。有時候我們也會滑倒，我們承認，但我們永遠會站起來。」

他把我抱到他腿上。我不喜歡這個位子，不適合我，感覺到那個人的大腿讓我很不舒服。柯提烏斯在桌子前面裝忙，拿起一把小腿手術用的大型髓腔內刀。

「你為什麼要穿著布袋，先生？」我問。

「因為我絕不允許我的鞋子接觸到伯恩毫無價值的街道。一離開巴黎我便失去方向。但是只要在巴黎城裡，就算把我的眼睛蒙起來轉上好幾圈，然後隨便扔在一個地方，我都能立刻分辨出那是十六區裡的哪一區；不只如此，我也知道是哪條街，甚至是這裡住著什麼人。離開我的城市，對我而言是非常痛苦的一件事，但我這次遠行，是為了去探訪妳剛才打擾的那位先生。他正在流亡。他的書在巴黎被禁，在日內瓦被焚燒。」

我轉頭看向另外那個人，他依然在研究那株植物。這個人寫書？我在心裡想。寫讓人生氣的書？

「她是我的僕人。」柯提烏斯終於開口了。我開心地溜下來，站在師傅的桌子旁。

白衣服的人指著那些蠟頭說：「相信你也承認，這一大堆頭加起來也沒什麼價值。不是工作本身的問題，這樣的手藝完全可以接受。是你所選的人讓我覺得有問題。你等於在伯恩大街上隨便挑一個人，宣稱他值得注目，值得大家排隊欣賞、圍觀讚揚，但事實上，這些都只是一般人。」

「我從不區別高下，」柯提烏斯說，「無論是身體器官還是頭。」

「或許你該挑剔一點。」那個人說。「你需要能彰顯天分的臉、能帶給你挑戰的臉。你當然可以繼續在這裡雕塑這些無名小卒，但你必須考慮這一點：如果你所做的臉都這麼無趣、這麼狹隘、這麼顢頇、無知，你怎麼會進步？你應該來巴黎，在那裡找間店鋪。你會有更好的發展。你待在伯恩浪費才能太可悲了。想想看，在那裡你能有多少頭。最好的頭全都在巴黎，不是這裡。啊，不過你應該不會來吧？唉，你感覺不像那種人。好吧，」他做出結論，「我給你我的住址，如果你改變心意就來吧。」

他從筆記本撕下一張紙，寫下他的姓名與地址，巴黎的筆畫特別華麗，而且底下畫了好幾條線。他的名字是路易—賽巴斯欽．梅西耶。

「那邊那位，拿著植物的先生，」梅西耶說，「姑且稱呼他雷諾先生吧。那不是他的真名。不，我們叫他雷諾先生，只是為了避免引來麻煩。聽我說，他的，」他指著雷諾說，「他的頭可不得了呢，相信你一定會贊成。因為我很欣賞你，所以我特別小聲告訴你他的真實身分：在你的家中，站在那裡的那一位，就是《愛彌兒》與《民約論》的作者。想不到吧？」

但我們兩個都沒聽過那兩本書，也不知道那位偉大人物是誰。

他宣布了厲害的消息，但我們兩個都沒有做出應有的反應，於是梅西耶先生改變話題。

「要是有一天你來巴黎，來到夠資格的頭所在的地方，記得來找我。我想把你寫進我的筆記本——不過，唉，你是伯恩人，所以我不能寫進去。不過你確實很獨特，這一點我認可，還有那個長相礙眼的小女僕。」

「所有好頭都在巴黎？」柯提烏斯震驚地說。

「除了巴黎沒有別的地方了。」梅西耶先生微笑點頭。「走吧，親愛的雷諾——今天你是雷諾——我們該走了。」他轉身對我們解釋，「我們在市區遭到追捕，剛好跑來這條街附近，所以決定進來躲一下。現在應該安全了。謝謝你陪我們。」

柯提烏斯送他們去門口，和活力充沛的梅西耶（現在穿上鞋也包好布袋）握手，對沮喪的作家一鞠躬，但他故意轉開視線。

我完全沒有把這件事放在心上。

8

◆◆◆

發生了令人擔憂的事。

霍夫曼醫生再次上門，帶來了最後通牒與愁雲慘霧。他告訴柯提烏斯，很快債務執行官就會上門，事實上，這個星期就會來了。除非他立即償還驚人債務，否則，他的所有東西都將由伯恩醫院收去抵債。他完蛋了，霍夫曼醫生說，他會被債務淹死。不過呢，還有一個可能的選項，一個或許能救他的希望：霍夫曼醫生將自己描述成善良的大好人、柯提烏斯唯一的朋友，他會在醫院裡安排一個住處，這樣他就可以住在那個巨大黑暗的建築裡，接受醫院救濟。在那裡會有人照顧他、保護他，他可以繼續專心做解剖模型——簡單地說，霍夫曼醫生表示，他可以得到幸福。

「我有麻煩了嗎？」柯提烏斯問。「很大的麻煩嗎？」

「沒錯，菲利普。恐怕確實如此。」

「我不想要麻煩。我一點也不喜歡。霍夫曼醫生，我很煩惱，很煩惱，也很害怕。」

「菲利普，這麼煩惱對你沒好處。」霍夫曼醫生回答。「讓我幫你解決吧。你不適合對抗這個紛亂的世界，你天生要受人照料。你這樣的人永遠需要保護。搬來醫院吧，我已經幫你安排好住處了。每天都會有人送飯給你吃，所有大小事都有人照料，你再也不必煩惱。你以後也不需要再擔心你的財務狀況了，反正醫院會提供你的日常所需，你根本用不到錢。我會親自確保你生活安適，以後你的工作也由我一個人指揮。我會讓你有很多事可做，為外科盡一份心力。好了，菲利普，趁我還能幫忙的時候，做出理智的選擇吧。要是你拒絕我的幫助，恐怕很快就會有人來把你抓去關進監獄。」

「監獄！」柯提烏斯驚呼。

「但是只要住進醫院，你就可以平安無事，菲利普。將外界隔絕在醫院的高牆外，無論世界如何變化，你在醫院裡永遠很安全。」

「我會很安全？」

「沒錯。」

「做模型？」

「當然。」

「不做頭？」

「有時候或許也可以做頭。頭的內部。」

「可是我已經不想做內部了。那些東西帶給我不好的影響，那些內臟，讓我變得不好。」柯提烏斯說。「做頭的時候我快樂多了。」

「菲利普，現在你快樂嗎？」

「不、不，我必須承認，現在我不快樂。」

「那就是你一直做頭的結果。你現在這麼不快樂，那是唯一的原因。」

「那我的僕人呢？她也可以一起去嗎？她可以和我一起住進醫院裡嗎？」

「這麼做不合醫院的規定。更何況，以後你不需要僕人了，因為一切都會由醫院供應。而且，其實你負擔不起僕人了，不是嗎？不過我願意幫忙。我會安排她去洗衣間工作。」

「洗那些病人的床單，在有那麼多疾病的地方？」我的主人喃喃說。

「你願意來嗎，菲利普？」霍夫曼醫生問。「我認為你應該來。」

「好吧。嗯，她就去洗衣間吧。」

「師傅、師傅？」我哀求。

「巴黎。」柯提烏斯悄悄說。

「你說什麼？」霍夫曼醫生問。

「沒什麼。」我的師傅說。「霍夫曼醫生，可以給我一點時間整理東西嗎？我自己來就好。我這個人比較一板一眼，喜歡照我自己的方式安靜處理事情。大概需要一個禮拜的時間吧。」

「很好。就給你一個禮拜的時間，到時候我派搬運工來。做得好，菲利普，非常明智。你父親會引以為榮。」

霍夫曼醫生離開了。這是我最後一次見到他。

門一關上，柯提烏斯立刻小聲說：「現在我非常勇敢。」他對著門說：「我不害怕了。霍夫曼醫生，你休想讓我害怕——呃，其實還是可以啦，事實上，我還是很怕你。我非常害怕，但我要把這份恐懼和你一起打包留在伯恩。這麼枯燥、狹隘的地方。這麼顢頇、無知。這裡沒有好頭，一個也沒有。就連你的頭也很糟，霍夫曼醫生。」

柯提烏斯走進工作室，動手打包工具。

「我可以幫忙嗎，師傅？」我問。

他沒有回答。

「師傅，」我問，「怎麼了？」

「巴黎，瑪麗，」他說，「巴黎。」

他沒有說要帶我一起去。他完全沒有提到我。

「我也可以去嗎？」我問。「我可以幫忙點爐火。我知道大部分工具的名字。我可以幫客人在臉上抹油，也可以在鼻孔插管子。這些我都可以做。只要給我時間，我可以做更多。師傅，拜託，拜託帶我一起去。」

柯提烏斯放下手中的工作。他把我抱起來放在桌子上，彎下腰讓我們的頭在同樣的高度。「發生了很特別的事，」他說，淚水湧入眼眶，「妳沒有察覺嗎？非常神奇的事。就像比較小的橈骨連接長長的尺骨，就像腓骨連結脛骨。我們連結在一起，妳和我。」

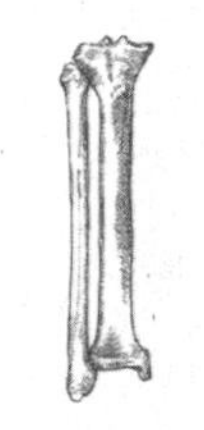

「師傅？」

「我不能沒有妳。」

「謝謝你，師傅！謝謝你！」

「不、不。謝謝妳。」

於是我們要去巴黎了。一起去巴黎。但是要怎麼去？

為了要去巴黎，首先要勇敢。為了要勇敢，必須賣掉一些東西換錢。他父親的幾樣工具賣了不少錢，還有他的兩本書。為了要非常勇敢，必須要時常說出巴黎、巴黎、巴黎。為了要非常、非常勇敢，必須找出身分文件，把死去媽媽的東西整理好。為了幫助自己勇敢，可以抱著人類骨頭或蠟做的模型。

「蠟可以讓不舒服的人好轉。」我的主人給我一個蠟做的會厭軟骨*。「在一些天主教國家，據說當自己或親戚的身體發生不適疼痛的時候，那個人，或他的親戚，可以去買生病器官的小模型——唉，非常不精準的模型，但差不多就可以了，可以看得出來是什麼就沒問題——拿去放在教堂裡正確的祭壇上，這樣上帝就能看到那個人是哪裡不舒服，並幫忙移除疾病、給予治療。也就是說，蠟能夠幫助受傷的人。」

慢慢地，柯提烏斯又推又拉地讓自己走出威什崔斯街，買了去巴黎的馬車座位。買完之後他吐了，就在街角那裡，稍微沾到外套，不過他順利完成了。瑪塔、爸爸的下巴銀板、我的幾件衣服和其他必需品收進外公的行李箱。全部放進去也裝不滿。柯提烏斯小心打包我的蠟頭。「以後會用到，」他說，「可以展示給客人看。」沒有賣掉的用品、書籍、工具，全部裝進他父親的舊工具箱，皮革有很多皺紋。

醫院派了兩個搬運工來，我們一起走出威什崔斯街的小房子。柯提烏斯把鑰匙交給他們。他告訴搬運工我們要一起去散步，然後他會自行去醫院。「拎著行李去散步？」他們問。「噢，對，」柯提烏斯含糊說，「很輕。你們先去醫院。」

「我們幫你拿，」他們說，「放著吧。」

「沒關係，一點也不麻煩。你們把家具搬過去就好，我的書桌、我的書架，這樣就已經幫大忙了。」柯提烏斯跟我說過，我們離開之後，那些家具就留下來抵債。「不過，搬運那些蠟模型的時候請務必小心。」他憂傷地指示搬運工。「這些模型很美，和它們分開我真的非常難過……雖然只是一下子。」

我們離開那棟房子。柯提烏斯認為應該要等幾個小時之後，才會有人發現我們逃跑了。我們直接去馬車載客的旅館。我們等了好久馬車才來；柯提烏斯一直低著頭。終於號角響起，媽媽的行李箱和柯提烏斯的皮箱被搬上馬車。我們的座位在馬車頂上。終於馬開始拉車了。柯提烏斯再次落淚。

半個小時後，我們抵達城門。再會了，逝去的媽媽；我要像爸爸一樣，出去看世界，前往各種陌生的地方，充滿各種可能，也說不定會失去下顎。

伯恩逐漸遠去。

再也沒有回到我的生命裡。

＊注：會厭軟骨（Epiglottis），覆蓋了一層黏膜組織的軟骨，和舌根部相連。

第二部

1769～1771

死去的裁縫家

直到我十歲

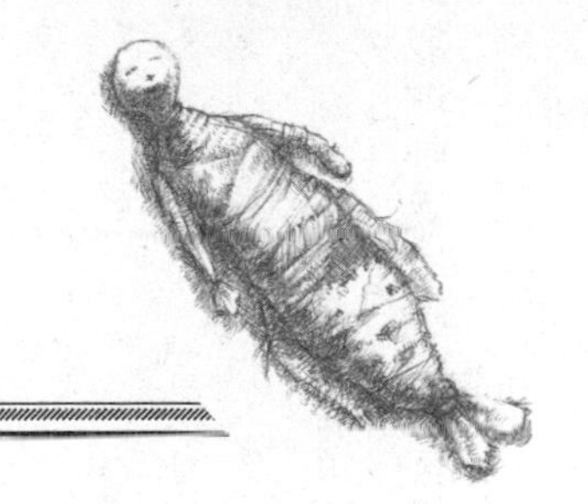

9

最新的孩子。

一路上，柯提烏斯醫生幾乎沉默不語。他拉緊外套裹住全身，盡可能不看外面。到了紐沙特，他將從伯恩帶出來的錢全部換成法國利佛*。入境法國之前，我們換了車。我們在迪戎市休息過夜。因為柯提烏斯租的小房間只有一張床，所以我睡在床尾。柯提烏斯將膝蓋屈到胸口，但他睡著之後無意識地伸長腿，我猛然驚醒，看到他那雙像船一樣的大腳在床單海上朝我衝來。第二天晚上在歐塞爾過夜時，他不停說夢話，大喊器官的名稱。

第二天，我們終於抵達。

我對巴黎的第一印象是氣味，就是那位名叫路易—賽巴斯欽．梅西耶的先生，他的鞋子上的陳年腳臭。當我們坐在馬車頂上逐漸接近那座城市，從遠處看過去，巴黎是一大團髒兮兮的黃色煙霧：冬季天空中的膿包，巨大生物藏在視線剛好看不到的地方靜靜呼吸。

越接近巴黎，所有東西都變得越黯淡，空氣中累積著一層層沙土。終於，我們到了那座城市的海關口。在我們正前方矗立著高達三十英尺的障礙，一座碩大嚴峻的拱門。海關檢查的人員出現了，他們穿著綠外套，神情嚴肅。他們粗魯地命令我們下車。冰冷的手在我們身上搜索。所有行李箱、旅行袋都從車上搬下來，一一打開檢查。柯提烏斯喃喃說他隨時可能會死在這裡。我恐懼顫抖，擔心我們會被拆散，萬一真的發生了，我要怎麼找到他？所有東西都經過檢查。柯提烏斯所做的我的蠟頭，被海關人員傳來傳去，每個人都搖一搖，最後他們勉強同意這件東西合法。他們終於在我們的文件上蓋章，揮手要我們前進。馬車駛進那道拱門，經過一棟氣氛悲慘的巨大灰色建築，後來我才知道，那座堡壘是巴士底監獄。

我數著一棟棟歪七扭八刷白粉的房子，這座城市的氣味再次襲上鼻頭。我猜想，那個味道應該就是梅西耶先生那隻左鞋的氣味，但處在源頭，味道更濃烈。我覺得快被嗆死了。馬車四周有許多人跑來跑去，當地人渾身髒兮兮，像他們腳下的街道一樣；他們用最大的音量大喊大叫。終於，我們到了一座大廣場。馬車側邊放上一座梯子，讓車頂的乘客下車；柯提烏斯蹣跚下車，他的背一時間直不起來，下半身徹底麻木。我跟著他下車。我八歲大的腳第一次碰到巴黎的土地，才剛走幾步，我的腳就髒了。我緊跟著他，抓住他的衣服一角。

＊注：利佛（Livre），法國於七八一－一七九四年間使用的貨幣名稱。

柯提烏斯終於喘過氣來，輕聲說：「那麼，巴黎你好啊。我是柯提烏斯，菲利普．威廉．馬席亞．柯提烏斯。我來了。我來了。」他看看我，想知道我是否同意，然後接著說：「瑪麗，我們到了。」

「巴黎。」我說。

巴黎依然沒有什麼格外驚人之處。「我有地址。」他說，拿出梅西耶的地址，那張紙被摺得亂七八糟。

路人不停撞我們，形形色色的巴黎人經過，全都不太友善。紅鼻子、黃眼睛、棕黑牙齒、頭戴假髮、頭髮剃光，有男有女、有老有少，每個人都很忙碌，每個人都嫌我們礙事擋路。柯提烏斯好不容易找到一個搬運工，給他看梅西耶的地址。搬運工很年輕，一臉橫肉，神情鬱悶，他收下柯提烏斯給的幾枚硬幣，語氣一直很不耐煩，雖然我一個字也聽不懂。他迅速將我們的行李搬上手推車。

走過幾條繁忙混亂的街道之後，我們終於找到梅西耶家。柯提烏斯用門環用力敲了很久，但沒有人應門。搬運工很快就丟下我們的行李走掉了。我們坐在門階上等候。過了兩個小時，也可能是三個或四個，這段時間，柯提烏斯一直在想伯恩現在怎麼樣了，他開始覺得住進醫院或許也沒那麼糟，在洗衣間工作說不定也不太慘，仔細想想其實也還好，在那裡工作的人也不是每個都會在刷洗床單的過程染病。至於我，一直在思考萬一要睡在街上會發生什麼事。

終於，我們聽見腳步聲接近，喀答喀答，然後停下來。一個聲音用法文說話。我抬起頭，看到路易—賽巴斯欽·梅西耶，他的鞋子已經沒有包布袋了，而是露出來讓所有人看見，鞋子上全都是泥。幸好他沒忘記德文。

「伯恩，對吧？你們在這裡做什麼？這是我家。」

「你跟我說，」柯提烏斯說，「我應該來巴黎。這段路非常長，先生，確實很長。」

「是嗎？真難得，竟然有人聽我的話。你來玩幾天嗎？」

「我逃跑了，先生，」柯提烏斯說，「我不打算回去。」

「看來你要待很久吧？你要我寫你的事嗎？你做了什麼值得寫的事？」

「我做——呃——之前在伯恩的時候——我做頭。」

「沒錯，我想起來了！你來巴黎做頭。只是這次要做巴黎人的頭，有價值的頭。建議你考慮我的頭。」

「我確實比較喜歡做頭。」柯提烏斯說。

「你有地方住嗎？」梅西耶問。柯提烏斯搖頭。「聽我的建議，最好要有地方住。有錢嗎？」

「我做頭。我非常厲害。」

「你說了算吧。你把這個孩子也帶來了，這個……小小的粗獷臉蛋，小小的喧鬧五官。」

「她的名字叫瑪麗。」

「她是個小小的驚嘆號。小小的抗議。小小的汙辱。總之是個小小的東西。嗯，我喜歡小小。我要叫她小不點。」

「她是我的。」

「是嗎？」

「噢，沒錯，絕對是！」

「那麼你一定要成功，因為要是你失敗，會有兩個人挨餓，而不是一個。」

「我不得不帶她來。」

「是嗎？出於善心？」

「要是她去醫院洗衣間工作，一定會活不下去。」我真的會死在一堆床單裡面嗎？我們橫衝直撞進入的這個新未來又會如何？什麼時候會走到盡頭？

「至少她在那裡會有東西吃，」梅西耶說，「也有工作。」

「是你說我應該來這裡的。我沒有其他地方可去了。」

「有，絕對有。」

梅西耶說柯提烏斯太過莽撞，不過至少相當英勇。雖然巴黎看似已經擠得水泄不通了，不過有些地方還是能找到空位，還沒有被占據的縫隙，一個男人帶著一個僕人應該找得到地方住，甚至可以活得很快樂。有些房子外面的門和牆上，會貼著招租的小紙條。梅西耶列出幾個適合柯提烏斯租賃的地方。河邊不遠處有間皮革工坊，他可以去分租房間，只是住在那裡可能會中毒；幾年前一位房客在睡夢中死去，膚色變得有點奇怪。柯提烏斯覺得不太妙。既然他具有醫學背景，梅西耶接著說，或許可以考慮住在理髮師兼外科醫生的樓上。不，柯提烏斯堅持，絕對不要與醫療有關的地方，他和那個行業一刀兩斷了，再也不想有所牽扯。出於同樣的理由，他也拒絕了製藥師、刀具師、靈丹妙藥批發商、葬儀社。最後，梅西耶建議一位寡婦的家，她丈夫生前從事裁縫業。她有一個兒子正在學裁縫。

「女人？」柯提烏斯說。

「巴黎有很多這種生物。」

「可是我從來沒有和女人相處過。」

「你不是有小不點？」

「她不算數吧？她只是瑪麗，一點也不可怕。有時候我完全忘記她是女性；她好像沒有清楚的性別，也可以說擁有專屬於她的性別：男性、女性、瑪麗。她是我的瑪麗。」我是他的，我確定；其他事都不重要。

「說真的，」柯提烏斯做出總結，「有瑪麗陪伴我就夠了。不，我不想和女人扯上關係，真的不想。」

「你到底要不要我幫忙？」梅西耶問。「再這樣下去我就要回家鎖門了。」

「要、要，拜託！我需要你幫忙。那就女人吧，女人！」

「裁縫的遺孀。」

「我們就去那裡吧。好。」

「很好。就這麼決定了。我去叫貨車來。」

「噢，老天。」

梅西耶說：「你的人生可以說是現在才開始，你終於來到了巴黎。你之前的人生根本不算活過。看看你們，巴黎最新的孩子，加入原本就擠破頭的玩具店！相信你應該還不理解這裡的玩具，也不認識玩伴。反正你有很多時間慢慢來。走吧，我們出發。」

另一輛推車來了，我們付了更多錢。在梅西耶的催促下，我們走過彎彎曲曲的街道，終於到了那個地方。

聖馬塞爾區的小僧路上，接近中間凹下去的地方，有一間陰森的房子，生鏽的鐵絲掛起一塊凹陷的板子，上面寫著一個字。這棟房子的字是TAILLEUR（裁縫）。窗前掛著感覺油膩膩的黑布；整棟房子包裹在黑暗中。一位裁縫過世了。梅西耶去到門前。他推門時，門上的鈴響了兩次，在寂靜中顯得很大聲。那個聲音很悲傷，兩下哀痛的叮咚聲響，彷彿在說：好。痛。後來我漸漸認識那個鈴，斑駁鈣化的鈴舌，和柯提烏斯留在伯恩的一顆腎結石一模一樣。

終於有人來到門口。一個男孩，五官沒有任何獨特之處，一張蒼白空虛的臉，他肯定是寡婦的兒子。梅西耶跟他說了幾句話，不久後那張空虛的臉點了點，男孩轉身回到黑暗中。我們跟著他走進去。哀傷梗住房子的喉嚨；屋裡沒有半點聲音，只有梅西耶走動時衣服發出的窸窣低語，他的鞋子踩在地毯上沒有半點聲音。到處都一樣陰暗潮濕。不只窗戶蒙上黑布，整間屋子裡的所有東西感覺都籠罩一層黑暗，整個屋子找不到沒遮蓋的角落。我們摸黑經過幾個房間，摸著黑暗的牆壁前進，終於到了一個堆滿深色布料的房間，一支蠟燭投下微光。寡婦的兒子走向一堆布料，布料動了動，一隻手伸出來溫柔撫摸那個空虛的孩子，我看到那個空虛男孩對那堆布料說話，好像是叫媽媽。那堆布料裡面藏著一個女性人類，失去丈夫的女人，現在她轉過身。

夏洛特，「皮考特寡婦」，戴著一頂很大的黑色軟帽。代表深刻哀悼的布料圍住她的臉，不過兩綹髮絲叛逆地溜出來，框住她大大的臉頰。她的氣色紅潤，嘴唇豐厚，有著深邃的深色眼眸。她的臉上依然保有一絲少女的餘韻，剛好足以讓人想像她年輕時的模樣，還沒有被蓋上成人印記的那個時候。她還算有魅力，但原本就有限的美麗，此時因為憂愁而更看不出來。

梅西耶說明我們要租房間。

「頭，」柯提烏斯結結巴巴對梅西耶說，請他翻譯，「我是做人頭的。」

他叫我拿出我的蠟頭，放在我自己的頭旁邊。為了增加相似度，我特地閉上眼睛。我聽見一個鬱悶的聲音。然後寡婦驚呼，梅西耶說：「兩個頭一模一樣呢！」

「沒錯，噢，沒錯。」柯提烏斯說，非常得意，拍起手來。

「你怎麼做的？」她問。

「這是我的工作。」

「誰的頭都可以做嗎？」她追問。「還是只能做她的？」

「任何人、任何東西，」我的主人說，「只要有表面就可以。」

「你靠做頭賺錢？」寡婦透過梅西耶問。

「希望能賺到。」

「她很堅持，」梅西耶說，「不可以在臥房裡做這種東西，這樣不對。這個家有規矩。你必須再跟她租一間工作室。」

寡婦看著我。梅西耶說明我是柯提烏斯的助手。於是她說：「我們原本有一個女僕。但她回鄉下老家去了。」

「我會點爐子的火，」我自告奮勇說，「我知道所有工具的名字，我會磨顏料，我——」

「能重新有個僕人應該很不錯。」寡婦打斷我的話。「寶蕾以前睡在廚房旁邊的儲藏室裡。這樣的安排可以接受嗎？」

柯提烏斯認為可以。她因此又要了一筆錢。

「她會煮飯嗎？」寡婦問。

柯提烏斯承認一直是我幫他煮飯，甚至說我的手藝非常好，這句稱讚讓我笑得很開心。

他們已經在討論不同的話題了，但我依然滿臉笑容。

「歡迎加入皮考特家。」寡婦說。「你們會看到，我們是非常脆弱、非常感傷的人，因為哀悼而非常痛苦。不要對我們太粗魯，我們很容易受傷。什麼事都能惹我們哭，我和小犬埃德蒙，我們的皮很薄。」我差點忘記還有那個男孩在；他一直站在那裡，蒼白空虛。「請和善對待我們。」

「噢！沒問題！」柯提烏斯說。

然後她伸出一隻手。我猜想柯提烏斯大概慌了一下，以為他得吻那隻手，幸好梅西耶解釋：「錢。」柯提烏斯原本只是要跟這個女人租一個房間，不到十分鐘，他租了三間。

「最後一件事，」寡婦說，「請把證件交給我。由我來保管。」

「我的證件？」

「萬一你繳不出房租，扣押證件你就跑不掉了。」

他交出我們的證件。我不確定這樣做對不對。我認為應該由我們自己保管。

寡婦把兒子拉到一邊，不久之後，我聽見迎客鈴的聲音：那個安靜的男孩出去了。她帶我們參觀裁縫室。這裡放著她的工作臺、工具、一卷卷線，她的裁縫粉片形狀像扁平小石頭。地上、桌上的那些東西，組成裁縫的世界，整整齊齊、井然有序。許多剪刀；用來打洞、剪裁的工具，用來刮布料的工具，五花八門的針；熨斗、錐子；紡錘、量尺。

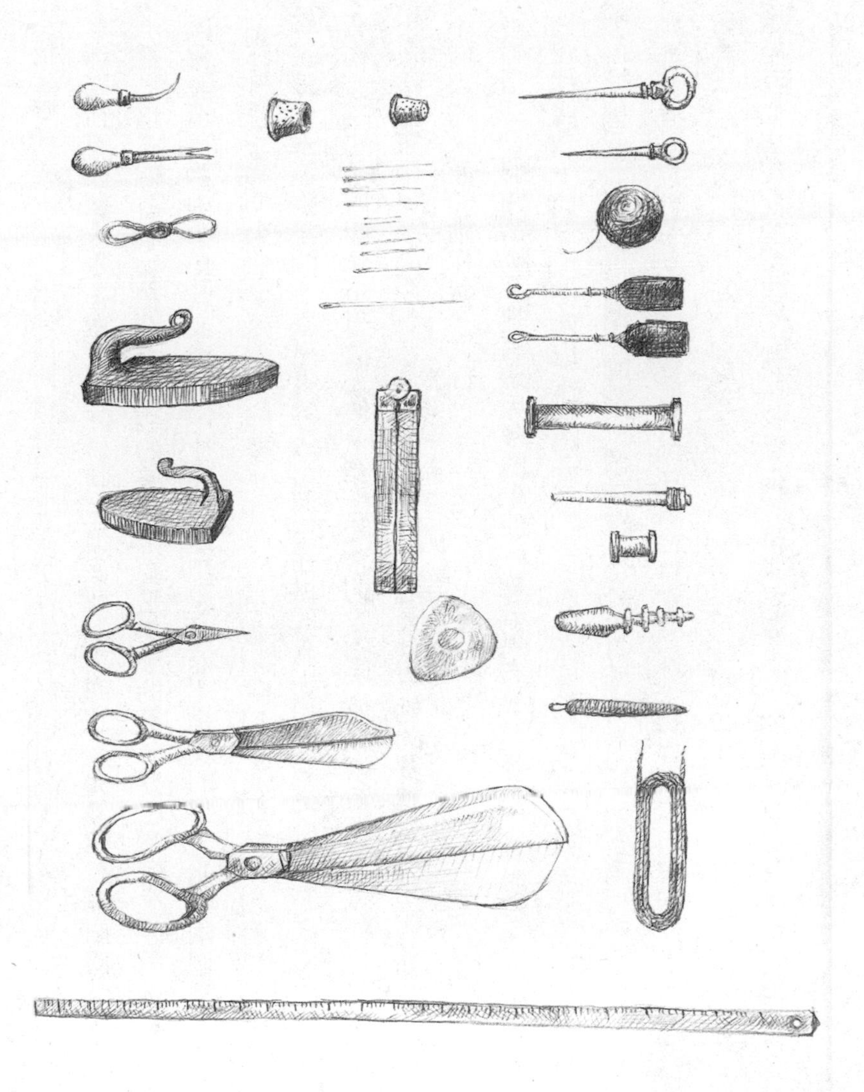

「我大概理解了，」柯提烏斯輕聲說，「我不是沒有同情心的人。」

裁縫室裡有四個人臺，做成人的形狀，但沒有頭和四肢。另外還有三個假人，和裁縫人臺不一樣，這三個有手腳和頭。它們的雙腿末端是尖尖的腳，穿上襪子，手的部分如果仔細看，就會發現只是兩個片狀的東西，比較像連指手套而不是真的手。其中兩個是女性，一個是男性，每張臉都同樣沒有表情，簡單的鼻子，兩道眉毛暗示有眼睛，嘴唇只是用紅線縫成的一條直線，永遠張不開。不是真的人，而是布做的人，用針線縫製並塞進填充物。這些是店面展示用的人偶，穿上販售的衣物，放在櫥窗裡。乍看之下，這個家中似乎人口眾多，但仔細一看，就會發現她的裁縫室裡只有很不像人的東西和她作伴。

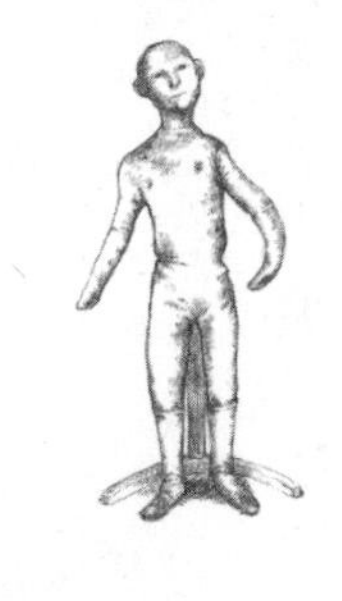

寡婦指指一個角落，那裡有個人形的東西，蓋著黑布。「亨利．皮考特。」她輕聲說。

「在那塊布下面，」梅西耶幫寡婦翻譯，「有一座裁縫人臺，完全依照這位女士亡夫的尺寸製作。這是他們夫妻製作的第一個裁縫人臺，對她而言極為神聖。她嚴格禁止你們觸碰。她非常強調這件事。」寡婦的哀傷在這裡特別強烈，彷彿那塊布下面的東西是寡婦傷痛的心。

她帶我們去後面的廚房。她叫我過去，給我看爐子、柴，以及存放煤炭的地方，各種鍋碗瓢盆，砧板，掛在勾子上的廚具。

「師傅，我要在這裡幫你煮飯？」

「應該是吧，瑪麗，嗯。」

寡婦打開廚房旁邊的一扇小門。裡面是一個很黑的房間，非常小、非常潮濕。裡面有張簡陋的小床，鋪著稻草床墊。沒有窗戶。柯提烏斯茫然看寡婦一眼，然後對我說：「妳有房間了呢，瑪麗。真好。以後妳就在這裡睡覺。」

「是，師傅。師傅，我可以去你的工作室睡嗎？」

柯提烏斯將這個問題轉達給寡婦。她搖頭。

「看來，」柯提烏斯說，「巴黎人不習慣這麼做。我們最好還是照巴黎人的方式吧。」

柯提烏斯的臥房在樓上，有兩扇窗戶，深色床架，床墊凹陷。皮考特家許多死去的人應該都睡過這張床，以後柯提烏斯也會留下瘦長的凹陷。

「我在這裡應該會很快樂。」柯提烏斯說，雖然他的表情似乎滿是驚恐。

迎客鈴響了。寡婦的兒子回來了，他被派去買東西，我們要一起吃飯。梅西耶同意留下。皮考特家有個非常暗的餐廳，寡婦母子、梅西耶和柯提烏斯坐在裡面吃冷肉和起司。我準備加入，但寡婦大聲斥責。

顯然在巴黎，僕人不能和主人一起用餐。

「巴黎人不會這麼做。」梅西耶說。「小不點，妳好像應該在廚房吃飯。」

我看看柯提烏斯。

「我要學的事情太多了。」他說。

「外國人，」梅西耶同意，「沒有朋友、沒有常識、沒有分量，永遠等著被碾過。整天關在租賃的房間裡，雖然能瞥見巴黎的世界，卻什麼也看不懂。所有外國人都必須學法文，否則永遠會被排擠。」

「那麼，我要學法文。」柯提烏斯宣布。

梅西耶答應幫他找老師。寡婦再次開口，雖然我幾乎不懂法文，但這次我懂她的意思：「為什麼那個人還在這裡？」我去廚房，獨自坐在廚房餐桌前，從此之後我都這樣吃飯。晚一點，那個表情空虛的兒子來帶我去看儲水的地方、裝刷地木灰的桶子，然後我獨自清洗所有碗盤——不只柯提烏斯的，而是餐桌上所有人用過的。更晚一點，柯提烏斯來廚房看我。

「明天我要開始學法文。寡婦答應要教我——她真的非常能幹——只收取一點點費用。梅西耶明天會來坐坐。瑪麗，妳一切都好嗎？」但他不給我時間回答。「我們到了。巴黎，瑪麗，巴黎。」

我的房間關上門之後，非常暗、非常悶。我拿出我的東西．爸爸的下巴銀板、媽媽的聖經、瑪塔。躺好不動時，我好像可以聽見潮濕牆壁哭泣的聲音。

10

第二批頭。

我們在巴黎做的第一顆頭是路易—賽巴斯欽．梅西耶。梅西耶解釋說他其實不必付錢給柯提烏斯，因為他是在幫忙，因為向未來的客人展示他的頭，絕對是讓他們瞭解柯提烏斯偉大天賦的最佳方式。「雖然展示小不點的頭也不錯，」他說，「不過你必須承認，無論那顆頭有多栩栩如生、充滿感情，依然只是一個長相奇特的兒童而已。你需要一張有點肉的臉，而我的呢，」他捏捏自己的臉頰，「剛好很適合。」

那張臉確實有肉，這是真的。柯提烏斯鑄模的時候，梅西耶堅持除了臉部，也要做脖子和一部分的胸口。正式的胸像，他說，彷彿認為平凡人可以和古代哲學大師相提並論，平凡人可以因為單純身為人而得到欣賞，我們可以學習變得更好看。這項改變確實讓我們的蠟頭變得更精緻，比較不像身體不見了。梅西耶摸著他自己的蠟臉說：「多精彩的地圖！多美好的地貌！我自己頭部的十六區，還有這裡，」他點點他的鼻子，「我的聖母院。」

梅西耶帶柯提烏斯去找能買到材料的地方。我沒有跟他們去。寡婦問我能不能幫她忙，柯提烏斯說可以。她指指廚房地板和拖把，然後點頭微笑離開。

「師傅，我真的非常想當你的助手。」後來我對他說。

「噢，好。」他同意。

「我一直以來都在學習當你的助手，師傅。」

「沒錯，當然。不過我們必須幫助可憐的寡婦。她受了很多苦。瑪麗，我要跟妳說個小故事。好像是這樣的：從前、從前有一塊寂寞的骨頭，日復一日都只有自己一個人。後來突然間，另一塊骨頭出現了，他們……」

「師傅，你說的這兩塊骨頭是什麼骨頭？」

「是什麼骨頭？」

「對，師傅。」

「呃。我想想。可能是脊椎骨吧。或肋骨。這不重要。」

「是什麼骨頭不重要，師傅？你真的說了這句話？」

「我無法準確分辨是哪塊骨頭。這一切對我而言都是嶄新的領域。以前我從來不認識任何女人，妳知道，從來沒有女人。現在我們很可能得到了新的骨頭，說不定會逐漸建造出新的生物。至於會是什麼生物，我也不知道。不過這些新骨頭能夠融合，沒錯，能夠融合，但需要一點時間適應。成長會帶來疼痛，我們必須接受，球窩關節和杵臼關節也會互相摩擦。一開始都會有點痛，一定的。」

柯提烏斯與寡婦各自占據我一半的時間，我的一天一半在工作室，一半在廚房。她也想要我打掃、清潔其他房間。我盡可能假裝不懂。我躲在德文母語背後，讓她比手畫腳說明想要我做什麼。她拿著抹布指指髒兮兮的窗戶；我鞠躬等她離開，然後轉身回去找柯提烏斯和他的工具。

一開始，我們的顧客不多：梅西耶的幾個朋友，小生意的老闆。第一個是梅西耶的鞋匠，梅西耶給他看過他的胸像。一開始，奧森先生看不出有什麼必要做蠟像——他比較關心身體底端，對頂端興趣缺缺——但只要不太貴，他就願意做一個試試看。他把頭放在櫥窗裡，很快就發現他吸引的顧客遠超過其他鞋匠；他獨具特色、與眾不同。人們認為可以把腳交給那顆頭。

那之後，迎客鈴開始響起。梅西耶又帶了其他生意人來工作室。我把工具準備好放在工作臺上，點燃爐子，研磨顏料。最後拿出蠟——這部分一直由柯提烏斯進行——手裡拿著蠟，他就像回到家，心滿意足，恢復原本的自己。他用蠟逐漸理解巴黎。

沒過多久，當迎客鈴響起，來找柯提烏斯的顧客超過寡婦的顧客，彷彿她失去了迎客鈴的偏愛。因為我負責打掃，所以可以自由在屋內走動；我走遍樓下的每個房間，熟悉裡面的每樣東西。確定沒有別人在的時候，我會打開抽屜、櫥櫃，裡面大多是空的，有時會發現老鼠屎。但我每次進入一個房間，都會先小心檢查，因為有時候當我轉過頭才發現，寡婦的兒子埃德蒙其實一直都在，站在角落或坐著不動，空虛的臉盯著我看。他最常出現在他亡父的人臺旁邊，因此我一直沒機會偷看黑布下面的東西。

眼睛適應室內的昏暗之後，我可以在黑暗中走動，知道每樣東西的位置，並且清楚看出一件事。現在我看出，在哀悼之下其實藏著另一個東西。如果只是短暫造訪，哀悼可以掩飾那個東西，或如果你眼睛不好，或只能進入特定的房間，例如餐廳，或是前廳，那裡擺著展示用的人偶，身上穿著寡婦縫製的衣物。不過，另外那個東西確實存在，導致窗簾汙損、瓷器缺口、窗戶破裂、寢具老舊；因為那個東西存在，所以不能點蠟燭照亮黑暗，所以櫥櫃裡空無一物。那個東西就是貧窮。寡婦的生意越來越差。我們來到這裡的第一天，她派埃德蒙出去買東西，因為家裡沒有食物了；柯提烏斯付房租之後，他們才有錢。

一天傍晚，我呆望著那塊黑布，底下是依照過世的裁縫亨利．皮考特體型製造的人臺。我十分確定沒有別人在。那個禁忌的物品就在我眼前，我只要看一眼就好。我掀起黑布。那是個有肚子的男性人體，老舊木頭與乾硬帆布組成寡婦的亡夫。人臺胸口的布料已經不再緊繃在骨架上，而是往內凹陷，木頭斑駁磨損。我想像亨利．皮考特，當他還是個真人的時候，應該是位虛弱的紳士，彬彬有禮，中年裁縫迎娶豐滿的年輕妻子，為她縫製衣裳，他一定十分善於為女性裁縫，因為不久之後，在他驟然離世之前，他讓她生出了兒子。我知道這個名叫亨利．皮考特的人確實存在過，但那個傍晚，在我的想像中，他只是那個老舊人臺，只是稍微完整一點，有布做的頭，褪色的灰布縫製成身體，眼睛或許是淺色鈕釦。被蛾蛀掉的小個子男人。

我正要把黑布蓋回去時，外面傳來聲響。寡婦出現了。她無聲無息地進來，因為穿著喪服，她的行動都沒有聲音。

她氣急敗壞，猛打我的頭。尖叫聲，她的和我的。她的反應好像我挖出了她可憐丈夫的屍體，彷彿我看到了真正的私密遺體。

柯提烏斯衝進來。明白發生了怎樣的災難之後，他說：「瑪麗，都是我不好。都怪我。我應該要打妳才對。我好像應該一個禮拜教訓妳一次。小時候我經常挨打。我父親很嚴格，妳知道。在伯恩，霍夫曼醫生把妳留下來給我的時候，我告訴自己小孩一定要學會紀律——我記得這件事——但我卻沒有採取行動。」

氣到滿臉通紅的寡婦激動點頭，柯提烏斯才剛說完那些可怕的話，她一定認為那就等於他同意了，於是她再次走到我面前，用力打了我一耳光。

這個耳光發出的聲音多麼響亮；她的皮膚發出的暴力短暫回到自己身上一下，然後對我造成巨大的衝擊，發出響亮的聲音。我震驚又疼痛，疼痛又憤怒，我等著柯提烏斯出手替我打她。我等他高聲怒罵寡婦，對她大發雷霆。

但他什麼都沒做。

「師傅。」我哭喊。「師傅！」

他的表情錯愕不快，但他什麼都沒有做，只是小聲說：「啊，瑪麗。拜託，親愛的寡婦，不要這樣？」

但那些話一點用也沒有，最後我的主人只是咬著自己的指節。但這樣也沒有用。他什麼都不做，造成了可怕的後果，惡劣至極的後果。因為他什麼都不做，寡婦明白了她可以任意處置我。

那個隱密的人臺重新蓋上黑布；亨利．皮考特可以重新在死亡中沉睡。他們把我趕回房間；關上門，沒有留下蠟燭。我聽見工作室的門打開，柯提烏斯與寡婦進去。獨留臉被打腫的我。

11

可怕的發展。

柯提烏斯的人生中從來沒有女人。他的母親難產而死；他來到人間的同時，她離開了。但現在有了一個女人，她的存在令他大為震撼。很快他就允許她幫他做各種決定。他站著不動，讓她撿起落在他外套上的麵包屑。

然而，柯提烏斯扶搖直上。沒過多久，他的工作室就變成屋中最舒適的房間。人們來到這裡，熱鬧交際、談天說地，梅西耶開心歡笑。這個房間裡有柯提烏斯和蠟；這裡充滿色彩。屋內唯一歡樂的地方。誰能抗拒這樣的地方？寡婦做不到，她越來越常去工作室，看柯提烏斯工作，研究他的手法，有時候甚至主動送酒給他，坐在他身邊觀看製作蠟頭的過程。我發現她離開之後，經常會在工作室裡留下一、兩根頭髮。我認為這些頭髮是間諜，每次發現我都會撿起來拿去燒掉。寡婦和我在爭奪柯提烏斯；她希望得到他全部的關注，而我擋在中間，所以她打算除掉我。

有時候，我從廚房回到工作室時，會發現寡婦趁我不在的時候喧賓奪主。她送酒來給柯提烏斯的顧客。酒喝完之後，她又送小點心來給顧客吃。柯提烏斯完全沒有制止她；他感到受寵若驚——不只這樣，他還感謝她。那些食物的碎屑掉在地上，踩到時會發出聲響，而且必須用指甲或刀子刮才能清掉。但最讓我厭煩的是她本人：女人，她的晨間服裝，她的氣味和頭髮，那些小動作，咂嘴、用雙手撫平裙子膝蓋的部位、不請自來坐著不走。女人。

她坐在那裡觀察柯提烏斯和他的生意；她觀察那些蠟製胸像。最後她終於出招了。一天下午，寡婦突然站起來，大步走出工作室。不久之後，她拿著店裡的一件外套回來。她舉起那件外套，在柯提烏斯面前抖了抖，指指一座胸像，那是蠟燭店老闆的蠟像。柯提烏斯嚇壞了，一句話也沒說。她拿起胸像，幫它穿上衣服。胸像是中空的，她將外套的尾端塞進去，藏起不必讓人看見的部分。然後她將蠟像放好，外套肩膀的部分形成一個人的肩膀。蠟燭店老闆穿上衣服了。

一片沉默。

柯提烏斯的胸口凹進去；我以為他會往前摔倒。他將兩隻長長的手臂往內收，雙手合在一起兩次，動作很小、沒有聲音。在不知情的人眼中看來，大概會以為他偷偷打死了一隻小生物，可能是蒼蠅、青蛙、蝸牛、幼貓，但其實他是在拍手。

沒有穿上衣服的時候，一個人可能是來自任何時代的任何人，可能偉大，也可能渺小。幾百年來，人類的身體變化非常小；無論外面穿怎樣的衣服，裡面都是一樣的。然而，只要穿上衣服，就能準確看出一個人的身分。柯提烏斯對穿上衣服的蠟像微笑。當他微笑的時候，人們經常會撇過頭，因為他的笑容令人不安，他的笑容太大、太熱情，露出滿嘴爛牙和牙縫；沒有人的笑容像他這樣。大部分的人都會參考許多人的笑容，以此為基礎發展出自己的笑容，但柯提烏斯的笑容是在孤獨中發展出來的，他練習的對象只有威什崔斯街那棟房子裡的內臟模型。看到這樣的笑容，寡婦會有怎樣的反應？她注視著，沒有轉開視線，然後下定決心點點頭。伸出一隻手。

她要錢。

他給錢。

這只是開始而已。那個女人跑來我們的工作室還不夠，連她兒子也把椅子搬來角落，就這樣待著不走。柯提烏斯什麼都沒說。埃德蒙坐在角落，拿出鈕釦仔細研究，正面看完看背面，然後放在大腿上排成一排，臉上同樣沒有表情。

「千萬不要碰這裡的東西。」我對那個孩子說，雖然他聽不懂我的語言。「師傅，他不能碰任何東西。快告訴他。」

「瑪麗，他只是坐在那裡。」

「他沒有自己的事要做嗎？」

「麻煩妳去點火。」

「『不要碰』，這句話用法文怎麼說？」

柯提烏斯教我，我重複許多次。每次我忙到一半抬起頭，那個蒼白男孩總是拿著鈕釦坐在角落，眼睛看著我而不是柯提烏斯，我會再次告訴他不要碰。只有他媽媽進來的時候，我才會停止叮嚀。

那天晚上，我準備睡覺的時候，發現一件可怕的事。

我把我的娃娃瑪塔放在房間的椅子上坐著，但我回來的時候，她躺下了。瑪塔有很多優點，她非常講義氣、非常有愛心，不過如果她坐著，就會一直坐著。她不會躺下；她只能等我讓她躺下。有人跑進我的房間。我在床上和地上都沒發現頭髮，所以我判斷進來的人應該是那個兒子。我緊緊抱住瑪塔，我把她拆開，仔細擦拭每個零件，然後重新組裝。

接下來發生了一連串災難。

第二天早上我去工作室的時候，柯提烏斯站在門口。我告訴他昨晚發生的事，他很同情，但他提醒我，不久前我也做過類似的事，還因此受到懲罰。更何況，我們住在皮考特寡婦的家裡，所有房間實際上都屬於她。

「我們的東西很貴重，」我說，「很多人想要。」

柯提烏斯喃喃嘀咕說，巴黎真的和伯恩很不一樣，這時候我就應該提高警覺才對，我應該做好準備。果然不久之後，他要我煮飯的時候不要只煮他一個人的，也要幫寡婦母子煮。工作室的門開著；寡婦一直坐在裡面。

「這麼柔弱的淑女一直待在廚房裡，這樣不對。」柯提烏斯對我說。「妳有沒有看到她的手？非常纖細，卻受盡折磨。」

「我很熟悉那雙手，」我說，「其中一隻打過我。」

「她給我看過。她的手很痛。」

「我只知道她的手打人很痛，師傅。」

「老實說，我很想做那雙手的模型。她對我很好，我想回報她。巴黎的一切都那麼奇怪，她引導我走上正確的路。有時候我確實需要指引。我很容易一轉彎就迷路。」

「師傅，我幫你煮飯，我幫你工作。」

「對，瑪麗，妳不可或缺，是上天給我的福氣。不過呢，以後妳煮我的飯的時候，煮我們的飯的時候，只要多煮一點就好。」

「但我是你的助手。」

「沒錯。」

「不是她的。」

「但我要妳這麼做。我說了妳就要做。」

「是，師傅。」

「不要這麼難過，不要哭，我這裡會痛。」柯提烏斯一手按住胸口，和底下維持生命的那塊肌肉。

「是，師傅。」

於是，我在工作室的時間變少了，和柯提烏斯醫生相處的時間變少了——他似乎沒有察覺，因為我在工作室的時間越少，皮考特母子在那裡的時間越多。寡婦把她的裁縫工作拿進去做，埃德蒙也一樣。

有一天，我在廚房裡挑了一個盤子，上了釉的好盤子，畫著藍色花紋——我特別選了這個——然後高高舉起，雙手放開。我說是不小心打破的。

「當心點。」柯提烏斯說。他無法忍受輕率對待物品。

「師傅，要不要我幫你畫圖？要畫什麼呢？」

「現在先別畫圖了，去把碎片掃起來。瑪麗，寡婦說要是妳再打破東西，就要教訓妳。」

我的角色就這樣漸漸變成家務女僕。寡婦來找我，繞著我走一圈，嘴角下垂，肥胖的手指拿著木尺測量我的身體。很快我就知道她這麼做的原因：她拿出以前那個女僕寶蕾的衣服，用她的裁縫大剪刀修剪，像屠夫切肉那樣，裁出我的體型。我被迫穿上刺刺的黑衣、戴上二手白軟帽，裡面還黏著別人的油膩髮絲。她叫我去換衣服。我回到房間關上門。

我出來時，家裡所有人都來看我變成女僕的樣子。寡婦點點頭，這個動作等於柯提烏斯的拍手。埃德蒙看著我，但沒有流露任何情緒。

「寡婦說妳真的很幸運，能夠得到這套衣服。」柯提烏斯說。「她幫妳做得多漂亮。快道謝。」

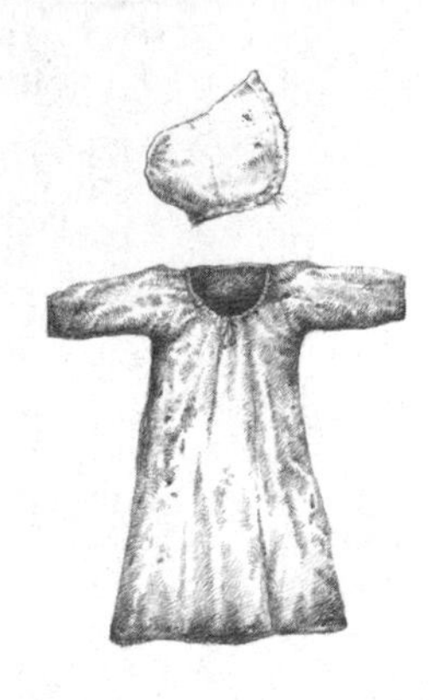

「我很幸運嗎，師傅？這衣服讓我全身發癢——我可以脫掉嗎？」

不可以。這身衣服摩擦我的皮膚，我的頸子和肩膀刺痛發紅。這是喪服，染上寡婦的黑暗憂鬱。我穿這著這套衣服總覺得呼吸不順，經常有憂傷的念頭。我很想知道，她是不是用自己的頭髮縫製的，現在我是不是把寡婦穿在身上了。我努力想讓師傅理解這樣有多不對勁，但當他看著我，他只看到寡婦。現在對他而言，寡婦等於整個巴黎。

柯提烏斯醫生因為離鄉背井加上滿心感激而失常，以致於沒有看出我這番變化背後的意義。他沒看出剛才發生的事代表所有權轉換，物品換了主人。我被降級成家務女僕了，學習女僕常用的語言，如此有限的詞彙，但柯提烏斯完全沒有阻止。我明白大人有很多缺點，他們並不完美——即使他們活得比較久，即使他們自命為兒童的榜樣。他們比較高大，毫無疑問，而身材高大的人，即使毫無貢獻，依然很有權威。但他們很容易受影響，可以輕易被左右。這時候，他已經完全成為她的人了。寡婦的頭髮，我想著，她的一些部分，鑽進了他的肺裡。

她誘騙他去洗澡，不愛乾淨的男人，幫他做新衣服，燒掉舊衣服。他多麼珍惜地撫摸那些新的蔽體之物。她要他刮鬍子、剪掉頭髮、戴上假髮。她讓他成為在她眼中可以接受的樣子。我可憐的師傅遭受這些攻擊之後做出什麼回應？我偷看到他在臥房裡，頂著短髮、穿著新內衣，冷得不停發抖，但他將假髮頂在指尖上，得意洋洋地說：「無論在哪裡我都認得你。你是柯提烏斯醫生的短馬尾假髮。」

戴上這頂假髮，他可以是任何人，任何巴黎人。對我而言，彷彿所有屬於柯提烏斯的特質都被抽光了。

我跟隨柯提烏斯學習的時間越來越少，後來完全沒有了。以前當我問他人體的事，他會和我一起坐下，花很長的時間說明。現在他只是說：「下次吧，瑪麗，下次。」「我可以畫圖嗎？」我問。

「現在沒有時間。」他說。我問他，如果我畫了圖，他願意看嗎？「瑪麗，」他說，「妳太吵了，妳沒有看到寡婦在那邊椅子上打盹嗎？拜託不要吵醒她。」

於是我從寡婦的裁縫室拿了紙張練習畫圖——泛黃的老舊紙張，她沒有在用。我也找到她的鉛筆，占為己有。每天我都練習畫圖，一天都不休息。我記住白天看到的東西，存在腦海裡，晚上畫出來。我絕不會放棄；我要畫下所有東西。我畫的每一幅圖，每個線條，都是我存在的小小證據。

柯提烏斯醫生經常和寡婦一起出門，她熱衷於帶他瞭解巴黎，但對我而言，巴黎只是過世裁縫的房子、附近的市場、水井，以及一個月來一次的洗衣婦。有一天，我從市場回家時，看到溝渠裡有一堆東西，好像是垃圾，但接近時我看到其中一端有頭髮。一顆頭，女性人類的頭，顏色死灰，骨頭凹陷。一具屍體倒在街上，所有人就這樣走過去，沒有多看一眼。一個人類徹底停止，倒地死亡，遭到漠視；那個無法判定年齡的人，曾經穿衣打扮，曾經是我們的一分子。這就是巴黎，我想著：路上有人死掉，卻沒有人關心。這個想法一路追逐我回到家。

我再次路過時，那具屍體已經不見了，她之前陳屍的地方有一塊嚇人的小汙漬。巴黎的規矩是什麼？真的有規矩嗎？

梅西耶先生偶爾會來看看我，其中一次，他教導我關於這件事的問題。

「我真的非常愛巴黎。」梅西耶告訴我。「但事實上，小不點，我非常擔心這座城市。巴黎變得太大、太大。無法阻止。」

每次他來的時候，我都請他告訴我他走過哪些地方，他一一描述。我仔細聆聽，想像自己在街上奔忙。看到我這麼專心的樣子，他花更多時間在廚房陪我，帶我在想像中走得更久。我握著他的手，閉上眼睛，我們一起去旅行。

※我用這隻死老鼠代表死去的女人。

12

巴黎：路易—賽巴斯欽．梅西耶導覽。

「小不點，現在我們來到河邊。妳在嗎？嗯，妳在，就在我身邊。這條擁擠的橋樑是巴黎的命脈，是這座城市的心臟。流動的不是血液，而是人。這顆心臟將他們送往城市的各個角落。人們下橋的時候比上橋時更精力充沛。這就是新橋，巴黎最大的橋。在這座橋上什麼都有：美人、醜人、年輕人、老年人、窮苦人、殺人犯、聖人、施捨的人、接受的人、天才、江湖術士、小嬰兒、骷髏頭，全部混在一起。生命在這裡出生，也在這裡被帶走，這裡進行過拯救生命的行動，也發生過奪去生命的行動。在這條橋上，一整天都會有人唱歌乞討。這些唱歌的人通常有缺陷，例如，失明、殘障、瘋狂。他們占據一塊地方大聲唱歌，猥褻的歌、慢版的歌、賺人熱淚的歌、讓人忍不住跳舞的歌、讓人平靜的歌、讓人戰鬥的歌。這些賣唱的人在巴黎隨處可見，這是個歌唱的城市，但新橋是他們的首都。他們決定這座橋的音量，而這座橋決定整個城市的音量。

「我們繼續往前走，去太子廣場。小不點，現在要右轉，繞過憂傷的城市宮殿；從這裡能看到聖禮拜堂的屋頂，像一個玻璃珠寶盒。現在呢，往前看，聖母院雄踞前方，不過呢，跟我往這邊走。走進這些憂鬱的建築，進入悲慘的門戶。進來吧。來。

「歡迎來到巴黎最可恥的地方。正式名稱叫做Hôtel-Dieu，主宮醫院。別名則是：死亡深淵。神父和修女在醫院裡到處亂跑，使得各種疾病在病床間傳來傳去，以錯誤的方式治療疾病，傳播上帝恩典的同時也散布疾病。這是巴黎的窮人最害怕的地方，這些潮濕的牆壁。城市裡的窮人都會互相這麼說：我一定會死在主宮醫院裡，就像我爸那樣。主宮醫院來者不拒。貧窮的人都來這裡等死。絕望、絕望、絕望，跟我來。這裡大致上收容了六千名病患，當然啦，會隨著季節變化，巴黎有死亡的季節。六千名病患，卻只有一千兩百張病床。無論生了什麼病，都要和別人擠同一張病床，同床的人很可能罹患完全不同的疾病，甚至是傳染性極高的疾病；床伴很可能會害死妳。他們把死人裝在推車裡運出去，通常都是天剛亮的時候，不然就是夜正黑的時候，這樣才不會被人看到他們一天弄死多少人。摧毀心靈的建築啊！千萬不要深呼吸，因為這間醫院附近的空氣性質邪惡、劇毒，旁邊的河流讓狀況更加惡化，因為河水讓所有東西變得沉重、潮濕。整間醫院找不到一個乾燥的角落。等我一下，我要踢這座建築。每次穿著心愛的鞋子經過醫院，我都會踢一腳，現在鞋子已經習慣了。雖然會讓鞋子的皮革稍微磨損、讓我的腳趾瘀血，但這間醫院就是欠踢。巴黎有很多這種欠踢的建築。

「來，這裡還有個東西要讓妳看看。在這個小庭院裡，妳在這裡呼吸的空氣，早就被其他地方遺忘了，在那面長滿苔蘚的滲水牆壁前，有一間小屋。可能是豬圈，只適合豬居住的地方。或者是狗屋，住著不受寵愛的狗。有一次我散步的時候碰巧發現這個地方。不要出聲。我也要降低音量。這個木造的籠子裡，關著醫院的一個病患。一個裹著骯髒破布的男孩，不停發抖，一直自言自語。那個孩子的頭非常大。要知道，那個孩子非常瘦，但巨大的頭讓他的眼睛分得很開，臉頰像兩個大圓球，腫脹得像教堂圓頂。水腦症的孩子，瑟縮在黑暗中，啃著一根早就沒有營養的骨頭。他的脖子上掛著一個告示：請勿餵食。請原諒我，我忍不住想隱喻一下。我稱呼這個孩子法國。他真正的名字應該早已失去。妳應該看得出來，法國是個瘦弱不堪的孩子，他攝取的養分只會供給頭部，身體完全得不到，使得身體虛弱憔悴。每次他吃東西，都只有頭會長大，身體從來不會成長。但他無法停止進食。他總是非常飢餓。法國的頭不停長大，身體卻快餓死了。妳認為他還能活多久？妳認為我們的國家還能撐多久？噓，我們走吧。該離開了。不要在這裡逗留。妳救不了他。他看起來很激動，因為他以為妳會給他東西吃。他不在乎人，只想要食物。走吧，我們離開這個陰暗狹小的木屋，爬上半空中，能爬多高就爬多高。我會讓妳長高兩百零七英尺，然後，等爬到最高點，我們就可以俯瞰這一切。

「好。聖母院。小不點，這是雕刻在石材中的光陰。這座城市最偉大的名勝古蹟，最知名的雄偉殿堂。最有智慧、最複雜的建築。聖母院兩側與後方延伸出的飛扶壁，看起來有如彎彎的腿，整座教堂有如巨大的蜘蛛，巴黎市則有如緊密複雜的蜘蛛網，來參觀的遊客捐獻小錢餵養這隻蜘蛛。畢竟聖母院是這座龐然迷宮中第一個值得注意的東西。我們要爬上這個大怪物的螺旋梯。我先走，帶妳繞過每個轉彎的地方。

「小不點，妳有沒有聽到我說話時有回音？感覺忽遠忽近？這座樓梯越往上越窄，轉彎再轉彎、往上再往上，去到那麼高的地方。從窄窗可以瞥見巴黎市，我們越往上爬，城市就變得越來越小、越來越遙遠。妳有沒有聽見我在喘氣，我心愛的鞋子在石造樓梯上發出聲響？現在我們腳下的樓梯很不願意轉了，這座樓梯培養出節奏，想要不停往上，但是，再轉一個彎，我們就到了北塔頂端。

「好，我們到了。巴黎，從塔頂往下看的樣子。我該告訴妳什麼呢？這個好了，巴黎位在法蘭西島的中央，塞納河兩岸。北緯四十八點五三度，位在倫敦東方。寬兩英里，周長六英里。妳可以看到，這座城市幾乎是完美的圓形。請看吧，就在那裡。巴黎，原本的名字是盧泰西亞——意思是爛泥之城，妳應該一點也不覺得奇怪吧。也有人稱之為地下城或陰影迷宮，甚至是宇宙縮影。就在那裡，快看吧，有生命、會移動。妳可以看到皇宮——杜樂麗宮在那裡。可以看到醫院——傷兵醫院在那裡。可以看到劇院——法蘭西喜劇院在那裡。可以看到監獄——我們後方就是巨大的長形怪獸，巴士底監獄。

「不過，這些又有什麼意義？這個由大量建築與人組成的巨大混亂，這個大熔爐，這個所有東西都倒進去的大水槽，八百一十條街、兩萬三千棟房屋，七十萬人的家，妳怎麼可能學得完、怎麼可能讀得完？所有東西都鎖在這座城市裡——沒有許可無法出城——他們所有人，至少大部分的人，都努力存活，努力求好，為了自己、為了這個家，這個就叫做巴黎的世界！

「儘管如此！哎呀！小不點，仔細聽我說。我漸漸明白了一個很慘的真相：巴黎快窒息了。無法繼續前進、無法呼吸，雖然用力喘氣，空氣卻無法進入血淋淋的肺部。小不點，妳想發問，我看得出來。每個人都想問這個問題。妳想知道為什麼大家能夠忍受這個地方，這個惡劣的家園、悲慘的首都。妳想知道，為什麼大家每天呼吸有毒的空氣。為什麼大家要泡在這個全是尿的池塘裡，為什麼大家要選擇這種狗屎地點，為什麼明明能看見光的人，卻自願關在最黑暗的深淵。唉，我告訴妳答案，其實很簡單：習慣。巴黎人願意忍受這些惡劣的狀況，因為這個腐敗墮落的地方，是我們稱之為家的地獄。我們永遠不會離開，因為不管多糟，我們愛這個城市。我們愛巴黎。我愛巴黎。

「我的導覽就到這裡。現在，我要脫下一隻鞋給大家傳遞欣賞。任何打賞我都將銘感五內。妳沒有錢嗎，小不點？那就給我一個吻吧，妳這個巴黎的怪孩子。」

我吻一下他的臉頰，他離開，留下我獨自在廚房裡，我閉起眼睛，想像自己漂浮在這座城市上方。

13

我被禁止進入工作室。

我白天買了魚，晚上畫魚的頭。所有東西都可以畫，那堆泛黃的紙慢慢減少。完成的畫我全部捲起來藏在廚房一個抽屜後面。夜裡，我悄悄溜進工作室畫柯提烏斯所做的巴黎人頭。現在我自己的頭，在伯恩做的那個，已經從架子上拿下來，用布包起來收進櫃子裡了。我和那些新的蠟人坐在一起，感覺到他們非常高興我加入。我覺得他們很想說話，卻發不出聲音。這就是蠟頭的憂傷：他們從來沒有出生過，他們模擬生命，生命卻對他們不屑一顧。在最安靜的時刻，我悄悄對這些半人說話：「我來陪你們。」我說。「你們會怕黑嗎？不要怕。」

那些日子，住在死去的裁縫家中，可以隱約聽見一些聲音，一開始幾乎聽不見：遠處的滴答聲響、齒輪轉動的聲音、一個巨大機器活過來的聲音。必須要有極大的信念能才聽見那

些聲音，因為這個家裡只有一個寡婦和她愛測量的兒子，一位高瘦的醫生和他的小小女僕，以及一棟哀悼的房子。當時生意規模很小，不太可能吸引人們注意，非常不起眼。大家都會各自找到生存之道。這座城市裡的每個地方，都有千千萬萬的私營事業在運作。我從梅西耶那裡得知，在犬街有一對父子吹製玻璃眼珠；柯提烏斯開始用在蠟頭上。摩方多碼頭那裡，有個人販售二手假髮；柯提烏斯買來給蠟頭戴。在審查街上，有一間專門教人做人造花的小型學院，由土魯斯的一位修女院長創立；寡婦用那裡的花裝飾柯提烏斯的工作室，現在那裡已經變成交誼室了。小僧路上，一家小型私營事業，用蠟製作巴黎小商人的胸像。大家都會各自找到生存之道。

幾個月過去了，寡婦幫胸像做衣服。有一次，我在擦拭工具的時候，看到寡婦邊說話邊拿起一座胸像。不久之後她放回去，但沒有放好，胸像前後搖晃了一陣子。柯提烏斯看著晃動的頭，大聲說——噢，多麼驚人的音量！——

「竟然這樣亂放！妳以為這是肉鋪裡的肉嗎？」

這才是柯提烏斯醫生，我想著，他恢復正常了！但他立刻一臉自我厭惡的表情。寡婦沒有說話；她聽不懂他說的話，但她聽得出他的憤怒，然後，突然間，她哭了。看到她哭，柯提烏斯也哭了，工作室裡哭聲此起彼落。她的表情多麼悲戚，哽咽得多麼淒涼，她兒子立刻趕到她身邊。裁縫過世之後才過了幾個星期而已，我提醒自己：哀傷依然很濃，緊抓著她不放。後來，她再也沒有這樣暴露過自己，但在那一刻我看見了：一個人類，努力求生存。

接著，寡婦用手帕擦擦臉，環顧四周，發現我在觀察她，在那瞬間，她發現我很清楚剛才看到了什麼。她的嘴角往下拉，表明她知道了，我明白從此之後，我成為她更大的敵人。我目睹到她脆弱的一面。

後來，寡婦再也不會輕率對待蠟頭。一開始她只是動作更小心，但隨著時間過去，我承認，她的態度開始流露些許溫柔。她似乎意識到柯提烏斯有多重視，他有多關心這些下巴、耳朵，他有多同情每條肉體的皺摺。柯提烏斯熱愛眼瞼與嘴唇：他會為了一條眉毛而感動暈眩，為了一顆痣或一個酒窩而激動興奮。他不介意缺陷，無論是鼻子周圍長滿小顆粒，還是毛孔大到幾步之外就能看見；就算嚴重斜視也無所謂，或者很會流汗，蠟像必須塗上清漆表現出汗水。無論怎樣的人來找柯提烏斯，他都愛。而在所有臉當中，他最常看的就是寡婦的臉，而從熟悉中生出興趣。

而這一切，寡婦都看在眼裡、記在心中。

當她記住這一切時，我很遺憾地告訴各位，他們的物品也開始混在一起。每當我擠出時間回到工作室，都會發現可怕的新進展。首先，她的工具和他的一起放在工作臺上。一開始她的工具只是放在旁邊，但後來我發現那些不同的工具，他的和她的，逐漸越來越靠近、越來越熟悉。有一次，我看到寡婦伸手拿柯提烏斯醫生的穿刺器，這種工具有直直的柄，用作穿透皮膚、刺破深層膿瘡。不過柯提烏斯用來製作蠟像的耳道，非常成功。寡婦拿起這件工具，用來在白棉布上打洞。不只這樣而已，非常難以置信，不過柯提烏斯也借用寡婦細長的扣眼鉤來製作鼻孔。因此，可想而知，我必須在狀況惡化到無法挽回之前採取行動。

只有我能恢復這個家裡的秩序。只有我能救他們。我應當要把東西放回正確的位置；這是我的職責。於是我就這麼做了。我收拾好所有裁縫工具，拿回裁縫室整齊排好，這些東西本來就該在這裡。我的細心體貼有換來感謝嗎？沒有。他們抱怨個不停，他們兩個都一樣。他們不停唉聲嘆氣，吵著說找不到東西。他們說我很壞，竟敢亂動別人的東西，寡婦說要開除我，把我送回伯恩，送回我的故鄉，她說應該要把我趕出法國，沒有人要我來，也沒有人歡迎我。我很想知道，我該被送還給誰。師傅不肯開除我，但必須懲罰我的行為。

我犯了錯，必須受罰，他們宣布。我準備好挨打，很想知道會由誰出手，柯提烏斯還是寡婦。但我沒有挨打。我寧願挨打，因為我得到的懲罰比挨打更慘：我被禁止進入工作室。我永遠不准再進去。一輩子，沒有期限。我哀求師傅，但他只是愛憐地拍拍我頭上的女僕軟帽，重複說他們已經決定了。從此，我等於和他告別了。我每天都只能見到他幾分鐘，而且寡婦幾乎永遠都在。

柯提烏斯教我很多東西，他也給我很多寵愛。或許，我想，他一開始就不該對我好。要是他沒有教我那麼多，說不定我可以安靜聽話，做個出色的僕人，不會有那麼多想法。但他讓我品嘗到那樣的滋味——工作、思考、蠟——我無法忘懷。我緊抓著不放。每天晚上，他們在樓上睡覺時，我都偷溜進工作室，裡面的蠟頭告訴我白天發生的所有大小事。我畫圖。我拿出他的解剖學書籍，我研究，我繪圖。我多麼想見到他，但他再也不來廚房看我了；只有梅西耶偶爾來找我，用沾滿墨水的手指捏捏我的臉頰，然後又匆匆忙忙去他的城市行腳。

因此，在那一天，有人敲廚房門，看到師傅進來時，我真的好開心。

「瑪麗，」他說，但接下來的內容卻是：「寡婦說她的很多裁縫版型不見了。妳有沒有看到？」

「裁縫版型嗎，師傅？我發誓，我不知道你在說什麼。」

寡婦非常氣憤。我拿走的那些泛黃紙張，那是她亡夫留下的裁縫版型。她說我拿去燒掉了。她說我是邪惡的外國小鬼，一開始就不該讓我進家門。

「瑪麗，」柯提烏斯眼眶泛淚，「妳要挨打了。」

「不，師傅。不！」

但這時，那個臉龐空虛的兒子說話了。短短幾個字，全都是柯提烏斯教過我的：是、我、拿、的。說完他又恢復沉默。

可是這不是事實。不是他拿的。是我拿的。為什麼他要說謊？為什麼他要說那句話，讓廚房陷入死寂？寡婦拉著兒子出去。

「師傅，她該跟我道歉。」我不敢相信竟然逃過一劫，但我想要徹底利用。「她應該道歉。」

「瑪麗，」他說，「我要跟妳道歉。我以為一定是妳拿的。真是對不起。」他的話並沒有讓我心裡舒服多少。

不過，為什麼那個男生要說謊？為什麼？他始終沒有告訴我。

一天傍晚，我上樓去幫柯提烏斯鋪床，看到一件可怕的事。我發現一扇門開著，於是看了一下，我發現寡婦脫掉了軟帽，露出豐厚到難以置信的頭髮。埃德蒙繞著那一頭華麗長髮走動，拿著梳子勤奮梳理。寡婦閉起凸出的眼睛；她很平靜。我躲在黑暗中，看著埃德蒙梳開糾結，我覺得他好像整隻手臂都陷進媽媽頭上長出的東西。寡婦溫柔的一面全部藏在這裡，白天徹底藏起來，傍晚時露出來，由兒子打理。他悉心照料母親的溫柔，然後編成又粗又長的腸子，盤起固定在她的頭上，最後戴上大大的黑布軟帽整個藏起來。寡婦親自在肉呼呼的下巴底打個蝴蝶結，看不見頭髮之後，強硬無情的感覺又回來了。寡婦睜開眼睛，突然轉身，透過門看見我。我急忙逃跑。那麼多的頭髮，讓我想起媽媽聖經裡的人，抹大拉的馬利亞，在荒野中。

我偷看寡婦在臥房裡梳頭的代價——偷看是她用的詞——就是以後再也不准在傍晚上樓。「拜託，瑪麗，不要惹她生氣。」柯提烏斯懇求。事實上，我已經被禁止打掃師傅的房間了；寡婦自己攬下這份工作。我的地位幾乎只是個廚房女僕。我坐在廚房裡，怒火中燒。我越來越憤怒，終於再也忍不住了，我沒有敲門就闖進工作室。

「既然我是僕人，那就該付我薪水。學徒沒有薪水，但我確定僕人有。」

「瑪麗，妳跑來這裡做什麼？」

但柯提烏斯和寡婦商量。從他們的手勢，我看得出來他們在談錢。寡婦大笑。

「沒有錢？」我問。

「唉，要知道，」我的師傅說，「我很想給妳薪水。遲早會給。只是現在我們沒有那麼多錢。再過一陣子，肯定會有錢可以給妳。但在還不行。小不點，目前三餐和住宿就是妳的薪水。」

「我應該要有薪水，」我說，「我敢說一定沒錯。」

「呃，對，妳說得或許有道理。我不清楚巴黎的作風。一切都會沒問題。」

「真的？」

「噢，對。」

寡婦說了一句話，柯提烏斯露出無力的笑容。

「啊，瑪麗……妳好像應該走了。」

「你真的這麼想嗎，師傅？」

「呃……對，瑪麗，真的。」

「那我走了。」

我沒有別的地可去，只好回廚房。要是我離開這棟房子，會發生什麼事？我似乎別無選擇，只能待在這裡；這是我人生唯一的選項。要是離開，我很可能會流離失所，落得像死在街上的那個女人一樣。更何況，我不能離開師傅。沒有我，他該怎麼辦？寡婦會把他生吞活剝。她會把他消化殆盡。

14

◆◆◆ 埃德蒙，在廚房。

我在廚房，站在凳子上剝兔子皮，我一定是太專心了，因為突然間，我察覺一陣窸窣聲響。有別人在。寡婦的兒子在我身邊。他看著我很久，我也看回去。「不要碰。」我用他的語言對他說。過了一下子，我接著說：「謝謝。」我發現他的耳朵立刻紅了。現在回想起來，他的耳朵真的表達力十足，我沒有遇過超越他的人。他的臉依舊蒼白，他沒有發抖，但他的耳朵發紅。終於，那個男孩輕輕點頭，彷彿他一直在思考很重要的事，終於下定了決心。他翻找口袋，拿出一個非常瘦的娃娃，是布做的。

「埃德蒙。」他指著娃娃說。

「埃德蒙？」我比著娃娃問。

「埃德蒙。」他說。

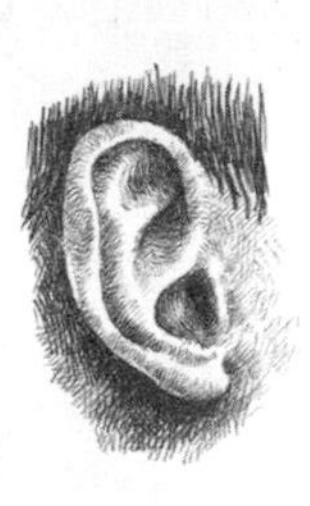

「埃德蒙？埃德蒙和埃德蒙？」

他點頭。這個男孩給娃娃取了自己的名字。我立刻看出，這個娃娃和依照過世裁縫體型製作的人臺是一家人。在這棟陰森的房子裡，他們會複製家人的體型。這裡有一個血肉做成的家庭，還有一個用布做成的家庭。

剛進來這個家的時候，不會看到這群布做的人；這群布人通常會安靜躲起來，自成一個鬱悶陰沉的部落。不過，經過一段時間，他們會讓人感受到他們用粗布做成的存在，透過隱約類似人類的身體，以及幾乎難以察覺的嘆息。他們占據空間。以碎布做成的人類情感，在幽暗中默默盼望。眼前這個娃娃代表埃德蒙，裁縫人臺的兒子。我觀察那個娃娃。

我沉默思考許久，然後洗淨雙手，慎重地將她拿出來。「瑪塔。」我說。埃德蒙之前見過她，但不知道她的名字。

我把瑪塔放在餐桌上。他小心翼翼放下埃德蒙。埃德蒙娃娃是用十到十二塊布料製成的，大多是同一種灰色，用線纏住整個身體以免散開。他看起來就是一堆破爛散亂的布塊，我無法準確分辨哪裡是他的四肢。這個娃娃用線修理過，似乎修了很多次，而埃德蒙又縫上新的碎布。布做的迷你男孩，善於保密；小型的人，可以把玩，也可以說悄悄話。

我們一起坐在廚房餐桌邊，我看著他的埃德蒙，他看著我的瑪塔。最後，埃德蒙把埃德蒙收回口袋裡，站起來，一鞠躬，默默離開。我明白這次會面的重要性。他徹底揭露自己，以他唯一知道的方式：透過有點潮濕的布料。這是埃德蒙第一次來廚房找我。

那之後，只要他媽媽不在家，那個蒼白的男孩就會來。埃德蒙帶著鈕釦來，這樣他才有事做，鈕釦一排排放在腿上。一開始他非常安靜。我想畫他，平常我畫人像都會從鼻子下筆，但現在我很困惑，因為他的鼻子感覺很不像鼻子，眼睛也一樣，嘴巴也是；只有耳朵變紅的時候感覺像耳朵。一開始，我很擔心布娃娃分身會不會比他本人更像真正的男孩。不過，我越是專注觀察他，他顯露的部分就越多，就像報死蟲*那樣，只有當所有人去睡覺時才會出現；而牠出現時，代表你其實已經跟死去的屍體睡一整夜了。一旦我發現他，一旦我用鉛筆畫下他，之後我就能清楚看見他——彷彿他是一個謎團，而我成功破解了。

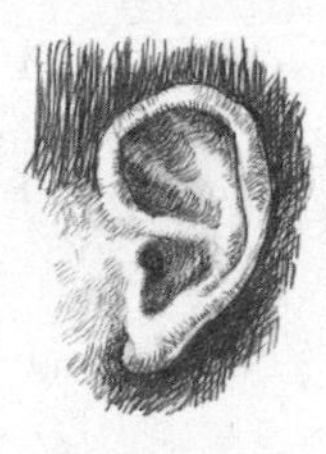

他的嘴唇豐厚，綠色眼睛，鼻孔有點大小不均，他的鼻梁周圍有些雀斑，後頸有顆痣。我畫了他好幾次，終於他慢慢習慣了。過了一陣子之後，反而是我沒畫的時候他會不高興。

*注：報死蟲（deathwatch beetle），成蟲到了交配季節，會發出規律的滴答聲響以吸引配偶，此聲音曾被當作一種死亡的凶兆。

那段時間，就像梅西耶先生所說的那樣，我活在身為外國人的迷霧中，這表示我不完全存在。除了寡婦硬逼我記住的少數單字之外，我什麼都聽不懂。後來，每當她和我師傅一起出門，我也有家教了。埃德蒙常來廚房，如果只是玩娃娃和鈕釦未免太浪費。我拿起一塊抹布——寡婦教過我這個詞——給他看。

「抹布，」我說。「抹布。抹布。」

埃德蒙沒有反應。

我指著窗戶說：「窗戶。」我指著掛在廚房的一隻雞。「雞，」我說，「雞。」

埃德蒙沒有反應。

我指著他手中的鈕釦。我指了又指，指了又指。

終於，他用他的語言問：「鈕釦？」

「鈕——釦——」我重複，「鈕——釦——」

接下來，我以同樣的方式問了襯衫、領子和頭髮，他這才明白我要他教我法文。我們一起去裁縫室，他媽媽現在已經不去了，所以這裡變成他的天地。我指東西，他告訴我怎麼說，我必須記住，下次見面他會考試。他非常認真。我弄錯的時候，那張空虛的臉會搖一搖，但他從不會對我大吼大叫。他的聲音總是安靜溫和。

我透過裁縫術語學習法文。就像師傅傳授他的專業知識一樣，埃德蒙教我他所認識的世界。我最早學會的詞不是老鼠或貓，而是線、剪刀、線軸。我還沒學會晚安，先學會了襠片；還沒學會問安，先學會了粗麻布；還沒學會打招呼，先學會了印花布；還沒學會聖歌，先學會了頂針。我學會了撕裂、打洞，知道什麼是粉片、暗釦，領圍和前身長。我沉浸在詞彙的世界中。

除了布娃娃埃德蒙之外，埃德蒙最不可或缺的東西就是皮尺，一條細細長長的皮帶，其中一邊有大大小小的標記。裁縫室裡有很多其他尺，例如兩側印著長長數字的長長木棍，但那條皮尺是埃德蒙專屬的，不用的時候他都綁在腰上。埃德蒙幫我測量。我們偷偷上課幾個月之後，光是說「我的名字叫瑪麗」已經不夠了，我必須說：「我的名字叫瑪麗，肩寬二又四分之一吋，頸長七又八分之一吋，手臂從肩窩到袖口長十五又三分之一吋，腿長十六又七分之一吋，腰長七又三分之一吋。」等到我跟埃德蒙學會身體各種長度時，我幾乎已經能完全理解他說的話。

很快，我開始要埃德蒙教我更多。我想看書，啟蒙讀本，幫助我學習。我不想只學裁縫術語。有埃德蒙當我的家教，我的法語突飛猛進。我的程度逐漸趕上疏遠的師傅，不久之後，甚至超越他，因為有時候寡婦會叫我停下來，然後問：「妳怎麼知道那個詞？我沒教過妳。」

埃德蒙站在裁縫人偶前，以他安靜拘謹的方式說：「我想正式向妳展示我們的店鋪人偶。我們賣給聖奧諾雷路的一些店鋪，現在大約每年賣出五個。有些是男性、有些是女性，就像這幾個一樣。但無論男女，臉龐和表情全都相同。唯一的差別在於，有的坐著、有的站著，有的有胸部、臀圍比較寬。站著的比坐著的多。全都是根據我的體型製作的，妳有沒有發現？不分男女，全部用我的體型。這是媽媽的主意，她喜歡看到我穿著各種華服站在聖奧諾雷路上。可以說，他們是我的兄弟姐妹。」

這個世界上有多少個埃德蒙？

「謝謝你，埃德蒙，謝謝你讓我知道。」

「不客氣。」

「你今天好健談。」

我經常想著埃德蒙，無論他出門去，或是在我身邊。我們的午後課程繼續進行，我學會更多東西。我學會身體部位的名稱，手臂、雙腿、頭、耳朵、眼睛；這些都很簡單。但光是這樣不夠。

「我需要學更多。」我說。「我想看更多東西。埃德蒙，我很飢餓。」

「是嗎？這裡是廚房，有食物。我也餓了。」

「我說的不是那種飢餓。」

「不是嗎，瑪麗，不是？」

「不是，我想知道各種事情，我想知道所有事情。即使在這棟房子裡，也有很多東西可學。我以為全都看過了，我開過所有櫥櫃看裡面的東西，掀起每道簾幕，每個架子我都從上到下探索過。不過，就在我認定已經沒有其他東西了，當我以為已經看完了所有能看的東西時，突然間，我又看到了其他東西。」

「瑪麗，妳又到處偷看了嗎？」

「我說的是你。」

「我？」

「你是人。」

「我是，我認為是。」

「我沒看過你沒穿衣服的樣子，」我說，「就像一個我還沒打開過的抽屜。脫掉襯衫，我想畫你。」

「絕對不可以！」

「噢，真是的，別這麼慌張。我看過很多人體。在伯恩的時候看過很多。我甚至看過人體的內部。快嘛，埃德蒙，讓我看看。」

「妳在做什麼？」

「我在解開你。」

「噢，不！」

「我要脫掉你的襯衫。」

「噢！拜託！」

「我很瞭解人體。柯提烏斯醫生教過我。」

「噢，老天！」

「沒錯！看我解開你的鈕釦多順手！」

「我看到了。我感覺到了。」我說。「我要學習你，埃德蒙．皮考特。你全身每一處。」

「媽媽！我媽媽可能會進來。」

「她出門了。」

「她說不定會回來。」

「還有時間啦，你明明知道還有時間。」
「我很冷。」
「那就去火爐前面。」
「妳為什麼這樣看我！」
「我想看你。」
「妳一直盯著我看！」
「可以摸嗎？」
「我該走了。」
「我看到你小小的骨架，你的肋骨，你身體裡面的生命在躍動！擁有人類肌膚的埃德蒙！你真美！」
「瑪麗！瑪麗！住手！」
「我想看。埃德蒙，不要遮，我想看！」
「我不行！我不行！妳這樣一直看，我受不了。」
門上的鈴響了，寡婦和柯提烏斯回家了。埃德蒙急忙穿上襯衫，非常驚慌。

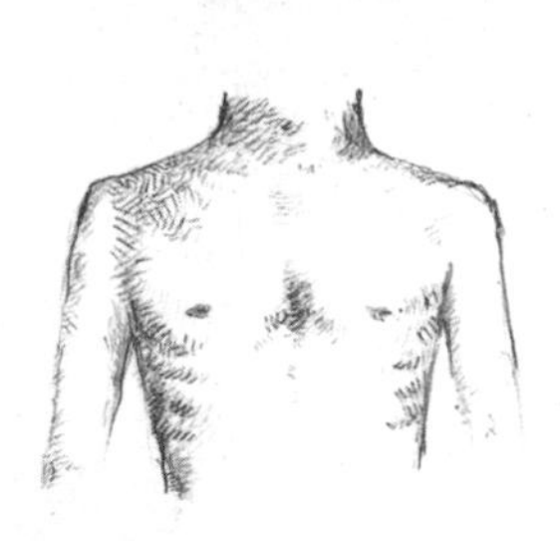

「埃德蒙！」寡婦大喊。「埃德蒙，你在哪裡？」

他雙手抖得很厲害，急忙逃出去找她。接下來好幾天他都沒來找我。他再次出現時，故意裝模作樣，顯然還是很不自在。

「噢，妳在這裡呀！我不知道妳會在……」

「我平常都在這裡，廚房。」

「對、對，現在是這樣。或許妳可以繼續待在這裡，直到月底。或許吧。」

「為什麼到月底？」

「恐怕妳頂多只能待到月底了。媽媽不喜歡妳，她習慣凡事照她的意思。」

「噢，埃德蒙，拜託，埃德蒙，可以幫我說服你媽媽嗎？我不想離開。我沒有別的地方可去。」

「妳一定要聽她的話。」

「好，我會。我會做到做好。」

「以後也不可以再打破東西或亂動東西。」

「我會盡力。」

「她說妳老是偷偷摸摸。」

「我不是故意的。他們應該給我薪水，埃德蒙。我一直沒有拿到錢。」

「瑪麗，不要去討。不要以任何方式惹惱他們。」

「我會盡可能做到。但有時候真的很難。」

「以後也不可以再脫我的襯衫。」

「不會了，埃德蒙，再也不會了。」

「妳是僕人。」

我沒有說話。

「妳是僕人，我是家裡的少爺。」

我沒有說話。

「有一天我會成為裁縫！」

我沒有說話。

「有一天我會成為出色的裁縫。妳永遠是僕人。」

「你願意幫我嗎？」我問。

「嗯。我會盡力。」

「我想留下來。」

「那妳就要守規矩。」

我工作。我是僕人，我盡力做個好僕人。

我把自己收起來。我想出一個很厲害的消失方法，我可以躲在內心非常深的地方，外表上看來我還是一樣的人，但其實我徹底不同。我將所有思想與感受藏在最深處，那個安全不受傷害的地方，而外在的我變成像機器一樣。我聽從他們的命令，以機械化的方式完美達成。我把自己變安靜，進入僕人的角色，這樣我才有機會生存。不過當我獨處的時候，當他們不在場的時候，我把自己叫出來，重新變回瑪麗。我依然存在。

15

二四四〇年來的人。

我必須暫時談一下大事，關於法國的重要大事。因為突然間，我認識的人變成大紅大紫的名人。

當我們忙著製作蠟胸像並且給他們穿上衣服時，在對我而言像是另一個世界的地方，法國太子迎娶了奧地利的瑪麗．安東妮公主。整個巴黎都在為這件喜事狂歡慶祝，在混亂中，一批煙火過早施放，導致群眾恐慌，一百三十三個巴黎人遭到推擠踐踏而死，其中包含許多婦女和兒童。那次傷亡慘重的踐踏事件過後，路易—賽巴斯欽．梅西耶非常氣憤，無法平靜。他拿出所有筆記本，發現一個恐怖的主調貫穿他的所有作品：苦難。連續好幾天，他無法踏上熟悉的街道。

「小不點，現在我好討厭這個地方，這個屠宰場、汙水坑。我們是一群不把人命放在眼裡的禽獸。我們造成了多大的災難。」

他原本來找我師傅和寡婦傾吐，寡婦嫌他煩，大吼大叫趕走他，於是他來找我。我請他坐下，倒了一杯寡婦裝在玻璃瓶裡的紅酒給他。

「說給我聽，」我說，「全部說給我聽。快說，不然等一下他們會把你叫回去。」

於是他描述被踩死的屍體，尖叫、鮮血。發生這種慘劇，國王卻無動於衷。他脫下鞋子放在桌上。

「我的鞋子被羞辱了。」他說。

「我才剛刷過桌子。」我說。

「或許像妳這樣整天待在家才是最好的。」

「不，不要說這種話。」

「這個世界變得好惡劣。我不想繼續生活在這裡。」

「真的？快說給我聽吧。」

「要是我可以走在這個桌面上多好，刷洗得乾乾淨淨，嶄新的大地，還沒有被發現的大地。沒錯，要是……不過……嗯，有何不可？對，就是這個！全新的家！沒錯，清潔！沒錯，小不點，妳快用刷子把世界刷乾淨吧。」

他從桌上一把抓起鞋子衝出去。

梅西耶太渴望在比較快樂的地方漫步，於是，他坐下來寫了一本給未來巴黎人的旅遊書，一個沒有困苦的祥和大都會，一個烏托邦。他將這本新書命名為《二四四〇年的巴黎》。他來訪的時候，帶了幾頁稿子來廚房讀給我聽。

「二四四〇年的巴黎，再也不會有兒童被馬車碾死。國王本人經常步行漫遊，無論走到哪裡都遵守交通規則。街道上沒有爛泥。窮人可以免費就醫。二四四〇年，那棟醜惡的堡壘——巴士底監獄原址，建起一座仁愛殿堂。」

終於書寫完了，順利出版。

一七七〇年，許多巴黎人開始讀梅西耶的書，想一窺這座城市六百七十年後的模樣。梅西耶寫作時怒氣沖沖，讀者讀完之後也火冒三丈。突然間，他們驚覺自己不該住在這個年代的巴黎：他們憎惡一七七〇年，他們喜歡二四四〇年。梅西耶一炮而紅。

寡婦將梅西耶的胸像放在櫥窗裡，擺上一張卡片做介紹：二四四〇年來的人，讓路過的民眾欣賞讚嘆。看到人群日復一日聚集在櫥窗前，寡婦想出一個大計畫。

一天下午，寡婦帶著柯提烏斯和他的黑皮箱，前去拜訪梅西耶。那天稍晚，他們和梅西耶一起回來，帶著一個新的石膏模。沒過多久，那顆頭被擺進櫥窗，卡片上寫著：讓—雅各．盧梭＊。我認識那顆頭：是雷諾，我們在伯恩的時候，他和梅西耶一起來過，他是穿灰色衣服的那個人。那時候他一直在躲藏，但後來回到巴黎，現在他的樣子好像生了重病。下一個禮拜，他們三個又一起出門，回來時帶著另一個頭，這個頭感覺精神飽滿、態度友善；卡片上寫著：德尼．狄德羅＊。之後來了一顆非常憂鬱的頭，名叫：讓．勒朗．達朗貝爾＊。這三個人顯然是知名人士；我不知道他們有什麼豐功偉業，只知道這三顆頭將受到群眾景仰。

寡婦做了一個很大的招牌，宣傳店裡有哪些人的胸像，很多人跑來看。寡婦不停點頭，我師傅拍手。寡婦再次出門，這次只有她一個人。她非常忙碌。

※三個老人各自思考死亡。

後來，一天傍晚，埃德蒙來廚房說，他媽媽叫我去樓上，順便帶紅酒和兩個杯子。他幫我準備好東西放在托盤上。

我的師傅坐在寡婦的臥房裡。我幫他們斟酒。寡婦解開軟帽的緞帶，豐盈的棕、赭、栗色長髮如飛瀑落下。柯提烏斯吞了好幾次口水。

「埃德蒙，」寡婦說，「你可以開始幫我梳頭了。以前每天傍晚亨利都會幫我梳頭；現在這份工作落在埃德蒙身上。好了，柯提烏斯醫生，請仔細聽我說。我希望你能瞭解。我要告訴你一個故事。小不點，出去。」她有時候會叫我「小不點」，這個稱呼讓她很痛快。

我出去了，但我感覺到即將發生極為重要的大事，因此我站在門外，他們說的話我全都聽見了。

「請聽我說。我，夏洛特，雖然只是區區守寡的婦人，但我想要教育你，柯提烏斯醫生。現在我們已經互相瞭解了，我們共同經營事業，因此我要稍微放下矜持。」

「我們確實互相瞭解，沒錯！」

「埃德蒙，梳呀、快梳呀。醫生，我打算透過描述經營事業的經歷，更進一步揭露我自己。我想跟你說說先夫的事。」

「哦，是嗎？」醫生憂傷地回答。

「我的亨利．皮考特，他父母經營二手衣買賣。這就是這份事業的開端。他們在聖馬塞爾區經營一家小店鋪。這就是最初的開端。

「梳呀，埃德蒙，用力點。

＊注：讓─雅各．盧梭（Jean-Jacques Rousseau，一七一二─一七七八），法國著名啟蒙思想家、哲學家、教育家。

＊注：德尼．狄德羅（Denis Diderot，一七一三─一七八四），法國啟蒙思想家、唯物主義哲學家及文學家。

＊注：讓．勒朗．達朗貝爾（Jean Le Rond d' Alembert，一七一七─一七八三），法國數學家、物理學家及天文學家。

「關於二手衣店鋪，最重要的經營秘訣就是要讓店裡很暗。務必讓顧客看不清裡面的東西。昏暗光線能讓老舊衣物變好看，效果真的很神奇。顧客看不見髒汙、脫線、補丁。他的父母一開始不喜歡我，但我站在店門口拉客，每週一在市政廳廣場舉行的二手衣大市集上，我用最大的音量拚命喊，他父母看到我的表現，終於接受我了。

「快梳呀，埃德蒙，快梳！

「我們販售死人的內衣、娼妓的臀墊、乾瘦寡婦終於揮別鬼魂後拋開的油膩軟帽；修補過不知多少次的長襪、已經使用過的衣物、別人的身體曾經穿過的衣服。店裡有件襯衫回到店裡七次，七個不同的巴黎人曾經穿過。我們的蔽體衣物，就算我們哪天不在了，也會繼續有人穿。

「在那家店裡，我們看過很多人踩著滑溜溜的階梯，在巴黎努力往上爬。在市場擺攤的少女，戴上律師亡妻的蕾絲小帽。年輕女性在店裡脫到幾乎一絲不掛，為了搶一件襯裙而打架。有時候，在夜裡，當公公婆婆打呼的時候，我和亨利會去店裡試穿那些衣服。他會把我打扮成貴婦。

「編辮子，埃德蒙，緊一點！緊一點！

「過了一段時間，亨利變成只想要好東西。看到老舊的亞麻便帽他會心情很不好。他整天坐著，夢想有錢人的禮服，用綾羅綢緞做的衣服。他的父母無法理解；他們搖他、打他，叫他清醒一點。不過接下來幾個月，他們相繼過世——一個是在二月的早上，在濕滑的石板路上摔死，另一個則是在五月，因為被老舊勾子刺到，傷口發炎而死——他們過世之後，我們想做什麼都可以了。亨利成為裁縫。然而，裁縫的生意一直沒有起色，不像賣二手衣那麼好賺。

「醫生，我接下來要說的話，請務必認真聽。有些生意沒有未來，一開始就不該投入。其他生意則是只要在正確的時機推一把，就能繁榮興盛。一直以來，我們都在做胸像。柯提烏斯醫生，你的技術非常高超，大家都看得出來。工作量逐漸增加，我們可以搬去比較好的工作環境，加上現在有了名人的頭像，我們不能繼續窩在安靜的小巷，應該搬去繁忙的大道上。或許我們可以找到更多頭，具有高度價值的頭，特別的頭。此刻我們站在十字路口，你和我。皮考特換了一門生意，最後因此而死去。現在我們要放手一搏，往社會的大樓梯爬上兩步。我只有一個問題：你願意跟我一起前進嗎？」

「好、好，我願意！」他想都不想就答應了。

「你願意緊緊抓住，永遠不放手？」

「我願意，全心全意願意！不過，先告訴我，要怎麼做？」

「簡單地說，親愛的醫生，我找到合適的地方了。或許有點太大，超出我們目前的需求，不過價錢很優惠。我已經預付了第一期的租金。那棟房子有點舊，不過相當堅固。那裡原本有另一個人在經營生意，但他失敗遷出了。我們不要落得同樣的下場。那麼，柯提烏斯醫生，要浮起來還是沉下去？」

「浮起來！浮起來！」

「埃德蒙，可以把軟帽戴回去了。」

他們碰杯，我悄悄回到樓下。我們要去哪裡？在這個新地方會發生什麼事？然後我突然想到：他們會帶我去嗎？我會怎麼樣？沒有人提到要帶我去，不過也沒人說不要帶我去，我不敢問他們。於是我幫忙打包，盡可能有用。

貨車來的那天，我跟著他們走，因為擔心被開除而發抖。

寡婦和我師傅走在最前面。

然後是埃德蒙。我跟在他身後。他們要帶我去。柯提烏斯轉身看我，輕輕點一下頭，然後轉回去看寡婦。但寡婦專注望著別的地方。

「亨利，這條街對我們不好。」她對貨車上丈夫的人臺說。「我們要搬家了，再也不回頭。」

第三部

1771～1778

猴子屋

十歲到十七歲

16

毛茸茸的人。

聖殿大道二十號是一棟木造建築，旁邊有一道深溝和城牆。招牌上斑駁的文字表明裡面有些什麼：世界知名靈長類哲學家帕斯卡的家——活生生呈現！以及牠的眾多兄弟，這行字的上方寫著：HÔTEL SINGE，意思是「猴子宅邸」。

房子的外型有點像四四方方的神殿，前方有三根柱子，入口裝著雙扇門。不過，如果往後面看，就會發現整棟建築其實由兩根巨大的柱子支撐——有如房子的枴杖。這裡就是我們的新家。

猴子宅邸外，幾輛貨車上高高堆著家具：各種東西都有，從籠子到鍋子，從椅子到沒看過的奇異骨骼。而最上方的三個籠子裡，關著三隻活生

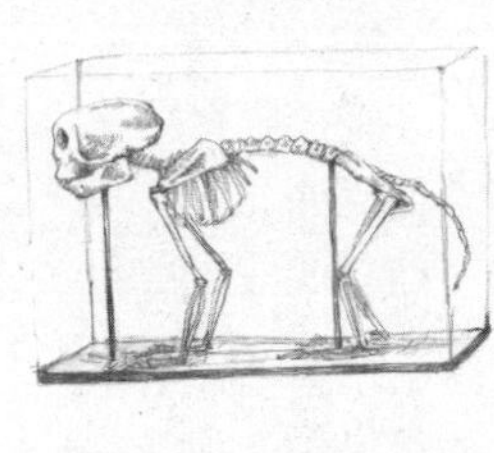

生的動物，黑色眼睛呆望前方，擠在籠中，皮膚上長滿瘡，好幾處大面積脫毛。三隻猴子。我們接近木樁支撐的房子時，牠們放聲尖叫。

柯提烏斯讚嘆不已。「好長！好瘦！好多毛！」

一隻猴子發出淒厲刺耳的叫聲，感覺很像人的聲音。我們每個人都嚇壞了，就連寡婦也一樣。

「你們好啊。」柯提烏斯對猴子說，舉起三角帽。

我們走進那棟木造大房子。

大廳占滿整個一樓，因為幾乎全空，回音很大——我之所以說幾乎全空，是因為其中一邊放著一張凳子，上面坐著一個肥胖的男子，打扮很怪異，像是穿著熊皮。他全身上下除了頭和雙手之外，全都覆蓋著縫綴在一起的毛皮。這位就是破產的馴猴人，伯川．勒費盧，意思是「毛茸茸的伯川」。一位黑衣官員站在離他一步的地方；勒費盧似乎要因為欠債被抓去關了。他的大腿上放著一小塊顏色比較深的毛，那就是靈長類哲學家帕斯卡本尊，但已經死去了。另外幾個穿黑色服裝的人繞過勒費盧和帕斯卡，蒐集屋內物品堆在門口。

「這些穿黑衣服的禽獸，」寡婦說，「是執行官。他們會咬人。」

寡婦去找執行官和公證人簽署文件，馴猴人對我招手，他不停對我揮手，最後我只好過

去。他似乎很想說話，他說話的同時不停搔癢，頭頂、腋下、屁股，動作非常古怪，我猜想可能是受到猴子的影響。

「我不介意告訴妳，從十二歲開始，我一直斷斷續續從事與猴子有關的工作。我父親是富商，專門買賣肉桂、孜然、肉豆蔻、香草。他經常出遠門，回家時，除了香料，也會帶來珍禽異獸。第一隻的學名是Pan troglodytes，俗稱黑猩猩，我取名為佛羅倫斯。佛羅倫斯咬掉了我的這隻手指。」他舉起只剩一截的指頭。

「不過我很愛她，我忍不住想要知道，地球上還有多少種猴子。於是我一一蒐集，我父親遺留的財產全花在這上面了。許多貿易商帶猴子給我。我永遠無法滿足。我和許多猿猴一起工作，我的朋友當中有一隻狒狒。我喜歡猴子勝過人類。猴子比較誠實，和他們相處不用擔心爾虞我詐。猴子的生意在我身上留下很多傷。我曾經有過一隻金絲猴，但沒多久就死了。牠從熱帶遠道而來，只有這麼大。」他比出一段大約只有四吋的長度。「小傢伙。好可愛的小玩意。我取名為伊曼努。那就是伊曼努。我親自剝製牠的毛皮，這塊就是牠的。」

他摸摸肩膀上的一塊毛皮。

「牠花了我兩百利佛。大家因為牠很小而特別喜歡牠——我買下的時候，牠應該已經生病了。不過最棒的還是帕斯卡，對吧，親愛的？誰都比不上你。他們說我害死你。我怎麼會害死你？我這麼愛你。因為你我才會出名。妳相信我吧？對吧？」

「我很想相信，先生。」我說。

「小丫頭，妳長得很像猴子。那麼大的鼻子、那麼細的手臂。妳的鼻子像象鼻一樣。既然妳長這樣，或許可以理解：這棟房子屬於猴子。曾幾何時，這裡有過二十多隻生物，其中只有三個人類。每隻猴子都有專屬的籠子。顧客在籠子間走動，欣賞宅邸的日常生活，看猴子睡在床上、梳頭、戴假髮、黏美人痣。有隻黑猩猩穿上男僕的制服，拿著托盤送餐點。多麼神奇的房子！人們爭先恐後來參觀，看著猴子，他們更瞭解自己。看著蜘蛛猴叼雪茄的樣子——他們回想自己的人生。捲尾猴用鑲著萊茵石的梳子梳毛？拿著酒瓶喝酒的狒狒？多麼神奇的房子！可惜好景不常。儘管我們固定餵食、悉心照料，依然有幾隻猴子死掉，絲質床單還纏在屍體上。」

他指指左手肘上的毛皮。

「一隻彌猴寶寶溺死在陶瓷夜壺裡。」

他搓搓胸口的一塊毛皮。

「一隻巴巴里獼猴用鈴繩自殺。我撐不下去了，只好遣散工作人員。有一天，水晶燈掉落，砸中男僕黑猩猩，牠的毛燒起來，身體被刺穿。」

他摸摸右手臂上的毛。

「猴子開始暴動，怎樣都不肯冷靜。即使在那時候，我也還有帕斯卡。最偉大的靈長類。妳真該看看牠穿吸菸外套的樣子，小小的帽子上裝飾金色穗條。我也不是每次都有辦法控制牠們，有時候牠們會爬到我頭上。多麼精彩的宅邸，我的宅邸，雖然我不得不承認，猴子不多了。在那個階段，二樓比較小的房間都空了。」

他撫摸身上的幾塊毛皮。

「大家會來看帕斯卡喝白蘭地。不過後來狀況變得不太好。越來越糟。他們說每天晚上都聽見我對你大吼大叫，帕斯卡——每天晚上，我的吼罵和你的尖叫害他們心神不寧。現在你不會發出聲音了。其他猴子都被帶走了。他們說我打你！我從來沒有打過你。我為什麼要打你？我這麼愛你。星期三我去看你，你縮在籠子角落，那麼寂寞，已經不會動了。」

他安靜下來，撫摸猴子的屍體。

過了一會兒，我說：「謝謝你，非常感謝，先生，謝謝你告訴我這些事。」

他繼續撫摸屍體。

「請問一下，先生？」我說。「我可以摸牠嗎？」

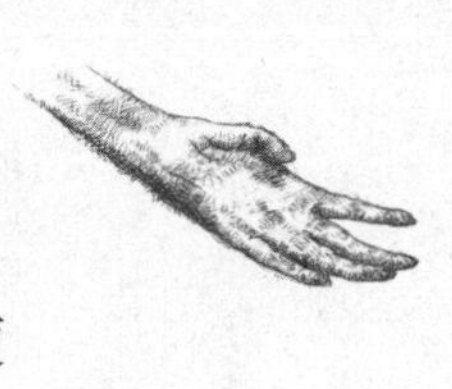

「妳想摸？」

「對，請讓我摸。」

「那就摸吧，小魔鬼，不用錢。」

我握住帕斯卡的右手。那隻手很長、很黑，爪子很尖，比我的長，但比我的瘦，冷冷硬硬。

「很遺憾牠死掉了。」我說。

「是啊，」他說，「真傷心。」

「師傅！」我用我們的語言喊柯提烏斯，因為激動而忘我。「師傅，要不要一起畫牠？」

「真是好主意。」我的師傅回答。他在笑，我看到他的牙齒。

「說法文，」寡婦說，「拜託說法文。柯提烏斯醫生，我們應該要聽懂對方講的話，不是嗎？」

「是，沒問題，皮考特寡婦。」

「那麼，從今以後，我們都只說法文。」

師傅只是說：「罰文。」

「帕斯卡是天才。」伯川小聲對我說。「我永遠無法再找到像牠這樣的猴子了。我該怎麼辦?」他握住我空著的手,另一手依然握著帕斯卡的手。「以後我會變成怎樣?我們該怎麼辦?親愛的?我的小朋友。我想不出辦法了。」

他看看寡婦,然後問我:「她是作主的人?」

「她自己以為是。」我小聲說。

「打擾一下,女士,」他焦急地說,「妳有沒有養動物?我非常擅長飼養動物。」

寡婦轉頭對執行官說話。「這棟房子現在是我們的了。你們必須盡快離開。小不點,快走開,萬一染上什麼病,以後妳就沒用了。妳老愛和這種人攪和在一起。」

「我可以幫妳飼養動物嗎?」伯川大喊。「我生性溫和。非常、非常溫和。我……」說到這裡,伯川.勒費盧悲從中來。他放開我的手,我放開帕斯卡的手,他舉起死掉的猴子,把臉埋在牠身上大哭。他被押出去的時候,大喊說:「我把所有回憶穿在身上,這樣我就永遠不會忘記。我穿著回憶。我穿著我的所有朋友。牠們永遠陪伴著我。牠們給我溫暖。帕斯卡,你可以做成一頂很棒的帽子,非常舒服的帽子。我會永遠愛你。」

外面的猴子又開始尖叫,距離越來越遠,終於屋裡只剩下我們。

17

猴子屋。

這房子好空，我覺得一點也不適合我們。我認為寡婦的想法大錯特錯，她太好高騖遠。我們只有四個人——我們四個加上之前那些猴子留下的痕跡——住不了這麼大的房子，這裡以前或許是很受歡迎的娛樂場所，有許多人造訪，但疾病與死亡讓這棟曾經充滿自然奇蹟的房子變得落魄不堪。人們顯然對猴子失去興趣了，彷彿同時下定決心不相信牠們是真的。那些猴子雖然不在了，但我們無法忘記。

不只是因為地板上到處是印著「猿猴在巴黎」字樣的傳單。狹窄樓梯的上下，每條凹凸不平的走道兩側，牆壁都留著抓撓或撕扯的痕跡。樓梯本身也被啃過。整體而言，這是個被吃過的地方、被啃過的房子、被嚼過的住宅。

「這就是我們的新家？」埃德蒙緊張地問。

「這裡是猴子屋。」我的師傅說。猴子屋，儘管這裡以前曾經是一家小旅館，後來又開了賭館，儘管以後這裡要展示蠟像，這裡永遠都被稱為猴子屋。

「小不點，」寡婦說，「有點用處，去搬行李。快去吧。」

我將我們的箱子、袋子扛上樓。二樓那些兼做籠子的房間，有些還裝著鐵欄杆，門上寫著之前住在裡面的猴子的名字：瑪麗—克勞德、費德理克、凱瑟琳與西蒙、多明尼克、拉薩路、奧古斯丁、奧古絲汀、尼可拉斯與瑪麗—安姬、克勞蒂雅與阿諾德、大讓恩、寶琳、愛洛伊斯與阿伯拉德。每個名字旁邊都有圖片，畫著以前住在裡面的動物，這樣客人上樓參觀時，才會知道躲在毯子下面、窗簾後面、趴在窗戶上面的動物是什麼。

寡婦選的臥房門上寫著凱瑟琳與西蒙，以前住著一對吼猴。她為埃德蒙選了左邊的小房間，以前住著一隻名叫寶琳的蜘蛛猴。柯提烏斯的臥房在寡婦右邊，以前住著一隻名叫拉薩路的狒狒，來自東非，體重一百磅，捕獲時已經成年。伯川為牠寫的訃文貼在門旁邊：拉薩路得年三十五歲，因誤吞銀搖鈴而亡。

寡婦叫埃德蒙將他父親的人臺搬上樓，放在樓梯一上來的地方、她房間的門外，面對欄杆，彷彿他想彎腰看下面的大廳。黑布被拿走了；在這棟新房子裡，他要被擺出來展示。

「你待在這裡吧，亨利。」她說。「在這裡幾乎可以看到所有東西。我們非常得意。我

LES SINGES,
á Paris.

們的生意很好。我再也不會把你藏起來了，我希望你看著我們得到成功。沒錯，我要讓所有人都看見你！」

「打擾一下，師傅，」我問師傅，「我要睡哪裡？」

作為回答，寡婦拉著我下樓。

「廚房。」寡婦說。「來參觀的客人看不到的地方。」

廚房陰暗破爛，地板上全是刮痕，牆壁被竄出的爐火燒黑，彷彿廚房本身也被煮過。

「妳的床就放在這裡，應該很舒服。這裡是整棟房子最後面的地方，靠近大道的水溝。應該很適合妳。」

「我覺得這個房間很陰森。」

「一定是因為妳在這裡所以變陰森了。」

「是，夫人。」

「妳大部分的時間都要待在這裡，不准出去。我們將迎接截然不同的顧客，大廳有客人在的時候，妳只能待在這裡。」

「是，夫人。」

「不過現在妳要先打掃我們的房子。」

「是，夫人。」

「還不快去！」

好吧，拿掃把。

「我們要將這裡稱為柯提烏斯醫生展覽館。」寡婦在大廳宣布。「皮考特和寡婦這些詞無法吸引顧客，感覺太平凡。不過柯提烏斯和醫生這兩個詞聽起來很有氣勢。」

「是嗎？」我師傅說。「聽起來很有氣勢！」

「而且，萬一我們創業失敗，我得另外找工作，至少不要兩個人都背負失敗的汙名。我是寡婦，你是男人。」

「我懂了。沒錯。寡婦，男人。沒錯，就是這樣。」

「最大的問題是，」她接著說，有些悶悶不樂，「女人的名號無法招攬顧客。大家認為女人不該經營事業。當然啦，醫生，我們不會失敗。」

打掃這棟房子的工程太浩大，於是一開始，我們四個人一起進行，清掃、擦拭。我們努力了好幾個小時，但成果十分有限，柯提烏斯不停咳嗽，不得不出去休息，寡婦母子要陪他去散步，而我留在家繼續打掃。

他們出門之後，我輕聲說：「嗨。」房子發出嘰嘰嘎嘎的聲音回應。我閉上雙眼，感覺牠們在移動——死去猿猴憂鬱的靈魂，牠們跑過來、盪過來，掀起嘴唇、露出牙齒。

「我不怕。」

房子發出喀答聲響，牆壁裡面有東西掉落。

「你是一棟很偉大的房子，我知道。」

二樓傳來悶哼。

「以後我要住在這裡了。我搬來這裡了。」

灰塵似乎聚集起來，在我身邊盤旋。

「想嚇我就儘管來吧。我沒有別的地方可去，我要留下來。房子啊，我打算努力感動你，直到我們成為朋友。」

這時房子發出嘎嘎聲響，一開始很輕微，但越來越大聲，最後變成長聲鳴叫。是那兩根枴杖，我想，外面的枴杖在適應我的新重量。

「拜託，」我說，「我們彼此理解吧。」

樓上傳來匆忙腳步聲，彷彿有人或有東西從樓梯頂端跑過，但當我抬頭看的時候，那裡沒有東西。他們三個不該把我獨自丟在這裡，午後的幽魂等不及想攻擊活人。

「那好吧！」我大聲對房子說。「你想欺負小孩子，那就這樣吧。我就在這裡。繼續吧，我不怕你。」

一扇門打開。沒有人出來。屋裡沒有人。

「我知道你很不高興，不過我們來一起聊聊，一起找到自在的相處方式。沒錯，你吞了我！不對，應該這樣說：噢，偉大的房子呀，我來滋養你，在你龐大的身體裡保持完整。我會讓你飽足！你的晚餐！即使我個子很小又愛說話，只是一小杯啤酒。我會告訴你所有事。我將自己獻給你。」

我不確定是不是我的幻想，不過房子似乎吁了一小口氣，被我觸碰的時候也不會生氣了，並且允許我熟悉每個角落。這就是我以後要生活的地方，在這隻野獸的體內，我會讓它成為最乖的野獸。

我一邊打掃，一邊和房子講話，告訴它我是誰，學過什麼東西，我多麼希望能重新和師傅一起工作，他的作品有多傑出。埃德蒙給我看過他的娃娃，雖然他好像很安靜，不過他也是這個家的一分子，房子要好好對待他，儘管他有點自大，但其實人不壞；他的鼻子上有雀斑，胸膛很白。至於他的媽媽呢，我告訴房子，儘管讓她摔倒，趁她睡覺偷咬她，讓她悲慘透頂，展現出堂皇偉大房子的實力。

當我對這棟大房子述說一切，並開始感覺比較不害怕、比較自在時，我聽見了單調的喃喃聲響，有如從遠方接近的暴風雨。一開始，我以為是死掉的猴子成群結隊來探望我，但後來我察覺那是新的聲音，不是緊張的房子發出來的，而是來自外面。從屋外的大道傳來。

那是打開擋雨板的聲音；拉開門閂的聲音；木板被放在爛泥中的聲音；生火的聲音。接著傳來的聲音彷彿幾百個人同時清嗓子，一百個喃喃說話的人逐漸提高音量，那些聲音彷彿纏繞聖殿大道，輕輕撫摸讓它活過來，最後再也沒有安靜的時候。喧鬧噪音再也沒有停頓，瀰漫覆蓋所有東西，以令人驚恐的方式在空蕩蕩的猴子屋裡放大。聖殿大道，巴黎的娛樂區，塗脂抹粉、擁有生命，現在即將甦醒。

我跑上樓，從窗口看見大道上擠滿了人，從修瓷器的工匠到捕鼠專家，從運水的小販到運人的轎伕，從賣羽毛的人到做磚塊的人，巴黎人湧入大道。這裡可以看到截然相反的各種人：滿身白粉的假髮師傅助手與滿身黑灰的送炭小廝並肩同行。人潮中夾雜著在大道上營生的人們，大聲呼喊攬客：流動音樂家、操偶師、賣玩具的小販、身穿豔麗道具服的演員、帶著一隻大熊的人、拉小提琴的盲人，小孩唱歌、老人跳舞，吞火、吞劍，各種神奇藝人組成的大馬戲團。噢，滿滿的生命！

大道的噪音在猴子屋裡喧譁迴盪，我沒聽見樓下開門的聲音，也沒發現寡婦上樓，直到她出現在我面前。她凶惡地命令我回大廳繼續打掃，直到噁心的動物臭味消失。但那個味道永遠不會徹底離開我們。

睡覺時間到了，寡婦拿著蠟燭，召喚來猴子的影子，和埃德蒙與我師傅一起上樓。在黑暗中，我聽見大道傳來的吶喊、哭泣、歡笑。許多聲音似乎是從正對面的房子傳來，招牌上寫著天國之床，下面比較小的文字寫著詹姆斯．葛拉姆醫生（倫敦最新時尚）。我躲在擋雨板旁邊偷看，發現很多人深夜拿著提燈去那裡；有時候是一男一女結伴，有時候只有單獨一個男人。

那天夜裡，有人從外面搖猴子屋的門，發生了兩次。我睡不著，因為我又開始害怕，我不確定在這樣的地方睡著會不會有危險，不過我累壞了，最後還是閉上眼睛。我夢見一隻猴子坐在廚房椅子上前後搖晃，大大的眼睛注視我。我在床上驚醒，看到真的有人在那裡。

是埃德蒙。

18

夜晚的聲音。

「媽媽睡了。」他說。

「嗯。」

「醫生也睡了。」

「嗯，埃德蒙，現在應該非常晚了，不然就是非常早。」

「他睡覺時會大吼大叫，柯提烏斯會這樣。」

「嗯，我很清楚。」

「我睡不著。」

「嗯。」

「妳睡得著嗎？」

「可以。」

「我覺得好像應該下來看看妳的狀況。」

「呃，現在你看到了。」

「老實說，我很害怕。媽媽不會讓我去她房間找安慰。她會說我太孩子氣。我也不想去找醫生。妳知道，這棟房子讓我很害怕，外面也讓我很害怕。但我更怕房子。我想家。我覺得這個地方永遠不會變成家；我看不出來這裡怎麼可能成為家。我擔心這棟房子會要我的命。這裡會不會有鬼？」

「多著呢。」我說。

「我也覺得一定有。我聽到他們抓東西的聲音。」

「我和他們很熟——他們來找我，你知道。我看過他們在黑暗中亂竄；我聽見他們說悄悄話。今天下午，你們三個出門，留下我一個人，他們來找我了——而且一次來了很多個！」

「不！」

「噢，真的！他們咬我、摸我，差點把我整個吃掉，不過——」

「不過？」

「——不過我和他們談了一下，凶了他們幾句，現在我們應該是朋友了。」

「或許我也可以和他們做朋友？」

「他們或許不會願意。」

「為什麼？」

「他們很憂鬱。」

「我也很憂鬱。」

「不一樣的憂鬱。」

「他們很生氣嗎？」

「你一定要勇敢。」

「嗯。我會。」

「非常勇敢！」

「我會。」

「那麼，說不定，以後我會介紹他們給你認識。」

「我比較希望他們不要來找我。」

「別這麼說——千萬別這麼說。他們會發怒。」

「對不起，我不是故意——」

「你有沒有看到？」

「什麼？」

「剛才那裡有一個！他就站在你面前，牙齒和爪子都很長，但他一看到我就逃走了。」

「真的？我沒有看見。」

「他真的在那裡。」

「妳想嚇我。」

「才沒有。」

「我要回去睡覺了。」他氣惱地說。

「埃德蒙，等一下，你不必急著回去。」

「我得快點回去。媽媽可能會聽到我們的聲音。她會很不高興。」

「回去你就得一個人了。」

「對，但萬一媽媽聽見我們的聲音，那就慘了。」

「好吧，你必須永遠乖乖聽媽媽的話。」

「才不是這樣。可是現在見到妳，我比較不害怕了。雖然妳故意嚇我，但還是有幫助。

我可以再來嗎，小不點——」

「瑪麗！」

「對，抱歉，我可以再來嗎，瑪麗？要是我又覺得害怕，可以來找妳嗎？」

「隨時可以。」

他站起來離開。他走上樓梯的每一步，都有鬼魂對著他吼叫。而我躺在床墊上，開心得睡不著。

19

第三批頭。

蜜蜂透過身上的腺體分泌蠟，再用分泌出的蠟築成一格格的蜂巢，以蠟建造城市；在蠟做成的小房間裡，牠們養育幼蟲、儲存蜂蜜，窩裡有許多通道，成千上萬的蜜蜂住在裡面。蠟是牠們生命中不可或缺的東西。沒有了蠟，牠們會沒有房子住；牠們的子女也沒有遮風避雨的屋頂。

人類從蜜蜂那裡取得蠟，加工去除雜質。蠟製成蠟燭。蠟給我們光；要是沒有蠟，我們就只能生活在黑暗中。我們的生活有多少要歸功於蠟？要是沒有蠟，劇院和宴會廳要如何照明？要是沒有蠟，驚恐的孩子要如何趕跑床底下的怪物？要是沒有一點燭光作為依靠，在黑暗中驚懼的老婦要如何得知自己還活著？我們劃下火柴，點燃蠟燭，就能找回一小塊明亮，因為有蠟。

在猴子屋裡，未來以蠟築起。師傅切下蠟塊，用大銅盆加熱，溫度必須維持在六十二到六十四度之間。他用蠟做出巴黎人的頭。寡婦將亨利．皮考特的迎客鈴掛在門上。她將名人頭像放在大廳；因為太少，所以還是顯得很空。

我們搬進猴子屋兩天之後，我聽到他們在大廳講話。他們在說我的事。

「為什麼妳非得對她這麼嚴厲？」

「因為她惹人厭。」

「她只是個小孩子，寡婦。妳不得不承認，她已經改進很多了。」

「那麼平凡，那麼奇異，那張怪臉。我實在無法控制，那張臉讓我不安。好像她已經死了，卻又還活著。夢魘裡的臉孔出現在日常生活中。」

「只是因為這樣？妳不喜歡她的長相？」

「這樣還不夠嗎？那張臉會帶來惡運！」

「妳的想像力太豐富了，皮考特寡婦！」

「我真的這麼覺得。女人有感應。」

是啊、是啊，女人有感應。

我漏掉一小段，但後來又聽見了。

「我非常感謝妳。」我的師傅說。

「嗯。」

「真希望妳明白我有多感激，希望妳懂我的感情。」

「我們是生意合夥人，醫生。」

「可以容我放肆說出口嗎？我們的合作關係是否能更進一步？」

「我依然沉浸在深深的哀悼中，無法委身。」

「以後呢？」

「我不知道。不要逼我。我們必須以事業為優先，沒有做傻事的餘地。我丈夫就是做了傻事才會喪命！」

「好吧，我懂了，事業！以事業為優先。皮考特寡婦，現在我們要以事業為家，妳和我。家，家！」

「確實是我們的家，如果我們成功管理好。」

家，家。如果我可以成功處理好她。事業最重要，其他全部不重要；我祈求寡婦會一直這麼想。

師傅和寡婦去拜訪大道上最有名的藝人，很快就做出他們的蠟像。這批新頭包括：高大嚴肅的讓—巴普蒂斯·尼可雷，他是走繩索劇團的老闆；矮小臃腫的尼可拉斯—麥達·奧迪諾，他是兒童劇團的老闆；笑容滿面、長著雀斑、赭紅頭髮的詹姆斯·葛拉姆醫生，他是天國之床的老闆，他的店專門招待成年人。

尼可雷與奧迪諾擁有大道上僅有的兩棟磚造建築，其他所有房子都是木造的。當風吹過時，大道上的木造房屋紛紛唉聲嘆氣、淒厲慘叫。猴子屋發出的聲響特別大。整棟房子最脆弱的閣樓更是整夜抱怨不休；它經常和自己對話，永遠充滿悲傷與指責。有一天，寡婦上閣樓查探時滑了一跤，整條寡婦腿穿透二樓天花板。從那之後，她就將閣樓列為危險禁地，從此關閉。但閣樓不甘就此遭到遺忘。它呼喚我們，不停喃喃自語，催促我們想起它。

猴子屋的工作室是二樓一個很大的房間，以前住著一對雜色黑猩猩，如此一來，遠在樓下廚房的我，更不可能接近了。如果想要半夜偷溜進去，就得爬上大樓梯——但木製樓梯只要一踩上去，就會發出吠叫呼喊的聲音——於是，我多半要等到大家都出門的時候，才能上樓看看。

有空的時候，我會看大道上的諸多店家。我們右邊的鄰居是一家小棋館，左邊是馬塞爾·蒙東的小世界劇場。住在這些房子裡的人好像不太歡迎我們夾在中間。柯提烏斯醫生對他們鞠躬致意時，他們撇過頭不理會。有空的時候，我也會看大道上那些人的休閒時光。有個失去雙腿的人推著小車在大道上來回走動，撞到許多人。有個人帶著一群戴嘴罩的鬥牛犬出來散步。有個人帶著四個侏儒出來散步，另一個則是帶著笨重的熊出來散步。我又看到紅頭髮的葛拉姆醫生，打扮非常花俏，抽著雪茄，身邊總是帶著不同的美女。這裡的人真是千奇百怪、五花八門！要是我待在出生的小村落，永遠也不會看到這些東西，甚至永遠無法想像。

大道上那麼多各具特色的人物中，我很快就察覺到有個鬼鬼祟祟、醜陋蠻橫的孩子，他是個流浪兒，他的朋友幾乎都是野狗。我看到他和狗玩，斥罵牠們，和牠們一起嗥叫、一起覓食。我指著那個孩子給師傅看，他非常驚奇；他詫異地看著那孩子破裂的肌膚、糾結的頭髮、骯髒的衣物。

「這個孩子，瑪麗，就連這個孩子，淪落到這等地步，依然是巴黎人。」

我就知道他會覺得那個髒兮兮的孩子很有意思。我知道怎樣的頭能打動我的師傅。寡婦總是告訴他，我們必須選擇高貴的頭，有身分的頭，但師傅能在最卑下的人身上看見高貴。只要他看上了特定的頭，就很難放下。我好幾次發現他在看那個野孩子，雙手在半空中移動，彷彿在捏塑他的頭。而我呢，在夜裡，在短暫的瞬間，我伸手摸埃德蒙的臉。

「噢！不要這樣。」

他又下樓來找我。他一個禮拜會來兩次，學會了躡手躡腳下樓。他在這棟新房子裡非常不快樂，需要找人說話。只有這時候埃德蒙才會緩慢、謹慎地發出聲音。他從小到大都在媽媽高亢的音量中設法存活，因為她每天的喧囂而失去聲音。我們交談時總是很小聲，在那壓低的音量中，在那細微的聲音裡，他稍微解放自己。

「我很安靜嗎，瑪麗，是嗎？我好像不是一直這樣。以前在學校的時候，我會跑來跑去、大聲說話，我有很多朋友，不過後來爸爸生病了，我輟學在家幫忙他工作。我大概是從那時候開始變安靜的吧，因為爸爸生病之後越來越大聲，經常發出很大的噪音；那些聲音並不快樂。媽媽嚴格命令我要安靜，不可以吵他。於是我學會保持安靜，最後只剩下耳語的音量。我不介意小聲說話，事實上，我喜歡這樣，其他人全都那麼吵。」

「埃德蒙，還有什麼？你還能告訴我什麼？」

「沒有了，完全沒有了。」

「你有什麼盼望？」

「有一天能成為非常厲害的裁縫。」

「這是你媽媽的期望吧？」
「不、不，這是我最深的願望。」
「我呢，埃德蒙？我想知道我以後要做什麼。」
「應該是僕人吧。妳還能做什麼？」
「我會畫圖。我會調色，為顧客的臉做好準備，融化蠟。」
「瑪麗，不要又來了。媽媽絕不會容忍。妳必須明白自己的地位。」
「要是我不喜歡自己的地位呢？」
「媽媽會毫不考慮就把妳趕出去。」
「她必須先付我薪水。」
「乖一點，瑪麗。」
「我討厭這樣。」
「妳有東西吃、有地方住。」
「我很高興你來找我。要是你不來，我會忘記自己。」
「我不介意偶爾下來。」
「我會等你來。」

「但妳不可以懷抱期待，瑪麗。那不符合妳的地位。」

「你會再來吧？」

「或許吧。但妳不可以期待。」

20

外面的聲音落入屋內。

一天下午，大道上那個野孩子在附近睡覺，靠著一棵白楊樹，我的師傅走過去想仔細看他。

這個行為本身或許無害，但那個孩子睜開眼睛，那雙睜開的眼睛看見我師傅。柯提烏斯急忙快步往猴子屋的方向走。他走了幾步之後轉過身，那個野孩子已經不在樹下了。他走進猴子屋時，發現那個孩子跟過來，現在坐在對面葛拉姆醫生的店面前。那孩子從口袋拿出一根香腸，用髒兮兮的手擦了擦，大咬一口，毫不客氣地粗魯咀嚼。後來師傅要我去看看，那孩子依然還在。他整個晚上都在猴子屋附近逗留。他一看到柯提烏斯，發現他那麼瘦弱，大概就開始猜想猴子屋的防禦有多弱。野孩子在附近遊蕩讓埃德蒙很緊張，他整夜躲在房間裡，深怕驚擾那個野孩子，他現在每晚都睡在猴子屋的臺階上。我不敢上樓找埃德蒙，我試過一次，樓梯第五階發出的聲響，讓寡婦大喊：「是誰？我聽見了！」師傅和寡婦也同樣不自在。每次柯提烏斯出門，野孩子就會跟著他，總是跟在後面，距離幾步。我們的房子和我們的生活彷彿都遭到圍困。

「他一直在那裡。」柯提烏斯唉聲嘆氣說。

「不要理他。」寡婦說。「只要不理他，他就會走開。」

「皮考特寡婦，我開始擔心妳並非真的無所不知。」

寡婦將埃德蒙打扮得很體面，派他去街上發她剛印好的傳單。他去公園、比較高級的街道、上流人聚集的地方，發給那些人。

知名外國雕塑大師，柯提烏斯醫生，

蠟像天才，巴黎最頂尖的人像專家，

擬真程度極為驚人！顧客一致讚嘆！

盧梭、狄德羅與眾多名人蠟像。

挑戰您的視野，讓您以全新角度看自己、親人、妻子、

女兒、兒子、孫子，彷彿第一次。

（酌收合理費用）

傳單吸引來一批新顧客，現在店裡的蠟像不只有大道名人與知名哲學家，也多了之前沒有的人：女人。必須招呼的女人，鑄模做頭的女人。她們進入大廳，坐在我們的椅子上。多美的女人！巴黎女人。女人的各種肌膚，柔嫩、多皺、風霜、堅韌、水泡、油膩、清潔、芳香、惡臭，散發出各種氣味：洋蔥與麵粉、巧克力與草莓。柯提烏斯全部碰過。當他的手落在女性的肌膚上，他會猶豫遲疑、湧出淚水；但有時候，當他非常接近顧客的女性臉龐時，他會握起手來悄悄鼓掌。現在他身邊圍繞著這麼多女人，我在想，說不定師傅對寡婦的感情會轉淡。一次難得的機會，他來找我說話。

「噢，鼻子！那些鼻子！噢！前額上的雀斑！噢，嘴唇上的紋路，如此完美，那些脫皮的地方、被紅酒染色的地方！噢，翹翹的睫毛！噢，酒窩！噢，顴骨！多美的痣，多美的發紅，多美的發白和發青！噢，粉紅、朱紅，噢，藍色、黃色！我好感動！脖子！那些後頸讓我感動哭泣！嘴唇！嘴唇！嘴唇，再來吧！」他癡迷地說。「真快樂！噢，真快樂！充滿生命力！」

柯提烏斯製作皮膚。寡婦製作衣服。埃德蒙縫鈕釦。我刷地板。

野孩子睡在臺階上。

野孩子跑來之後的第二個禮拜，埃德蒙終於肯下樓了。我聽見他走在樓梯上，腳步非常緩慢。我仔細聽：肯定是他沒錯，因為我隱約聽見寡婦的鼾聲與師傅說夢話的聲音。埃德蒙輕巧的腳步聲，小心翼翼走下樓，越來越接近。我下床站在門前，等了又等。外面的臺階傳來聲響：肯定是野孩子在走動。我再次聆聽埃德蒙的腳步聲；他停下來了，沒有聲音，一點也沒有——不過接著又傳來一下非常輕微的嘎嘎聲響，我握住門把。我打開門；門開啟時發出聲音，一點點而已。埃德蒙的腳步停止。外面的臺階傳來聲響。埃德蒙繼續前進。嘎嘎。

我把門再推開一點。嘎嘎。外面有人走上臺階。喀啦。

現在我看見埃德蒙了，他也看見我，從擋雨板透進來的微弱晨光讓我們看見彼此。我們之間的距離可能只有二十碼。但我們站著不動。喀啦。外面的臺階再次傳來聲響。然後歸於寂靜。

「瑪麗。」埃德蒙低語，幾乎沒有發出聲音。

寂靜。

「你終於來了。」我說。

「裡面的人是誰？」多麼突然的喧鬧！多麼低沉的嗓音！從外面傳來。

「我說啊，裡面的人是誰？裡面有什麼東西？你們在裡面藏了什麼東西？快開門給我看看！」

有人用力敲門、搖門。外面有人想闖進來。接著門外傳來怒吼，彷彿因為我們如此無法無天偷跑下床見面，吵醒了可怕的怪獸。敲門的聲音多麼響亮！

「救命啊！」埃德蒙小聲說。「房子會垮下來壓死我們！」

他奔向我，我抱住他，我緊緊擁著他。

「快放開我！不要抓著我！」現在外面的聲音憤怒地說。

「是誰在外面吵？」另一個聲音大喊，不一樣的人，從樓上傳來——是寡婦！

「媽媽？」埃德蒙哭了。

「埃德蒙！」她大聲回應。「怎麼回事？你為什麼下床？和你在一起的人是誰？」

「那個聲音，媽媽。是因為那個人的聲音。」

「小不點？小不點！」她怒吼。「妳在做什麼？」

我放開他。

「妳有沒有聽見，夫人？」我小聲說。「外面出事了。」

外面再次傳來聲響，有個東西撞上門，接著是大聲尖叫。那聲尖叫有如野獸受傷時發出的吼聲，在屋內的我們嚇壞了，屋裡也有人尖叫，是寡婦，越來越大聲，像是驚恐的牛。埃德蒙也開始哭喊——他的聲音比較尖細，有如落入陷阱的兔子——另一個人也跟著叫起來，是我師傅，他站在樓梯頂端，發出像馬哀鳴的聲音，房子也在尖叫喧鬧、呼喊咆哮，彷彿關著各種野獸的畜欄。在一片喧鬧中，我忍不住也加入自己微小的聲音，小老鼠的叫聲，鼩鼱的叫聲。

但突然間，敲打撞擊聲停止了，只剩下嗚咽與奔逃，有個人匆忙離去。我們四個人站在原處，每個人都如同一座島，不敢發出任何聲音，最後，門外傳來低沉鼾聲，有如巨大獒犬發出的聲音。我們四人神情驚恐、臉色蒼白，各自懷著恐懼回床上度過無眠的一夜，希望早晨的陽光能夠洗去我們的恐懼。

21

展覽館得到一隻看門狗。

天亮之後，凌晨的騷動終於真相大白。似乎有人——喝醉的路人——在猴子屋外面探頭探腦，亂搖門想嚇我們，結果不小心踩到那個野孩子。那個人胡亂惡作劇的下場是挨了一頓揍，兩顆牙齒永遠不會重新長出來了。

師傅站在窗前，看著依然躺在第三級臺階上睡覺的小流氓。「我認為，」他說，「我們應該向他道謝。」我在廚房門口看著，他打開前門、清清嗓子。

「你昨晚應該睡得很不安穩吧？」他說。「我們都一樣。」

這時我們所有人都靠近一些，想看接下來的發展。

野孩子緩緩坐起來，齜牙咧嘴，但柯提烏斯沒有逃回屋裡。野孩子往上移動一階，柯提烏斯依然站在原地。野孩子爬上臺階最上層，於是柯提烏斯做了唯一能做的事：從背心口袋掏出一枚硬幣。野孩子收下。一收好錢，他立刻停止低吼。這時師傅顯得多麼勇敢，在寡婦面前展現勇氣。而她，不太習慣這樣的結果，氣得話都說不清楚，但也想不出辦法。

「這個東西是最低劣的低劣生物。」寡婦說。「我不准他進來。」

「你是個好孩子，」這個嶄新的柯提烏斯說，「我欣賞你，但你太粗魯了。屋裡有很多精緻的東西，所以你還是待在外面吧，想吼叫、跺腳都隨你，因為你天生適合戶外，對吧？你無法被建築物約束。不過，不，別進來。」

「說真的，」寡婦說，「你永遠休想進來。」

她氣急敗壞地轉身，發現我靠得太近，讓她覺得不舒服，於是她回想起昨夜黑暗中發生的另一件事。

「埃德蒙，昨天晚上我看到你了！」

「對，媽媽，我也看到妳。我們全都嚇壞了。」

「你和下人抱在一起。」

「我……我……」

「你想否認？」

「不，媽媽，我無法否認。」

「為什麼要和下人那麼親近？」

「我很害怕，媽媽。她……剛好在旁邊。」

「埃德蒙！你要明白自己的地位，你不可以和廚房老鼠混在一起，絕對不可以。」

「是，媽媽。」

「你需要安慰？來找我，我會安慰你。」

「是，媽媽。」

「還有妳，小不點，妳這個人渣、廢物、髒東西，膽敢碰我兒子，妳就等著滾出去睡水溝吧！」

「是，夫人。我絕不會再犯，夫人。」

我希望妳受盡折磨死掉，我在心裡想，我幾乎可以想像那個畫面。她為什麼總是這麼苛刻？我不懂，我都已經這麼努力幫她做事了。或許她只是需要一個比她更低下的人，這樣她才能安心確認自己不是處在最底層。或許她想藉由苛刻證明自己的成功。

我相信她下了這樣的命令之後，以後樓梯再也不會傳來聲響。我只能獨自待在廚房，慢慢被吞噬。

「真是噁心！」她做出結論。「那個小乞丐只不過是在我們的臺階上打了一架，難道整個社會都要因此翻轉？真希望那個會呼吸的垃圾快點討厭我們，這樣一切就能恢復原狀了。」

但這件事始終沒有發生。

野孩子征服了猴子屋的臺階之後，再也沒有人能阻止他和我師傅。野孩子不但夜裡在臺階上睡覺，白天也都待在那裡，而且開始幫師傅的展覽館跑腿處理小雜務。

野孩子不只黏上柯提烏斯，他還派了使者來提醒我們他的存在：跳蚤。埃德蒙的手臂被咬出好幾個小腫包；我從廚房看見他在抓癢。寡婦在後頸發現一隻壁蝨，柯提烏斯多麼敬重那隻壁蝨，將移除工作變成一場精彩好戲。我被叫過去——可見寡婦有多著急——送上一盆熱水。

「你為什麼非看我的肩膀不可？」寡婦抱怨。「那隻蟲在我的脖子上。不，我不要脫掉外套。」

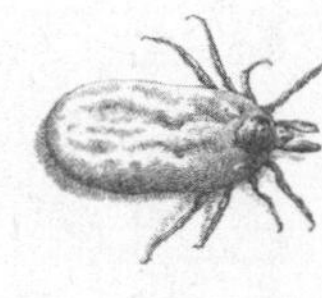

柯提烏斯將這次治療也歸功於野孩子，因為，要不是他身上的壁蝨闖入，我師傅絕對不敢碰寡婦的頸子，他把壁蝨夾起來捏死。柯提烏斯將死掉的壁蝨放進小盒子，裡面鋪著紅絲絨，擺在他臥房的壁爐架上。我去倒夜壺的時候看到了。

天氣冷的時候，有些人會讓狗繼續睡在外面，有些人會關在屋裡，讓牠們睡在腿上或床上。從對待狗的方式，就能看出一個人的性格。以下這件事可以看出我師傅的性情：他不但堅持要讓野孩子睡在臺階上（雖然其實他也沒辦法趕走他），甚至從自己床上拿了一條毯子給他。

終於，柯提烏斯問野孩子叫什麼名字。野孩子勉強從喉嚨深處發出一個聲音，比較像吠叫而不是名字。

「你說什麼？」柯提烏斯問。「再說一次。再一次。」

這次我似乎聽出來了：雅各，我相信應該沒錯。「維薩吉？噢——貝維薩吉！」寡婦高聲說。

貝維薩吉？意思是漂亮臉蛋*？

「雅各．貝維薩吉。」他嘶啞地說，點點頭。

那個名字連同口水噴到柯提烏斯的臉上，他狂喜不已。這樣的人竟然有這樣的名字！柯提烏斯沒有嘲笑野孩子，只是微笑著說：「確實沒錯，貝維薩吉，漂亮臉蛋。」

天氣變冷，柯提烏斯再次展現出他的性情。他和錯愕的寡婦關起門來商量許久，最後終於邀請雅各進來過夜，蜷在門邊睡。如此一來，埃德蒙更是永遠不可能下樓找我了。我無計可施，只好塞給他一張字條。上面只寫著：

嗨，埃德蒙！

瑪麗上。

他收到時一臉震驚，很快就揉成一團，但我發現，他的耳朵紅到不行。

他們命令雅各．貝維薩吉只能待在大門口，而且絕不能碰蠟像。但這時已經太遲了：一旦讓狗進屋睡覺，就不可能再趕出去。絕不可以讓野生動物進門。他的老朋友，大道上的流浪狗，牠們跑來大門前嗚咽著找他，不過最後牠們也只能困惑地悵然離去。那隻住進猴子屋的野生動物沒了朋友。

由我負責照顧他。

＊注：貝維薩吉（Beauvisage），法文的意思為「漂亮臉蛋」（Beau visage）。

22

◆◆◆ 我成為老師。

我，廚房裡的下人，油汙與煤灰的造物，蒸氣與爐火的精靈；我，手指汙穢骯髒的邋遢雜役，被賦予這個責任。我必須照顧新來的人。要讓他學會規矩，營業時間他不可以去大廳。他，像我一樣，屬於後面的房間。從此，我的日子充滿了為人父母的喜悅。我的孩子，不聽話的學生，占據了我的所有耐性、關懷與愛。或許我太寵他，給他吃甜食，但我也嚴格管教他。我吼他，我對他搖手指。他發脾氣，我吸一口氣，直接開戰。我身上的抓傷讓埃德蒙多心慌！有一次，我看到他站在遠遠的大廳裡望著廚房裡面，驚恐地摀著嘴。

我要馴服這隻野生動物，因此忙個不停。大小便必須用夜壺這件事，雅各花了好幾個月才學會。我聞到臭味，發現一灘尿和一堆糞便，雅各咆哮著衝出去。

或許我做得有點太過頭。或許為人父母的喜悅讓我昏了頭，導致我無法看清楚；或許他其實沒有那麼野，是我把他想成那樣。當然，他會說話；不必一個字、一個字教他，雖然有時候我會忘記。我幫他梳洗打理，弄得他痛苦不堪時，他會大喊人的名字。例如說，他會大喊，依芙．西克瑞；他受不了的時候會大喊讓—保羅．克雷蒙松；他會不停跺腳重複大喊安妮—潔容．德．馬西亞—蘭維爾。光是說出這些名字，他就會冷靜一點——我原本以為只是他在大道上聽到的名字。以前女客進來猴子屋的時候，他都會大聲嗚咽、態度焦躁，現在他也學會不可以這樣。寡婦命令他必須保護屬於猴子屋的所有東西，一定要做到。

雅各的臉完美傳達他的心思：悲傷、憤怒、恐懼、快樂，全部毫無隱藏地顯露。他和蠟不一樣，他完全不會偽裝；除了自己，他無法成為其他模樣，他只能做自己。有些時候，這樣的狀況令人非常焦急、困擾。

雅各進屋裡睡覺之後，好像開始懼怕外面的世界。不是立刻發生，而是恐懼慢慢爬上他的心。他變胖了一些，習慣了室內的溫暖。我們一起坐在廚房裡的時候，我告訴他我父母的事、來到巴黎之前的生活。我開始懷疑，要是不跟他說，我要如何確定那些事情真的發生過？那些故事要是不說出來，很可能會就此乾涸，我會變成只是廚房裡髒兮兮的小矮子。他慢慢地吸收我的故事。一天下午，他張嘴，開始說話。

雅各．貝維薩吉有自己的故事。

「伯納．巴利亞克把他老婆剁成肉塊，拿去餵狗！」

我聽見這句話，這明顯表示他有智能。我傾身向前，仔細聆聽。許久之後，他再次開口。

「屠夫奧立偉用斧頭殺死全家。老婆。小孩，兩個。把屍體賣給別人當豬食。豬食太油膩，豬生病。叫來警察。」

我一言不發。他接著說下去，斷斷續續吐出短字句，為了感謝我而分享的故事。

「依莎貝兒．托利賽和帕斯卡．菲索一起在床上睡覺。可是床上已經有另外一個人了。她老公，毛理斯！毛理斯是殘廢。大家都說，三人行太麻煩。他們帶他去屋頂，屋頂是平的，有一個大籠子，裡面養很多鳥；房子在河下游，靠近種田的地方。他們把老公關進籠子。老公被鳥啄得滿身傷，但幾個月後被人發現。活著！剩一把骨頭！不像那兩個偷情的人！很快他們就死了！在市政廳廣場吊死！公開行刑！我看到了！」

多麼驚人的進展！那天晚上，我的教育和直覺都獲得肯定！那天晚上，彷彿所有勝利一次到來，他告訴我他熱愛的故事，以前他只能藏在心裡。我發現，雅各記住了巴黎大量的犯罪與謀殺事件，不幸的人們驟然離開人世的悽慘故事。我聽了一個又一個，直到深夜，他越說越有自信。再說一個故事，雅各，再說一個。我沒有聽故事睡不著。在他的教導之下，我對各種恐怖行為瞭若指掌。

他也告訴我他的人生故事，因為我一再央求要他說：「雅各，快說嘛。快說！」

23

雅各・貝維薩吉，人生自述。

「我看過絞刑，但沒看過謀殺。我長大以後一定要看到精彩的殺人現場。要夠血腥的。有一次大道上發生割喉命案，我遲了幾分鐘，結果沒看到。我看到血，甚至看到流血，但沒看見動刀的瞬間。」

「你幾歲，雅各？」我問。

「我不知道。妳覺得我幾歲？」

「我猜可能二十？不知道。超過十五？很難說。」

「我也猜不出來。唉，無所謂啦。」

「你在哪裡出生的？」

「這裡。巴黎。」

「你的爸爸是誰？」

「不知道。」

「媽媽呢？」

「呃，不知道。」

「那你知道什麼呢，我的小寵物？」我溫柔地追問。

「妳的語氣好像老奶奶喔。」

「告訴我，你經歷過什麼事？」

「我被丟在聖奧諾雷路的一家孤兒院。這個我確定。那裡的修女幫我取名字。她們說我從小就不好看。我的臉本來就很大，活得久了以後越來越大。她們叫我雅各，我平常都用這個名字，貝維薩吉則是因為我的漂亮臉蛋。」

「孤兒院的生活怎樣呢？」

「我活。我吃。食物不夠，所以那些不夠強壯、沒辦法打架保護食物的人，就會被我搶走。然後他們就只能餓肚子，孤兒院就是這樣。我嗓門很大，很會揍人，非常不聽話。我揍了一個修女，對另外一個大吼害她受傷，聽說她聾了。常有小孩死掉，尤其是冬天。我沒死。殺不死我。至少現在還沒有。有一年冬天我生病，以為死定了，我在牆邊的水溝躺了一天又一天，埋在髒東西裡。不過我活回來了，我坐起來，吃了一點、拉了一點，然後又起來。就這樣慢慢好了。」

「離開孤兒院之後呢？」

「我被帶走。奧迪諾，兒童劇團的團長，他經常來挑人，每年四、五個，在他的『糊塗劇場』表演。」

「嗯，我認識他。大廳有他的頭！」

雅各啐了一口唾沫。「那裡所有的演員都是小孩子，都是從孤兒院來的，因為很便宜，他不必付他們薪水——他跟孤兒院買下他們。我在劇團表演，大多演野獸。我很有名，很多人特別去看我，但我在舞臺上的時候，他們不敢坐在前排，怕我會跳下臺揍人。我脾氣不好，現在已經改很多了，不過那時候，我想揍人就揍，奧迪諾會大聲罵我，但他很害怕我會連他一起揍。我在劇院有個要好的女生，她叫做亨莉葉．貝雷特，我們感情很好，她是我的第一個人。後來她生病了，死掉了，我非常生氣，到處亂砸東西，威脅要殺掉奧迪諾，於是他派保鏢來揍我，打斷了好幾根骨頭，然後扔出去。就是我倒在水溝那次，我還以為會一睡不起了。不過後來我還是爬起來了。就這樣。我幾乎都和狗混在一起，我餵牠們，跟牠們作伴，但也經常打架。我也經常很害怕。我不知道和狗在一起過了多久，好幾個季節過去了。

那時候我大概差點變成狗。不過後來柯提烏斯出現了，還有妳，同時是個老太太又是個小孩子，妳讓我重新開口說話。所以現在我又和人類在一起了，至少是一個很小又很忙的人。我每天都在大道上混，有絞刑可看的時候才會去市政廳廣場。真是好日子啊。我喜歡看絞刑，有夠痛快。」

他告訴我他的故事之後，我在幫他清潔時比較溫柔。我說服他坐在錫浴盆裡，每天清洗之後，我成功讓他變得越來越像人。在厚厚的汙垢底下，藏著一個人，一個長相粗魯的人，牙齒很嚇人，總是因為不該笑的事大笑；一個笨拙的年輕人，有點無賴，不過，雖然他很愛說那些悲慘恐怖的故事，但他有一種獨特的美。他的皮膚上有好多傷疤，燒傷、刮傷、割傷、他自己抓出來的傷。我一一問他傷疤的來歷，他坐在浴缸裡，輕描淡寫地一一告訴我。「這個是在劇院弄的，奧迪諾團長拿矛刺我。那時候我比較小——後來他就不敢了。這個是黑狗咬的。那個是我自己試刀弄的，我偷來的，真是把好刀。非常好。」寡婦命令埃德蒙幫雅各做了一套羊毛衣服，特別選了雙層織法的布料，希望能撐久一點，每處縫線都縫了四道，但沒多久就被雅各弄破了，於是又用皮革幫他做了更耐穿的衣服。

雅各的殺人故事實在太精彩，不可能只在廚房裡說；很快那些故事就傳遍整棟房子。就像猴子鬼魂一樣，樓上的人也察覺那些故事的存在。雖然寡婦和我師傅沒有聽過完整的內容，但那些故事依然逐漸進入他們，趁他們睡覺時鑽進他們的鼻孔。不然我怎麼會聽到師傅半夜在房間裡不停來回踱步？不然寡婦怎麼會一早起來就心情惡劣？

雅各和我是完全不一樣的生物，我像是個想要認識世界的無知幼兒。於是學生變成了老師，雅各以他的方式告訴我，活著的意義是什麼，有多少方式可以死去。感覺簡直就像在他來之前，我從來沒有真正接觸過人生，彷彿我只聽過謠傳，細微耳語描述人類能做出多可怕的事。我就像育嬰室裡的玩具娃娃，接受老鼠的教導。雅各講完故事打瞌睡的時候，我會去大廳看蠟像，無論他怎麼形容我，其實我依然只是個孩子，但我在那些假人之間走動時，慢慢揮別了童年。

一天傍晚，開門讓客人進來之前，我在餐廳收拾餐具。我看到埃德蒙坐在那裡，躲避我的視線。自從雅各來了以後，他變得好疏遠。

「雅各知道好多精彩的故事。」我忍不住對他說。

「什麼？」寡婦說。「妳剛才說話了嗎？」

「雅各．貝維薩吉知道好多神奇故事。你們真該聽聽。」

「滾出去。」寡婦說。

「故事？」我師傅說。「什麼故事？」

「巴黎的故事，師傅，全都是。」我清清嗓子。「殺人犯的故事、殺人的故事。他全都知道。那些故事真的很厲害，師傅，一定屬於我們沒看過的頭。至少我從來沒看過做出那種事的人長怎樣。」

柯提烏斯要我叫他上去，我非常高興。師傅和寡婦終於可以聽那些故事了。我以為很快就會聽到師傅拍手的聲音，沒想到卻聽見寡婦吼叫。她打他耳光，雅各慘兮兮地下樓。

我上樓去，寡婦斥責我。「妳把那種醜惡的東西帶進我家。這個地方屬於高尚的臉孔，美麗優雅的臉孔，不是妳熟悉的那種人渣。妳把我們全拖進臭水溝。我遲早會把妳踢出去。」她低頭看地板，發現一點泥土。「妳看看——泥巴！」

後來，我師傅責罵雅各。「你真壞，壞透了。」不過他的表情完全沒有生氣的樣子。對我，他只是說：「瑪麗，妳做得真好，他進步了很多！妳把他照顧得很好。謝謝妳。」

24

◆◆◆

一次影響深遠的外出。

「柯提烏斯、親愛的寡婦，大消息，我有個天大的好消息。」梅西耶滿懷欣喜衝進猴子屋，對我師傅和寡婦說。

「這個消息，想必需要先喝點我們的酒才能說吧？」

「我不會跟你們客氣！」梅西耶深情地說。

「你從來不會。」寡婦對我點頭示意。

我盡快送酒過去。

「喝夠了就快說吧。」寡婦說。

「一七七四年一開始就令人頭痛。」梅西耶開個頭。

「上帝救命呀，」寡婦說，「我們知道現在是哪一年。」

「一月裡，」梅西耶接著說，完全沒有動搖，「四肢痠痛、發高燒。二月起疹子。三月冒紅瘡，怎麼也消不掉，而且開始四處蔓延。四月時，惡臭已經無法掩飾；四月中，那些瘡發炎，很快就漲滿膿；四月底，瘡結了硬痂。五月八日，膿瘡開始流血，九日，各路聖職人員紛紛趕來，一七七四年五月十日，法國國王路易十五世終於蒙主寵召，死於天花。法國有救了，柯提烏斯醫生、皮考特寡婦！小不點也是！甚至包括你們新養的狗！法國即將恢復昔日榮光。新王萬歲，新后萬歲！凡爾賽宮已經召開議會了！希望巴黎能夠得救！」

「國王駕崩。」寡婦說，顯然震驚不已。

「死了、爛了。」梅西耶說。「現在我們只關心年輕的那個。」

然而，他的滿懷新希望卻只迎來騷亂不安。沒過多久，梅西耶又來了，焦躁地在猴子屋裡快步走來走去，不停搖頭。巴黎換了統治者，但卻難以察覺他的存在。看不出有什麼革新，儘管日子一樣正常過，但街頭出現暴動；許多人遭到殺害。吶喊的人群從外面經過，撼動猴子屋。雅各想出去，但寡婦不允許，於是他好幾天都在門前吆吱叫。暴動遭到鎮壓，逮捕了許多人，判刑並決定執行。雅各瘋狂吵鬧，堅持一定要去看處刑，他吵個不停，最後柯提烏斯只好答應第二天早上帶他去。寡婦不肯讓師傅獨自外出，於是堅持要陪他去，然後又命令埃德蒙陪她去。去看絞刑。我留下來看家。

與他們出門時相比，回到猴子屋時，他們全都變了樣。雅各帶了禮物給我，那是一個娃娃，做工粗糙，只能勉強看出人的樣子，沒有手臂，只有晃動的雙腿。娃娃沒有穿衣服，臉上也沒有畫出五官，更沒有頭髮。單色粗布縫製而成，裡面塞著乾玉米。娃娃脖子上綁著一條線。雅各告訴我，絞刑現場都會販售這樣的娃娃，大家買來拿在手上，對著絞架搖動。當身體落下、抽搐、扭動，動作會和觀眾手裡的娃娃一模一樣，死人的雙腿就像懸掛的娃娃，亂踢亂踏，驚慌地想找到地面。

「查理．勒司基爾！」雅各大聲嚷嚷。「偷竊麵包！」

我去幫柯提烏斯拿外套，他在哭。「停止了！就在我面前。我看著他停止。」

寡婦惆悵緬懷。「我以前會和亨利一起去看絞刑。我們總是一起去。那時候真幸福。」

埃德蒙在發抖，比平常更蒼白。他蹣跚走進大廳，然後倒在地上；寡婦尖叫。雅各背他上樓；請了醫生來看診。那天晚上，我鼓起勇氣上樓，寡婦在床邊的椅子上睡著了，但埃德蒙還醒著，他看著我。我發現他在哭。我無法和他說話，只能憂心忡忡回廚房去。

25

◆◆◆ 我們的第一個殺人犯。

巴黎到處是流離失所的人。數量越來越多，梅西耶說，沒有人願意幫助他們。我們的鄰居，經營棋館的畢雷先生，失去了工作、房子和棋子。接下來，很多人也淪落到同樣的下場。寡婦寫下受災名單，列出哪些人生意失敗，然後釘在工作室裡。

姓名	生意	下場
皮耶·馬敞德	拉丁語俱樂部	財產扣押、入獄
米契·羅蘭	派	燒傷、入院、死亡
喬琪·亞林	剪影	乞討、瘋人院
亞倫與荷坦絲·迪克斯米爾	算命	自殺，丈夫先死、妻子後死
亞蘭·畢雷	棋館	吞下教皇噎死

埃德蒙去看絞刑受驚之後的修養期間，寡婦禁止他下樓，只能待在房間裡，整天和軟軟的東西在一起。我認為，看到那個人死去時，一點點死亡進入他的身體，一小片死亡被他吸進去，他必須徹底擊退才行。我有個可怕的預感，他可能也會死。

謀殺一樁又一樁，彷彿我們學會了一種之前聽不見的語言。現在我們談論謀殺，到處聽到謀殺。接著，彷彿因為我們討論謀殺而招來黑暗，發生了一起極為重大的命案，一段新發生的黑歷史，故事的骨頭中有大量精彩的骨髓。可想而知，當然是雅各把這個故事帶進猴子屋：安東—法蘭索瓦．戴斯盧的悽厲故事。

「他用砒霜下毒！」雅各喜孜孜地說。「在熱巧克力裡下砒霜！第一個喝下去的人是一個媽媽，立刻倒地死掉！砰一聲倒在地上！他把老人的屍體裝進行李箱，埋在租來的地窖裡。真了不起呀！真偉大的時代！還不只這樣。那個媽媽的兒子來找人，熱巧克力再次登場，兒子也倒地。砰一聲倒在地上！他把這個人裝進稱為棺材的大箱子裡，埋進一個假墳。接下來呢？爸爸找上門，你們猜，你們猜？」

「熱巧克力？砰一聲倒在地上？」

「錯、錯，瑪麗，錯了，很抱歉，不過錯了。爸爸找上門的時候帶了警察一起去，想必戴斯盧的巧克力不夠那麼多人喝，警察起了疑心，在巴黎到處貼海報，出租地窖給戴斯盧的房東認出他，她尖叫又尖叫。然後他們去挖地窖，妳覺得挖出什麼，瑪麗？」

屍體，已經腐爛了。

柯提烏斯醫生聽到聲音，於是進來看，雅各再說一次故事，柯提烏斯去找寡婦，她一臉厭惡地也聽了一遍。後來我聽見他們在工作室裡大聲爭執。

「你怎麼都不挑對象？」寡婦說。「我們不能隨便什麼人都做。」

「但我對這顆頭非常感興趣，我很想看看。一定有什麼新奇的地方——我以前沒看過的特色。」

「拜託，醫生，由我決定該做誰的頭。」

「我想要！皮考特寡婦，這一個就好。我一定要這個頭。」

「我們只做高尚、美麗、傑出的頭。」

「這一個就好。」

第二天，柯提烏斯與寡婦一起出門。我數到一百，然後衝上樓。埃德蒙在房間裡，躺在枕頭上，身上蓋著好幾層毯子。一開始我以為他在睡覺，但後來我發現他的眼睛睜開、嘴巴也張開。他整個人一動也不動。

「埃德蒙。」我低聲說。

他只是躺在那裡，如此蒼白。

「埃德蒙！」我喊。

埃德蒙眨一下眼睛。

「他死了，」埃德蒙低語，「我看著他死去。太可怕了。那個被吊死的可憐人。我滿腦子都是他。我一閉上眼睛，就看到他。」

「不要再想了。」

「我沒辦法不想。」

我吻他的臉頰。我覺得應該要這麼做。我沒有打算要這麼做，但就這樣發生了。我急忙跑回去工作。他感覺好一點了，我想，我吻了他之後，他的臉頰稍微有點血色，不那麼像一塊白布。

師傅和寡婦走路去巴黎古監獄，殺人犯戴斯盧關在那裡，他們花了一筆錢取得許可，獲准進戴斯盧的牢房，為他的頭製作石膏模。

「這樣真的好嗎？」寡婦問。

「我們已經看過太多生意倒閉，」師傅說，「想想看他能吸引多少人來。」

「可是這樣等於我們在讚揚他的作為。」

「不、不，我們非常震驚。無比震驚。萬分不齒！因此我們更需要直視那張臉，親愛的寡婦。我認為絕對有必要。」

「可是殺人犯的頭和其他頭擺在一起不會很怪嗎？這樣表示我們認為他們之間沒有差別。」

「他會不一樣。」

「怎麼說？」

柯提烏斯停頓一下，然後動了動，轉開視線又轉回來。

「寡婦，大廳裡的那些偉人——政治家、作家、哲學家——他們是用腦的人。我們展示他們的頭。戴斯盧是殺人犯。他的頭腦失控了，任由身體殺人。所以我有個想法：我們做整個人！全身所有部位，全身上下，不只是胸像，而是整個凶惡的人。這次我們可以說，這就是他的長相，這就是他在世間肆虐的模樣！」

寡婦沒有回答。我繼續掃地。不過那天傍晚，他們再次全體一起出門。我又留下來看家。就連埃德蒙也得去，為了給他勇氣，讓他長點膽子。寡婦很堅持，不能讓他像他爸爸那樣不堪一擊。只有這一次，她說。他好瘦，腳步如此徬徨。

「不要逼他去，」我說，「他感覺很不舒服。」

「什麼時候輪到下人發號施令了？」寡婦問。

「我只是想……」

「不准想。沒有人需要知道妳的想法。」

他們回來時，雅各開心得幾乎跳起舞來。師傅直接去工作室，寡婦全身發抖、滿身大汗，立刻回房間，而埃德蒙，蒼白、痛苦的他，來到廚房告訴我事情的經過。

「我們見到他時，他在哭。整個過程他一直哭個不停，因此製作石膏模時相當困難。他不停說：『他們要殺死我，他們要殺死我。』雅各壓住他，讓柯提烏斯醫生在他臉上塗石膏。石膏乾了，柯提烏斯拆下來之後，他說：『死掉就像那樣嗎？突然一片黑暗？』我們離開牢房時，他說：『天上的父啊。噢，上帝！噢，上帝！噢，上帝！』噢，上帝，瑪麗，我幫他量尺寸。噢，上帝，瑪麗，到處都有死亡！」

我再次吻他的臉頰。他站著不動，他沒有逃跑。我握住他的手，他的耳朵紅了一下，然後又變蒼白。他無法將戴斯盧從腦中趕走。他媽媽大聲叫他——每次他來找我，她好像總是會知道——他離開了。不過還有一件事。他離開之前彎腰靠過來。我感覺一張嘴輕輕掠過我的臉，然後又飄走了。埃德蒙吻我。之後我一直摀著臉頰，雅各取笑我。那天晚上，我不停回想那個吻。從來沒有人吻過我。

我一直沒看到我們的戴斯盧，直到蠟像完工，柯提烏斯結束細部修整，然後才叫我們全都去看。安東—法蘭索瓦．戴斯盧體格瘦弱，臉龐蒼白、凹凸不平。那張臉原來一點也不特別。很日常的臉，出現在巴黎任何一條街道上都不會顯得突兀。不過看久了，就會覺得那確實是殺人犯的頭，面相非常可怕。

「這座蠟像可以讓我們更瞭解人類！」我師傅說出想法。「至少可以永遠作為證明，真的有這樣的人存在。我們用蠟捕捉野蠻人性！」

真正的安東—法蘭索瓦穿上白袍、戴上像主教的白帽子，掛上十字架。劊子手用大槌敲爛他的四肢，剩下的部分活活燒光。雅各去看處刑，回來向我仔細轉述。

蠟做的戴斯盧是世界第一座全身式蠟像，以站姿呈現，上身稍微往前彎，伸出雙手奉上瓷杯與杯碟。展覽館有這座蠟像的消息一傳出去，很多人跑來看。對盧梭、狄德羅沒興趣的人都跑來看戴斯盧；對他們而言，他雖然恐怖但也神奇。

從此以後，柯提烏斯展覽館一頭栽進殺人犯的生意。寡婦釘起一條繩子，將大廳一分為二。她將比較體面的頭像放在一邊，將戴斯盧隔離在另一邊。殺人犯的生意一旦起飛，就難以遏止。雅各隨口談起暗巷發現殘屍的案件。埃德蒙半夜不停尖叫，直到寡婦起床安撫他。

一天早上，我送上他們的早餐時，聽見寡婦說出心中的疑惑：「我們邀請殺人犯進家門，我們是怎樣的人？」

「勇敢的人？」我師傅說。

「柯提烏斯醫生，你的這個嗜好真的很可怕。」

「謝謝妳允許戴斯盧進入大廳。妳有沒有發現我們的生意變得多好？妳真是非常優雅大方，對吧？」他一時衝動，難得碰了一下她的手臂。

「我是服喪的寡婦，」她提醒他，「我丈夫在樓梯頂上。」

戴斯盧讓展覽館利潤增加，這點無可否認。寡婦搔搔軟帽，不情願地點點頭，但她將丈夫的人臺轉個方向，不看大廳裡的那群殺人犯。因為戴斯盧證實了他能賺錢，於是其他惡徒紛紛加入。柯提烏斯熱衷於殺人犯，以前在伯恩的時候，他做過絞刑人犯的器官模型，但他從來沒有機會如此瞭解這些人。他們深深影響他；他不停搓頸子，皮膚都紅了。他研究這些人的犯案手法，他告訴我，有時候他覺得自己是所有被殺的人，不只如此，他也覺得自己是犯下那些命案的人。或許那些殺人犯的蠟像力量太大——他們帶他走進人心。他就像站在井邊的幼兒，抓住巨大無頭屍體的頸部外緣，望著深處，雖然感到害怕，但又渴望能看到更多，拉長身體不斷接近血腥的深處，隨時可能失去平衡跌落。萬一跌進去，他可能再也無法爬出來。

清晨，我和新的一批殺人犯一起在大廳，清掃他們四周的地板，為他們做好迎接客人的準備。新的一批人。

26

癢。

◆ ◆ ◆

第三個殺人犯完工時，也增加了其他幾個新的人像，是寡婦喜歡的那種：發明熱氣球的天才孟格菲兄弟，聽說他們可以搭乘巨大的絲質氣球飛上天空——雖然我沒看過。一個滿臉麻子的音樂家葛路克。另一個則是他的死對頭，瘦高英俊的皮辛尼。我每天都和多偉大的人為伍啊！

雅各開始在工作室幫忙一些簡單的事，搬運大包石膏粉、鋸木頭做支架，但他絕對不准接近蠟像。他很笨拙，很粗魯，會弄壞東西。所有物品都怕雅各。他不是故意的，但經常打破玻璃、陶瓷器皿；他沒有任何惡意。誰也拿他沒辦法。他會嚇哭別人，但雅各很想親近他的殺人犯。一天晚上，我被可怕慘叫與哀號驚醒——不是猴子鬼魂，但那個聲音一樣淒厲，彷彿會迴盪好幾年。我們發現雅各在樓上工作室，腳放在一大桶石膏裡。他想用自己的腳做石膏模，向柯提烏斯證明他有天分。他自己調製石膏，然而，當他把雙腳放進裝滿石膏的大鐵桶時，他被困住了。用在活體上的時候，石膏只能上很薄一層；把腳放進一整桶石膏裡，腳會動彈不得，被石膏產生的熱度燒傷、煮熟。雅各無法把他的腳拔出來，我也辦不到，師傅也沒辦法，寡婦同樣無計可施，而埃德蒙更是只會哭。「快想想辦法！快想辦法！」雅各疼痛難當，寡婦給他白蘭地，我握住他的雙手，他不停慘叫。柯提烏斯好不容易把石膏一點、一點敲掉，他的腳重獲自由，這時石膏已經涼了。雅各老是忍不住去弄傷口，經常摳、經常抓。後來他終生跛腳。

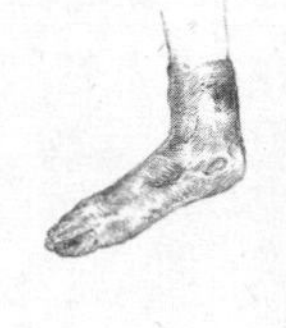

「石膏這種東西，」柯提烏斯對劇痛不已的雅各說（又能聽到他教學，對我而言簡直是天籟！），「不知道生命是什麼。石膏是死的物質。就算有光照亮，石膏也依然貧乏。石膏只能忠實揭露事實，但無法反映性格。無論毛孔、皺紋都能真實呈現、完美複製——但表現不出人的性情。與水混合之後，石膏粉會變成膏狀，石膏與水的混合物會短暫產生熱，但那樣的熱沒有感情。雖然會熱，沒錯，卻是沒有內涵的熱。石膏無法理解肉體；但蠟不一樣，蠟是肉體。蠟就是皮膚。」

猴子屋上上下下每個人都癢得難受。雅各的腳很癢，但那只是開頭而已。柯提烏斯全身發癢，他不停去抓，用指甲撓皮膚，弄得瘀血、破皮；他認為是因為做了太多殺人犯，導致他受到這種劇烈的折磨。雅各癢的時候，所有人都會知道；沒有人管得動他。他會坐在地上不停前後搖晃，不然就是呆望著窗外的大道茫然抓癢。就連寡婦偶爾也會狂拍頭，有時甚至用抹刀拚命搔。

有時候，我會在夜裡聽見師傅走動的聲音，他去找放在樓梯頂端的亨利．皮考特。差不多每個月一次，他會在那種四下無人的時間，從寡婦的工具裡拿出一把叫做「Toupet」的小剪刀，偷偷割斷人臺的縫線，通常一次不會割太多，所以寡婦一直沒發現。這樣持續一陣子之後，人臺背部脫落，脖子掉下來，底部的一小堆木屑與木片越堆越高，許多偷割出來的小裂縫讓填充物掉得更快，等著被掃掉。自從把丈夫的人臺轉向之後，皮考特寡婦很久沒有去看過，有一天，她突然又想起他，在一波激動情緒與再次湧出的悲傷中，她將人臺緊緊擁在豐滿的胸前。她修好丈夫，補好破洞，用她的愛牢牢綁住他，一邊修理，一邊回想起親愛亡夫的每處凹凸傾斜。幾天之後，他重新歸位，比之前更像亨利。我師傅傷心極了。

另一種癢正在發生。我癢。埃德蒙也癢，我知道他癢。

有一天在早餐桌上，寡婦打量兒子。「埃德蒙，你已經到了這個年紀。十七歲，不是小孩了。你會經歷新的事物，新的起點。不同的人，新的尺寸。」

「什麼新的人，媽媽？」

「埃德蒙，我希望你長大成人。我希望你思考一件事，你這個年齡與地位的人都應該考慮的事。」

「什麼事，媽媽？」

「娶妻。」她說，停頓一下，接著讚嘆。「埃德蒙要有女人了！」

然而，目前埃德蒙依然沒有女人，因為一旦被迫接近異性，他就會變成店鋪人偶，只有我是例外。他像我一樣，有讓自己消失的方法。在那樣的時候，他會將內在變成木屑與麻絲，剩下的血液全部集中在耳朵；他徹底消除掉自己身為人的感覺。只有當女人離去之後，他才會開始動。他獨自靜靜站著幾分鐘，等候生命回歸，血液緩緩從耳朵流回身體，浸透所有麻絲，重新變回肺、肝、膀胱、腸子。

埃德蒙的第一個相親對象，是棉花大盤商的女兒。臉色紅潤的小姑娘，小小的眼睛很像豬，可以看見白色睫毛，身上有股尿騷味。她父親也像豬，總是氣喘吁吁，母親則是肚子很肥的母豬。他們的豬圈生意不錯，她母親看來希望結合生意與豬意。那個女生聽從指示坐在埃德蒙身邊，一直看著他，但埃德蒙始終一動也不動。她的父母對埃德蒙說話，但他沒有發出任何聲音，他們有點惱怒，女生的表情也變得不高興，幾乎純白的頭髮在我眼前變得越來越油膩。終於，她握住埃德蒙的一隻手。然而，握住的同時，她那張白臉變得越來越白、越來越白，她發出豬哼聲，然後把手放開。他們再也沒出現。

那天晚上，有人輕輕敲門。

「嗨，瑪麗。」

「是誰？」

「是我。埃德蒙。我可以進去一下嗎？我想和妳在一起。」

「快進來。關上門。」

「謝謝。」

「埃德蒙，今天你招待客人表現得很好。」

「是嗎？」

「當然。」

「瑪麗，我不想結婚。」

「不，你不該結婚。你應該留在這裡，和我在一起。」

他待了整整半小時。他給我看娃娃埃德蒙，因為今天的折磨而心神不寧。我真希望他收起娃娃，因為感覺就像我們之間多了一個人，破壞我們獨處的時光。終於，他將心愛的娃娃收進口袋，但只是為了站起來準備離開。

棉花大盤商只是開頭，接下來埃德蒙被迫忍受許多次恐怖的相親。女裝裁縫的女兒認為埃德蒙「可笑」，理髮師兼外科醫生的女兒認為他似乎「頭腦不太正常」。沒有人看上他，大家都覺得他很怪，魂不守舍、毫無魅力。那些女生盲目愚昧，配不上他，我因為慶幸與安心而快樂暈眩。她們沒有帶走他，但他媽媽還不打算放棄幫他找對象。

在這棟癢得要命的房子裡，我和埃德蒙是不可或缺的零件，甚至可說是動力來源。最後那個夏天，我們經常在一起，彷彿我們知道快要沒有時間了，必須趁還有機會多多探索。每天晚上樓梯都會傳來腳步聲。夜晚屬於我們，我們藏身於夜色之中。

夜裡雅各睡著之後，他會來找我。

「看看你，」我說，「多好看啊！」

「我來了。」

「我的身高是五尺五又八分之一吋。」他說。

我們彼此對看，互相說話。

「我的頭頂差不多到你的心臟，對吧？我們來聽聽。這裡！這就是埃德蒙的聲音。你發出的聲音真美妙。」我們談天，我們牽手，然後他再次離去。

房子本身也在癢。因為生意越來越興旺，寡婦和我師傅買下了猴子屋。買下來之後，他們開始重新裝潢。一樓的牆壁貼上血紅色壁紙。

「每次從外面回來，」柯提烏斯說，「我都覺得好像走進巨人的身體裡，紅色的牆壁就像是巨大人體軀幹內部。」

柯提烏斯與寡婦買了很多東西裝飾大廳，很多舞臺道具。有一座很大的時鐘，但其實只是木板做成時鐘的形狀，畫上鐘面，所以永遠指著同樣的時間。木板上漆做成整套精緻假衣櫥和五斗櫃；沒有一個抽屜能打開，但看起來很像真的。還有木板畫成大理石的樣子。夜裡，當雅各睡到打呼，我和埃德蒙會去大廳，悠閒走在那些新裝飾品之間，假裝我們是富有的巴黎人，假裝我們走進自己的王國。在寬敞的大廳裡，感覺彷彿身在華麗宮殿，雖然窗外的景色並非優美花園，而是泥濘的大道，以及對面葛拉姆醫生的房子。

早餐時，寡婦對埃德蒙說：「開印刷廠的湯瑪斯—查理．提克雷有個女兒，蔻妮莉。我們或許可以考慮一下。那會是多美好的未來，多穩當的未來。」

27

新一批偉人的頭。

我們新增了一位醫生與一位博士。路易大帝廣場，我從來沒去過的地方，那裡有一位法蘭茲·安東·梅斯梅爾醫生，不久前從維也納逃來巴黎，一七七八年二月開設了新診所。很快就有很多人去看診。埃德蒙給了我一張診所的傳單，上面宣稱他什麼都能治療，從癱瘓到便祕，從陽痿到憂鬱，從拇指外翻到疱疹，從針眼到白內障，從膽結石到壞疽，從癲癇到水腫，從歇斯底里到打嗝，從不孕到失禁。他會施行奇蹟，他只要把手放在人的身上，他們就會感到一股力量從他身上湧入。我和梅斯梅爾醫生漸漸熟悉，不是本人，而是蠟像。他的臉非常扁平，側面幾乎沒有起伏，彷彿那張臉是壓在平底鍋裡長大的。

博士則是自由美國的班傑明·富蘭克林博士。我也沒見過他本人——

雖然我師傅和寡婦有幸會見——但我自有理由記得他。我非常感謝富蘭克林博士的灰色長髮，因為他的頭髮，我重新獲准進入工作室——協助製作蠟像。那一陣子時間很趕，要做的頭太多，師傅需要幫手，於是終於想起了我。最耗費耐性與時間的工作，就是把頭髮植入蠟頭。通常只要戴上假髮就好，因為地位高尚的人，無論男女，都會戴上其他人的頭髮，有時甚至是馬毛；但這位美國博士頂著自己的頭髮。

「要使用的工具，」我說，「是一種環狀把手、長頸鈍頭的針，師傅。」

「沒錯，小不點。妳怎麼知道？」

「在伯恩的時候你教過我，師傅。」

「是嗎？沒錯，應該是。我都忘記了。我以後不會再忘記。妳知道那個工具是做什麼的嗎？」

「手術中用來挑起組織，不過你用來把頭髮一根根植入蠟像的頭皮。」

「嗯，沒錯、沒錯，完全正確。」

「一定要叫她來嗎？」寡婦問。

「為了完成蠟像，皮考特寡婦。我們人手嚴重不足。」

「好吧，小不點，不准講話，安靜坐著。」

「是，夫人。」

「就像妳其實不在這裡一樣。」

「是，夫人。」

於是我榮耀回歸。我非常仔細研究班傑明．富蘭克林博士。那顆頭感覺像巨大的塊莖，像馬鈴薯一樣的人。那張臉的下方有個雙下巴，皺紋不少，肉肉的臉頰往上推，前額巨大。那臉的中央長著一個像球根的鼻子，兩側長著灰色眼睛，眼角下垂、眼瞼厚重；他的嘴巴兩邊法令紋很深。

「這個人，」我說，「從遙遠的美國來這裡。」

「是啊，小不點。」我師傅點頭。

「感覺好像我們在認識世界，對吧？」

「可以這麼說，確實。」

「不准講話！」寡婦怒斥。

一根頭髮接著一根，我讓富蘭克林漸漸有了富蘭克林的樣子。我植入灰色長髮，這些頭髮原本屬於新橋上一個賣栗子的老人，他需要錢，於是寡婦親自去剪。我用鈍頭的針將頭髮一端推進蠟裡；我把針抽出，頭髮留在裡面。我重複這個動作幾千次，看著眼前博士的畫

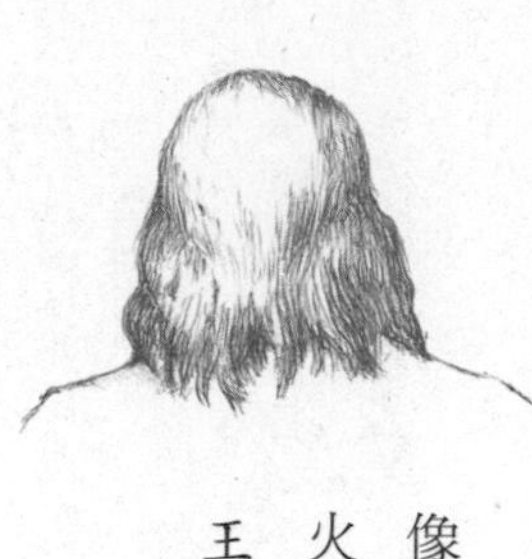

像。巴黎到處都能看到他的臉，花一點小錢就能買到：印在紙上、鼻煙盒、火柴盒、扇子，就連夜壺上也有，底下寫著：他從諸神手中搶奪雷電，從君王手中搶奪統治權。

我站著欣賞蠟像的頭髮，放膽說：「或許這次你們終於會給我薪水。」

「妳在這裡不准講話。」寡婦說。「不准讓我們聽見妳的聲音。」

「瑪麗，我們會考慮。」我師傅說。「一定會。不要心急。」

我微笑著做完博士剩下的頭髮。說不定，這次我終於可以成為這個家庭真正的一分子。說不定，如果我的工作夠出色，甚至可以獲准嫁進這個家。

很多人來看梅斯梅爾與富蘭克林的蠟像，甚至有人在白天來工作室拜訪柯提烏斯和寡婦。現在我是工作室的助手了，每天都能見到新的人。其中有位非常知名的雕刻家，讓—安托萬·烏東。要不是我知道這件事，很可能會稱他為又一個禿頂矮子。

「可想而知，我沒有聽過你的名號。」烏東說。「你製作小偷和殺人犯的蠟像。你剝奪了所有人的優雅。你沒有呈現出人類形體的尊嚴，也沒有加以提升，只暴露出不堪。你憤世嫉俗，你不愛人類同胞，你無法做出美妙的作品。」

「我愛頭，」師傅溫柔地說，「我真的很愛頭。」

「或許你這門手藝很適合在街頭展示。你使用的材料廉價又容易取得，十分普通。沒有任何精巧的技術，沒有智慧、沒有光輝。」

「蠟是……肉體！」柯提烏斯說。

「那麼大理石就是靈魂。」

「我用蠟打造我的人生。」

「勸你繼續做殺人犯就好。」烏東說。「你只配得上那種人。這顆頭——」他指著富蘭克林說，「——被你貶低了。你汙辱了這個頭。」

一七七八年二月，我正式成為工作室的助手，一位八十三歲的無牙老人回到巴黎，他名叫弗朗索瓦—馬里．阿魯埃，世人更熟悉的名字則是伏爾泰，他流亡瑞士將近三十年。巴黎為他瘋狂，所有人將各種榮耀拋向他虛弱的身軀。而伏爾泰的回應，則是出血性中風。

維列特子爵在塞納河畔有一棟房子，伏爾泰在那裡閉門養病。憂心忡忡的民眾在房子外面守候，希望能瞥見他一眼，但只有最尊貴的訪客才能獲准進入，其中包括富蘭克林博士。矮小禿頂的雕刻家讓—安托萬．烏東兩度獲准進去繪圖。畫好圖之後，他急忙趕回工作室，鎖上門，整整十天沒有出來。烏東下定了決心：這將是他今生最偉大的作品。他不分日夜雕琢大理石。慢慢地，他找到了那個突出的下顎，洋溢笑意的薄唇。他的思想化做凹陷的臉頰、衰老的光頭、皺皺的鬆垂頸子。

子爵的河畔住宅中，躺著一個老人，他每天都越來越不像伏爾泰。現在，要看真正的伏爾泰，必須帶著全家大小去烏東的工作室。他就在那裡，開放參觀的時間一定在，絕不會撲空。每天從上午十一點到傍晚七點，都能看到他笑嘻嘻的臉。

我師傅也去看了。「沒有顏色！沒有生命。」他說，但依然氣惱地咬著指節。

「要是我們能有伏爾泰就好了。」寡婦說。「想想看會有多少大人物來。」

「我真的好想要伏爾泰的頭。」柯提烏斯說。「渴望到心都痛了。」

河畔那棟房子前守候的人越來越少，但師傅與寡婦依然每天去；每天他們都無法獲准進入。每天，我和埃德蒙都一起坐在工作室裡。我們一邊工作一邊聊天，我開始想像，如果我們結婚，生活應該就會像這樣。

每天他們都出門，寡婦每天敲門被拒，我師傅則拎著他父親的大皮箱，裡面的瓶罐裡裝著水、髮油、石膏粉。到了五月十九日，老人家被移到屋後的僕役區，他們賄賂一位僕役——我師傅和寡婦只是輕描淡寫地說「一筆錢」——他們終於進去了。因為那時候，一切都結束了。伏爾泰與世長辭。我師傅做了他的死亡面具。

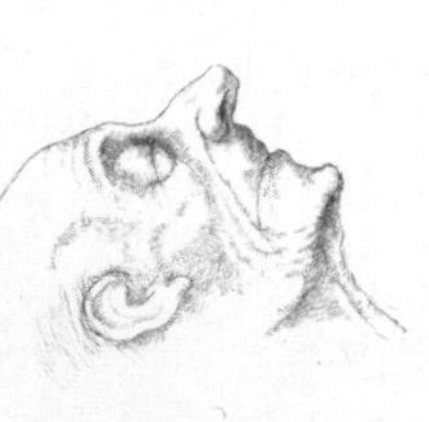

※一號頭像。

伏爾泰的蠟像必須盡快完成，但我師傅用石膏採下的那張臉已經癱軟鬆弛，失去生命。

「我看得出來他死了。」埃德蒙說。「那是死人的臉。妳去了他的墳，媽媽！」

「不是他的墳，」她說，「柯提烏斯醫生跟我解釋過，埃德蒙，製作偉人的死亡面具是非常合理的行為。許多國王都做過死亡面具。這是普遍接受的作法。」

「那些殺人犯，妳見到他們的時候，他們還活著！這個人死了。死掉的東西！」

「埃德蒙、埃德蒙，」她抹去他的眼淚，「你太敏感了。拜託想想辦法控制一下情緒。」

我師傅對哲學大師進行微調，改變他的五官，以蠟製的死亡面具為基礎，用黏土做出一張比較有肉的臉，眼睛睜開，滿臉笑容。我師傅研究烏東的雕像，研究伏爾泰的許多印刷人像。我觀察他慢慢調整那張臉，終於呈現出伏爾泰的神情。然後，他用黏土和蠟變出伏爾泰，成品令人驚嘆。伏爾泰過世之後，我們焦頭爛額忙了四天，讓他在聖殿大道重生。

這個伏爾泰栩栩如生，感覺彷彿隨時會開口說話，許多人趕來參觀。「在柯提烏斯展覽館，」他們說，「伏爾泰還活著。」

「有名的頭，」寡婦說，「輝煌的頭。」

※二一號頭像。

來參觀的人數量可觀，猴子屋不斷擴大再擴大，也雇用了不少新員工。佛羅倫斯．畢布羅是一位臉龐胖大油亮的婦人，她已經為大道上的另外幾家店供餐。有時候她會在屋裡烹調，但大部分的時候，她會直接把餐點送來。佛羅倫斯不太愛說話，她相當寡言。聽到讚美的時候，她通常沉默以對，或是大笑幾聲，露出上下彈跳的舌頭與磨損的小小牙齒。每次都一樣，從不改變。

「謝謝妳，佛羅倫斯，燉肉真好吃。」我師傅說。

「滴滴滴滴滴滴，滴滴滴滴滴滴。」

「我們都不記得多久沒吃過像樣的食物了。」寡婦說。

「滴滴滴滴滴滴，滴滴滴滴滴滴。」

我教她怎麼做我師傅最喜歡的瑞士菜。馬鈴薯餅，將馬鈴薯刨絲用油煎，還有麵包肉排，將許多種肉絞過之後加上洋蔥，放進麵包模裡烘烤。

「滴滴滴滴滴滴。」她大笑，將豬肝放進絞肉機。

更多人來，很多很多。因此，寡婦帶埃德蒙去了一趟提克雷先生的印刷廠。

28

新衣。

生意興隆，磚塊跟著來。磚塊來了之後，工人也來了，他們疊起一塊又一塊磚，不停往上往上再往上。終於，老舊的木造猴子屋穿上了時髦的紅磚外衣。新增四道紅磚扶壁幫助木楞杖支撐。「這樣違反了大道的精神，」梅西耶在工作室裡說，「絕對會招來厄運。這條大道上不該有磚屋。大家會因此討厭你們，遲早他們會因為那些磚塊而報復。」

「你是哪位？憑什麼說這種話？」寡婦質問。

「我是梅西耶本人。」

「憑什麼教訓我們？」

「我是你們來往最久的朋友。妳忘記了嗎？是我介紹妳認識柯提烏斯的？看看樓下，我在那裡，是他那雙高明的手親自製造的。」

「是，沒錯，謝謝你提醒。我實在太熟悉那些蠟像，有時候會忘記那些人到底是誰。幾個月前我就想拿掉那個頭像了。雅各，去把那個頭拿走。不用太小心，反正最後會融掉。」

「可是我是梅西耶呢！」

「是，我知道，真可惜。你不能變成別人嗎？」

「我是《二四四〇年的巴黎》的作者——」

「對、對，可是你已經過氣了。你得有點新的成就，不是嗎？你做到之後記得通知我們。別忘了，這次最好能維持久一點。」

「拜託，親愛的夫人。不要拿掉我的頭像。」

「已經拿掉了。我們不是慈善機構。」

「我真的好想看到頭像擺在這裡。」他洩氣地說。

「我們只陳列最好和最壞的頭。至於你的頭，就像大部分的人一樣，落在中間地帶。你應該明白吧？」

梅西耶默默離開。

關於磚塊的事，他說沒錯，至少一開始。鄰居路過時紛紛搖頭、揮拳，有些甚至吐口水；有一次，夜裡雅各睡著之後，有人跑來把餿水倒在臺階上。大道上的所有建築之中，只有三棟是用比木材堅固的東西建造：尼可雷的走繩索雜耍劇團、奧迪諾的糊塗劇場，現在又多了柯提烏斯醫生的展覽館。

完工之後，猴子屋發出奇怪的新聲響，有如巨大的嘴巴在磨牙。閣樓發出焦慮的嘎嘎聲響，比之前更大聲。樓上的幾個房間逐漸下墜兩吋。有一次，寡婦走在樓梯頂端，一塊地板掙脫釘子彈起來，差點打中她的臉。

換上新裝的猴子屋，讓裡面的人也掀起服裝革命。可想而知，是從寡婦開始的。她在一身黑衣上添加了不同的層次，加上紫色滾邊，袖口多了一點深藍，軟帽鑲上紫色緞帶。她買了一枝男用手杖，麻六甲木製成，有精緻的純銀雕花握柄，從此她去哪裡都帶著。我發現，她似乎突然長出大量黑痣，以前沒有看過的小小凹凸黑痣。要不是改建成磚屋，否則應該不會出現。這些黑痣與疙瘩就像士兵的動章，是時髦的裝飾，每顆都證明她的地位提升多少。

至於我師傅，磚屋讓他全身僵硬，彷彿屋子想把他變成裝飾用的人柱。寡婦表示看不下去他的棉質服裝。那套衣服，她說，是不懂紅磚的人穿的。埃德蒙幫他量身，一個全新的人於焉誕生，那套黑絲絨衣裳讓我師傅背痛、大腿莫名抽搐，但他反而因此更激動地感謝皮考特寡婦，大肆讚揚她為我們所做的一切。

世上也有衣物無法束縛的人，他們的生命力太飽滿，總是行動力十足，安靜不下來；這種活力充沛的兩腳或四腳生物是縫線的大敵。雅各．貝維薩吉天生不適合穿衣服。他很努力適應，但依然無藥可救。就算穿上精緻衣物，他還是弄壞身邊的所有東西。一天傍晚，他笨手笨腳撞翻一個殺人犯，頭碎了。柯提烏斯傷心地整修殘骸，寡婦迅速行動。她以最大音量發號施令：剪刀！熱水！剃刀！她要剷除他內在的野獸。在那段絲綢般的日子裡，她宣布「毛髮終結」。她自己本身將無比豐盈的頭髮藏在軟帽裡，現在進一步禁止雅各放任頭髮蓬亂糾結。她剪掉那頭茂盛的鬈毛，接著剃光剩下的髮根，他的頭髮像柯提烏斯的舊棉衣一樣被打入冷宮。雅各的狂野輕輕飄落，鋪在地上的舊床單接住，同時也接住了頭蝨帝國，我把它整個拿去燒掉。倘若寡婦的用意，是為了創造一個外表整潔溫和的人，那麼她徹底失敗了，因為剃光頭髮之後，他變得比之前更嚇人。我和他坐在一起，他憂傷地摸著小平頭，像顆缺口的砲彈。

就連我也逃不過服裝暴動，這場衣物之戰，新衣將舊衣打得落花流水、全軍覆沒。我收到黑色連身裙，非常單調、非常勞工，三套宛如姐妹的樸素衣裳，外加一頂新軟帽。質料不錯，但沒有太好。儘管如此，這依然表明我是這個家的一分子。我誠心誠意向她道謝，她做個不屑的表情。

就連放在樓梯頂上的亨利．皮考特人臺都更稱頭了一點，穿上全新的白色蕾絲襯衫，還有珠母貝鈕釦。

薄棉布從埃德蒙身上被剝奪了，那是屬於他的布料，他被迫穿上蠶絲。他抱怨個不停，難得大聲說話。他的臥房、寡婦的臥房，都傳來母子大聲爭執的聲音。「拜託，媽媽，不要，我不要。」「不准你這樣，埃德蒙，我不准！」「絕對不可以，聽我的，媽媽，這是可怕的錯誤！」「聽你的？胡說八道！你怎麼變得這麼叛逆？哪裡學來的？快穿上！就算我得親自剝光你的衣服，也會讓你穿上！」

埃德蒙穿上筆挺的白色絲質服裝，幾乎變成一片全白；只有耳朵的顏色不一樣。我還記得，看著穿上那套衣服的他，我心中想著，這就是埃德蒙。大部分的人都會小看他，大部分的人不會在他身上耗費任何情感，他總是遭到遺忘；原本我認為這樣最適合他，也感到慶幸。然而，我在那身白色衣裳裡看到他，第一次如此徹底呈現。他的兩側太陽穴上冒出青筋，細細的碧藍小河流過埃德蒙的國度。該如何探測這片大地？哪裡才能找到合適的探險家？我看到他穿那套白衣裳，我確實看到了，一天早上，時間還很早，通常是他還穿著睡衣的時間。他來找我，穿著那套可怕的白衣裳。他沒有說話。空洞的臉只是越來越靠近我的臉，非常靠近，我的嘴唇碰到感覺像棉花的東西，但其實是埃德蒙．皮考特的嘴唇。然後是一個比之前更深刻的吻，他的嘴張開，那套衣服下有著埃德蒙，他的內在。但他太快停止。

「對不起。」他說。「對不起。」

「為什麼說對不起，埃德蒙？」

他說：「我覺得妳很漂亮。」

「埃德蒙？埃德蒙？真的？真的！」

「我不想去。對不起。」

「埃德蒙？」

「真的很對不起。」

但他沒有說為什麼對不起。我伸手按住嘴唇，那套白衣越走越遠。寡婦大肆宣揚她兒子到了適婚年齡。就像她在猴子屋外牆上釘了一張海報，那張海報變得非常舊，經歷過各種氣候，被雨水打濕之後結冰，水滴乾後，被太陽曬得邊緣捲起、紙張泛黃，不再潔白。現在幾乎無法分辨上面的文字——儘管如此，很不可思議，突然間，有人看見了。有人仔細閱讀上面的廣告詞並且充分理解，甚至看到了最後的一行小字：請內洽。而且真的這麼做了。

29

公告：蔻妮莉．提克雷喜結良緣。

或許我有點作弊。我將磚塊和衣服的事混在一起。我忘記說明新衣服是為了一件特別的大事，埃德蒙．亨利．皮考特迎娶蔻妮莉．雅德莉安．法蘭絲娃．提克雷，她父親是聖路易路上那家印刷廠的老闆。

提克雷印刷廠承攬巴黎各地的廣告。他們不只印製柯提烏斯醫生展覽館的傳單：巴黎最好最壞的人都在這裡！也印製法蘭西喜劇院的傳單：劇作家拉辛之作《安多馬克》，而且還不只這樣而已。印刷廠日夜不停工，就連禮拜日也一樣。他們從不停工，機器像巴黎市所有會說話的頭一樣熱。印刷機不斷來回壓印，吐出成千上萬的文字，多到讓人頭昏眼花：刻在小金屬塊或小木塊上的文字，倒過來排列，滾上墨，然後重重壓在紙張上，讓紙張痛苦抽動。噢，那些人，他們什麼都印。他們通知巴黎人有新書、新藥、最驚人的破產消息、彈性長襪有多重要、最新的潔牙塗料。我很想知道，光是提克雷印刷廠印出來的東西，占據了巴黎多少的牆面。那所有的文字揭露各種人生、各種買賣、各種希望、各種未來、各種人類的小小混亂。提克雷印刷廠負責印製各種宣告，絞刑、教堂禮拜、傀儡劇，各種協尋傳單：貴賓狗、烏龜、手杖、鼻煙盒。遺失：暖手筒。遺失：銀質蘆筍夾。遺失：精緻熄燭器。遺失：絲質陽傘。遺失：雙面懷錶。遺失：巨嘴鳥。遺失：愛犬。遺失：兒童。

遺失，遺失。因為蔻妮莉．雅德莉安．法蘭絲娃而遺失。遺失：埃德蒙．亨利．皮考特，店鋪人偶的原型。我唯一的機會。永遠遺失。我失落地坐在廚房裡，從來沒有人想過要問我的意見，從來沒有人來問我埃德蒙該不該結婚。沒有人認為我在乎，沒有人想到我和他有任何關係。因此他們沒有看見我的哀傷，也沒有聽見我在夜裡哭泣。就連雅各也無精打采。下人再傷心，也不是什麼大事。

寡婦終於找到買家。可憐的埃德蒙遺失了，穿著白色絲質衣裳離去，兩家興旺的事業合而為一。這次聯姻讓猴子屋獲得數千利佛的資金。蒼白的青年搬去提克雷印刷廠，以後要學習那種能賺大錢的專業，有一天成為老闆。只有展覽館這個依靠，寡婦不放心；她想找更實在的靠山、更穩定的事業。

印刷業獲利豐厚，超過裁縫，也超過蠟像。寡婦經常去探望他，但我再也沒有見過他。

沒事做的時候、一個人的時候，我閉上眼睛，將寡婦劈成兩半——也將蔻妮莉從嘴巴劈開到肛門——就這樣一直坐在廚房裡，再也不等候任何人來找我。

那些寂寞的夜晚，我睡不著——於是跑去偷柯提烏斯和寡婦的東西。我點燃偷來的蠟燭，埋首工作，將埃德蒙從蔻妮莉手中偷回來，至少盡可能嘗試。我偷蠟和黏土，我偷紙張、鉛筆和製作骨架的鐵絲。我製作埃德蒙的小蠟像，只有心臟或拳頭那麼大——這兩樣東西大小相同。我實在很難回想他的臉，很難帶回我眼前；我去聖奧諾雷路看店鋪人偶尋求幫助，而且每次都從耳朵開始做。這變成了一種習慣，偷東西，夜裡彎腰瞇眼製作我的小蠟頭。永遠是埃德蒙，其他頭都不重要。即使我從來無法確切掌握他，但我認為只要繼續做下去，或許有一天能成功。

或許是因為我的眼睛總是紅通通，我師傅終於察覺異狀。我很擔心，他對我說，撐起我的眼瞼，注視我的眼睛。問題不在我的眼睛吧？不過他認為我的眼睛可能生病了。大部分的人就算看不清楚，也會繼續在朦朧中生活，但師傅立刻著手解決我的小毛病。他帶我去找一個人，他在我眼睛前面放上圓形玻璃片，然後宣布我「視力衰弱」，需要以輔助器材讓我能看清楚近處的東

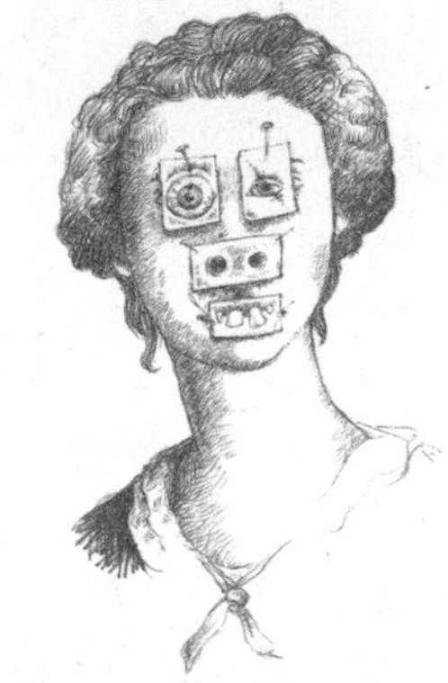

※新的皮考特夫人，並非照本人繪製。

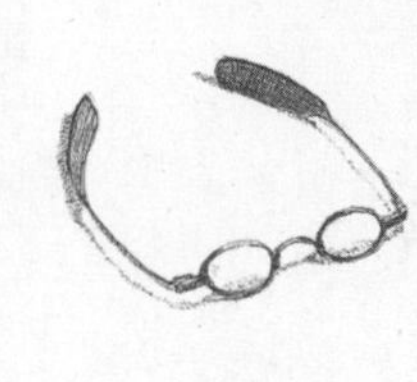

西；遠處的則無所謂。他開了處方，是一種配戴在體外的東西，稱為雙摺耳掛式眼鏡。那個人測量我的頭圍，然後說鏡腳不會超過六吋。要用鋼還是銀？他問。柯提烏斯看看我。「我很想給她用銀的，但現在恐怕只能將就用鋼。」這個戴在我臉上的東西，花了二十利佛。

我們回到家，寡婦說：「瞎了？瞎了。瞎了！」

「沒有瞎！沒有瞎！」我說。

「柯提烏斯，要是她瞎了，那就沒用了。我們得找新助手。」

「我沒瞎，師傅！」

「她真吵！」寡婦說。「而且不只是在我們面前而已，她在廚房哭。前幾天，我看到她猛打自己的頭。而且還懶得要命。柯提烏斯，或許你不想說什麼，但我發現她的工作變得多糟糕。你看看，她竟然還敢擺臭臉！」

「小不點，」師傅問，「妳有沒有吃飯？」

我的眼鏡讓雅各．貝維薩吉很不舒服。他認為這代表我出問題了，彷彿我整個人都是玻璃做的。他擔心我會碎掉。

「我還是像從前一樣，雅各。只是現在我看東西更清晰、更明亮、更接近。我好像第一次看清楚你的模樣。」

「妳怎麼這樣看我！」他嚷嚷。「現在妳看到什麼？有什麼不一樣？」

「你自己看看吧。拿去。」

「不要！我不要！說什麼都不要！打死不要！」

我看得很清楚，現在我終於把他們全都看得清清楚楚。我看到人類皮膚上的小洞，我看到眼睛上的一層膜，我看到鼻尖上的毛。之前我不知道的那些人類臉部真相，現在我都看見了。看得這麼清楚，對我真的有好處嗎？會讓我快樂嗎？如果無法看到他，那當然不可能。我只想看他，但我看到了那麼多人，就是看不到他。就算有了看得這麼清楚的眼睛，一時間我卻想不出有什麼用。但我無法停止觀看。就連小孩也有皺紋，之前我不知道。一切都像以前一樣，只是更豐富。

「佛羅倫斯．畢布羅的嘴唇上有個小牙印。」我觀察到。

「是嗎？瑪麗，真特別！」我師傅說。

「雅各前額的小傷疤會隨著情緒變成藍色、綠色或紅色。」

「真的？哈哈！」

「皮考特寡婦左邊的鼻孔有個小黑點。」

「沒有，沒有，她沒有。」

「真的有。」

「沒有人比我更瞭解她。」

即使如此，我師傅還是去確認了。

「真的有！我從來沒發現過。非常小的一顆痣。」

這個事實讓他哭了出來。

那段日子，每當摘下眼鏡，我的鼻梁都會有鼻夾留下的凹陷。我躲在陰暗處，我是偷跑進大廳的人、在廚房洗碗的人、做頭髮的失落小小女人。鼻夾壓紅的地方還沒有長繭，一位非常特別的客人來訪，一切從此天翻地覆。

30

我被逮到。

許許多多各種不同階級的巴黎人來參觀猴子屋。貴族、女魚販，在屋頂上工作的人、在下水道工作的人、在五線譜上排列音符的人、在磚廠裡排列磚塊的人。因此，到了最後，王室成員蒞臨似乎也不太奇怪。

那位一枝獨秀、大駕光臨的王族（因為只有那一位來過），她才十四歲。一位小姑娘。那段時間，巴黎與凡爾賽宮依然深陷於伏爾泰狂熱，於是這位小小的王族決定多瞭解一下這位大名鼎鼎的哲學巨擘。這位王族的小碎屑顯然聽說聖殿大道上有這麼一個地方，裡面擠滿了最聲名卓著與最聲名狼藉的人，全都是蠟做成的，似乎十分神似——其中包括伏爾泰大師，尺寸體型完全仿真。倘若年輕的殿下有意親眼看看這位不久前逝世的名人，那麼，絕對應該來這裡一趟。於是乎，我的人生發生了一個小小的奇蹟，一次神奇的歡喜好運。

她在隨從促擁下進來。她沒有事先通知，只是帶著她的人一大早出現，我們還沒開始營業。我很慶幸她這麼做，因為要是她事先通知，那麼，當裁縫的迎客鈴響起時，我絕不可能在大廳，也就不可能由我去打開門閂，隨從也不可能告訴我這是哪位大人物。

伊莉莎白．菲麗賓．瑪麗．海倫．波旁公主，路易十五的孫女，故王太子路易的子女當中最不起眼的一個，現任國王路易十六的妹妹，身高從頭到腳才四尺十一吋。她有一點嬰兒肥，雅緻的灰眸，膚色非常潔白，但這些細節都不重要。重點在於，她的鼻子很大，並且有著波旁家族典型的駝峰。而且她的下巴——我該如何掩飾喜悅？——她的下巴相當長而且翹起！我需要說出來嗎？她並不美。我需要說出來嗎？

我摘下眼鏡。

小小王族看著我。我看著小小王族。

沒錯，我十七歲。沒錯，沒穿鞋的時候，我的身高四尺八吋。我願意承認，我的戽斗下巴，從父親那裡得到的特色，比她的更寬、更突出。我承認我的眼睛是棕色的，而不是漂亮的淺灰色，沒錯、沒錯、沒錯。不過，如果比較一下我們兩個的鼻子，先看看沃特納家的大鼻子，再看看波旁家的大鼻子！

幾乎一模一樣。

彷彿世界突然自我複製了。

我們立刻看出彼此有多像。該如何處理這種奇怪又令人不安的親密？我想吻她、也想推開她；想大吼也想低語；想跳舞也想逃離。多麼神奇的人哪！和我一模一樣——雖然她比較潔白，更別說比我高貴太多，不過不用懷疑，她和我一模一樣。她看出來了嗎？嗯，我知道她看出來了。我懷疑她已經知道關於我的所有事了。我想把全身包緊緊、也想扯掉所有衣物。感覺彷彿我認識她一輩子了。

我的心臟在身體裡歡喜又恐懼地狂跳。

相似有時會打破藩籬，有時也會加深隔閡。

我站在她面前，行個屈膝禮。但我實在無法不說話，我想告訴她所有事。「我父親過世了。」我開始說。「他站在一尊大砲後面，結果大砲炸膛。我母親也過世了，走得非常突然。」

寡婦走進大廳，一位隨從高聲宣示：「法蘭西的伊莉莎白公主殿下。」寡婦臉色發白，立刻行禮。

不過公主聽到我說的話了。「我父親過世了，」她輕聲細語回答，「母親也是。結核病帶走了他們兩位。可以帶我去看蠟人嗎？」

「小不點，」寡婦說，「回廚房。」

但我不肯聽。我帶她去參觀。首先去看伏爾泰，然後是富蘭克林博士、梅斯梅爾醫生。我們站在梅斯梅爾前面時，伊莉莎白公主突然轉身，嚇了我一跳。她說，她想學雕塑，我可以教她怎麼做蠟模型嗎？

「我？」我問。

「她只是個做頭髮的，殿下。」寡婦說。

「對，」我說，「但我不只會做頭髮。」

「小不點，」寡婦說，「夠了，回廚房去。殿下，她只是個下人。」

「您願意看我的作品嗎？」我問。

「妳根本沒有作品，小不點。」寡婦說。

「如果您不介意，請往這裡走。可以容我帶您去看嗎？」

「雅各，」寡婦大喊，「把她弄出去。」

「雅各，」因為有與我相像的公主在身邊，因為有了新眼鏡，我的膽子變大了，「不要聽她的。」

公主說：「我非常想看妳的作品。」

我帶她去廚房；心跳在耳中有如雷鳴。我把其他人關在外面，只讓公主進去。我搬出我的行李箱，打開箱蓋。我做的埃德蒙頭像全都在裡面。

「這些都是我做的，」我說，「每一個都是。」

「這是什麼人？」

「一個男生。我憑記憶做的。」

「他是誰？」

「現在已經不重要了。他離開了。」

「這些全都是妳做的？」公主問。

「我一個人做的。」

「做得非常好！」

「再說一次。」我說。

「可以教我嗎？」

我把頭像收好。我開門的時候，所有人都在外面等。接著，我帶她去看那些精彩的殺人犯，這時候雅各上前，滔滔不絕。

「維克多．裘利，支解了他的新婚妻子。」

「我的天！」伊莉莎白公主低語。

「奧黛莉．維隆，」雅各充滿他獨特的熱忱，「一個在垃圾場撿垃圾的人，為了搶爛泥裡一支壞掉的手錶，殺死姐姐賈桂琳。用一塊生鏽的鐵片割斷姐姐的喉嚨。」

「真可憐，」公主對我低語，「竟然得和這些東西住在一起。」

「這裡這個，」雅各接著說，他一旦打開話匣子，就不可能關上，儘管寡婦一直憂心忡忡對他使眼色，「安東─法蘭索瓦．戴斯盧。他用行李箱──」

「住口！住口！快住口！」一名隨從急忙說。

「竟然每天和這些禽獸一起生活。」公主說，她看的不是殺人犯，而是我師傅、寡婦、雅各。

她說出她為我感到難過，像我這樣的女孩，竟然得在這種地方長大，每天與殺人犯為伍，真是太可怕了。之後她很快就離開了。多特別的訪客，多美好的一天。

我的臉上掛著大大的笑容，關上門、拉起門閂，一直笑容滿面。但我的笑容消失得很快，因為報復馬上就來了。廚房門開著，我的行李箱也是。

「這是什麼？」寡婦問。

「頭像，夫人。」

「包在我的棉紗布裡！」

「我承認我拿了一些棉紗布，我不否認，我也拿了其他東西。為什麼不能拿？畢竟我在這裡做事，卻從來沒拿過薪水。」

一開始，她沒看出那些頭是誰。她怎麼可能看得出來？她眼中的埃德蒙和我看到的從來不一樣。在她眼中，他完全是另一副模樣。不過，我師傅，觀察人的大師，他知道。

「是他嗎？這些全都是？埃德蒙？應該是。為什麼做這麼多埃德蒙，瑪麗？」

「誰？誰！」寡婦說。

她拿起一個埃德蒙的小蠟像，用力打我的頭。

我離開蠟去到煤炭，我被關進煤炭儲藏室。

我坐在裡面非常久。雅各來看我。

「他們在做什麼？」我問。「發生了什麼事？」

「寡婦把頭全打破了，砸爛了。」

「她砸爛的是她的兒子。我會挨打吧？」

「寡婦下令不准給妳東西吃。」

「很像她會做的事。多久？」

「沒說。寡婦要趕妳出去。」

我師傅出現在煤炭儲藏室門口。

「我正在設法讓妳留下來。」

「謝謝你，師傅。」

「或找別的地方讓妳去。」

「不！我一定要和你在一起。」

「要是妳留下來，我不知道寡婦會做出什麼事。她力氣很大。我真的很擔心她會傷害妳。她一直都特別討厭妳打他兒子的主意。想到她會怎麼懲罰妳，我都忍不住發抖。」

「求求你，師傅，我無法克制。」

「噢，瑪麗，我很努力想找出正確的辦法。我想到一個好主意，我寫了一封信。」

「我必須留下來。這裡是我的家。」

「目前什麼都還沒有決定，瑪麗。可能會這樣發展，也可能會那樣發展。」

但決定很快就來了。一位男士前來進行公務。最早的消息來自雅各，他來叫我整理儀容，然後去工作室。柯提烏斯和寡婦並肩坐在工作臺前，另一邊坐著一個陌生人。

「妳就是住在這棟房子裡，受這些人監護的安．瑪麗．葛羅修茲？」

「您說監護？」

「說是，瑪麗，」寡婦說，「快點說是。」

「瑪麗？」我回答。她從來不叫我的名字。我對那個陌生人說：「我是這裡的僕人。我負責製作蠟像的頭髮。」

「我來此是為了給妳一份工作，目前只是試用。法蘭西王國的伊莉莎白公主殿下御用雕塑教師。妳願意接受嗎？」

我沒有說話，我說不出話來，一個字都說不出來。

「妳不願意接受？」那個人問。

我無法呼吸。許久之後，我還是只能點頭。

「確實，我想也是。」那個人接著說。「妳的服務將每月獲得報酬，由妳的監護人領取。」

「是，先生。但那些錢是屬於我的吧？」

「這部分，妳必須和兩位監護人商量。」

「我認為應該是我的錢才對。您要知道，我從來沒有拿過薪水。」

「小姐，這件事與我無關。請容我說完：我已經安排好讓妳一週後前來報到。我相信妳應該也願意接受吧？」

「是，先生。」

「可想而知，住宿與餐飲也都由宮中提供。」

「請問一下，先生，」我開始懂了，「我必須住在那裡，是嗎？」

「沒錯。這個職位必須如此。兩位必須明白，目前只是試用階段，」那位先生對我師傅和寡婦說，「受你們監護的這位小姐說不定一個星期就會回來，甚至可能僅僅一天。儘管如此，倘若她贏得公主的歡心，或許將獲准留在伊莉莎白殿下的寢宮，到時將再與兩位監護人商討取得同意。」

「是，先生。謝謝您。」

「監護人要求留存妳的身分文件。」他告訴我。

「她屬於我們。」寡婦深情地說。

「打從伯恩那時候。」我的師傅接著說。

「那麼就這樣決定了。」那個人做出結論。「妳明白嗎？」

「是，先生。」

後來寡婦一直很安靜，表情酸溜溜。有一、兩次，我發現她在看我。雅各保持距離，但可以聽見他在廚房唉聲嘆氣，躺在地上抓癢。

「我不想走。」我對師傅說。

「這是最好的辦法。等情勢冷靜下來再說。」

「是你寫信去宮裡嗎？」

「那位小公主顯然很想學，這麼快就派人來了。」但他輕輕點一下頭；要不是戴著眼鏡，我很可能不會看見。他想幫我，這一點毋庸置疑，但師傅寫信去凡爾賽宮的結果，卻令我難以想像。只能當作無法避免的命運。

「師傅！我怎麼能離開？」

「瑪麗，聽話。」

那天傍晚，寡婦來廚房。「王宮裡有很多王族。例如王后，她住在那裡，民眾十分仰慕她。」

「應該是這樣沒錯，夫人。」

「說不定妳不時會遇到這樣的大人物。」

「是，夫人。」

「無論發生什麼事，妳都必須規規矩矩。絕不可以讓我們丟臉。關於我們的工作，妳只能說好話。」

「是，夫人。」

「還有一件事：妳必須設法讓柯提烏斯為王后鑄模。我們想要王后本人真實的臉。其他王族也要，不過王后最重要，她是現在引領風騷的人物。」

「是，夫人，我會盡力。夫人，可以請問一件事嗎？」

「說吧。」

「埃德蒙還好嗎？」

那張碩大的臉變得很紅，高山發出巨響，下巴抽動，不過她開口時，火氣迅速消失。

「我兒子和他的妻子在一起。」

「夫人，」我突然哽咽，「我想嫁給他。妳看不出來嗎？」

「妳？妳！」

「多希望我能嫁給他！」

「妳的心願——算什麼？什麼也不是。埃德蒙不想和妳在一起。他怎麼可能願意？哪有人會願意？我兒子怎麼可以和一個外國下人在一起？妳難道不知道這個世界的道理嗎？」

「我要去王宮，」我說，「我獲邀前往。」

「瑪麗，妳永遠只是我們廚房裡的小老鼠。」

我恨她入骨，從那一刻到永遠，沒有盡頭。我可以描述有多恨她嗎？寫出來整本書都會染上劇毒。還是算了吧。

我出發的前一夜，雅各就像以前那些猴子一樣，瘋狂毆打猴子屋。他用拳頭打穿牆壁，他砸壞木板做的假家具，這裡打、那裡砸，不斷踢腿痛呼。他一邊發狂一邊尖叫，他的暴亂之舞無法制止。他像受虐的動物一樣哀鳴。我離開之後，他單薄的世界覆滅。無論怎麼說，他都不肯相信我沒有拋棄他。師傅緊張地等候暴風雨自行平息；寡婦上樓計算損壞物品的價格。他的憤怒終於發洩殆盡，我們整理好猴子屋。我掃起滿地碎片。

「雅各，」我摸摸他的大頭，「我很快就會回來。不過我很感謝你，謝謝你為我流淚。」

第二天早上，我和梅西耶一起出發，最近他變得更落魄了，柯提烏斯和跛腳的雅各跟在後面，雅各拎著我的行李箱，裡面裝著我的衣服、瑪塔、爸爸的下巴銀板、我畫的圖，這些圖一直藏在廚房的一個抽屜裡，幸而躲過寡婦的暴怒。我師傅走過大道，所有人看到他都紛紛脫帽鞠躬，然後像平常一樣說：「早安，柯提烏斯醫生。」「天氣真好呀，柯提烏斯醫生。」我們走到路易大帝廣場，以前梅斯梅爾醫生開診所的地方——這裡真的好大，我相當害怕，我想躲到旁邊去——但梅西耶溫柔地拉著我往前走。他帶我去買車票，這種駛往凡爾賽宮的八馬大車，人們稱之為宮廷夜壺。

雅各抱我上車，咬牙切齒在我耳邊低語：「別讓任何人傷害妳。要是有人欺負妳，儘管來告訴雅各。」

「王宮不過是一個巨大的僕役起居室，」梅西耶說，「不要在那裡逗留太久。在那裡逗留太久的人都沒有好下場。不過，小不點，就連我也必須承認，真是精彩的冒險。」

「親愛的小不點，」我師傅說，「我的小ㄚ頭，我會非常想妳。今天我要稱呼妳瑪麗。瑪麗，以後誰來做蠟像的頭髮？誰會坐在我身邊？我要向誰述說工作進度？」

「再見，師傅，」我說，「謝謝你。」

宮廷夜壺出發了。

我抱著放在腿上的瑪塔，看著巴黎漠不關心地繼續過著日常生活。馬車遠離聖殿大道與猴子屋，遠離提克雷的印刷廠，往凡爾賽宮前進。走在原野中，我看到的所有事物都感覺好新奇，而且只有我一個人。我將成為伊莉莎白公主的教師。凡爾賽宮召喚我。

我將巴黎抛在身後。

第四部

1778～1789

凡爾賽宮的壁櫥

從十七歲開始，二十八歲結束

31

我短暫與新雇主會面，並且看到住處。

馬車尚未抵達，但我已經看到凡爾賽宮了。馬車越接近，宮殿就越來越大、越來越大，然後又繼續變得更大、更大，連天空都看不見了。當馬車終於停止，看到那裡出現普通人，一般尺寸的人，感覺好奇怪。這是一座由建築構成的城市，要如何在這樣的地方找到方向？這裡徹底顛覆了我先前對於尺寸的認識。我覺得自己好像媽媽聖經裡的約拿，只是吞下我的這條鯨魚是金色的*。怎麼會存在這樣的地方？我怎麼會要住在裡面？媽媽，我好想大喊。快看，快看我在哪裡！王宮耶！我被邀請來王宮。

*注：在聖經中，上帝要約拿到尼尼微城帶領人民悔改，約拿卻乘船逃跑。海上掀起狂風暴雨，約拿知道這是上帝對他的懲罰，便叫船上的水手將他丟入海中，而上帝派一隻鯨魚前來拯救約拿。在鯨魚肚裡待了三天之後，約拿決心要悔改，神便命鯨魚將他吐到乾地上。

一個穿藍色制服的男僕來接我，他說我的行李會另外送進去。他要我跟他走。他領我走過石板路（每一塊都像大墓碑，人如果躺在中間的縫隙，就永遠不見了），穿過大門（高度應該超過巴黎的任何建築），進入僕役入口（有如巨大括約肌的開口），經過走道（腸子）、房間、人（消化中的食物）。男僕走路速度很快。王宮實在太大，我怕得發抖；所有東西都高高在上，太多人、太多空間。我們經過一群吵鬧的人，我一下子分心跟丟了，不過男僕找到我，用嚴厲冰冷的語氣命令我不要再耽誤他的時間。

抬頭看：彩繪天花板。低頭看：拼花木地板。往前看：藍制服男僕的背影，越走越遠。左右看：人、人，到處是人。終於，我們到了一條比較安靜的走道，我看有一扇窗戶的玻璃裂了。我很高興，這讓我覺得，說不定不會立刻遭到淘汰。男僕打開一扇門。「在這裡等。」他對我說。「不要碰任何東西。」然後他關上門之後離開。

我看看四周。我在一樓的某個地方，這房間裡到處都是昂貴、高級、憤怒的物品。我從沒想過時鐘竟然可以一臉不屑，也沒想過吊燈會因為照亮我而感到厭惡。我從來沒有踏上過希望我離開的地毯，也從來沒有感覺過大理石壁爐架的敵意。我也沒有遇到過如此惡意的鑲金腳凳，肥肥的椅腳似乎瞄準我的腳踝。走進這個房間我才第一次體會。

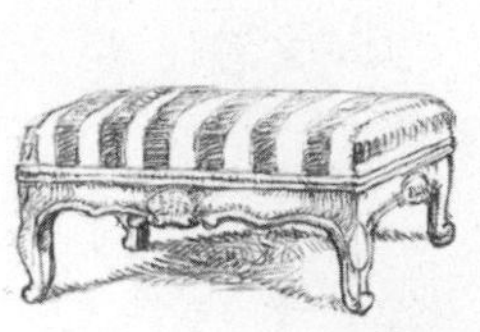

在猴子屋的時候，所有東西都是道具。現在我看到真正的馬車時鐘，不是木板切出來的形狀，而是會每一秒滴答行走的真貨。這裡有真正的大理石壁爐，不是在木板上畫出大理石的樣子。真正的人在這裡生活，而不是蠟做成的假人。然而，那時候我覺得，比起這些由工匠大師所打造、真正能夠使用的東西，那些潦草製作的舞臺道具反而讓我比較自在，現在我依然這麼覺得。我站在那個房間中央，呆望著那些東西，整整三十分鐘過去了，終於有另一位僕人進來：一個蒼白的年輕女子，她開始東忙西忙。她沒有看我，彷彿我不存在。

「我要繼續在這裡等嗎？」我問。

但那個女僕沒有說話。

「她還要多久才會來？」

依然沒有回答。

「妳叫什麼名字？」

她搖頭。

「我可以坐下嗎？」

「拜託，」她的表情似乎非常苦惱，「我不可以說話。這樣違反規定。」

「我該去找誰問？」

「我只是雜役。不要再問我了。」

門開了；女僕整個人僵住。門口傳來霸氣的老婦人聲音。

「佩利爾，妳是不是說話了？讓我逮到妳就完了。」那位女僕立刻離開。

老婦人緩緩繞過我，坐在一張沙發上。「我無法理解為什麼妳會在這裡。」過了片刻我才明白，她不是在對沙發說話。「如果夠走運，這個狀況今天就會結束，我們再也不必共處一室。公主偶爾會有些異想天開的小任性；所幸殿下一定很快就會找到比妳更有趣的事，因為妳看起非常無趣。等一下她就會來。妳必須行禮，稱呼她『殿下』或『伊莉莎白公主』。無論她要求什麼，妳都必須絲毫不差地完成。記住，千萬不能觸碰她，妳絕對不能觸碰她，嚴格禁止。」

我聽見跑步的聲音。不久之後，滿臉通紅的十四歲伊莉莎白進來了。

「啊！妳終於來了！」伊莉莎白說。「太好了！」

「殿下。」老婦人說，暗中提醒我。

「殿下。」我說，然後行禮。

「真高興妳來了。自從見到妳之後，我整天都想著妳！我們可以一起做多少事。專屬於我的人，專屬於我的身體，那就是妳！我姐姐珂洛蒂爾德——她現在已經結婚了，嫁給薩丁尼亞的查爾斯．伊曼努爾。噢，我多希望能快點結婚——以前她從來沒有專屬於她的人，至少不像妳這樣。現在妳來了！我要寫信給珂洛蒂爾德告訴她。聽說她變得非常肥。我好想念她！好了，我們要做什麼呢？畫圖嗎？玩捉迷藏嗎？去探訪嗎？我一定要告訴妳去探訪的事。」

「陛下，」我輕聲說，「我們不是要——」

邪惡的馬車時鐘敲響，小公主的臉色變得非常蒼白。她的圓臉抽搐，灰眸泛淚。

「時間到了，伊莉莎白公主。」那位老婦人非常嚴肅地說。

「噢，不。噢，不。」伊莉莎白低語。

「您該去見兩位姑姑了，伊莉莎白公主。」老婦人再次說。

「我得走了。我得走了，我親愛的人啊，」伊莉莎白對我說，「千萬不能讓姑姑等，她們最討厭等了。對我而言，妳非常珍貴。晚點見。妳來了真好！親愛的馬考，帶她去房間好嗎？」

說完之後，小公主離開，留下我和馬考夫人。門一關上，她輕聲嘀咕：「這次她肯定又會出錯。我不會帶妳去。」老婦人說話時沒有看我。「千萬別以為我會帶妳去。在這裡等。」

老婦離開之後，過了沒多久，另一位僕人現身。
「請跟我來。」
離開那個房間之後沒走多遠，我們在一個非常高的雙扇門壁櫥前停下腳步。我的行李放在旁邊。
「妳可以打開一邊的門。」
我打開。
「這是個壁櫥。」我說。
「對，」她說，「這樣說或許妳會比較高興，這是妳的壁櫥。」
「給我放東西的？」
「妳要住在這裡。」
「住在壁櫥裡？」
「妳在這裡睡覺，閒暇的時間也都待在這裡。這樣公主召見的時候，妳可以就近伺候。妳睡底層，把東西放在上層。裡面的空間夠深。」
「壁櫥？」

「對，沒錯。壁櫥。」

壁櫥是放東西的地方；床才是讓人類躺下來的地方。我以為大家都知道這件事。不過凡爾賽宮有許多奇特的作風，我必須一一學習。我們剛來巴黎的時候，師傅這樣教過我；我們必須學習新地方的新規矩。或許這個壁櫥和我以前在裁縫家住的無窗小房間差不多。我很想知道，這裡的壁櫥是不是都有住人，是不是有事的時候，才會打開抽屜讓他們出來。會不會有蒼蠅、蜘蛛當室友？後來我才知道，歐洲大宅的僕人經常會住在櫥櫃裡，靠近主人的住所比較方便。英國的喬治三世將僕人堆疊在住所外的五斗櫃裡；烏比諾公爵的一個僕人住在書桌裡；巴伐利亞的貴族會將僕人掛在特製的大衣掛勾上；據說布盧瓦公爵夫人最寵愛的侍女，在一個空馬桶櫃裡住了四十年。

那天，當我躺在壁櫥底層，我開始同情物品。裡面好黑喔。

32

王宮中屬於我的一小片天地。

我的壁櫥從裡外都可以打開；兩邊都有把手。儘管如此，當我躺在充當床鋪的層架上，依然覺得像躺在棺材裡。我短暫熟睡之後醒來，驚恐地拚命敲門，以為我被活埋了。我夢見自己死在大道上的水溝深處。即使後來我想起自己身在何處，依然不停摸摸把手，確定我能出去。多麼悽慘的一夜。

入宮第二天的早上，我又被帶去那個不屑的房間。沒過多久，那位老貴婦再次出現，然後伊莉莎白終於也來了，這次跟著一位穿教士長袍的男人。

「我的人啊，我們來禱告吧。」

我們在她的告解神父指導下祈禱，他是馬迪耶主教。我覺得以人類而言，他實在太過油膩，是上帝把他做成這樣的嗎？「噢，耶穌神聖的心啊！我在人世的每一天都會愛您、崇敬您、呼喚您，但當我死去時更加如此。真心崇拜並敬愛上帝賜予之恩慈。阿們。」

結束之後，她對我說：「妳非常會祈禱呢。」

「謝謝您，殿下。」

「我想讓妳見一個人，我非常親愛的人。」

她要我見的那個人，像我一樣住在櫥櫃裡，但這個櫥櫃有絲絨襯裡，而且可以移動，其實應該稱做箱子才對。這個人是用彩繪石膏做的。不太大——差不多一尺高——比例不太正確，這是個理想化的人類，太過簡化，也太過濫情。他是救世主的塑像。當然，我之前見過他，這位老兄，或者該說是千百個他的同類。他非常受歡迎、到處都看得到，是媽媽最愛的老朋友。

「妳不能抱他，」伊莉莎白說，「不過可以看。」

「我有一個娃娃，」我說，「她的名字叫瑪塔。您想——」

「有時候我會和他相處好幾個小時。我覺得他有生命，而且會聽我講話。」

「不，」我說，「他是石膏做的。他只是塗上顏料的石膏，什麼都聽不見。」

「我要把他收起來了。」耶穌回到他的箱子裡，但她沒有忘記先給他一個吻。我好希望她也那樣吻我。

「您叫我來這裡真是太好了，」我說，「我非常感激您。」

「不用謝。」

「我們一定會相處得非常融洽。您和我，我們像雙胞胎一樣！」

「我不認為我們有那麼像，」她說，「或許乍看之下有點神似，我也聽人提起過。不過呢，請見諒，妳的鼻子相當大，對吧？下巴也是，說真的！十分突出，而且整體而言，有點嚇人。不過妳不必擔心，我不介意妳的長相。不，雖然確實有一點相似之處，但我不認為我們長得很像，我們怎麼可能相像？我是國王的妹妹。噢，不要那麼難過嘛。妳真是個傻氣的東西。擺出這樣的臉，要人家怎麼同情妳？我比較喜歡妳不鬧脾氣的時候。快來吧，我還有別的東西要給妳看。」

她帶我去一個房間，裡面掛著許多非常生澀的圖畫，主題大多是十字架上的耶穌或聖人。「噢，看看這些畫！」她激動地說。

我看了，然後轉身看伊莉莎白。

「都是我的！」她說。「我畫的。」

我沒有說話。

「妳覺得畫得如何？」她問。

「我認為，陛下，請見諒，」我說，「我認為我們必須立刻開始上課。」

「我的人？」

我猶豫一下，但我認為不說不行。「您沒有……看，真的，對吧？還沒有。以後就會了。我的師傅教我如何去看，我浪費了很多麵包，好不容易才終於看到。」她的臉紅得可怕。「殿下，我不會對您撒謊。」我說。「如果我們要一起進步，如果我要派上用場，我就不能對您撒謊。」

「我是法蘭西的伊莉莎白公主！」

「是，陛下。」

「哼！」她跺腳。

我無法判斷她會怎麼做。沉默許久之後，她終於說：「今天就先這樣吧。」然後，我被遣回壁櫥。

他們告訴我，公主不需要我的時候，我必須盡量待在壁櫥裡。雖然難免會發生必須出去的狀況，但我最遠只能去側廂房用馬桶。壁櫥非常大，底層空間和我在猴子屋的床差不多大。人什麼都能適應。

壁櫥裡還算舒適，我有很多時間可以思考，比之前更多的時間，有時候我難免會想念埃德蒙，在那個棺材似的壁櫥裡，空間不夠讓我們躺在一起，或許這樣也好，因為他已經從我身邊被偷走了。我多希望我之前做的蠟像還在，或許會讓我好過一點，可惜寡婦全部砸爛了。我不能繼續想埃德蒙，我必須放下他，他已經不關我的事了。

我真的很努力不去想埃德蒙，問題是，我一個人獨處的時間太長，而埃德蒙是我最喜歡想的事，雖然他已經結婚了。我很想知道，他會不會想我。要是他知道我來凡爾賽宮，一定會覺得很奇怪吧。我會告訴他，為王室工作沒有他想像中那麼美好，連一半都沒有。

然而，要是我在壁櫥裡待太久，就會太想埃德蒙，以致於感覺他的幽魂在我身邊越變越大，吃掉我的頭腦，讓我的心跳變慢。要是我一個人躺太久，很可能會被那個店鋪人偶糾纏到死，我多麼渴望那個身體。於是我強迫自己往前看，努力趕跑幽魂，藉著忙碌驅除他。

在凡爾賽宮，要多少蠟燭都沒問題，隨時都有大量存貨。我躺在壁櫥裡，可以聽見宮中的種種聲響，士兵在外面行進的聲音，夜裡，老鼠在走廊上奔跑，外面的野貓發出尖銳叫聲，牠們靠這棟巨大建築製造的垃圾維生。

我可以讀書。他們給我一本硬紙板封面的小書，《凡爾賽年鑑》，裡面列出在宮中工作的所有人，從服侍國王的御用人員到宮中信差。我一次又一次閱讀這本枯燥的厚厚小書，想要藉此阻止埃德蒙的幽魂來找我。我努力想像每個名字的長相。我試著瞭解國王的兩位牙醫，伯戴與杜博—富庫，我想像伯戴是位肥胖的紳士，杜博—富庫則是自戀的小個子。我瀏覽國王掌馬官的清單，一共有五十人。我接著翻到「御用廚房」這個名單，這些員工執掌國王的飲食，我不由得讚嘆，光是洗國王用過的碗盤，就需要四個人（即使現在，我依然記得他們的名字：薛佛、科隆、穆洛丘、德．羅勒波。或許我會喜歡德．羅勒波先生）。我的手指沿著國王御用人員的長長名單移動，好幾頁又好幾頁的人名，好不容易終於到了王后御用人員名單（在那數千人組成的大軍中，我依然記得四個名字：寇拉斯、莫拉、卡拉與勒金，他們是王后的十六名水果專員中，排在後面的人）。

終於，我在年鑑第兩百二十六頁密密麻麻的小字中，找到法蘭西伊莉莎白公主御用人員名單，這已經是第七個名單了，而且是目前最短的一個。我清點伊莉莎白公主御用人員的數量，這個十四歲的孩子，有七十三個人伺候。從她的教堂司鐸到她的告解神父再到馬考夫人，馬考夫人在名單上的職稱是公主寢宮總管。她後面跟著一大群女官（十五人）、一位榮譽騎士、四位掌馬官。在寢室這個條目下，分列出寢室上級侍女（兩人）、寢室下級侍女（十六人）、寢室男僕（四人）、寢具男僕（一人）、寢室侍童（四人）、更衣室男僕（四人）。離開寢室之後，接下來是伊莉莎白公主的醫生（勒蒙尼爾）、她的外科醫生（盧斯通紐）、她的牙醫（伯戴，他也負責治療國王的牙齒——巨大整體當中的一個小點）。名單也列出伊莉莎白公主的圖書管理員、朗誦員、祕書、大鍵琴教師、豎琴教師、繪畫教師，以及一群其他僕役：她的織毯技師（兩人）、衣物男僕（兩人）、搬運工（四人）、御座搬運員（兩人）、銀器清潔員（一名），最後則是雜役女僕（一名），公主御用人員中地位最低的一個，負責各式各樣不值一提的工作，姓佩利爾，名露西。我闔上年鑑，吹熄蠟燭，昏昏沉沉躺在黑暗中。我再次召喚埃德蒙的幽魂，因為我很寂寞。

33

身為「伊莉莎白公主殿下的人」的工作。

入宮第三天，伊莉莎白再次派人來傳我晉見——不是為了學畫，而是為了玩捉迷藏，這是公主格外熱愛的遊戲。我必須閉上眼睛，數到一百，然後找出伊莉莎白和她的女官。我睜開眼睛時，到處都看不到人，房間裡只有家具，不過我只花了一點時間，就發現她們躲在隔壁房間，一群貴婦女官在一起笑得花枝亂顫。幾個比較高的侍女站在門口；我從她們中間推擠過去，找到伊莉莎白——沒想到後來竟然因此挨罵——她正在吃小蛋糕，蛋糕看起來相當美味。她沒有問我要不要。

「布穀*。」我說。「抓到了。」我碰一下她的手臂。

「不！」馬考厲聲怒斥。「不可以！絕對不可以。不准碰公主。」

*注：法國人在玩捉迷藏時，鬼找到人的時候會說「布穀」（Cuckoo或Coucou）。

老貴婦拖著我出去，進入一個我之前沒見過的樸素小廳。

「手伸出來。」她命令。

我照做。

我聽見風聲，一根藤條打中我。藤條重新舉起，然後再次揮落。第三次，我收回手。

「不！不！」老貴婦大吼。「一定要三下。」

我流著淚，再次伸出手，藤條立刻傳達訓誡。我已經過了挨打的年紀。可能是因為個子太矮，所以她們搞錯了。

「再犯就要打十下。禁止觸碰。跟著我說：我不能觸碰。」

「我不能觸碰。」

我轉過身，伊莉莎白在我後面。她一直在那裡。

「『布穀』要由我來說，不是妳。」她說。「而且捉迷藏至少要玩半小時。妳的玩法根本不對。」

「唉，」馬考說，「所有人都得長大。所有人都得長大。」

第二天，我們開始學畫。我將紙張放在伊莉莎白面前。她拿著鉛筆，我看得出來她和筆不太熟。我觀察到的第一個問題：伊莉莎白公主不清楚人體構造。例如說，心臟，人體最吵的器官，因此也最容易找到，她認為心臟位在胸腔正中央——顯然是受到許多宗教繪畫的誤導。她不懂為什麼有兩個腎、兩個肺，懷疑這種器官成雙成對的現象，可能與生育雙胞胎有關。得知世上每個人的器官都差不多在同樣位置時，她感到萬分詫異。她一口咬定男人的內臟和女人完全不一樣，無論我怎麼說，她都不肯聽。我畫出人體輪廓，想要教她內臟的位置，但她怎樣都不相信。內臟有大有小，這個觀念她能夠理解，但人不分體型都有大大小小的內臟，這部分她認為很荒謬。我決定最好的辦法，就是找個人形協助教學。我請伊莉莎白協助，沒過多久，雜役佩利爾出現了。

「嗨，佩利爾。」我說。

佩利爾沒有回答。這個可憐的人被禁止說話。

「這個人是誰？」伊莉莎白問。

「她是佩利爾，」我說，「您的女僕。」

「我從來沒見過她。」

「就算這樣，她是佩利爾。」

佩利爾為伊莉莎白工作六年了，但她總是非常安靜、無名無姓，像鬼一樣悄然出沒。宮中到處是這樣的人，我想，可能有好幾百個。他們安安靜靜、各有用處，儘管每天和王室生活在一起，卻從來沒有人注意到他們。

「佩利爾，」我說，「可以請妳站在房間中央，雙手像這樣伸出來嗎？」她聽從。

「這是佩利爾，」我對伊莉莎白說，「我們能看見她的外觀，但她體內是什麼樣子呢？佩利爾的櫥櫃裡面裝著什麼東西？我們假裝她的肋骨是櫥櫃的門，假裝我們可以將胸骨打開，從中間往外拉開。我們會看到什麼？她的層架上放著什麼？」

「八成是床單吧。」伊莉莎白嘟囔。

我裝作沒聽見。

我用教鞭指出各個器官，佩利爾學到許多關於內臟的事，之前她完全不知道。伊莉莎白也學會了。我決心要盡量拖久一點，這樣才不用太早回壁櫥，堅持必須說明完腎臟才能下課，然後又換肝臟、心臟。

「好難喔。」伊莉莎白說。

「可是我們有進步喔。」我說。

「為什麼我要關心女僕的身體裡面有什麼？」

「公主，所有人的身體裡面都是一樣的。都有相同的內臟。」

「我不相信。」

「這是真的。」

「妳確定？」

「是，公主。」

「真可怕。」

那之後，她看佩利爾的眼神似乎帶著極度憎惡。我們繞著佩利爾走一圈，我伸手碰她，她臉紅，甚至縮了一下。「只是身體而已，」我告訴她，「只是像其他所有人一樣的人體。沒有什麼好擔心的。請不要動，我們要上課。」

看到真實的人體很有幫助，這招永遠管用。伊莉莎白逐漸瞭解身體如何作用，她的繪畫也開始進步。我教她如何不去想宮中的規矩、法律，以及可能隔牆有耳，專心思考人體內部。人體才是真正值得漫遊的宮殿。我們憑著想像力鑽進露西．佩利爾的身體裡，去看器官與骨骼。我們參觀完佩利爾的身體內部之後，我要伊莉莎白指出我說的器官。「腎臟！膀胱！食道！小腸！肺！直腸！心臟！脊椎！橫隔膜！胰臟！脾藏！掌筋膜！大吻合動脈！網膜結節！」課程非常順利。後來，在走廊上，佩利爾摸著肚子，似乎感到非常神奇。「這裡，這裡面，有我的十二指腸，拉丁文是intestinum duodenum digitorum。」

「意思是?」

「長度像十二根手指併在一起的腸子!」

「很好,佩利爾,妳記得很熟。」

「謝謝您,小姐。」

「謝謝妳,瑪麗。」我糾正。

「謝謝您,小姐。」

繪畫課下課之後,伊莉莎白最寵愛的三位女官前來迎接,她稱她們為邦比、瑞吉、孟孟,而我則被送回壁櫥。我躺在黑暗中,想著伊莉莎白,對著上面的層架喃喃說出她的名字,直到埃德蒙的幽魂來躺在我身邊。

剛進宮的那幾週,王宮雖然廣大,但我只看過我的壁櫥、她的沙龍、我們的工作室,我想看更多。我這一生看過的東西太少,但我聽過很多,也瞥見過不少,因此,宮殿對我而言是難以抵擋的誘惑。我很想知道,除了我們的幾個小房間,外面還有什麼。他們叮嚀過我,絕對不可以離開伊莉莎白的寢宮,但我想出去——就算只是因為,我認為那或許有助於不讓埃德蒙的幽魂再來糾纏我。

一天下午終於出現好機會,因為又要玩捉迷藏了。馬考去和兩位姑姑開會,伊莉莎白宣布她和女官要去躲起來，而我則有幸在她寢宮的範圍裡尋找。她們嘻嘻哈哈跑去躲。我閉上眼睛數到一百，等到聽見她們窸窸窣窣跑進同一個房間——我深吸一口氣，往反方向去。我深入王宮；我發現新大陸，我的腳在上面發出聲響。

我選了一個方向，穿過王室迷宮，走下陌生的走道，進入幾個鍍金的大房間。宮中的每個房間前面幾乎都有人在等候，那些人或坐或站，每個人都拿著文件，無一例外。我問其中一個人他等了多久，他說：「斷斷續續加起來，到十一月就滿三年了。」另一個人臉色灰白，彷彿因為長期和牆壁接觸，吸收了石材的顏色。我爬上樓梯、打開門，許多等候的人說我不該去那裡。當雷鳴般的凡爾賽宮腳步聲接近時，我越來越不安。我開始擔心捉迷藏會不會已經結束了，會不會發生奇怪的變化，負責尋找的人失蹤了，躲起來的人反而要去尋找她。這時候我多希望能找到伊莉莎白，因為我徹底迷路了。

一群穿著藍制服的男僕匆匆經過，我躲到一面屏風後，在幽暗中喘口氣，鎮定心情。當我的心跳恢復正常，我察覺一個輕輕敲打的聲音，不禁好奇是否有另一個人像我一樣迷路了，因此在凡爾賽宮裡四處敲門。我斷定比起一個人迷路，兩個人比較安心，於是挖出心中僅存的勇氣，打開那扇門。敲打聲停止。

「誰？」另一頭傳來一個男人的聲音。

「拜託。」我只能勉強說出這句話。

「妳不可以進來，絕對不可以。這裡禁止外人進入。」

「求求你。」我鼓起勇氣說。

「隱私、隱私。禁止打擾。」

「我不知道——」

「到底是誰？什麼人？」

現在我開始結巴了——一部分是因為那個房間溫度很高，熱得很不自然、讓人緊張。我開始懷疑我是不是撞見住在王宮裡的惡魔。

「妳是誰？快報上身分。」

我努力說明我是伊莉莎白公主殿下的雕塑教師。我因為慌張而口齒不清，不知道對方能聽懂多少，不過那個在高溫中的人終於回答了。

「噢，那好吧，進來、進來。」

於是我進去了。

34

凡爾賽宮的鎖匠。

◆◆◆

裡面那個人塊頭相當大，二十幾歲，穿著皮革圍裙，襯衫袖子捲起，他彎腰看著一個熔爐，手中拿著一個小槌。

「快關上門，不然會有一堆煩人的東西跑進來。」

我急忙關上。他立刻繼續忙他的事，敲打一小塊金屬。原來我隔著牆聽見的是這個聲音，不是敲門。他全心投入工作，好幾分鐘都沒有抬頭看我。凡爾賽宮非常廣大，我想著，一定有各種類別的工匠在這裡工作。看來我碰巧遇見了鎖匠；要是打開另一扇門，可能會遇到捕鼠工人在製作捕鼠器，或是鐘錶匠忙著讓指針滴答行走，甚至是蠟燭工匠在塑形蠟。

我站在門邊的角落，看著眼前的工匠，希望等他忙完手上的事，會

願意指引我該怎麼回伊莉莎白公主的寢宮。那個人的額頭非常高，幾乎有點可笑，羅馬風格大鼻子，厚唇，很好看的藍色大眼睛，但他經常瞇起來靠近手中那個紅熱高溫的東西看——我不由得懷疑他可能也需要戴眼鏡。他有肉肉的雙下巴，胸部很像女人，他經常用肥到看不見指節的手撫摸下巴和胸口。他似乎不是用鼻子呼吸，而是靠嘴巴捕捉氧氣。他用金屬夾拿起剛才敲打的東西，放進一個裝滿水的深盆裡，那個東西一碰到水就發出嘶嘶聲響抱怨，鎖匠露出滿意微笑。他轉身瞇起眼睛看我，點點頭，從圍裙口袋拿出一條手帕，慎重地放在旁邊的桌上。然後，他從另一個口袋挖出一個蛋奶餡的酥皮派，稍微有點壓扁了。最後，他從第三個口袋拿出一把很漂亮的摺疊刀，打開刀刃，將蛋奶派切成兩半，大小差很多。他用肥肥的手拿起比較大的那塊，終於開口說話了。

「別說出去，這是給妳的獎賞。」

我上前去拿。

「妳真的需要那麼大塊嗎？」他問，嘴唇上沾到酥皮碎屑，他的那一份已經在嘴裡了。

「這一塊很大，而妳這麼小。不然這樣好了，我再切一半。」

他這次也是切得不太平均。我彎腰準備拿小的那塊。

我快要碰到的時候，鎖匠制止我。「那個，妳好像不太想吃。真的不強迫。既然妳這麼勉強，我還是先幫妳保管好了。」他拿起最後那塊派。「不然我乾脆吃掉好了。」他把那塊派拿到非常靠近嘴巴的地方。「好嗎？」他沒有等我回答，直接張開肥厚的嘴唇把派放進嘴裡，咬一咬、吞下去，然後滿足地吻一下空氣。

「你吃這麼多，」我說，「一定會身體不舒服。」

「可是我喜歡！我好喜歡。」他非常認真地摸摸肚皮。「而且平常我都不能吃。她說：『一天只能吃一個。一個就好，不准再多吃。』」接著他小聲說：「所以我偷吃。我當然要偷吃。我變得非常有謀略。」他表現出平靜的滿足，把做好的東西鎖上又打開，欣賞一下，確認鎖頭完全乾了，然後上一點油擦亮。終於他彎腰靠近我，那雙藍色大眼睛仔細觀察我。

「好了，老傢伙，要不要一起去安裝呀？」

「好，」我說，「我很想看。」

他牽起我的手，另一隻手拿著剛做好的鎖頭，帶我走出小工作室，走上一條很長的走道。我們繞過轉角，停在一扇沒有鎖的門前。我從門口看到裡面：很寬敞的房間，光線充足，非常大的彩繪天花板，一面牆上裝著好幾面大鏡子，映出對面的窗戶，以及許多衣著光鮮亮麗的男男女女，非常專心在互相交談。我從來沒看過這麼明亮燦爛的地方，閃耀的光輝幾乎讓人睜不開眼睛。

「王后在這裡嗎？」我問鎖匠。「哪一個是她？」

我要設法做王后的石膏模——我沒有忘記寡婦的命令，我要將這裡不可思議的光輝擷取一小塊，送回骯髒的大道。我的問題似乎讓鎖匠嚇一跳，他瞇起眼睛察看，然後搖搖頭。

「不在，」他說，「王后不在。只有裝飾品。」

他所謂的裝飾品——也就是那些貴婦——完全沒有發現我們。鎖匠將手帕鋪在地上，然後跪下。我跟著跪在他旁邊，他從圍裙口袋拿出不同的釘子和零件叫我拿著，他要的時候再遞給他。他將鎖頭裝在門上。大小剛好，而且非常漂亮，我對他這麼說。

「真的？我自己設計的。嗯，我也很喜歡。」

我聽見身後有人來了，轉身看到幾個男僕，老貴婦馬考和他們在一起。她打手勢要我跟她走，從她揮手的力道，我看得出來她非常、非常不高興。我和鎖匠道別，他依然跪在手帕上，正在研究鎖孔。

「妳要走了？」他說。「那就去吧。」

「我會再來，我保證。」我悄悄說。

我在那些鏡子裡看到自己的倒影，如此突兀、離鄉背井，我覺得好像會跌進鏡子裡溺死。我緩緩走向馬考夫人，她推我離開那個房間，拽著我往前走。她堅持說她氣到說不出話來——但其實她一直講個不停，回伊莉莎白公主寢宮的路上，她一路教訓我該明白自己的地位。她說許多侍衛奉命去找我，他們聽說有個像侏儒的怪人到處亂跑，打開她沒資格碰的門。「這個地方不是給妳遊玩的。」她嘶聲說，骨瘦如柴的手抓著我的後頸。我看到那個不屑的房間，只是現在我已經不害怕了，因為我看過更華麗的房間——伊莉莎白本人在那裡。「布穀。」她說，雖然有點有氣無力。然後她轉身對老貴婦說：「馬考夫人，她是我的人，不是妳的。」

「我們發現她——」

「立刻放開她。」伊莉莎白命令，非常強勢。

我的頸子重獲自由。

「要不要再打妳呢？」伊莉莎白思索。

我伸出雙手。

「先打她，然後再趕她走。」馬考說。

「在妳教會我所有事情之前，不准妳回家。」伊莉莎白說。

「她不守規矩！」馬考夫人怒吼。

「我十分希望——」伊莉莎白說，全新的篤定令我安心，「我十分希望繼續玩捉迷藏。」

「您該長大了。」老貴婦說。

「這次呢，親愛的馬考，」伊莉莎白說，「我決定要將躲藏的樂趣賞賜給妳。我們來數到一百。」

「可是我從來沒有躲過。」

「所以早該輪到妳了。一……二……三。馬考，妳還不快去躲？妳知道規則，快去吧。我們去找妳。快去躲起來，不要找太容易或太近的地方，否則我會很生氣喔。」

馬考不知所措地離開。

「坐下，」伊莉莎白說，「我有話跟妳說。」

「那一招很厲害。」我說。

「謝謝，我自己也有點驚訝。這還要感謝妳的啟發呢。竟然那樣跑掉！不准妳再亂來，我的人，我的身體。」

「再也不會了，我保證。」

我們坐在一起，兩個長相相似的小型年輕女子，坐在為高大的人設計的沙發上，一起閒聊談心。

35

伊莉莎白公主的可憐窮苦人體，由公主本人製作。

「我要告訴妳我的人民的事。」伊莉莎白對我說。「我蒐集起來記錄在這裡的人民。」她腿上放著一本皮革封面的漂亮大書。

她受到哥哥——也就是國王陛下——的啟發，將人民的名字寫在那本書裡。他總是會把事情寫下來，她說，他很喜歡列清單；他幾乎把整本年鑑背了起來。他記錄了各種事：王后的樓梯有多少階，整座王宮有幾扇窗戶，祖父派人召見他的次數（在她的印象中，次數不多）。他知道他們的大哥勃艮第公爵死於骨結核之前活了幾年、幾天、幾小時、幾分鐘、幾秒鐘，他也知道從他出生到母親過世這段時間有幾年、幾天、幾分鐘。國王似乎計算一切，然後寫下來。他的清單寫滿了好幾本書。

「我想，或許我可以用自己渺小的方式仿效國王，」她對我說，「於是我蒐集我的人民。王宮外面有很多房子，環境很可怕、很糟糕，我在那裡看到很多非常可憐的人。噢，他們讓我感到難過極了。我記錄下來，給他們一點小錢，然後告訴他們，我，法蘭西的伊莉莎白，將會為他們祈禱。所以我才做紀錄，在這裡。妳看。」

她給我一份很長的清單，記錄了人名與他們的疾病。雷諾．巴爾斯：斷腿。瑪德蓮．葛魯利爾：胃痛。阿涅絲．吉比爾：頭痛。讓．比林格：他的小指、他女兒的鼻子。奧迪雷．恩德林：腎臟。羅蘭．羅傑爾：他母親的慘叫。蘿絲．品森：背後皮膚泛紅。阿爾芳絲．帕藍：飢餓。多明妮克．穆林：再度懷孕。皮耶．勒維司克：喪子。雨歌特．沙維亞：雞眼、牙疼、失明。法蘭索瓦．文森：他的妻子奧莉維亞無法受孕。阿德蓮．古塔：皰瘡。

「我為他們所有人祈禱。」她說。

這時我想到一個好主意。

「您可以做得更好。」我說。

「當心點，我的身體，別忘記教訓。」

「您可以雕塑那些人生病的地方。」

「雕塑？」

「對！您想想——用蠟捕捉人民最痛苦的問題。」

「小模型？用蠟做？」她激動了一下，似乎在想像將模型拿在手中的感覺。「噢——可以拿去教堂嗎？我的老天！可以嗎？可以當作祈禱的奉獻，對吧？不一樣的奉獻？做得非常真？這樣上帝一定會聽見。祂會看到我們做了多少好事。噢，我的身體，雖然妳長了一張悲哀的臉，但妳真的好聰明。好！噢，太好了！」

我不知道該說什麼，於是伸手想握她的手。

「不行！退回去！不准再靠近！不過妳的主意真好！」

那天下午，我們根本沒有去找馬考夫人。幾個小時後，王后的一位女官發現她躲在一條掛毯後面。她解釋說她在躲小伊莉莎白，那位女官問為什麼——難道她怕公主？這個故事很快就傳了出去，人盡皆知，以致於每次馬考夫人出現，大家都會對她笑。她的權威蕩然無存，沒過多久，她就開始想像自己罹患各種疾病，作為自保的手段。

第二天早上，太陽還沒出來，就有人用力敲我的壁櫥門將我吵醒。我在黑暗中換好衣服，被那個人帶去伊莉莎白公主放畫的房間，只是現在畫都不見了。房間中央放了一張桌子，上面擺著工具、蠟、黏土。我輕輕撫摸工具，觸摸黏土，最後舉起蠟放在鼻子前。

「我要稱呼妳，」伊莉莎白一邊說一邊揉捏柔軟的黏土。「我要稱呼妳我的心。」一週後，她給我看一個用蠟做成的東西，雖然粗糙，但至少做出來了。我問能不能擁抱她，她說我絕對不能有這種想法。但我真的好開心，我無法控制自己，於是又問了一次。她依然拒絕，但比較沒那麼生氣。於是我認為應該可以再試一次。這次我沒有先要求許可。我擁抱她，感覺她的頭靠在我肩上。她的氣味，深邃溫暖，一顆小小的、成長完美的捲心菜。直到外面傳來馬考夫人的聲音，伊莉莎白才急忙退開，繼續捏黏土。我悄悄將那顆心放進連身圍裙的口袋，從此和我的其他寶物一起珍藏。

在我的建議下，廚房送來許多動物內臟，我們一一研究，切開、素描，藉此更加瞭解器官的位置與功能。牛的心臟、綿羊的肺、豬的膀胱。伊莉莎白一開始很不情願，但沒過多久就開心動手摸索。我們也請藏書室送來大部頭的書籍，巨大精美的書本，裡面摺起的圖片可以打開，顯示人體真正的模樣。那些圖片極具參考價值；我們仔細研究，動手製作。

製作模型的過程中，我們逐漸對彼此敞開心房。我給她看瑪塔，她告訴我她的祕密。伊莉莎白最大的願望就是結婚；她最深的恐懼就是像兩個姑姑一樣終身未嫁。她告訴我，她曾經和葡萄牙王太子定下婚約，但不知為何，最後破局了。他們宣稱葡萄牙王太子「不宜託付終身」。國王說遲早會幫她找到新對象，伊莉莎白只要耐心等候就好，於是她等了又等，雖然她常常見到哥哥，但他再也沒有提起她的婚事。

「希望我不會落得像雅德蕾姑姑和維多麗姑姑那樣，」伊莉莎白說。「她們只會整天抱怨，吃吃喝喝，談論一些毫無意義的事。我覺得她們只是在打發日子，一天活過一天，永遠毫無變化，重複又重複，直到她們倒下死去的那天。她們的未來只有這樣。噢，我的心啊，自從妳來了，我覺得堅強多了。我不希望未來落得像兩位姑姑一樣。上帝啊，要我怎樣都可以，就是不要讓我變成那樣！」

伊莉莎白公主計畫出一套行程，出宮探訪她的可憐人，每次回來之後，我們就一起製作人體器官奉獻給上帝。有一天，我問能不能和她一起去。她蹙眉思索片刻，最後開心同意。她的可憐窮苦人住在離王宮很近的地方，她告訴我，但從王宮看不見。他們藏在一片森林後面，那裡有一堆破破爛爛的小屋。我們坐馬車去，兩位侍衛陪同，我問這是為什麼。

「為了保護我。」伊莉莎白說。「有些人真的很不高興，而且有時候會表現出來。」

聽到馬車的聲音，人們紛紛從家中出來。我的第一個念頭是，他們的臉和身體感覺像搖搖欲墜的建築。他們來到馬車前。伊莉莎白要我打開窗戶。

「你們好啊，早安。」她說。

他們鞠躬，摘下帽子。

「你好嗎？你好嗎？」

這時他們一一上前，簡單說明他們的不幸，有些人也會給她看身上受傷或生病的地方。

他們說完話、表明痛苦之後，伊莉莎白會給他們一個硬幣。

「妳有沒有覺得很神奇，我的心？」她問我。

「他們沒東西吃嗎？」

「我不確定。妳說呢？」

「他們怎麼會變成這樣？他們明明就住在王宮附近。」

「我們有送食物給他們。」

「顯然不夠。」

「我也會來探訪。」

「我很想知道，他們家裡會是什麼樣子？」

她愣住。「家裡？我從來沒想過。」

「妳不好奇嗎？」

「嗯，應該有點。」

「我們去看看。」

我打開馬車門，那些人急忙後退讓我下車。伊莉莎白跟著下車。我們走向一棟破爛的小屋，我問門前那個六神無主的女人，能不能讓我們進去看看。她說了一句我聽不太懂的話。我推開門，裡面非常黑，因此雖然空間很小，我們還是花了一點時間才看清楚。泥土地面。磚塊堆起的床鋪，髒兮兮的毯子有如死後僵硬的屍體。牆壁上滿是黑霉。兩個凹凸不平的鍋子。一張修了又修的凳子。整個地方的氣味有如非常惡臭的動物體內，早已沒有任何希望。除了這些東西，只有一隻綁起來的狗，那個女人唯一的伴，顯然也像她一樣在挨餓。用看的就能知道那隻狗的骨骼結構。狗豎起毛髮，表情極度憤怒，露出一口爛牙，一開始對我們狂吠就無法制止。伊莉莎白緊抓著我。萬一那隻狗掙脫繩索，我們鐵定會成為牠有生以來最美味的大餐。

「好可怕。」伊莉莎白驚呼。

那個女人對我們說話，但我從沒聽過那種語言。奇特的喉音、鼻音、氣音——而且一般人說話一定要張嘴，但她說話的時候，有如歪斜紅線的嘴巴幾乎沒有動。她受盡冷落、即將毀壞的肉體，發出聲音，不由自主地斥責我們。那個悶悶的聲音，來自這個可憐人體內無助的靈魂，從遭到摒棄的皮囊中發出。接著她突然倒下，整個人往前跪倒，身體彎成兩半，我們急忙離開。

我們進去頂多半分鐘就出來了，大口吸進比較乾淨的空氣。我永遠忘不了那個地方，那個悽慘的房間、狗、女人。

我們不敢再看那間小屋，只好往其他地方看。村落後方有一座小教堂，廣大的墓園裡有很多新墳。

「那個女人怎麼會落到那個地步？」伊莉莎白氣喘吁吁地問。

我們撤退回馬車上。

「肯定不是一夜之間造成的。」

「妳覺得她還有救嗎？」

「很難說。對於一些人而言，死亡是唯一的救贖。」

「我得想辦法救她。老天，我親愛的心呀，她有怎樣的靈魂？」

「只是普通的女人。」

「噢！好可怕！我該怎麼辦？我該怎麼辦？要奉獻給上帝，越多越好。瑪麗，我需要妳幫忙。」

我們回到宮中，世界彷彿恢復了色彩。我從不知道原來世界可以改變得這麼快。

公主每次出訪之後，附近的聖西爾教堂牆上就會多出一批蠟做的人體器官。一開始沒有人特別在意，沒有人想到數量會變得這麼龐大。我們帶去各種器官：腎臟、膀胱、肺、手臂、眼睛、心臟、肝臟、胃。在互相傳遞蠟或黏土器官時，我們偶爾也會觸碰對方的手，我感受到強烈的同伴情誼，在人體器官中生出的濃厚親密。

我進宮已經三個月了。我應該要回猴子屋去。但想到要離開我就覺得很緊張；我比較想和伊莉莎白在一起。我告訴她，她說要解決這件事再容易不過：派個人去通知他們，宮中很需要我，暫時不能讓我回去。我師傅——也可能是寡婦假冒他的名字——寫信來說，既然如此，他們理當得到更多補償。他們拿到了。我從來沒看到過那封信，但我很慶幸不用回去。那個時候，我希望能永遠不要回去。那個地方太悲傷。我住在壁櫥裡越久，越容易忘記我曾經住在別的地方。

36

◆◆◆

屋頂上。

我和伊莉莎白一起製作器官模型的時間越來越長。她一醒來，我就立刻去她的臥房；她告訴我一天中她做了什麼事，一次又一次問我快不快樂。非常快樂，我說，非常快樂。我確實很快樂。

不久之後，大家認為我的存在有助於讓公主安心，於是開始在一些奇怪的時間派我過去。接下來他們嚴格規範我的行動，吩咐我不能跑去離壁櫥太遠的地方，因為公主隨時可能找我。如果我需要什麼東西，只要大聲呼喚，就會有僕人來幫忙。有時候，我會坐在不屑房間的角落，看著她和女官吃晚餐。我發現，邦比的本名是邦比爾侯爵夫人，瑞吉是瑞吉寇特侯爵夫人，孟孟則是孟司蒂爾—梅林維爾侯爵夫人。她們三個年輕又親切，現在我知道，她們都是公主的同學。她們對我微笑，偶爾偷塞給我巧克力、餅乾、糖塊，或是摸摸我的頭。

伊莉莎白前往執行公務之前，我會先被帶到現場附近，我必須一動也不動直挺挺站在角落。知道我就在附近，隨時可以看見我，可以讓公主比較不緊張。有時候男僕會將我帶去非常奇怪的地方，例如大廳的屏風後面，一個晚上當中一、兩次，伊莉莎白會跑來匆匆看我一眼、捏捏我的鼻子或下巴，讓她能夠放鬆。

一天傍晚，伊莉莎白的藍色制服男僕匆匆忙忙帶我去王宮的屋頂，找好位置之後，他叫我待在那裡，等人來叫我下去。從我站的位置——伊莉莎白公主寢宮正上方，靠在欄杆上，站在兩個石造大花瓶中間——可以清楚看見通往聖西爾教堂的路，御花園裡的大運河更是盡收眼底，河水流向非常遠的地方，有如解說遠近透視的教具。雖然我住在壁櫥裡，但這樣的廣袤對我而言已經不稀奇了。男僕交代我要站在那裡不動，伊莉莎白乘坐馬車外出執行公務，這樣她在路上就可以拉下車窗往屋頂上看我，心情會好一點。

我遵照吩咐待在那裡，看著人們漸漸離開廣大的花園。開始飄雨了，但我依然待在那裡，因為這是公主的命令。不久之後，天漸漸黑了，我看不清運河和花園，接著連聲音也沒有了，只剩下宮中某處傳來的笑聲與歡呼，以及下面野貓的淒厲叫聲。正當我以為大家肯定都忘記我了，這時我聽見有人走上屋頂，越來越接近。那個人在離我很近的地方停下腳步，靠在欄杆上，抓著一個石花瓶保持平衡，彎腰往下看。那個人拿出一根長長的東西摸摸弄弄一陣子。接著我聽見的聲音，差點害我翻過欄杆摔死在石板地上：我的屋頂同伴舉起槍，瞄準下面的貓射擊。我聽見轟然巨響，看到一道光，然後是一陣慘叫，我猜應該是貓。片刻之後，他又開了第二槍，但這次沒有貓叫。我很擔心他會誤以為我是貓而開槍，於是急忙大聲說：「拜託、拜託，我也在這裡。請不要對我開槍！不要開槍！」

「妳是什麼人？誰在那裡？」拿槍的人蹣跚朝我走來，我漸漸看清那張白晰大臉。是我的老朋友鎖匠，他穿著一件很大的大衣。

「是你呀！」我說。「真高興。不好意思，我一直沒機會拿點心去給你——我一直很忙。」

「噢！」他終於來到可以看清我的地方。「噢，沒關係。」

「你在做什麼？」

「不要感情用事。這裡有太多貓，」他說，「到處都是。王宮每個角落都有貓毛，而且很臭。所以有時候我會扛起責任解決問題。過來坐吧。」鎖匠說，拍拍斜屋頂。

「下雨了，」我說，「我好像該下去了。」

「來嘛，只有一點點濕。我親自幫妳擦乾。好了。快過來，坐下、坐下。我堅持！」於是我在他身邊坐下，感覺到他的體溫。他脫下大衣和我一起披著，我們並肩坐在黑暗中。

「妳喜歡屋頂嗎？」他問，然後接著說，「我呢？我好愛這裡。我經常上來。有時候我覺得，除了我的工作室之外，在這個鬼地方只有這裡最平靜。我好喜歡這樣的時刻。啊！」

「啊。」我模仿他的嘆息。

「我們一起在這裡。在屋頂上。」

「在屋頂上，」我說，「旁邊沒有其他人。我們可以假裝王宮裡只有我們兩個，樓下都沒有人。只有我們與黑夜。」

「真棒的主意！要是真的沒有其他人，我一定會覺得很舒服。我是個非常務實的人。很善於使用雙手。我認為，就算流落荒島，我也能過得很好。如果沒有其他人，我甚至會很開心呢。那樣我就知道該做什麼了。不過我身邊總是有人，永遠沒完沒了。有一本很好看的書，描述荒島上的生活，我讀過不知多少次。妳知道那本書嗎？」

「應該不知道。」

「《魯賓遜·克魯索的人生與奇異冒險故事，一位約克郡的水手遭遇船難，船上其他人全數罹難，只有他漂流到一座荒島上，位在美洲海岸，接近奧羅諾克河口。並且描述他終於被海盜船救起的奇特經過。本人親筆撰述》。」

「好長的書名。」

「那本書非常好看。」

「我們來假裝世界只剩下這個屋頂，其他地方全都被洪水淹沒。」

「多麼美好。」

「對吧？」

「對極了。」

「沒有法律、沒有戰爭、沒有會議、沒有禮儀。」

「連諾亞也比不上我們。」

「當然囉，不過要是有甜點會更好，對吧？」

於是我們兩個坐在那裡，在屋頂上，沒有人打擾，聊無人荒島，聊麵粉、奶油、雞蛋混合之後拿去烘烤，也聊鎖頭和彈簧。一個藍制服的男僕拿著傘過來，稍微擾亂了我們的寧靜。一開始我以為他是來叫我下去，但他不是帶我來的那個人，這個人不說話，甚至不看我們的眼睛，只是幫我們撐傘。我覺得很怪，但很快我就忘記他在那裡了，我和鎖匠繼續談天說地。我們在屋頂上聊了很久，應該有兩個小時，伊莉莎白的僕人終於來了。我沒發現她的馬車回來了。我向鎖匠道別，他繼續坐在屋頂上，男僕繼續撐著傘。我心裡想著，雖然沒發現馬車回來害我多待了很久，但沒想到會這麼愉快。

37

◆
◆
◆

許多女人，有的躺著，有的站著。

越來越多人察覺伊莉莎白公主在社交方面的表現有所進步。與此同時，老貴婦馬考卻越來越常躲在床上，她唉聲嘆氣裝病，其實都在偷吃她最喜歡的杏仁餅乾。有一天，我和伊莉莎白去探望她，她的住處在三樓，霉味很重。她說伊莉莎白是她的「王室乖孩子」，感謝她特地造訪「老朋友」。不過，她一句話也沒對我說。伊莉莎白問她究竟哪裡不舒服，她一陣慌張，無法確切說明。「全身上下。」她最後只勉強說出這句話，而且語氣很不高興。伊莉莎白將她的描述寫進那本書裡，然後我們做了一個完整的小型蠟人，拿去教堂和其他模型放在一起。我們再次去看她，因為伊莉莎白想告訴她這件事，但她只是呻吟一下，然後轉身背對我們。

「疾病是不懂禮節的。」她說。

那年夏季是伊莉莎白最自由的一段時間。馬考的統治即將結束；她離職前的那幾個星期，一直不停吸鼻子、流汗，信誓旦旦地說一定會復職，但很快她的床就變得太有說服力。厚重的床墊捧著老貴婦，逐漸變成她的骨骼與支撐，最後只要離開床她就變得軟趴趴。床把她吸進去，把她吸乾——我認為那張床也吸光了那衰老軀體上的脂肪——漸漸地，馬考真的病了，床墊卻越來越健壯，越來越大、越來越蓬鬆。多麼凶狠的床墊啊，不停擴大、膨脹，偷走老貴婦的生命。

馬考逐漸向床墊投降，她不在的這段時間，我們繼續出宮探訪，然後製作更多器官放進教堂。有一次，我們要求進窮人的家，但住在那裡的貧苦青年拒絕了。

「他覺得丟臉，」伊莉莎白說，「一定是那樣。」

「說不定，」我說，「他只是不想讓我們進去。」

「不想？為什麼？我們有什麼不好？」

「那是他的家。他是主人。」

「那棟房子屬於我哥哥。」

「是嗎？」

「絕對是。」

「那麼，您的哥哥應該修理一下。」

「我哥哥要煩惱整個國家的問題。村子由我去就好。妳什麼都不懂，妳沒資格說話。」她非常沮喪。她一直很努力想找出正確的應對。她親眼看到的狀況，和別人告訴她的有太多矛盾之處，而她欠缺權力與知識，只能猶豫不決地前進。她只是個想找出方向的年輕女孩。我們兩個都是。

我們非常努力想找出所有疾病，因此發現在宮中除了馬考夫人之外，還有另一位病患。一天下午，伊莉莎白親自打開我的壁櫥門。「朗巴勒！快點來，我的心！朗巴勒又昏倒了！」

「好，我馬上去！朗巴勒是誰？」

「噢，妳怎麼誰都不認識！她是位非常可愛的夫人，但太過敏感。她丈夫很年輕就過世了，從那之後她就很容易昏倒。有一次，她只是聞到紫羅蘭的香味就昏倒了。還有一次，同樣沒有什麼大不了的原因，只是看到龍蝦她就昏倒了。安東妮抱怨說她頭疼，朗巴勒也昏倒了——大概是因為太同情安東妮。所有事情都能讓她昏倒。很慘吧？」

「王后會和她在一起嗎？」

「一定的。朗巴勒是她最寵愛的女官。真可憐。」

我們抵達時，發現昏倒的人躺在凡爾賽宮的一間沙龍裡，依然沒有醒來。其他宮廷貴婦圍成一圈，看著她蒼白無力的身體，慌張地交頭接耳。我看看四周。

「伊莉莎白公主，王后在哪裡？哪一位是王后？」

「王后嗎，親愛的心？噢，我沒看到她呢。」

一群醫生圍著那個癱軟的身體忙來忙去，正在幫她放血。我和伊莉莎白往前走，一位醫生往旁邊退開，讓我們看清楚。她肯定還活著，扁平的胸口上下起伏。我拉長身體想看清楚。她是王后的人。瑪麗·德蕾莎，朗巴勒親王妃，我看到她的血裝在一個陶瓷小碗中，一位醫生正在專心觀察。

「她哪裡不舒服？」伊莉莎白問。

「是神經的問題，公主。她的神經反應太激烈。」

「謝謝。」伊莉莎白快步走開。「我們只需要知道這個就好。」

「打擾一下，」我低聲問醫生，「王后等一下會來嗎？」

「王后？妳為什麼要知道？」

「我是伊莉莎白公主的僕人，」我說，「殿下想知道。」

「王后原本想留下，」醫生說，「但我無法允許。這位不幸的夫人剛才好像快要抽搐

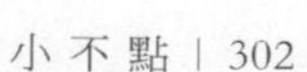

了，抽搐會導致流產，王后目前的狀況要特別小心，因此我立刻請她離開。」

「多久以前的事？」

「大約五分鐘。」

「才五分鐘！」

「快來呀，我的心！」伊莉莎白大聲說。

我們為朗巴勒做了一個蠟腦，後來她很快就康復了。

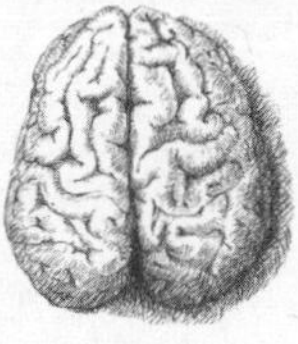

只有我們兩個人的時候，伊莉莎白問我男人和男性身體的事。我告訴她我所知道的一切，製作模型讓她更清楚理解，我們也命人送書本來參考。我再次想起埃德蒙，只是這次他的身體感覺如此遙遠、沒有生命，像一件衣服。我告訴自己，我必須理性；我從小受的教育就是要理性，我一定要想辦法讓心痛過去。有一次我們去看公狗和母狗在畜欄裡交配，但伊莉莎白完全不喜歡，我也覺得噁心煩躁。儘管如此，她說她必須做好結婚的準備，她總是堅持很快就會發生。

「妳會結婚嗎，我的心？」她問。

「不，公主，我恐怕不會結婚。」

「是啊，我也覺得妳不會。但出於禮貌我還是問了。等我結婚以後，我會派人去接妳。

妳要永遠待在我身邊。」

她要我幫她畫男人的嘴唇練習親吻。

「不對，」我說，「不對，這樣做完全不對。您只是在啄那張嘴，公主。妳從來沒有吻過別人嗎？」

「當然有！別傻了！呃，不是這種吻。妳呢。」

「有，或許可以說有。」

「噢，我的心，真的嗎？連妳這樣的人都有過？」

「是。」我說。「我會教您。」

我吻她。

「妳吻我！」

「為了教學。」

「好吧。」

我再次吻她，更深入。

「對，就是這樣。」我說。

「妳確定？」

※伊莉莎白公主的唇

※練習用的唇

「毫無疑問。」

「真噁心。」

「其實不會啦，不噁心。」

「呃，好吧，我們再試一次。」

於是我們再試一次。從那之後，我們不時會關門躲起來繼續練習。有時候，我們也會輕柔地指出並撫摸我們身上相同的器官。「公主，指給我看，我的心臟在哪裡？摸摸看。」

「我的心，指給我看，我的肺和子宮在哪裡？」

多麼美好的王族身體，幾乎和她是雙胞胎的我，樂在其中。我們的心臟，小小的女人心臟，自行互相敲奏出相同的音樂。

一天早上，在床上躺了那麼久之後，馬考夫人終於在腫脹的床墊上喘不過氣來。

即使馬考本人已經被搬走了，很長一段時間，床墊上彷彿依然殘留心跳，直到臃腫的床墊終於恢復原本的模樣，被人搬去庭院燒毀。於是乎，我們從馬考臥病在床的美好仲夏，進入蓋曼內夫人的恐怖深秋。

木棍蓋曼內、死硬蓋曼內，高壓統治的蓋曼內總管，她的下巴幾乎不存在——沒有下巴這件事一定讓她很生氣，因為她總是板著臉，隨時緊盯一切，讓人一直有被注視的感覺。她

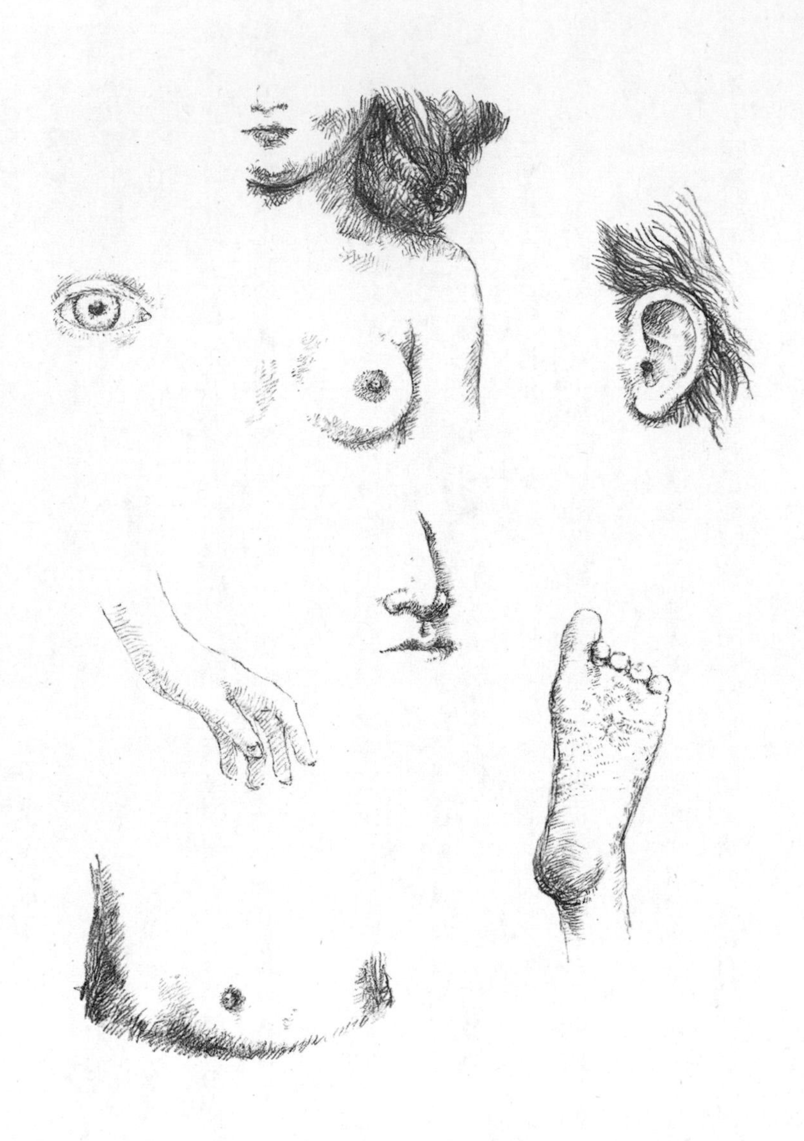

來了以後，再也沒有歡樂；她要讓伊莉莎白成為大人，我們立刻明白，這個過程會很痛苦。玩具：扔掉。跳繩、球、小狗、迷你馬：全部禁止。「坐正、坐正！」那個秋季每天都會聽見這句話。傻氣的邦比禁止入宮，伊莉莎白和她在門後講悄悄話被抓到，她的不端罪行引來一頓沒完沒了的說教。單純的瑞吉只能一週晉見一次。無趣的孟孟可以留下，但必須保持安靜，她本來就很安靜；那是她的角色，不說話的那個。我的對手，石膏耶穌幾乎整天都擺在外面。剛開始的時候，伊莉莎白很容易鬧脾氣，蓋曼內允許她搥門或踢家具，但那位沒下巴的貴婦絕不認輸。那位儀態宛如木棍的貴婦，打開窗戶讓我的公主對外面大叫，但沒有人來救她。伊莉莎白哭得臉都腫了，非常悲慘，但她別無選擇，只能安靜下來。有一次，她咬蓋曼內的手，挨了她一巴掌。

「我是公主！」她尖叫。

「那就拿出公主的樣子來。」

蓋曼內抽光公主內心的歡樂，注入坐正、安靜；沒有多久，伊莉莎白甚至不敢加入談話，生怕會遭到責罵。我被冷落在壁櫥裡，召見的次數越來越少，我逐漸適應這個全新的嚴格深秋，我保持衣服乾淨，每次見到蓋曼內都會行屈膝禮——於是我獲准留下，儘管我和公主都很擔心我會被趕走。從最後叛逆的秋季，到認命聽話的冬季，伊莉莎白身邊隨時有人跟著。時時刻刻都有人坐在她身邊，揪出她端杯子的姿勢不對，吃多吃少都不對，儀態不夠完美更是不對。不過，有時候，如果我夠小心，依然可以偶爾牽她的手，或是在工作室匆匆吻她一下。我經常告訴她，我是她的人，她的身體，我不該離開她。彷彿作為證明，我發現新的年鑑裡有我的名字，列在教師名單中最低的位置：

勒胡克斯先生，伊莉莎白公主御用圖書管理員

派楊小姐，朗讀員

西蒙先生，大鍵琴教師

波立先生，豎琴教師

葛羅修茲小姐，蠟像教師

我常常研究這一頁。獨自一人的時候，我會大聲讀給自己聽。名字登上年鑑之後不久，我終於有機會見到王后。

38

國家大事中的幾件小事。

那天從清晨開始，聖西爾教堂的王室禮拜堂便開始不停敲鐘，凡爾賽宮裡的所有教堂跟著敲，然後朗巴勒王妃來到我們的走廊上。我將壁櫥門打開一小縫，躲在層層毯子下往外看。那時候是十二月，我們處於蓋曼內的嚴寒中，我非常冷。我裹著寢具，看到驚恐的王妃慌慌張張趕來，後面跟著幾位僕人與女官，每個人都很緊張。

「伊莉莎白公主！」她大喊，用力敲寢宮的門。「王后！王后臨盆了！」

我和伊莉莎白早已用我們自己的小小方式，準備迎接王室新成員到來。我們用蠟做了十二個小嬰兒，整整齊齊放在聖西爾教堂——有如蠟寶寶的嬰兒房。我們暫時放下其他所有要求，滿腦子只想著王室寶寶。「王宮裡的所有人，」伊莉莎白說，「全都因為期待而焦急。」終於這一刻到來了，鐘聲響起，朗巴勒王妃前來報喜。

朗巴勒在高度慌亂中匆匆離去（有點像骨瘦如柴的雞在農場中尖叫奔跑），我們這條走廊開始忙碌起來。我坐在打開的壁櫥裡，雙腿垂在外面，身上還穿著睡衣、睡帽，緊緊裹著毯子，我先看看左邊、再看看右邊。因為冬天太冷，走廊上破裂的窗戶全都封起來了，但抗寒效果有限，當我呼吸時，依然能看見白霧。

許久之後，伊莉莎白終於出來了，打扮妥當，身後跟著她的三位女官。她往王室產房走去，她經過時，走廊上的僕役紛紛鞠躬。我也鞠躬，但伊莉莎白停下腳步。

「噢，我的身體、我的心，妳在做什麼？今天我比平常更需要妳。快點換衣服，動作快。萬一王后需要我們幫忙禱告，妳必須立刻趕去工作室，用蠟製作小寶寶盡快送去聖西爾教堂。動作快呀，我的心、我的人。」

於是乎，奧地利的瑪麗．安東妮與法蘭西的路易十六第一次喜迎新生命的日子，我在眾目睽睽之下換衣服，寒冷的走廊上，許多人催促我動作快。我終於準備好了——動作實在太慢，他們清楚表明——小伊莉莎白繼續快步趕路，等不及想當姑姑。我走在一行人的最後面，走在我前方的人是孟司蒂爾—梅林

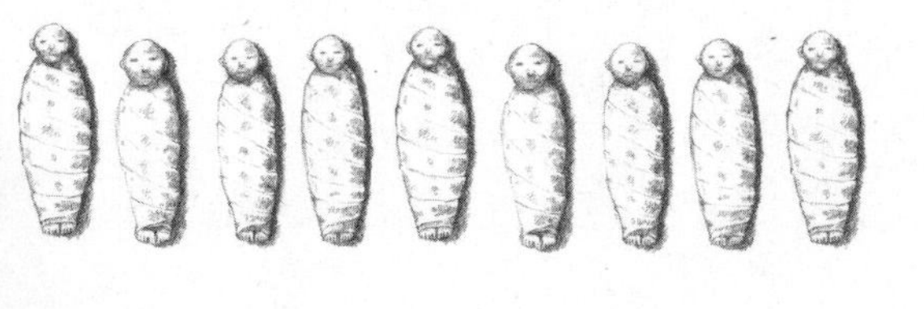

維爾侯爵夫人。我們越接近，越要用力推開人群，因為整座王宮裡的人全都在爭奪最前面的位子，希望能看清楚波旁家新成員降生的瞬間。伊莉莎白身為國王的妹妹，一看到她，人群讓出一條路，猶如摩西分海一般，我們往前走，我們過去之後，人群又立刻擠在一起。我們往王宮中央走去，越走溫度越高，一開始我還覺得很高興。自從開始敲鐘，人們便開始往這裡移動，我們越接近產房，人群越來越擠、越來越吵、越來越熱。

那天早上最熱的地點——有如麵包師傅的烤爐——便是王后的寢室，而在那個高溫沸騰的地方中最熱的部分，凡爾賽宮中燒得最紅的一塊炭，就是瑪麗·安東妮王后隆起的孕肚。法國法律規定，王后生產時必須有各方代表在場見證，以保嬰兒確實是從王后的子宮生出。

我們沒有遲到。孩子還沒出生。伊莉莎白在前排坐下，最重要的大人物可以坐扶手椅；地位比較低的人只有板凳。我只能自己想辦法。我還沒看到伊莉莎白的兄長、即將成為父親的國王，不過他肯定在房間裡。我四處亂擠，推開幾位身分非常高貴的觀眾，好不容易找到還算可以的位子。在那裡，我終於看見瑪麗亞·安東妮雅·約瑟芬·喬安娜，人稱瑪麗·安東妮，法國王后。

王后因為用力而滿頭大汗。那顆頭很長，有雙碧眼，眼睛的距離很開。我一下子被擋住了，但我稍微調整一下，又重新看見了。相當大的鷹勾鼻，下唇比上唇突出許多，漂亮的圓潤下巴。我又被擋住，然後又看見。除了這些特徵，她的前額非常寬，現在冒出大量汗珠。在那個高溫的寢室裡，我忘記了早上的寒冷，也忘記了現在是十二月。

王后坐起來，引起四周群眾一陣騷動，大家伸長脖子想看清她。多麼美麗的人呀！那麼修長潔白的頸項，那麼嬌弱優雅的肩膀線條。但她猛吸一大口氣之後又重新躺下——再度引起一陣騷動——然後我就我完全看不見她了。

我看看四周，想找個絕對能看清楚的地方。這裡沒有窗臺，而窗前的幾張板凳都已經坐滿了。在那個擁擠房間裡的所有東西中——現在幾乎只看得到人了——我看出只有一個地方可以讓我能毫無阻擋地看個清楚。角落有個紅木五斗櫃，高度大約五英尺，上面有頂蓋，我稱為屋頂，我認為我應該可以開開心心坐在上面觀察，不用擔心被擋住視線。我努力想爬上細工鑲嵌的側面，但木頭非常光滑，我只爬上去一點就滑下來。我試著打開抽屜，想著或許可以當作樓梯爬上去，但五個抽屜全都打不開。我確信這裡就是最適合我的地方。我焦急等候，同時越來越多人進來，我越來越難看清王后，我猜想我應該沒有錯過太多重要場面。她到現在只含糊說了幾句話，最前排的王室成員也只含糊回答，沒有喊叫也沒有嬰兒啼哭，於是我確信還有時間。

終於我的機會來了。房間裡突然一陣騷動——不是因為孩子出生了，而是因為觀眾不知怎麼弄掉了掛毯，落在王后身上，大家急著重新掛好。在混亂中，幾乎所有人都站起來了，我把握機會借了一張椅子，拖到五斗櫃前面，站上去彌補身高的不足。我用力一撐，終於成功坐上櫃子的屋頂。我想的果然沒錯。

毫無阻擋的清楚視野。

現在房間裡擠了超過五十個人，每一個我都能看見。王后躺在床上，醫生與家人圍在床邊，偶爾交談，雖然旁邊有一大群人等候她給予娛樂，但我猜想他們大概很努力假裝觀眾不存在。於是我們等待，我們盯著那個滾燙的肚皮，現在鬆鬆蓋著一條床單，不過依然什麼都沒有發生。不久之後，我開始觀察這個金碧輝煌的房間，研究底下那群貴族。所有男士全都解開領巾，每個人的額頭都汗濕了；貴婦拚命搖扇子，化妝品隨汗水流下。朗巴勒親王妃坐在第二排，高溫似乎讓她格外難受。然後在很接近最前排的地方，我看到一張熟面孔：我的老朋友，宮廷鎖匠！真是太好了，凡爾賽宮的人如此寵愛他，甚至讓他參與這樣的場合。

這時安東妮王后大聲呻吟，重頭戲登場。

安東妮做出很多動作、發出很多聲音，醫生給予很多建議，朗巴勒親王妃變得極度蒼白。人們低聲交頭接耳，移動身體想聽清楚王后的每次喘息與呻吟，每次推擠與疼痛，每次用力與痛呼。可憐的王后氣喘吁吁，臉漲得非常紅，用力吸氣、吶喊，但孩子依舊沒有出來。寶寶不肯出來，想在裡面待久一點，中間安靜的時刻，王后躺在床上喘息，觀眾重新坐下，自顧自交談，王后又開始呻吟時，他們才再次站起來。就這樣持續下去，隨著王后的一波波陣痛，觀眾站起來又坐下，十一點過後終於有進展，寶寶開始露出頭來。

沒過多久，整個紅色的頭都出來了，然後是粉粉、紅紅的身體，兩隻手臂、兩條腿。接著寶寶發出第一次的哭聲，大家都非常歡喜。我坐在五斗櫃的屋頂上，心裡想著，我知道：那是臍帶，就像柯提烏斯醫生形容的樣子，他說過會有黏膜，我果然看到了——一陣子之後，正如師傅描述的那樣，胎盤出來了！真神奇！我學到多少新東西！女人竟然能施展這樣的奇蹟。看啊，快看啊，新生命由她體內誕生了！

房間裡熱得可怕，醫生用的醋和精油氣味非常難聞。我摘掉了軟帽、解開衣扣，許多人都做了類似的調整。在最後的時刻，寶寶來到人間，觀眾更是拚命往前擠。不過寶寶一出生立刻被醫生用布包起來送出去；我猜想國王一定在人群中，但當我想到要找的時候，卻怎樣也找不到他。後來人群稍微退開，我終於再次看見王后。突然間，她變成這場大戲中的配角。我發現她的臉色白得嚇人，納悶她是不是死了——床單上有血跡——但她坐起來，在悶熱中呼喊。

沒有人察覺。

觀眾不停鼓掌，因為生育是如此神奇，尤其是發生在王后身上時。不過，觀眾很快就開始煩惱寶寶的性別，而且講得非常大聲，不知道孩子是男是女、是王子還是公主。很快消息就悄悄傳開，大家失望地低語：「是女兒、女兒、女兒、女兒。」

但沒有人留意王后。

我在五斗櫃頂上揮手想引起大家的注意。「王后！」我大喊。因為我從高處看見，王后陛下痙攣了。

依然沒有人發現。

在那一刻，終於有別人察覺了。朗巴勒親王妃，她總是非常蒼白，總是快要昏倒，她看到王后的狀況，於是瘋狂揮舞雙手，但她太過驚慌，以致於發不出聲音。她站起來，大概想告訴別人王后狀況危急，朗巴勒一陣搖晃，灰眸一翻，整個人軟軟倒下，她前方所有東西都受到波及，而剛好東西很不少，於是發出一陣很大的撞擊聲響，導致昏倒的親王妃成為眾人注目的焦點，更沒有人關心王后。

朗巴勒親王妃被扛出去之後，我更加著急地用力揮手，終於有人看見了。是鎖匠。他站在人群正中央，因為太過喧譁吵雜，他聽不見我說話，但我對上他的視線，急迫地指向王后。他驚覺王后陛下躺在產床上即將窒息，他立刻奮勇地在人群中移動，但他並非走向王后，而是往反方向去——或許是因為禁止觸碰王室成員的規定，以致於他當下只能想出這個辦法——他推開擋路的人，終於到了窗前，這裡的窗戶像走廊上的一樣，也封起來禦寒。他用蠻力拆掉封住窗戶的東西，終於成功打開，讓新鮮空氣進來。接著其他許多人，比較沒那麼勇敢、強壯的人，也紛紛設法打開窗戶，十二月的寒意迅速湧入。不過那些人不明白鎖匠為什麼要拆開窗戶，他們似乎以為他想對樓下中庭的人講話。英勇的鎖匠再次推擠穿過房間去救王后，她躺在床上，非常慘白，床單上的血跡呈現在大家眼前。現在他們終於看見了。

接下來一陣混亂；有人吩咐準備熱水，但始終沒有送來。醫生先是用針刺慘白的王后陛下，但沒有用。他們開始從她的腳放血。他們放了滿滿五碟的鮮血，我猜這應該是他們認為正確的量，終於王后活了過來。在治療的過程中，英勇的鎖匠始終沒有離開王后的床邊。他的眼眶泛淚，真的是眼淚。她死了嗎？不過王后終於吸了一大口氣，一切平安。鎖匠似乎終於放下心中的大石。他用手帕蓋住臉，掩飾淚水。確實非常令人激動。

鎖匠從床上站起來，人們對他鞠躬，我猜應該是出於感謝。然後他轉身看我，非常輕地點了一下頭。人們繼續鞠躬，這時，我漸漸領悟到一件事，那是我之前沒想到、非常難以置信的事。

王后嫁給了鎖匠。

她的鎖匠丈夫是路易十六。

我想歡呼。我想說給別人聽。但我能跟誰說？我不能告訴埃德蒙。那麼我還能告訴誰？我下定決心要寫信給師傅告訴他，也要告訴雅各這件與絞刑完全相反的喜事，不過我立刻開始擔心：要是寫信回去，柯提烏斯醫生會想起我，寡婦也會質疑為什麼我還沒有取得許可，製作王后的模型。儘管如此，這件事真是太神奇了：我認識國干！真的！小不點認識國王！

我學柯提烏斯的動作拍手。

我認識國王，差點和國王一起吃點心，現在他命令大家離開房間。王后需要安靜休息，所有人都被趕出去。這位國王，陪我一起坐在屋頂上的朋友，和我分享雨傘的朋友，他命令僕人將所有人趕出房間，然後他自己也匆匆離去，因為太急著想看女兒而腳步不太穩。我因為發現認識國王而太過激動，一下子忘記要找伊莉莎白，等我想到時，才發現她和女官已經離開了。她們把我丟在這裡。

看護進來，王后吵著要看孩子。她們安撫她。她們說寶寶非常健康。她想看兒子，想看波旁家族的新成員，想看她生出來的法國王位繼承人。不，她們告訴她，不是繼承人，完全不是，是女兒，不是繼承人，恐怕是這樣，是，我們確定，陛下，女兒，非常紅潤、健康的女兒，不過依然是女兒，是、是，我們確定。這時，因為生產、人群以及失望而疲憊不堪的王后大哭起來。

我不禁懷疑我似乎不該繼續待在這裡。現在這個房間變成私人空間了。但我沒有離開，喧鬧的群眾全部離去，只剩下我一個。我覺得好像該走了，但王后終於出現在我面前，而且現在她沒那麼忙了，房間裡也比剛才安靜許多。於是我在想，現在是否適合過去問她做模具的事。當然不是現在馬上做，不過或許我可以幫柯提烏斯醫生預約時間，畢竟這樣的機會不是每天有。房間裡越來越安靜，王后的哭聲漸漸變小，於是我判斷現在是恰當的時機。我悄悄爬下五斗櫃，剩下最後幾英尺時我乾脆用跳的，發出一點聲響。那聲音讓王后睜開眼睛看我。我微笑，朝目標前進幾步，我猜想現在我的笑容應該變得更大，幾乎笑出聲音。然而，我還來不及以委婉的方式提出詢問，王后就張嘴說出非常不合理的話：

「惡魔！惡魔出現了！」

瞬間，我失去了所有希望。我很害怕，她大聲尖叫，讓我更害怕。在暴風般的傷心、殘酷的失望與驚恐中，我急忙離開不停尖叫的鎖匠妻子，穿過房門、穿過殘餘的幾個人，一路跑回我的壁櫥。我撲進去，用力關上門，躲在毯子底下。

39

僕役與國王。

兩天後，我去到一個遠離狹小黑暗壁櫥的地方，甚至比王后寢室更接近王宮核心的地方。絕不可以背對陛下，鞠躬要夠低，只有陛下問話的時候才能開口，必須維持三英尺半以上的距離，絕對、絕對禁止碰觸。我之前見過國王，而且那幾次都覺得相當自在；我和他隨意交談，甚至和他合蓋過一件大衣。不過，在那時候，我誤以為國王是宮廷鎖匠，法國應該有很多鎖匠，甚至成千上萬，而他只是其中一個。然而，國家只有一個君王。這是必須遵守的規定。否則就會血流成河。

我看過國王的肖像，他的側臉印在法國的每個硬幣上。然而，硬幣上國王的臉和國王吃甜點的臉，幾乎沒有相似之處，因此我沒有認出來。

儘管如此，此刻，神選君主法蘭西國王路易十六陛下，就坐在我面前。

「嗯，瑪麗．葛羅修茲。」他說。

「陛下。」我說，鞠躬得非常低。

「嗯，我要告訴妳，王后已經好多了。下次不會再像那樣了，下次只有絕對必要的人才能在場。也絕對不會再讓人爬上家具。下次要有隱私。」

「是，陛下。」我回答，心裡卻想著：那是國王的嘴，裡面有國王的牙齒和舌頭，一起住在國王的口腔裡，還有國王的會厭、國王的唾液腺，還有一條通道：從國王的咽頭，一路深入陛下玉體。

「告訴我，」他質問，「之前妳真的不知道我是誰？」

「真的，陛下。我以為您是鎖匠。」

「我引以為榮。不過在屋頂上那次，男僕的制服顏色一看就是我的人。」

「您妹妹的男僕也穿藍制服。」

「伊莉莎白很喜歡妳，對吧？她終於不再那麼閉塞了。我們一開始就不該由馬考夫人負責照顧她。我們的父母相繼去世，對她造成很大的打擊，兄長過世也是。有一陣子我們只有彼此。妳知道，有時候，她比較容易緊張。會哭鬧之類的。不過我認為最近她進步很多——肯定已經進步了。說了這麼多，其實是想稱讚妳做得很好。我也要謝謝妳。因為伊莉莎白的事，也因為妳之前留意王后的狀況。有什麼我可以為妳做的事嗎？」

我的機會來了，由國王親自製造。

「陛下，我入宮之前，」我說，「原本在巴黎受雇於一位蠟像師，他非常有天分。倘若陛下願意賞賜他一個機會，讓他能以您本人的臉鑄模，絕對會成為他的作品中最珍貴的一件。」

「噢，我覺得聽起來不太愉快。」

「他的藝術成就絕對會令您驚豔。」

「是嗎？我不相信。妳是他的徒弟？」

「是，在瑞士伯恩他教導過我，我是從那裡來的。」

「我們有從瑞士來的衛士，負責守衛宮廷內外，也負責人身保護。要是沒有他們，我們真不知道該怎麼辦呢。我對瑞士多少有點認識，沒錯。妳的師傅，他教得好嗎？」

「噢，是，非常棒。」

「妳是好學生嗎？」

「我非常認真學習，也學到了很多。」

「嗯，那就由妳來用我的臉開鑄吧。」

「我嗎？陛下？」

「對，妳。」

「您是認真的嗎？」

「君無戲言。」

「不行，不行。我不行。」

「妳不會？」

「呃，我會，但是不可以。」

「為什麼不可以？」

「因為這樣不對。」

「如果我說可以呢？」

「可是，求求您，陛下，我是要為師傅……」

「我說了，由妳來。」

「他會傷心。」

「那就讓他傷心。」

「他永遠不會原諒我。」

「一定會。告訴他是國王的旨意。」

「這太超出我的高度了。」

「那就成長吧，孩子，成長到那個高度！」

「陛下，這樣等於是犯罪。」

「葛羅修茲，妳只有這次機會，要是不把握，以後就再也不會有了。」

於是乎，上帝垂憐，我自己做了。

我們在國王的私室，他的小鑄造工作室就在附近。首先，我們吃了覆盆莓小塔。國王脫下織錦外套，圍上簡單的斗篷。這個房間裡有很多地球儀與大量地圖，還有造型奇異的建築模型，以及各種巧奪天工的器具：望遠鏡、顯微鏡、六分儀、經緯儀、太陽系儀，各種我從來沒聽過的工具。整個房間裡，在地球儀與行星儀之間，放著千百本書籍，全部按照順序排列。其中有整套狄德羅的百科全書，以及《二四四〇年的巴黎》，路─賽·梅西耶著──我好想告訴他！

我清潔國王的臉，將他的眉毛抹油之後按平。我在尊貴的大鼻子裡插上管子，我真的做了。我在國王的臉上抹上一層層石膏，覆蓋國王的整張臉，我真的做了。真是安靜，只有我和國王在一起。畢竟世上只有我們兩個人。我取下石膏，清潔他的臉。我進行了必要的測量。兩耳之間頭顱的寬度：十八吋。頭圍：二十二又三分之一吋。瑪麗一一測量。

我取得了國王的頭，但依然沒有王后的頭。我不敢放肆，但我必須試試。

「陛下，我可以再要一樣賞賜嗎？」

國王點頭。

「陛下，倘若您願意協助安排時間，讓我師傅能夠製作王后頭部的模型，我將不勝感激。」

一瞬間，強烈的保護欲讓國王怒不可遏。「絕不可以打擾王后！王后絕不可以任人推來推去、捏來捏去、隨意刺探。不許讓她曝光。簡直沒有體統。不准、不准，絕不可以打擾王后。」

「是，陛下。」

「我不容許。」

「是，陛下。」

「我很不高興。」

「是，陛下。感謝您，陛下。」

他焦慮地看看四周，彷彿因為身在太多地球當中，而找不到方向。「以後我們再也不會交談。」他聲明，搖搖頭。「這樣做很不對。完全不正確。之前是我一時糊塗。第一次在鑄造室見面的時候，我誤以為妳是我妹妹。看到妳的眼鏡我就該知道不是，但我現在看清楚妳不是。完全不是，妳只是有點神似。或許不是妳的錯。唉，這種事不能再發生。我是國王，妳只是區區的葛羅修茲。下去吧、下去吧。」

接下來很多年，我再也沒有機會這樣近距離看見國王。

後來回到工作室之後，我告訴伊莉莎白這段經過。

「我，安·瑪麗·葛羅修茲，聞到了國王的汗味。」

「我的心，妳真失禮。我要提醒妳，妳是我的身體，只屬於我一個人的身體，不屬於其他人。」

「我用國王的頭做了一個模，我要送回巴黎給我師傅。」

「妳是我的身體，對吧？」

她真會吃醋。

「是，親愛的伊莉莎白公主。」我急忙安撫她。「當然是。」

「妳不會離開我吧？」

「不會，除非您要我離開。」

「我絕不會要妳離開。」
「請再說一次。」
「我絕不會要妳離開，我的心。」
「那麼，我可以吻您嗎？」
「應該可以。」
我將石膏模裝進木箱，墊了很多稻草。我在裡面放了一封信，重寫很多次才終於滿意：

師傅在上，

希望您在巴黎一切安好。我經常思念您，以及所有蠟人。相信展覽館的生意應該十分興隆。我在這裡非常忙碌，每天都為伊莉莎白公主分憂解勞。我自認是最得她恩寵的下人，絕不誇張，師傅，我認為她很想要我永遠留在這裡陪伴她。我體會到您對我的教育付出多少心思，我非常感激，僅此表達我謙卑的感謝。我將永遠心懷無限感恩。請容我小聲說一句，我服侍您這麼多年，不曾獲取分毫報酬，希望我的工作至少能讓您滿意。我就直說了吧，師傅，您是否可以將我解職，並將我的身分文件寄來宮中？

隨信附上的木箱中，裝有路易十六國王陛下的石膏模，以他本人真實的頭部製作。陛下堅持由我操作，並表明不會再有第二次機會。我請他派人召您前來，但陛下不允許。於是我只好親自動手。請原諒小徒僭越，我盡可能以正確的方式完成石膏模，還望您能看出我的用心。接下來請運用您超群的技術完成這個蠟像。請將這個石膏模視作我給您的回報，也請您寫信給宮中，正式將我轉交給伊莉莎白公主，並寄送我的身分文件。

感謝您，

小不點敬上，原名瑪麗．葛羅修茲，

您在伯恩的舊僕。

兩週後我才收到回信，但並非我師傅所寫。

臭小不點，

妳害妳師傅多傷心，妳絕對想不到。過去幾天為了照顧他，我真是累慘了。我認為他可能會喪命。

搞清楚，妳的名字在這裡是汙穢的髒話，我絕不會交出妳的身分文件。

石膏模我收下了。妳花了這麼多年的時間，只給我們這一點沒用的東西，我想到都快吐了。

沒有王后，只有國王有什麼用？盡快取得王后同意，否則我們會把妳拖回這裡，到時候妳就等著被整死吧。

動作快！

誠摯地，

夏・皮考特（寡婦）。

我小心摺好那封信，信紙散發出非常強烈的戾怒。我跟佩利爾借了梯子，將信放在我的壁櫥最上層，那是我絕不會去看的地方。儘管藏在那麼高的地方，夜裡那封信依然會穿透三層隔板，進入我的夢中。

40

玩具與主人。

沒過多久，就發生了新的問題，因為我每天和伊莉莎白公主太過親暱，以致於忘記要擔心的問題。

「噢，我最親愛的心啊，」她打開我的壁櫥門，「發生了一件不可思議的喜事！有人寫信來要我。我要走了。我的心願實現了。我要結婚了！我會很想念妳，最心愛的心，不過我要結婚了！我要離開這裡了。我很快就會拋下這裡的一切。一切都會很順利。噢，上帝呀，謝謝您，我從心底感謝您。」

「不，」我說，因為這是我的專業，「不會是從那裡。」

「婚事已經宣布了！我的丈夫是奧斯塔公爵。奧斯塔公爵！」

在我聽來，奧斯塔很像主動脈*。她給我看公爵的肖像；他什麼都不像。伊莉莎白忙於準

＊注：奧斯塔（Aosta）與主動脈（aorta）拼法、發音相似。

※奧斯塔公爵

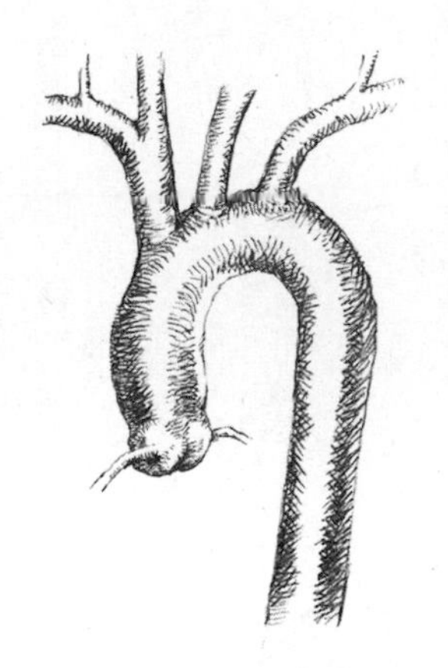

※人體主動脈

備婚事沒空來工作室，於是她吩咐我複製那幅肖像，這樣她就有一個副本，可以摺起來隨身攜帶。

因為她經常拿出來看，那幅肖像變得骯髒皺爛。

過了幾天，伊莉莎白又來敲我的壁櫥門。「以後我不可以那麼常和妳在一起了。」

「蓋曼內夫人禁止我們在一起？」

「蓋曼內夫人去當小公主的總管了。現在我的總管是黛安．德．波利涅夫人。瑞吉被送走了，就連孟孟也只能兩個月來一次。我的女官全換人了。我長大了，我感覺得出來。」

「那我呢？」我問。「波利涅夫人打算怎麼處置我？」

「噢，我的心，屬於我的心啊，這是嶄新的開始！我的心，我們這裡太擁擠了。我幫妳找個真正的房間好嗎？雖然會比較遠，但應該比較好。」

可憐的玩具，受寵愛的時間總是如此短暫；一旦壞掉了，或是有新玩具出現，就會被扔到遙遠的房間從此打入冷宮。無數世代的娃娃被放進戶外儲藏室任其腐朽。現在看過宮中許多地方，我已經不像剛來的時候那樣認為王宮是一隻金碧輝煌的大海怪，現在在我眼中，王宮是巨大的骨骸，巨獸被殺死後留下的屍體，我們住在裡面。我的新住處是真正的房間，冷冰冰、空蕩蕩，再怎樣也暖不起來。在這個哀傷的房間裡，我努力召喚埃德蒙的幽魂，但他不肯來。他消失了，再也不會來找我。

然而，遺棄玩具一段時間之後又重新拾起的事同樣常見，主人又重新找回喜愛；熟悉的感受有助於舒緩絕望。

奧斯塔公爵的婚約來得突然，但也去得很快，我搬進距離公主寢宮步行四十分鐘的新房間，只過了短短一個星期，婚約就取消了，理由很簡短，奧斯塔公爵同樣「不宜託付終身」。伊莉莎白只能接受。她立刻重新想起我，我又搬回壁櫥。

我回到壁櫥的那天晚上，伊莉莎白哭泣、顫抖之後，變得比之前文靜。那天晚上，伊莉莎白放棄了自己；她宣布，從此要將心力用來照顧受苦受難的可憐人民，她不會再對自己有任何期望。她要我把石膏耶穌從箱子裡拿出來，她抱在懷中，有如抱著她永遠不會有的孩子。那之後，我們的生活非常虔誠。從此只剩下我們了：伊莉莎白、我、石膏耶穌。每當我想吻她，她就會把我推開。

41

聖西爾教堂中的各種傷痛。

之後，時間都是以前往聖西爾教堂的次數作為計算。教堂裡，好幾間禮拜堂都有越來越多的人體器官，互相堆疊固定，幾乎看不見牆面。伊莉莎白的受苦受難可憐人進入第三階段，一個月又一個月過去了，終於舊的一年過去，新的一年開始，新年和舊年幾乎毫無差異，再下一年也一樣，所有時間幾乎都一模一樣，人民依然悲慘貧窮、無盡苦難，他們含淚咬牙說明身體哪裡不舒服。那些年、那些日子，他們真的非常痛苦，而且人數越來越多。不是每個人都樂意見到我們，有些人收下伊莉莎白的錢時神情冰冷。我們猜想，或許是因為氣候不佳、糧食歉收；另一個個原因則是其中一個人，他原本是馬僮，因為被馬踩到而殘廢。有一天，這個可憐人跛腳走進王宮乞討。衛士揍了他一頓，把他趕出去，後來他傷重過世。雖然給了補償金，但沒有用；那個人死去之後，貧苦人的態度變得惡劣。但伊莉莎白依然繼續前去探訪，我們寫下人們的名字，用蠟做出他們的患處。我們漸漸老去。儘管我們其實還算年輕，而且伊莉莎白公主比我更年輕，但層層塵埃堆積在我們身上，伊莉莎白逐漸變成老處女，徹底放棄對未來的期許。她的體內逐漸乾枯。

而且我們也換了住處。伊莉莎白公主的新寢宮，位在王宮西南翼走廊的最底端；雖然官方說法是為了避免她受打擾，但其實是為了方便遺忘她。從她的新寢宮可以看見大運河，但最重要的是能看見通往聖西爾教堂的路，我們總是望著那個方向。我們位在二樓；下方是王后寬敞的寢宮，上方則是馬廄總管的房間，我們經常聽見他穿著沉重的靴子走來走去。新的寢宮有七個房間：前廳、小前廳、臥房、更衣室、撞球室、藏書室、私人起居室。我的新壁櫥在臥房外；比原本那個少一層，我剛搬來的時候，壁櫥裡不太乾淨。之前住在這裡的人沒有妥善照料，在內側的牆上留下鞋印和刮痕。我清潔之後爬進去。裡面有很多螞蟻，剛開始的時候，甚至有隻老鼠偶爾會在底層出沒。

這段時間是屬於波利涅夫人的漫長四季。黛安·德·波利涅，王后新寵女官的小姑，長相醜陋、裝扮邋遢、皮膚鬆弛、嘴唇潮濕，一看到男人就吞口水。她對伊莉莎白毫不關心，她成功取得總管職位之後便清楚表明。伊莉莎白的寢宮中到處是波利涅的親信，她們大聲嘲笑伊莉莎白，且故意讓她聽見。伊莉莎白的朋友只剩下我和石膏耶穌。

馬考與蓋曼內擔任總管時，儘管規矩一大堆，但她們認真看待這份工作；她們的手段雖然偏激、嚴苛，但全都是真心為了伊莉莎白著想。波利涅與她們相反，她只關心自己。之所以有撞球室，也是出於波利涅的要求；因為安東妮喜歡上打撞球，所有貴婦紛紛仿效。伊莉莎白不斷退卻又退卻。宮中其他地方社交活動很熱鬧，經常舉辦大型宴會、園遊會、賭博，但我從不曾親眼目睹。我們聽見樓下傳來歡笑，樓上傳來腳步聲與甩門聲。雖然伊莉莎白才十七歲，感覺卻像三十歲。

「永遠不要離開我，我的身體。永遠不要走。」

我們過著安靜的生活，聖西爾教堂的側禮拜堂是我們最好的朋友。這些禮拜堂都以聖人命名。那段時間，我非常熟悉聖人，媽媽一定會很高興。

保祿的聖文森是一位古人，他奉獻人生照顧貧苦百姓，為他們建造房屋。我們在他的禮拜堂裡擺滿蠟模型，直到再也沒有空間容納任何一個疼痛的腎臟、骨折的手指，就連一隻看不清的眼睛也塞不進去。都爾的聖馬爾一定也是一位古人，他將斗篷割成兩半分給乞丐。沒過多久，他的禮拜堂就擠滿了壓爛的腿、腫脹的手臂、瘀血的軀幹、凹陷的頭顱、斷裂的鼻子、起水泡的嘴巴——全都是蠟模型，直到再也無法放進任何一絲悲苦。聖丹尼是巴黎的第一位主教，他的禮拜堂中也出現各種蠟製器官：裂傷的肋骨、爆炸的肺、衰竭的心臟、損壞的肝臟、刺痛的膀胱、無用的卵巢、扭轉的睪丸、發黃的皮膚、痛楚的殘肢。各種疼痛、各種苦難，如此貧困。

主教很擔心：他的教堂要被占領了，他的聖地塞滿蠟做的器官，簡直像肉鋪。但我和伊莉莎白公主並未因此停止。正如同聖西爾本人，從未長大成人的他，因為堅持自己是基督徒而被殺，被砸在牆上頭破血流而死，伊莉莎白也要為了其他人的苦難而犧牲自己。伊莉莎白渴求痛苦，用其他人的痛苦讓自己不那麼痛苦；這些貧苦的凡人充實她的生命。她對慘劇上癮。我們堆起器官。白天各個時段都會有人來敲我的壁櫥門，有時甚至連深夜也來，召喚我去工作。伊莉莎白對小蠟像充滿信仰——這些東西證明了她的心意——即使對貧苦人民而言毫無意義。

「快來、快來，我的心，我們有好多事要做。」

我在凡爾賽宮度過青春年華。我的樣貌變了，我變得更瘦，稜角分明，比較安靜。我在燭光照明下躲在壁櫥裡畫圖，當我畫錯的時候——我到現在依然會畫錯——就用一小塊植物膠擦去，這是藝術家最新的工具。伊莉莎白永遠有最新、最好的東西。再會了，麵包。

我和伊莉莎白一起消磨時光，在堆滿人體器官的房間裡，在充塞蠟製肉體的廣大寢宮中，我們的生活充斥著化為實體的祈禱。

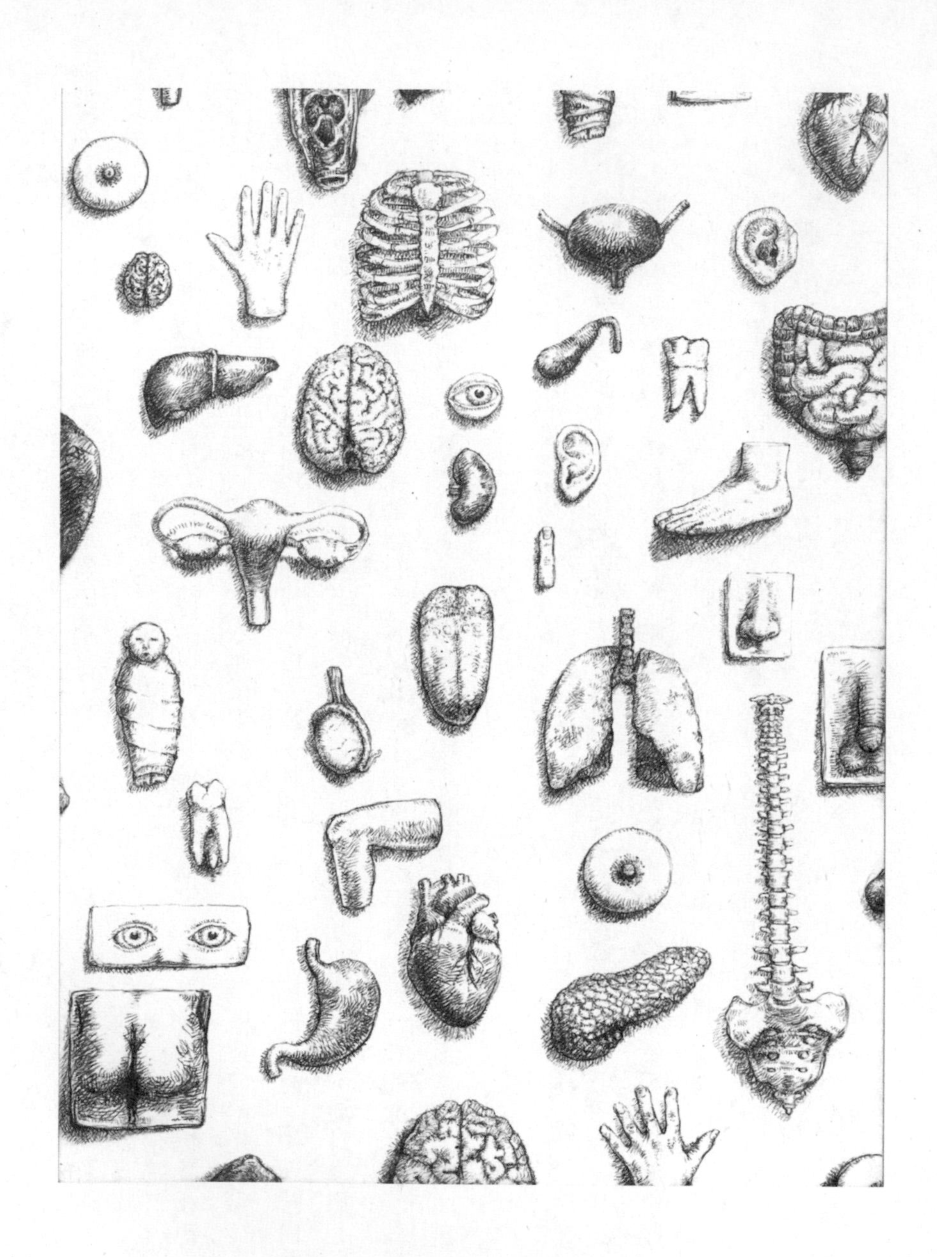

42

瑪麗創作第四批頭。

一直以來，禮拜日永遠是我在宮中最空閒的日子。禮拜日，伊莉莎白幾乎整天都和家人一起待在教堂，不需要我服侍。

禮拜日，我大多會花差不多一個小時打掃壁櫥、開門透氣，不然就是和佩利爾一起喝點麥酒。我和佩利爾會聚在一起討論人體。一個禮拜日，她因為親戚身體不適而出宮回家（我們為他祈禱，製作了食道模型），我覺得有點寂寞。雖然我已經很久沒有到處亂跑了，但那天我還是走出了伊莉莎白的寢宮。波利涅的僕人冷笑著讓我出去，於是我自由了。我遇到一群來參觀的巴黎民眾，他們行色匆匆，走向之前去看王后生產時的那條路。反正我沒有別的事要做，於是決定跟著去。國王的御用守衛室外大排長龍，我們也被趕去排隊，在王后前廳外的一個狹窄入口，我們被攔下來，這間前廳也稱為進餐大廳。守衛在這裡檢查民眾服裝，決定是否放行。通過檢查之後，我們獲准進入。

一開始，眾人搶著進來的地方似乎沒有什麼，只有幾個瑞士衛隊的人圍成一圈，每個人的帽子上都插著三根白羽毛。不過，當我從他們之間看過去，發現一張馬蹄形的餐桌，周圍擺著幾張高背椅，王室所有成員都坐在那裡。

他們在用餐。

一開始，我懷疑那些人只是製作精美的人偶，以發條運作，他們舉起湯匙就口、用刀叉切肉的動作實在太過於機械化。但我看到王后眨眼睛，我看到國王吞嚥。我看到國王的弟弟普羅旺斯伯爵露出大大的笑容，國王的另一個弟弟阿圖瓦伯爵也笑了，其他人都很沉默，但這兩兄弟開始交談。我也看到伊莉莎白，她有一口、沒一口地吃著。她的左右兩邊各坐著一位年長婦女，一胖一瘦；我猜她們應該是她的姑姑。王室成員大多只是撥弄食物，沒有真的在吃，他們身後站著幾個人，協助王室成員享用王室餐點。看得出來，王室的人並不樂意，他們不喜歡被這麼多人盯著看，但另一件事也很清楚：王室成員也只是人，而且觀賞他們非常有趣。

沒過多久，我們就被趕出去。

「那叫公開進餐。」佩利爾告訴我。「每個禮拜日都會舉行。妳不知道嗎？」

「每個禮拜日？」

「除非他們不在宮中。」

「誰都可以去？」

「必須服儀整齊才可以。男士必須配劍、穿長襪、戴假髮。不過就算沒有這些東西，進宮前可以在閘門外租用。」

「所有人都可以來看他們？」

「只要服儀整齊就可以。」

「為什麼？」

「路易十四的規定。他宣布一般人民應該有機會見到王室全體成員，一週一次，唯一的條件就是必須服儀整齊。」

下個禮拜日我又去了。接下來的每個禮拜日我都會去。一開始，我告訴自己這麼做是為了守在伊莉莎白身邊，但後來我不得不承認，其實我想看法國王室全家用餐。我會躲過黛安·波利涅的那群女官，急急忙忙跟上民眾。我們必須排隊入場，瑞士衛隊的人更是經常擋住我們的視線，他們負責隔開我們這些平民與他們那些王族。去再多次我也不膩，滿懷期待等候禮拜日到來。不久之後，我開始帶紙筆去，畫下每個人的素描，並且寫了很多頁的筆記。

現在，當我閉上眼睛，就會看到王室成員咀嚼的模樣。我看到食物被咬碎，我看到吞嚥，我看到王室嘴唇上的碎屑。整個王室家族都不肯好好扮演他們的角色；王后始終戴著手套，那些慎重擺在她面前的餐點，她連看都不看一眼。我師傅一定會看到入迷。

回到臥房，也就是我的壁櫥，我動手憑筆記畫出王室成員的頭像。我不該這麼做，因為沒過多久，就像我師傅一樣，我開始渴望要把這些臉做成蠟像。當我手中拿著蠟做的肺，心裡渴望能裝上鼻子；當我拿著肝臟，便渴望能做出嘴。

念頭一冒出來，我再也無法壓抑：一群人同在一個場景裡，完整的全身蠟像，彼此接近、來回互動。猴子屋從來沒做過這種展出，能帶來新鮮感。什麼場景呢？當然是「王室家族進餐」。王族嘴巴張開，王族臉頰鼓起，王族下顎上下移動，王族喉結起伏。

每個星期我都畫他們的素描。我從來沒有告訴任何人。一個月又一個月過去，畫像越來越多。隨著時間過去，我開始擔心師傅可能看不懂我的註記，或許由我自己動手做比較好，以免出錯。我說服自己，他們拿到以後可以再做調整，或是乾脆丟掉，隨他們決定。以這種方式，我著手製作王室家族。以這種方式，我欺騙自己。

一旦開始動手，我就無法停下來，那些頭徹底占據我的人生。我沒有告訴伊莉莎白這件事，我擅自取用工作室的東西。我們已經用了那麼多黏土，所以我再多用一點，也不會有人覺得奇怪。接下來的石膏也是同樣的狀況，甚至連蠟也一樣。我訂貨時稍微增加一點量，每次都會準時送達，沒有人過問。事實上，王宮裡的人不懂珍惜物品；他們從來不認真思考物品的價值，總是隨便亂丟，好像永遠取之不盡、用之不竭。他們完全不知道蠟有多厲害。他們從來無法理解蠟燭的尊嚴與哀傷。他們從來不會連續好幾個小時坐著，靜靜鼓勵物品成形。他們不懂，也不在乎。

一顆頭。又一顆頭。再一顆頭。一張嘴又一張嘴。吞嚥又吞嚥。我捕捉他們。我調整黏土，每個禮拜日我都回去確認、進行修改，然後重新開始，停止、放棄，然後又開始。用餐的王室成員逐漸成形。重做國王的下巴；重做王后的耳垂；重做伯爵的前額。重做又重做。觀察，仔細觀察，這樣不對，還不行，抹去重來、拆掉重做，仔細觀察，專注。我永遠做不出來。我一定能做出來。我永遠做不出來。

我花了好幾月的時間。不，好幾年。我趁伊莉莎白去陪兩位姑姑的時候工作，也經常趁宮裡的人入睡之後工作。一開始只有四個：國王、王后、兩位伯爵。四顆頭，骨架釘在木板上，每晚工作結束之後，我用溼布蓋起來藏在我的壁櫥裡。後來數量變得太多，我偷偷拿去藏在工作室的壁櫥裡。只有頭。身體之後再做就好。

頭的基本形狀其實很快就能做好，但接下來要花好幾月的時間修改。到了最後，我很可能會盯著黏土頭好幾個小時，只做出一個小小的變動。思考兩個小時，最後只加上一塊米粒大小的黏土，然後上床睡覺繼續夢見黏土頭。但他們的皮膚是黏土皮膚，黏土皮膚很平整，沒有毛孔，人類的肌膚應該要有缺陷和毛孔才對。我跟伊莉莎白說我想在壁櫥裡吃柳橙，於是她命人送來給我。柳橙皮像人類的皮膚一樣，有毛孔。我用柳橙皮鑄模，發現可以將陰面印在王族頭像的黏土皮膚上，製造出細節，真正的人頭會有的小小缺陷。我後退觀察。我拍手。

以這種方式，我製作石膏模。我將石膏覆蓋在黏土臉上，彷彿企圖謀殺我自己的作品，取下石膏時黏土頭也毀了。我調製蠟，倒進模子，打開之後——出現了、出現了！原本只是黏土的東西，現在有了蠟做的皮肉。那個是王后嗎？高前額、下唇突出？我閉上眼睛，重新再看一次。那是王后，不是真人製作的模型，而是靠觀察塑造出來的？閉上眼睛。重新睜開。沒錯，我想，確實是。王后本人。

蠟像也有我的痕跡。我自己留下的痕跡。我的雙手、我的想法。這是王后，但也不只是她。瑪麗．葛羅修茲也在裡面，一起存在於那個蠟頭中。領悟到這件事之後，我再也無法停止。我整顆心只想做這件事。

我繞著王后的頭跳舞。妳是我做的。是我做的。歡迎來到這個世界。

「好吵喔，妳會吵醒所有人！」佩利爾來了。「怎麼回事？妳在做什——那是王后，對吧？」

「再說一次。」

「那是王后！」

「再說一次，可愛的佩利爾！」

「那是王后！」

是王后沒錯，接下來換國王（又做了一次），然後是阿圖瓦伯爵、普羅旺斯伯爵。我的王室家族。夜裡，或伊莉莎白不在的時候，我和王室蠟頭坐在一起，對他們說話，彷彿我也是這個家族的一分子。我寧願和我的蠟頭在一起，也不想和真正的人相處。我留著他們一段時間；我好愛他們，我的第一批蠟頭。我的王室家族肯定會在展覽館引起轟動，我在壁櫥裡這樣告訴自己。等他們拿到這些頭，一定會准許我留在宮裡。我要再次請師傅放我走，我這樣告訴自己。當然，我撒謊了。我想得到讚賞。誰不想呢？所有人都想。

於是我背叛自己。

我送走這些頭。

我寫信說明每個頭的身分，並且附上我的大量素描。每個蠟頭都放在各自的石膏模中，分成兩半的石膏模用繩子緊緊綁住作為保護，然後裝箱送往聖殿大道。我閉上眼睛，想像他們拿出這些頭。我幾乎有點難過，因為我無法親眼目睹，不過這裡才是我的家，我屬於這裡，這個壁櫥，和伊莉莎白一起在工作室裡。現在我必須忘記那些王室蠟頭，我告訴自己，把心思放在我曾經深愛的其他人類身上。但我真的好思念那些頭，沒有他們，生活變得多麼枯燥。

一週後，我收到師傅的來信：

親愛的小不點．瑪麗．葛羅修茲，

我和皮考特寡婦下週日將前往凡爾賽宮，親自觀賞公開進餐，判斷蠟像的相似度。希望妳來鬧門和我們會合，帶我們參觀妳離家這麼多年生活的地方。

容我提醒，我是妳的師傅，

柯提烏斯。

43

我的家人來到凡爾賽宮。

乘客從馬車下來。絕對是他們沒錯。凡爾賽宮的人遵守規定、謹守本分，雖然他們的衣著鮮豔繽紛，但個性卻不一定精彩。猴子屋的人喧譁吵鬧、得意洋洋，遠遠就能知道他們來了。他們不適合凡爾賽宮，他們不適合宮殿，他們不該身處在這樣的建築中。兩個世界在我眼前碰撞。

柯提烏斯醫生，整個人非常長、非常緊繃，有如穿上閃亮新衣的老蒼鷺，站在王宮前感覺很突兀，他的左邊臉頰上有個大黑點。

「師傅！」我大喊。「我在這裡。」

「是妳嗎？」他說，親熱的笑容讓他的臉幾乎裂成兩半。「真的是妳！是妳沒錯！妳好嗎？」

「師傅！柯提烏斯醫生！」

「瑪麗，小不點瑪麗。」

「小不點！叫她小不點就夠了。」一個宏亮的聲音說。是寡婦，臉龐紅潤、態度焦躁，揮舞手杖，裝了裙撐的龐大裙子讓她顯得非常彆扭。她在抽雪茄。

「夫人！」我說。

「妳害我們費這麼大的工夫。」

「小不點！」有人大喊。是雅各，跛著腳，身上的背心讓他很難受。「日本來的南京黃棉布！」

「噢，雅各，」我說，「親愛的雅各。我離開之後發生過怎樣的殺人案？多少人上絞刑臺？」

「很精彩！很多！」

全家人都來了，除了埃德蒙，可想而知。他不在場，也沒有人提起他。而且還多了幾個人，全都是少年，穿著一模一樣的服裝，外套上有個紅色玫瑰胸章，中央印著一個C。雅各有個專屬的手下，一個長相粗野的少年，頭髮剃光。

「這些孩子是誰？」我問。

「還用問嗎？」寡婦說。「妳走了以後，我們的事業如日中天，雇用的人也更多了。我們總不能等妳回來吧？」

「當然，夫人。」

「我們多了二十四個人，而且現在也不只有一棟猴子屋了。我們連房子也增加了！」

「房子！老天！」我驚呼。在我看來，不只建築物大幅增加，連寡婦本身的體積也增加了不少。「真是想不到。」

「我記得妳根本不太用腦，只用小小一部分。妳被稱做小不點，不就是因為這樣？」

兩個少年扛著沉重的紙箱。

「那些是什麼東西？」我問。

「不關妳的事。」寡婦氣呼呼地說。「快來吧，帶我們進去，讓我們見識一下。我們大老遠跑來不是為了看妳。想也知道吧！」

我帶她參觀我曾經眺望過的窗戶，指指天花板。沒過多久，御用禮拜堂敲鐘了，我們該進去了。寡婦的眼睛到處亂看。我師傅配戴著租來的劍，看起來像激動搖尾巴的靈緹犬。

「你們喜歡我做的頭嗎？」我問。

「這裡怎麼這麼髒？」她問。

「因為太大了，」我說，「實在太大，所以無法保持清潔。而且還有野貓。我的壁櫥裡甚至有老鼠。我做的頭？」

「什麼人都可以進來嗎？」寡婦觀察排隊準備參觀進餐的人。「當然啦，我們和這些死老百姓不一樣，」她用很大的音量說，「我們家的孩子可是伊莉莎白公主的御用藝術家呢。從這裡進去是什麼地方？」

「公開進餐的時間到了，」我說，「我們要快點去。」

「誰也不准催我。對吧，柯提烏斯？」

「噢，沒錯。小不點，不可以催她。」

其他人已經在守衛室等候了，那兩個扛箱子的少年匆忙拿出裡面的東西。原來裡面放著我做的頭，國王和王后。

「不行，拜託！」我大喊。「不可以帶進去。千萬不可以！」

「我們一定要帶進去，」寡婦說，「這樣才能判斷像不像。」

我無法阻止他們。一直都是這樣。他們進去了。首先是寡婦，然後是柯提烏斯，再來是拿著蠟頭的孩子，最後是雅各和他的小跟班。我沒有像平常那樣往瑞士衛隊那邊擠，而是待在靠窗的地方，因此接下來發生的騷動，我躲過了大部分。

這次和我之前來的時候不太一樣，以前大家都會乖乖排隊入場；這次卻是一大群人圍在馬蹄形餐桌前，以瑞士衛隊作為分隔，所有講話的聲音都來自群眾這邊。另一邊的王室成員只是呆望著，不是看食物，而是那群平民。

這時我看到那兩顆頭，我做的頭，但不是拿在我手裡。我的國王和王后，出現在真正的國王和王后面前。一模一樣！

一開始，我承認我非常開心，而且也承認是我做的，然而，疑慮突然悄悄爬上心頭，逐漸擴散、感染。高舉在半空中的那兩顆頭沒有身體；更糟糕的是，連頭髮也沒有，因為還沒有裝上假髮，所以感覺像是被剃光頭髮。他們赤裸裸、光溜溜，非常可怕。原本應該有眼睛的地方，現在什麼都沒有，只有兩個空空的眼窩。這兩顆頭彷彿直接從解剖室送來，彷彿國王與王后看見了死後的自己。這不是我的用意。這樣不對。多麼可怕的錯誤。他們根本不該出現在同一個地方，我的國王和王后不該和真人相遇。

這時我聽到非常特別的拍手聲。肯定是柯提烏斯沒錯。我心裡想，多美妙！果然非常美妙！不過，很快我就聽到一聲驚呼，女人的

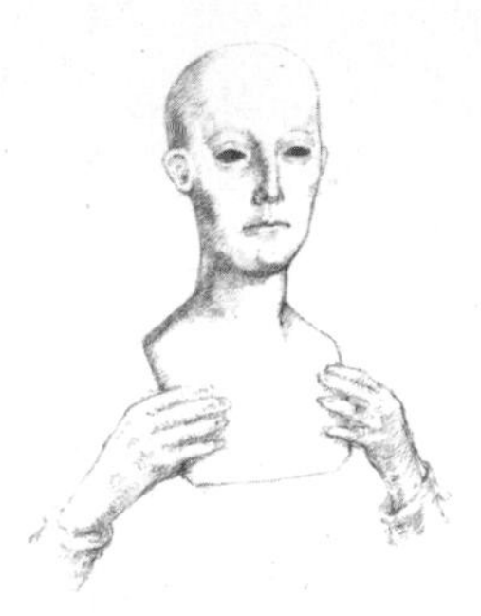

驚呼，有人咆哮，聲音很像狗吠，接著是吶喊、尖叫、哀號。

我跑走。

我逃逸。

我躲藏。

44

關上壁櫥門。

◆
◆
◆

波利涅的打雜女僕終於找到我，我躲在他們養狗的院子裡。我立刻被押回伊莉莎白的寢宮，推進我的壁櫥裡，門從外面鎖上。我在裡面待了或許有一個小時那麼久，波利涅親自來抓我出去。兩個僕人撩起我的裙子，波利涅揮舞藤條，用力打了二十下。我都已經快要三十歲了，竟然還被當作孩子處罰！打完之後，我又被關進壁櫥，呼吸困難、傷心抽痛。

被關在壁櫥裡，沒有蠟燭，我躺在黑暗中，透過鎖孔看外面。沒有人停下腳步。伊莉莎白來過一次，一路跑來壁櫥前，但波利涅的手下緊跟在後，她還沒機會跟我講話，就被拉走了。

我從鎖孔看到他們清空伊莉莎白公主的工作室。所有蠟、繪畫、裝清漆和油的瓶罐、所有工具，全部被清掉了。我大吼大叫，用力踢壁櫥門，但沒有人來。

門終於開了，佩利爾站在外面，溫柔地叮嚀我不要說話。由她口中聽見這句話真的好奇怪。然後，我發現壁櫥門上掛著一個東西：一個蠟做的東西，用線掛在上面。我原本以為伊莉莎白是來找我講話，但現在才知道，原來她只是來把這個東西掛在門上。那是一個製作精良的蠟模型。

「我是個好老師，」我說，「毫無疑問。」

那個蠟製器官下方的告示寫著：

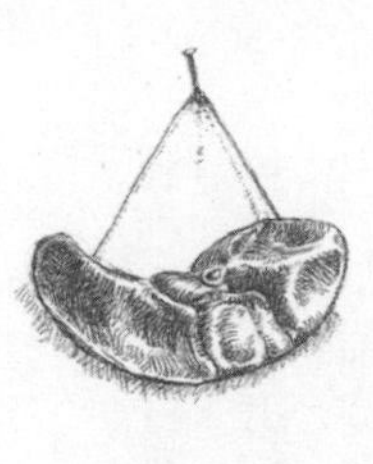

這個壁櫥裡放著
伊莉莎白公主的脾藏
切勿驚擾

佩利爾小聲說伊莉莎白現在願意見我了。

我進去。那個房間，平常就很不屑了，現在更是凶惡。

「妳得回家了。」伊莉莎白說。

「這裡就是我的家。」我說。

「我只是借用妳一段時間，現在那段時間結束了。」

「我不懂。」

「妳師傅需要妳。」

「可是我不想走。」

「妳的想法無關緊要。」

「我應該要留下來和您在一起。」

「妳不屬於我。」

「我還有很多東西可以教您。還有很多、很多。」

「已經夠了。」

「我可以一個禮拜回來一次嗎？我想看您。」

「葛羅修茲，聽我說，我的身體，聽我說。我永遠不會再和妳見面了。」

「怎麼會？」

「那兩個可怕的頭，沒有頭髮、沒有眼睛。王后非常震怒。那兩張臉的嘴巴張開、臉頰鼓起。簡直像在普通酒館的普通人。」

「我不是故意——」

「確實不是，從來不是。妳沒有取得許可，直接拿走。妳的雇主必須支付罰金。因為我求情，他們才沒有入獄。妳的那群人之中有一個相當粗暴，衛士不得不壓制他。我們照顧妳，讓妳衣食無缺，我們總是以關愛、關心對待妳。結果妳卻把我們做成豬圈裡的豬。」

「不，我只是忠實呈現王室的外表。只是忠實呈現而已。」

「妳沒有資格批判我們。」

「我沒有。」

「妳沒資格看我們。僕人沒有資格看國王和王后。瑪麗，妳竟然做出這麼糟糕的事。妳怎麼可以做那些頭？」

「求求您，伊莉莎白，請您相信我。我情不自禁。現在我真的知道錯了，非常對不起。不過，在我工作的當下，我感受到非常強烈的需求，我身不由己。我絕不會再犯。」

「對，妳絕不可以再犯。」

「我保證。」

「已經太遲了。」

「和您在一起才是我的歸屬。」

「不，已經不是了。」

「伊莉莎白公主，您該不會要把我趕出去吧？」

「瑪麗．葛羅修茲，妳的師傅堅持要妳回去，此外，現在我也必須長大了。我必須捨棄妳。我再也不會見妳。我不能繼續玩耍。他們說放任我一個人太久了。」

「您一個人？我一直和您在一起。」

「獨自一個人這麼久真的很不妥。以後我會更常和兩位姑姑作伴。再見，瑪麗．葛羅修茲。要想我。不、不，不可以碰我。絕不可以。」

「是我呀，是您的心在說話。聽我說，我求您。我想要和您在一起。」

「不，我今天不會哭，我已經忘記要怎麼哭了。」

「我在哭。」

「下人不該有感情。妳只是感冒。我會幫妳祈禱，希望妳早日康復。無論妳有怎樣的感受，壓抑住，藏在心裡，絕不可以流露。妳的樣子真怪。妳一直都長得這麼不討喜嗎？很可能是吧，只是我看慣了。」

「以後您該怎麼辦？以後您會怎樣？」

「妳竟然曾經以為我們長得很像。現在不會有人那麼想了。」

「這個禮拜還沒過完，您就會變成老姑姑了。」

「再見，瑪麗。」

「您會召見我。您總是說您會召見我。我會等您。」

「再見。再見。」

「我不能道歉嗎？您看不出我有多麼、多麼後悔嗎？」

她給我的最後一份禮物，就是那個蠟做的脾臟。

「伊莉莎白！」

於是我懂了，心愛的人不只會成為禁忌，然後被送給別人，而且就算你愛一個人，他們也可能從你身邊逃離，就算張開雙臂，他們也不會投入你的懷抱。我愛的伊莉莎白已經不存在了。只剩下空殼，石膏假人。空洞。裡面只剩下出不去的滯悶空氣。我好想將她砸破。

我獲准拿出壁櫥裡的私人物品。

我塞在這個世界的小角落。我從來不會以輝煌偉大的姿態出現。我找到小縫隙住進去。現在又一個縫隙關閉了。

我將東西整齊收進行李箱。箱子先送下來。我打開她的臥房門，看到石膏耶穌的家。

「你要跟我走。」我說。「小心不要從高處的窗戶墜落。」然而，當我打開那個絲絨內襯的箱子，他不在裡面，他陪她出去了。他擊敗我。一個鐘頭後，我去向伊莉莎白道別，那個存放戾怒物品的房間門前，有幾個男僕看守，他們不准我進去。我需要做最後一個頭；我不能沒有那個頭。

「伊莉莎白公主！伊莉莎白公主！」我大喊。「求求您，伊莉莎白公主，我從來沒做過您的蠟像。我一定要有才行——不是為了展示，只是為了我自己一個人。噢，求求您，伊莉莎白公主，您的心在呼喚您！如果您堅持我是您的脾臟，那就這樣吧。求您回答我！」

一位女官來了。

「孟孟！孟孟！感謝老天，來的是妳。讓我進去好不好？」

「妳弄錯我的名字了，我是孟司蒂爾—梅林維爾侯爵夫人。」她說。「我們不認識妳。凡爾賽宮裡怎麼會有這樣的人？」

「拜託，孟孟……」

「不要跟我說話。」

「拜託，我一定要向伊莉莎白公主道別。」

「她已經不需要妳了。」

「我可以看看她的臉嗎？一下子就好。」

「妳必須立刻離開。妳沒資格待在這裡。」

她轉身走開，孟孟走了。如此決斷，我從來沒看過這樣的她，非常有大人的樣子。公主寵愛的人，最後只剩下孟孟與彩繪石膏耶穌。僕人帶我下樓，一邊一個抓住我的手臂，匆忙拉著我離開。

他們在走廊上催我快走，我看到要打包離開的人不只我一個。走廊上到處是行李箱，僕人跑來跑去，拿著用布包裹的物品。「他們要去哪裡？」我問。「他們為什麼要離開？」但沒有人回答我。

雅各在宮門外等我。我很高興見到他，但他的兩隻眼睛都瘀青了，前額有一道傷口，他對我的態度生硬彆扭。那個長相粗魯的男孩站在他身邊，同樣滿臉瘀血。

「他們打你嗎，雅各？噢，雅各，要是他們打你，我真的很抱歉。」

「沒有人能傷害雅各，」他說，「那是不可能的事。」

馬車上路，我心中只想著愛。我曾經愛過埃德蒙·皮考特，但他被奪走。現在我的一邊口袋裡放著一顆心，另一邊放著脾臟。只要有這兩樣東西作為證明就足夠了。我曾經站在世界上。我曾經用蠟留下小小的痕跡。她一定會派人來找我，我想，她絕對會派人來找我。

「我的壁櫥！」我大喊。「我要我的壁櫥！」

但我的壁櫥上鎖了，我再也進不去，也永遠要不回來。

第五部

1789 ～ 1793

人民宮殿

二十八歲到三十二歲

45

入口與出口。

回巴黎的旅程中，雅各一直呆呆看著我，他的平頭小跟班也一樣。我察覺，如果想聊天，必須由我先開口。

「雅各，這位小朋友是誰？」

「他是我的孩子。他叫艾彌爾。」

「你好，艾彌爾，真高興認識你。我是瑪麗。」

艾彌爾齜牙咧嘴。

「他和你一模一樣！」我驚呼。「你以前也會那樣！」

「他有點喜歡模仿我。我不介意。他是我的孩子，他領薪水來幫我忙。」

「他有薪水？」

「我們全都有。」

「看來真的改變了不少呢，多了這麼多新人。」

「沒錯，而且也比以前大了很多。我也有了我的艾彌爾，我們全都相處得很融洽。」

艾彌爾對我低吼。

「艾彌爾，她是好人，她是朋友。只是離開很長一段時間。」

「現在我回來了。」

「嗯。妳回來了。」

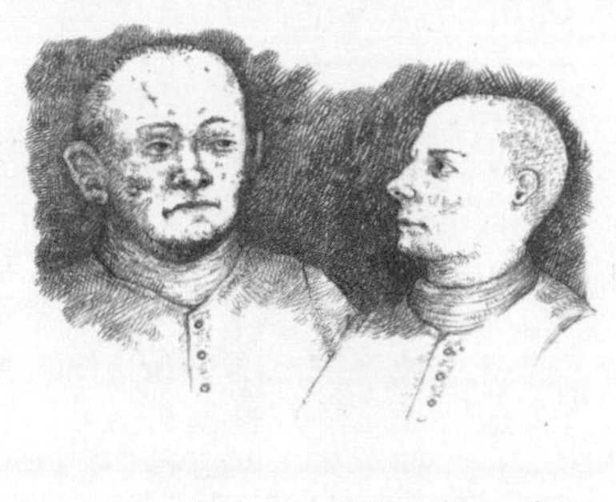

一開始我以為雅各．貝維薩吉變胖了，但他增加的並非肥肉，我猜應該是感情。他多了羈絆，成為人父讓他的臉上多了一絲溫柔。我不在的時候，他找到另一個可以寄託愛的地方。雖然這樣很好，但我依然感到一點刺痛。

回到巴黎，我們穿過蜿蜒擁擠的街道，這裡比我記憶中更髒亂，我們一路抵達大道。我終於看到了。

猴子屋，我不在的這段時間，房子變得好巨大。

我覺得有點羞怯。就好像十年不見的老朋友，原本苗條清瘦，現在卻變得臃腫壯碩。曾經年輕，現在步入中年，體型也隨著年齡變得厚重。

現在前面的大門不只一道，而是兩道，一邊標示「入口」，另一邊標示「出口」。老鄰居小世界劇場被拆掉了，猴子屋擴張到那片土地上。右手邊，以前開棋館的那片地，那邊也是猴子屋擴建的範圍。

這所有新建築都有高聳的金屬欄杆保護，巨大閘門上有尖刺，雅各帶我走進去。閘門高處掛著亨利．皮考特的迎客鈴。我走向標示「入口」的門，但我還沒走上臺階，雅各就抓住我的手臂。

「小不點，走後面。我們要從後面進去。」

我跟著他走向側門，進入一片陌生的天地：空空的牆壁、骯髒的地板，許多少年跑來跑去，每個人都忙得不可開交。後門邊堆著幾個店鋪假人。我認識他們！親愛的埃德蒙．皮考特去了提克雷印刷廠，這是他留下的最後痕跡。其中一個假人留著八字鬍。看到他們我感到非常震撼。雅各拉著我往前走。

「這邊走。」他說。「快走吧。不能讓他們等。」

我在廚房看到佛羅倫斯．畢布羅，她依然油油亮亮，只是多了更多皺紋、皮膚更鬆弛，一個穿圍裙的瘦小女孩在一旁幫忙。

「妳好啊，佛羅倫斯！」我大聲說。「妳記得我嗎？我好想念妳煮的菜！」

「滴滴滴滴滴，滴滴滴滴。」她像以前一樣，發出細細的笑聲。

「好了，小不點，快走吧。不要惹他們生氣。」

我被帶去一間書房。地上放著許多金屬水桶，大部分都塞滿雪茄菸灰和菸屁股；四面牆壁都掛著印刷的肖像，中央的大書桌上也放著。雅各要我在這裡等，然後就離開了。

我之前也做過這樣的事，我想著。和我進宮的第一天一模一樣。只是這個地方和凡爾賽宮多麼不一樣，這個房間也很不一樣。不久之後，皮考特寡婦開門進來，紙上的肖像彷彿集體恐懼顫抖。她非常巨大，有無數黑痣，毛髮旺盛，眉毛和嘴唇都畫得很濃。穿著漂亮衣裳的美貌蟾蜍，好勝、殘忍、易怒。她的頭髮依舊束起，藏在蕾絲大軟帽下看不見，但現在我發現，她的衣服有點髒、有點舊。

「妳竟然有臉來這裡。」她說。「王宮吐出來的髒東西，為什麼我們要接收？」

「我想回去，」我說，「我不想留在這裡。」

「可惜妳永遠不能回去了，髒東西，認清現實吧。」

門再次打開，印在紙上的頭再次顫抖，這次進來的人穿著絲綢衣裳、撲了粉，但那蒼白消瘦的體格，確實是我親愛的師傅沒錯。他又瘦了不

少，衣服和首飾很新、很閃亮，但裡面的他衰老傷心。那顆美人痣現在移動到他的下巴了，但並沒有讓他變美。

「親愛的皮考特寡婦。」他說。

「柯提烏斯醫生。」她頷首。

「妳過得好嗎？」

「還行！還行！」

「我自己也過得很不錯。」

「太好了。」

從這段寒暄判斷，寡婦和我師傅並沒有天天見面。

「她要回來。」

「我想回凡爾賽宮。」我說。

「可是他們不要妳了，瑪麗。」我師傅說。「他們把妳送回來了。」

「我已經跟她說過了。她不相信我。」

「伊莉莎白一定會叫我回去。」我說。

「看妳惹出多大的麻煩。」寡婦斥責。「雅各被瑞士衛隊打傷。他的頭都流血了。那些人是妳的同胞。」

「我很抱歉。」

「妳當然要抱歉！」她說。

「我要負責頭髮嗎？像以前一樣？」我問。

「我們叫妳做什麼，妳就做什麼。」寡婦說。「或許妳在王宮待過，但我們這裡也是王宮，猴子屋大王宮。以後不准給我提起另外那個王宮的事。」

「是，夫人。」

「放蠟的櫃子鑰匙也不能給妳，瑪麗。」柯提烏斯接著說。

「當然不能。」寡婦附和。

「妳還有很多東西要學，瑪麗，但要做的頭和手非常多，所以妳必須立刻上工。」

「真的？」我問。「謝謝你，師傅。非常感謝。」

「少給我得意忘形，」寡婦說，「也不准給我到處亂跑。閣樓很危險，那裡的房間不安全。亂跑上去妳會摔死。改建猴子屋的建築師建議我們絕對不要上去。」

「是，夫人。請問一下，夫人、師傅，你們會展出王室進餐像嗎？」

一陣沉默之後，寡婦嘀咕：「雅各不能白白挨打。」

「也就是說，會展出？」我輕聲問。「會展出！」

「她好吵，我不喜歡，從來都不喜歡。」

「我可以像其他人一樣拿到薪水吧？現在總該給我錢了吧？」

「我受夠了，」寡婦說，「我本來就不想來，搞得我心情很差。我要走了。晚上會再回來，說不定會更晚。有事找我就派個孩子來。我要去和高尚的人在一起。」

她走了，帶走所有話語。我和師傅站在那裡，呆望著對方，都不知道該說什麼。終於師傅摸摸他的美人痣，喃喃說：「她要去王家宮殿，她在那裡有另一個展示廳。奧良公爵曾經親自蒞臨，也是他恩准她在那裡做生意。」我沒有回答，他接著說下去。「現在她幾乎都待在那裡，抽她的雪茄。最好的蠟像都在那裡，那些上流社會有頭有臉的人。那個地方非常豪華。多上流的地點、多昂貴的租金！我們這裡則展出所有罪犯與畸形人。妳懂了嗎？所有壞的都在這裡，好的都在那裡。她照顧好人，我管理其他三教九流的人。這是必要的調整，妳知道。現在我們的生活變成這樣了：分開。」

「師傅，自從我離開之後，展覽館擴大了很多。」

「是啊，」他溫和地說，「生意很興隆。」

「不好意思，師傅，我很難不看見。你的下巴上有東西。」

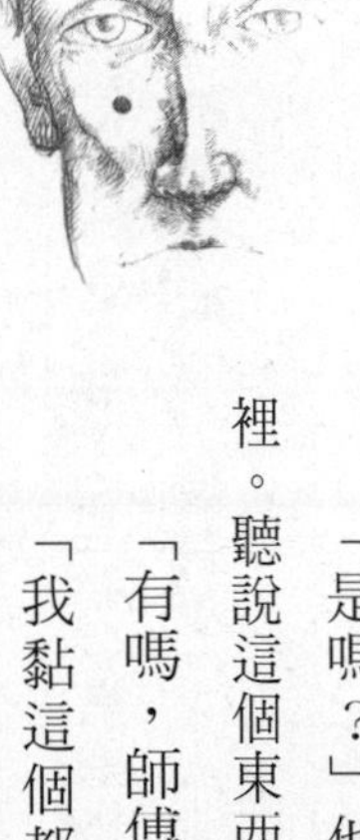

「是嗎？」他摸摸那個黑色圓點。「噢，嗯，我差點忘記有東西黏在那裡。聽說這個東西能增加魅力。」

「有嗎，師傅？」

「我黏這個都是為了她。妳知道嗎，小不點？這玩意花了我三十五利佛。這是最高級的質料，看得出來嗎？黑色塔大塔綢。我總是搞不清楚要黏在哪裡。有時候黏在臉頰上，有時候黏在上唇旁邊。最近它常跑來我的下巴，大概這裡最舒服吧。不過，瑪麗，其實我只是白費功夫，她根本沒注意。」

他再次沉默，然後惆悵地悠悠嘆息，輕輕搖頭。「跟我來吧。」

我們走過的地方不是舊的猴子屋，而是我以前沒看過的擴建區域，我問他：「你喜歡那些頭嗎？我做的頭？一點點？」

「我現在全身到處疼痛與抽搐。」

「師傅，從離開伯恩到現在，我們走了好遠。」

「伯恩？我記得那裡，小不點。是啊，真的走了好遠——沒錯！我真的走了好遠。」他的腳步越來越快，好像有人在後面追趕。「我可以跟妳說一件事嗎，瑪麗？大家終於發現我

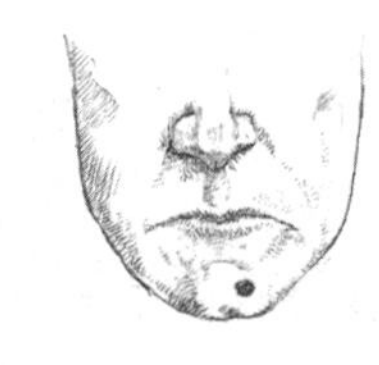

了。現在我是社會平等大師。我讓人的地位變得平等，懂了嗎？有人寫文章介紹我——我看過了！——小不點，現在他們說我是社會平等大師。」然後他的視線回到我身上，感覺彷彿剛走出夢境。「噢！親愛的瑪麗，」他說，看著我的眼睛，第一次對我笑，「我不能在她面前說，她實在太強勢了，但我真的好高興妳回來了。」

「我也很高興見到你，師傅。不過，離開凡爾賽宮我真的很難過。我和伊莉莎白對彼此的感情很深。我一定可以回去，說不定很快就可以。到時候你會讓我走吧？」

「瑪麗，凡爾賽宮要變成空屋了。那些貴族都在打包準備搬家。」

「真的？你確定？為什麼？我不懂。」

「恐怕沒有人知道，大概只有寡婦明白吧，她很認真研究那個世界。沒有人比她更瞭解。瑪麗，現在局勢很亂，妳沒聽說嗎？大家吵吵鬧鬧。真希望他們不要這樣，但是他們就是這樣。她因此非常難過。梅西耶先生整天跑來跑去，像長了蟲一樣。所有狀況都很不明朗。」

「公主趕走我，是為我著想嗎？」

柯提烏斯似乎沒有聽見。但他接著問：「她愛妳嗎？妳的伊莉莎白？能被愛真好。來吧。」

凡爾賽宮的人要搬走了？怎麼會有這種事？
我很想知道，是否會有狀況明朗的一天。

46

新的開始。

「現在有很多頭，每天都要為新的頭思考。」我師傅說。「猴子屋長得太大，現在我們已經無法停止了，即使我們想停止也做不到。來這裡，瑪麗，這是妳的工作室。」

「專屬於我的工作室？」

「這個孩子是喬治．歐夫若伊，他會每天和妳一起工作。」

一個男孩上前來。

「妳好，小姐。」他鞠躬。

他在跟我說話。

「你好，喬治。真高興認識你。」

多麼開朗、健康的臉龐，多麼歪七扭八的牙齒。我立刻覺得很喜歡他。非常平凡的十三

歲孩子。我什麼時候認識過這樣的人？

「我聽妳的吩咐做事。」他說。「我專門服侍妳。」

「真是太好了。」我說。「我不知道會派助手給我。我從來沒有過。」

「我會好好表現，小姐。」

「我相信你一定會。」

「妳做的王室蠟像，送去王家宮殿之前我看過！」他激動地說。「他們非常有名，真的！好神奇的頭！」

「謝謝你，喬治！」我開心地說。「那些頭送去那裡了嗎？王家宮殿！我做的頭！我可以去看嗎？」

「小不點，妳得快點開始工作。」師傅說。「快點做事。要做的事太多！」

我的工作室很小，位在一樓擴建的空間，和我師傅的工作室相連。他們為我清出一間儲藏室，放進桌子和兩張椅子。我的工作室沒有對外門，因此進出都必須經過師傅的工作室。雖然有一扇窗，但位置太高，我得搬椅子過去才能看見外面。不過這裡是我的房間，我的工作室。

第一天下午，我摸摸所有工具、瓶罐，甚至摸摸蠟。師傅正在做的蠟像已經接近尾聲了，我和喬治負責做雙手，沉重的身體則在另一間工作室組裝。我們做的第一雙手非常巨大，像香腸一樣粗大的手指，為了符合這項特徵，他們特地找來住在沙朗通區的一位麵包師傅，花錢請他讓我們用他的雙手鑄模。這雙肥胖大手的頭有張麻子臉，戴著巨大、凌亂、糾結的假髮。他的樣子很像頭上結了很多種子的獅子。他的名字是米拉波伯爵*。

上工第一天，那雙肥手占據我全部的心思。忙了一段時間之後，我幾乎完全忘記要想伊莉莎白，她是不是在寢宮裡和石膏耶穌作伴。我想起另一件事。「喬治，打擾一下。我不是想探人隱私，不過，他們有給你薪水嗎？」

「當然有，小姐，準時發，像時鐘一樣。要是沒錢，我才不會留下來呢。我去會計室就能拿到薪水。這份工作很不錯。」

「喬治，你認為我應該有薪水嗎？」

「當然應該。」

「你也覺得應該！喬治，你可以帶我去會計室嗎？以前我在這裡的時候沒有這個部門，所以我不知道在哪裡。」

「很樂意。現在嗎？沒問題。再簡單不過。」

我們在走廊上前進，轉個彎，突然來到我熟悉的老房子。我們爬上樓梯，亨利．皮考特的人臺就放在樓梯頂上，他穿著高級白襯衫和粗條紋絲質背心。

那個稱為會計室的地方，有個很高的金屬保險箱。這個冰冷大箱子裡，裝著猴子屋的龐大財富。後來我才知道，保險箱的鑰匙一共有三把：寡婦、柯提烏斯和會計各持有一把。我們抵達時，會計本人坐在高凳上，他大約二十五、六歲，年紀輕輕就開始禿頭，棕髮、棕眸，毫無暖意的蒼白臉孔。

「這位，」喬治說，「是瑪麗．葛羅修茲。這位是馬丁．米洛。他負責管帳。」

馬丁指著我的眼鏡說：「二十利佛。」片刻之後他接著說：「妳之前住在王宮裡。」

「沒錯。」

「因此每個月王宮會送來五十利佛。」他說。

「五十利佛！」這個數字令我驚奇。感覺是一大筆錢。

「有時候我們幾個小時就能賺到那筆錢。」

＊注：米拉波伯爵（Comte de Mirabeau，一七四九－一七九一），法國革命家、作家、政治記者暨外交官。法國大革命初期統治國家的國民議會中，他是溫和派人士中最重要的人物之一，主張建立君主立憲制。

「那筆錢是我的嗎？凡爾賽宮送來的錢？我可以拿嗎？」

「拿？」

「因為那是我提供服務所獲得的酬勞。」

「我沒有得到授權，不能給妳那些錢。」

「可是那是給我的錢，不是嗎？是我的酬勞。」

「或許吧，但我沒有得到授權。」

「請問一下——我以後會有薪水嗎？」我說。「現在我回來工作了。會有薪水嗎？」

「老闆沒有交代，可能有，也可能沒有。」

「王室進餐——那些頭是我做的。是我的作品。」

「是嗎？那又如何？」

「我不該拿錢嗎？」

「小姐，妳想要我說什麼？我完全沒有得到相關指示，老闆沒有說要給，也沒有說不給。老闆沒有指示，那筆錢就不能動。妳的表情真悲慘。不要這麼生氣嘛，這不是我個人的意思。我加、我減。我說不出妳是哪種數字。拜託妳，不要激動。」

「我們要回去工作了嗎，小姐？」喬治問。

「看來也只能這樣了，喬治。」我說。

「不要這麼沮喪，小姐。」

「唉，喬治。我原本滿懷希望。」

我們回去工作了幾個小時，到了傍晚，建築物裡有種嗡嗡聲響，越來越大聲，工作室裡的東西隨之震動。

「是客人來了。」喬治解釋。「大門打開，他們進來了。通常我們都會感覺到一點震動，搖搖晃晃，他們離開之後才會停。寡婦說吵得很好，她說這是興旺的聲音。」

從大門進來的人們，他們的生命搖撼整棟建築。稍晚，我師傅穿上大衣出門。

「他經常晚上出去，」喬治告訴我，「帶著雅各和艾彌爾一起。」

「他們去哪裡？」

「我不清楚。黑暗的地方，鬥雞場之類的，危險的下流酒吧，有人打架、殺人的地方。不過，既然他已經出門了，妳想看看那些人嗎？有個小洞可以偷看。」

喬治拉著我的手，帶我走下後樓梯，沿著昏暗的走廊前進。路上，我們遇到了另外一個新人。

「喬治，你在做什麼？」他問。

「只是帶葛羅修茲小姐到處看看。」

「你應該做這種事嗎？」另外那個人來到可以看清他長相的地方，他的領子太蓬，遮住半張臉。他斜視很嚴重，兩隻眼睛隔得很開，感覺好像彼此很陌生。「好像不太對吧？」

「我是瑪麗．葛羅修茲。」我說。

「是喔？」他回答。「那又怎樣？」

「王室家族是我做的。」

「哈，我還以為是上帝做的呢。」他一隻眼睛看著我、另一隻看著喬治，冷笑一聲之後離去。

「那個人是安德列．華倫亭。他是售票員。一般而言，我們不會和他扯上關係。」

「真是太好了。」

「洞在這裡。」

他給我看一個在牆面上鑽出來的洞。從這裡可以看見外面熱鬧的場面——那麼多蠟人！——大批有血有肉的人來看他們。好多人啊！

「巴黎其他地方現在應該都沒人了吧？」我說。

「我也這麼想。」

以前那些舞臺道具全部都不見了。展示廳很暗，照明很差。牆壁彷彿在滲水，巨大的黑影悄悄飄過大廳；所有殺人犯和被他們殺害的人，各自忙著自己恐怖的事。這裡是大盜廳，最可怕的惡徒全部集中在這裡。到處都是蠟像，昂然直立，以自己的惡行為榮。活人在這些死產的靈魂間走動，尖叫、歡笑，偶爾會看到長椅，受到太多犯罪刺激的人，隨時可以坐下來休息。

「妳有沒有看到有個人在椅子上睡覺？」喬治問我。

大廳裡有個中年男子，他的頭歪一邊，快要碰到肩膀。兩、三個人走到他面前，指著他笑；終於，其中一個人過去拍拍他的膝蓋。他沒有動，於是那個人輕推他一下。接著那一小群人興奮尖叫，我聽見有人大聲說：「他是蠟人！」

「蠟人假裝成觀眾！」我驚呼。

「那個睡覺的人，」喬治笑著說，「是瓷器繪圖師西普利恩．布查的蠟像。他中了樂透。」

喬治告訴我，樂透抽獎每半年會舉行一次。過程非常公開：將名字裝進袋子裡，抽到的人中獎。到現在為止，一共有三個人中過：一個雜役女僕、一個理髮師、一個瓷器繪圖師。他們被放在展示品當中，和那些名人、

惡人混在一起。女僕和殺人犯在一起，理髮師和小偷在一起，瓷器繪圖師則是和溺死的新娘在一起。

「真棒的主意！」我說。

增建之後的猴子屋，所有聲響與嗡鳴、交談與敲打、奇怪的碰撞與回音，對我而言全都好陌生。夜裡，群眾散去之後，我獨自躺在工作室的床墊上，聽著建築物呼吸，發出那麼多奇怪的聲音——這棟房子真愛講話，從以前就是這樣，但現在聲音不一樣了，全新的抱怨。因此，每當我正要進入夢鄉時，就會有新的聲音吵醒我。我坐起來，我敢肯定，有腳步聲從附近走過。

47

造訪。

那些聲音每天晚上都會傳來，我躺在床墊上聽見撞擊、抓撓的聲音。有時候，在半夢半醒間，我會覺得好像有人走進我的房間。我驚醒坐起來，望向門口，有時門會開著，但我確定上床之前有把門關好。我告訴自己，一定是師傅晚上起來察看。

某天一大早，我醒來時，日光才剛照進來，我突然察覺有別人在。有人坐在我前面的長椅上。

「嗨。」我說。

沒有回應。

「誰在那裡？」

那個人依然一動也不動。

「是你嗎，喬治？不要胡鬧，你在做什麼？」

但那個人只是繼續看著我。日光稍微亮了一點，我隱約看到軟帽的輪廓。坐在那裡的人，是個很嬌小的女子。

「是妳嗎？」我急忙問。「伊莉莎白！妳來找我了！」

但她沒有說話。

「布穀？」我鼓起勇氣說。

依然沒有回應。日光越來越亮，我看得更清楚了一點。她身穿黑衣裳、頭戴白軟帽；胸口配戴紅色玫瑰胸章，中央有個C。現在所有工作人員都有這樣的胸章。漸漸地、漸漸地，我又多看清了一點。那個女人注視著我，黑眸反光。

「妳是誰？為什麼來這裡？」

但她只是坐著不動，死盯著我。

「拜託妳說句話。跟我說話。妳為什麼來這裡？」

但她只是看著我。

於是我靠過去推她，她往前跌落地面，躺在那裡，完全不動。

我彎下腰碰一下她的頭髮。頭髮掉落。

我尖叫。

但這時我看清楚了：這個奇怪的光頭女子，她不是活人，沒錯，她沒有生命，從來沒有活過，她是一個人偶。一個嬌小的人偶，不是用蠟做的，而是木頭，身上穿著布做的衣服，頭部裝上玻璃眼珠。我把她擺好；她好重，好拙劣，四肢往不同的方向垂落。有人把她放在我房間裡，想要嚇我。

多可怕、多凶惡的臉呀。那雙沒有生命的眼睛直勾勾瞪著我。雖然我很不想碰，但我還是把她的頭髮放回去。正當我忙著擺好歪扭的娃娃時，門動了一下，有個人，一個陰暗的身影，剛才一直在這裡，他衝出師傅的工作室，在走廊上奔跑。我追過去，跟隨木板發出的嘎嘎聲響，彷彿房子本身也想幫我抓到犯人。我追到舊猴子屋通往閣樓的樓梯前，停下腳步，再上去就是禁地了。那個時候，我完全不在乎閣樓會不會要我的命。什麼也無法阻止我。

我踩著嘎嘎響的樓梯往上走，非常小心、非常緩慢。我站在最頂端的一階上，望著黑暗，我沒有看到人。不過，許久之後，當我的呼吸稍微平靜下來，我看到黑暗中有一塊顏色比較淺，那塊淺色的東西朝我飄來。那個東西的名字，噢，他的名字，沒錯，他的名字是埃德蒙·亨利·皮考特。

48

◆◆◆

請勿張貼告示。

埃德蒙．亨利．皮考特。臉上有鬍子、頭髮有銀絲，眼神緊張。我用雙手按住嘴巴以免尖叫。那個東西來到我面前，動作如此輕柔，有如蜘蛛擾起的微風，他低語：「黏膜炎？強效新藥一次解決。黏膜通。清潔、淨化所有呼吸器官；深入滲透最深處的鼻喉黏膜，融化並清除所有痂與痰，所有黏膜一次消散，解決耳鳴問題，治療聽力部分缺損。」

「噢，埃德蒙！」我吶喊。「你發生了什麼事？我最親愛的埃德蒙？」

「肌膚問題讓您煩惱嗎？」他接著說，「出油、冒痘、黑斑、泛紅，以及隨之而來的濕疹灼熱癢？濕疹神藥，兩利佛不貴啦！」

「埃德蒙，到底怎麼回事？你一直住在閣樓裡嗎？」

「通便真清爽，水果味藥錠。美味好入口。塔馬．阿瑪印度蟋蟀，解救您的便秘痔瘡、胃酸過多、頭痛頭暈、食慾不振、腸胃困擾。塔馬．阿瑪印度蟋蟀。」

「噢，埃德蒙，他們怎麼把你弄成這樣？」

「捕鼠夾！」他說。「捕鼠夾！老鼠死光光！」

快想辦法呀，瑪麗．葛羅修茲。

「好吧，我不問了。我們坐下休息一下。我需要喘口氣。」

「東方甜點引進巴黎──開心果。」

「對，埃德蒙，對，當然。」

現在，我可以看清閣樓裡的狀況了。裡面……人口眾多。埃德蒙在所有寂寞的地方放上店鋪假人。有盤子、杯子、桌子，甚至鋪上了桌布。我猜想應該還有其他東西。

「他們知道你在這裡嗎？下面的所有人。你不是真的躲在這裡吧？埃德蒙？」

「禁止張貼。」他低語。

「他們知道，對吧？」

「擅自張貼將處以刑罰。」

「嗯。他們知道。」有人送飯來給他。「這樣不行，埃德蒙。」

我摸摸他的臉，他的耳朵蒼白冰冷。我摸摸他稀疏的鬍鬚。

「埃德蒙，你在這裡等。我馬上回來。」

我從工作室拿了一把利刀和一些鉀皂，並端來一盆水，刮掉埃德蒙的鬍鬚。「好了，」我說，「這樣好多了。光是這樣，你就已經比較像從前的樣子了。」不過，老實說，少了鬍鬚之後，他變得好像小孩子。「埃德蒙，你一定認識我。我知道你認識我。今天早上你在我的工作室放了東西。我不知道你怎麼會變成這樣，但你一定會好起來。」

「禁止張貼。」他說。

「沒錯。」我說。

樓下傳來鈴聲。

「我得走了，埃德蒙，晚一點我會再來。我要下樓去找人問清楚。沒錯，我要問清楚。不過我一定會再來。」

我下樓回到工作室，喬治已經到了。

「埃德蒙．皮考特，」我表明，「在閣樓裡。」

他沒有說話，但表情很不自在。

「寡婦在哪裡？」我大聲問。

「拜託，小姐，她一大早就出去了。」

「那麼，柯提烏斯在哪裡？」

「他也出去了，剛剛才走。妳正好錯過他們。」

「我相信你。他聽見我在閣樓上，因為怕麻煩所以逃跑。」

「有可能。」

「雅各呢？」

「還沒來。」

「告訴我，喬治，寡婦知道有個人躲在閣樓上嗎？」

「她知道，小姐。是她把那個人關在那裡的。」

「噢，那個狠心的女人！」

「他哭個不停。」

「真可憐！喬治，告訴我，到底發生了什麼事？」

「小姐，他得了腦熱病，神經徹底耗損，退燒之後，他的腦子壞了。」

「沒有人告訴我！」

「請見諒，小姐，不過我們有必要告訴妳嗎？」

「他一個人被關在閣樓？」

「他一個人在那裡比較不驚慌。小姐，妳有沒有看到這個木頭娃娃？」

「有，我看到了。我嚇了一大跳。」

「這是他做的。妳知道這個娃娃是誰嗎？」

「埃德蒙做的？是嗎？我不知道是誰。」

「妳真的看不出來？」

「這個娃娃的臉很可怕，我嚇得發抖。」

「說真的，妳看不出來？」

「對，喬治，我看不出來。我確定沒有看過長這樣的人。」

「唉，是妳啊，小姐。」

「我？」

「妳。」

「我長那樣？」

「差不多。」

我覺得這個消息糟透了。

「妳怎麼都不說話，小姐？」

我說不出話。

「我覺得很感人，」他說，「你知道，有人做了一個妳。」

「在他眼裡我竟然是那樣。」

「他是憑記憶做的。」

「我不是虛榮的人。從來不是。」

「他費了很大的工夫。」

「我現在看出來了，娃娃穿著我的舊衣服，而且我相信尺寸和我一模一樣。」

「一看就知道是妳。」

「真的？」

「他花了很多心思。」

「真的？真的嗎？」

「我說個故事給妳聽好嗎？」

「噢。」

「好，喬治，說吧。」

「那我說囉。我來告訴妳這個娃娃的故事，或許妳會覺得好過一點。我要說囉。每次埃德蒙先生來的時候，他都會陪他媽媽坐一下，或是陪一下他爸爸的人臺，不過後來他開始上閣樓去。他每次來，就會去那裡，一點、一點雕刻。他親手做出妳，每次有機會離開妻子，他就在閣樓上雕刻。他用閣樓的托梁雕出妳的臉，搞得閣樓抱怨個不停。他把托梁拆掉之後，閣樓好像比以前更垮了一點。從那之後，每次他來，都會上閣樓去陪妳坐一下。

「寡婦終於發現這個娃娃，她發了好大的脾氣。娃娃被她亂砸一通。後來他就比較少來了——他老婆不允許——我記得，蔻妮莉夫人和寡婦大吵一架。不過寡婦後來發現了這個娃娃的用途，她放在櫥窗裡，大道上的孩子來偷看的時候就會被嚇跑——抱歉，小姐。有時候也用來壓住東西。娃娃也曾經當作門擋。雅各有時候會扛到樓上去陪他。娃娃獲准留下。這就是娃娃的故事，小姐，希望妳不介意。」

我淚流滿面，先是為了埃德蒙，然後是為了我自己，鼻涕直流、大聲啜泣。

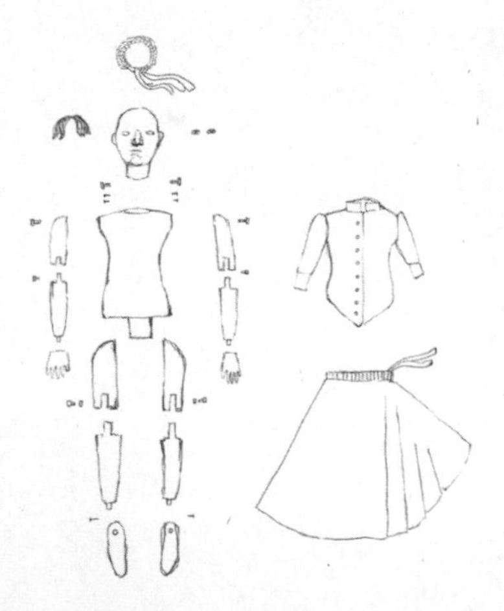

「他的狀況很嚴重嗎？」我問。「快告訴我，喬治。」

「應該是。」

「蔻妮莉把他扔出來？」

「我們再也沒有見過她。提克雷家的人把他送回來。他變成這樣，蔻妮莉夫人不要他了。她結束了婚姻。在法庭上，結束得很徹底。她抱怨說埃德蒙先生沒有丈夫的樣子。法官要埃德蒙先生解釋，他只是喃喃胡說八道，所以法官讓他們離婚，他回來這裡。」

「滿臉鬍鬚，手指上全是墨。」

「寡婦不能任由他出現在客人眼前。他的樣子很悽慘，他會嚇到人。」

「她把他藏起來。」

「蠟人讓他很害怕。躲在閣樓裡他比較舒服。三餐都有人送上去給他，他如果跑下來，我們這些工作人員會送他回去。那裡整個歸他用。他們總是說閣樓很危險，但其實是為了避免有人去打擾。他自己一個人很快樂。比以前好多了。他們認為妳可能會害他難過，所以才會交代妳不要上樓。」

「可是他跑來找我。」

「是啊，他來找妳了，小姐。」

「他說的話我完全聽不懂。」

「那些都是廣告詞，小姐。提克雷印刷廠印製的傳單。他全部背下來了，現在他只會講那些話。他就這樣重複講，很多不一樣的廣告詞，一次又一次。他只能做些簡單的事，但連那些也做不好。有時候他們會讓他做些針線活，但他會刺到手。」

「寡婦會去看他嗎？」

「有時候。不過她實在太愛面子，不想讓人看到她溫柔的一面。」

「她把他一個人丟在那裡？」

「我覺得他挺滿意的。」

「等著瞧吧。」我說。

那天我上去閣樓好幾趟，也送飯給他。他一動也不動，喃喃說著廣告詞。

終於，寡婦回來了，我在等她。我上樓，牽起埃德蒙的手，帶他下樓。我沒有敲門就走進她的辦公室。

「這個人是埃德蒙，」我對她說，「這個人是埃德蒙！」

她的臉憤怒顫抖，咬牙切齒嘶聲說：「把他帶走！回閣樓去！客人很快就會來了！」

「留下來，埃德蒙！」

「把他帶走！」

一個少年進來。

「他是妳兒子，」我說，「難道妳不願意認他？」

「快！出去！」

「請注意，」埃德蒙的音量比平常大，「切勿入侵。」

他自己默默走出辦公室。那個少年跟在後面。只剩下我單獨和她在一起。

「不要以為妳很瞭解我。」她說。「妳敢再妨礙我，我就會弄死妳。我會親手殺了妳。我會活生生把妳掐死，讓妳消失，而且會非常開心。妳只是一粒小灰塵，算什麼東西？搞清楚我是什麼人。快給我滾！」

我出去，但這只是開始而已。

每天我都幫埃德蒙洗手。我餵他吃飯。為了他，我跑上跑下。我哄他再去我的工作室。

我下定決心，如果埃德蒙再去，我一定會找到他。

「埃德蒙，你認識我。」我說。「真的。我回來了。我又在這裡了。」

「船具店。」

「我不會把你丟在閣樓。」

「收購牙齒。」

「我會帶你下樓，和我在一起。」

「土地出售，地段便利，請內洽。」

「我會把你帶在身邊，你又可以成為我的社交圈了。」

「面積大約六千英尺。」

「在那些廣告詞當中……」

「正面大約一百三十一。」

「……真正的埃德蒙遲早會浮現。」

「長期出租。」

49

什麼人都有。

路易—賽巴斯欽．梅西耶來拜訪。他特地來我和喬治製作手的工作室找我。埃德蒙默默坐在角落。

「妳回來了，小不點！回到真正的舞臺！」

「先生，麻煩不要太大聲，會嚇到埃德蒙。你看，他在那裡。你看，他變成什麼樣了。」

「啊，是，我聽說了。不過，瑪麗，」他開心地說，「我看到妳的王室一家了！」

「真的？伊莉莎白還好嗎？」

「呃，我說的是蠟像啦。竟然那樣展示！」

「謝謝你。你過得好嗎，親愛的梅西耶先生？你的鞋子好嗎？」

「我們還在走。我們走了多少路！」

我和喬治一邊工作，梅西耶告訴我們，各種狀況讓他不斷從一個地方去到另一個地方，彷彿巴黎持續在地震。有時候，他說，他會看到寡婦也在四處奔波，氣喘吁吁，到處蒐集情報。他脫下鞋子給我們看，那雙鞋確實磨到非常薄了。他給我們看一本他最近寫的小冊子，標題是《偉哉蠟像館》，他讀了其中一段給我們聽：

在這個日新月異、步伐快速的時代，柯提烏斯醫生展覽館是王家宮殿與聖殿大道不可或缺的一景。甚至有人說整個巴黎沒有更精彩的地方。無論任何職業，無論是兒童、婦女、老人、好奇的人、無知的人、勇敢的人、駑鈍的人、厭倦生命的人、缺乏刺激的人、穿金戴銀的人、衣衫襤褸的人、沒權沒勢的人、有權有勢的人，無論是主人或僕人，無論是驚世駭俗的人或循規蹈矩的人，柯提烏斯展覽館都能提供一流的娛樂。本國人可以理解在這個變化萬千的時代中首都如何運作，而外國人可以理解這個陌生的城市。

在這段風起雲湧的日子裡，巴黎幾乎沒有人能夠與柯提烏斯展覽館毫無瓜葛。無論你自認多瞭解這座城市，柯提烏斯展覽館一定能帶給你驚奇——彷彿柯提烏斯醫生親自決定哪些人可以進去、哪些人不能。有頭有臉的人、偉大傑出的人、超凡決俗的人、啟蒙開悟的人、罪大惡極的人，全部集中在蠟像館。真實人生中，活生生的知名人士可能會令人失望，看到他們的機會總是太短暫、太遙遠。來柯提烏斯蠟像館，絕不會讓人失望！展覽館中，那些平常難以見到的男男女女，都可以不限時間盡情觀賞。

確實如此：柯提烏斯偉大的展覽館，一舉消滅了上流權貴！柯提烏斯抹去禮儀規範。柯提烏斯化解階級差異。世上還有哪裡可以讓乞丐見到國王？讓俗人接觸天才？讓醜人親近美人——而且不用感到羞恥？只有在柯提烏斯展覽館。

雖然柯提烏斯醫生的魔法只有在展覽館中才有效用；一旦走出外面，日常生活的壓力、擔憂與希望又會立刻重重壓上心頭。然而，小學生親眼見到最新的英雄偶像，索邦大學的學者滿懷崇敬走向影響他一生的偉大作家，平凡守法的主婦能夠近距離見識一代殺人魔，看到這些場面，還有誰能抱怨？法國任何一個子民，在任何一天之中他方便的時間，只要前往王家宮殿，就能看到王室家族坐在桌前進餐，心中油然產生前所未有的感受。國王、王后也像是和我們有關係的人，甚至，只要願意支付三利佛，只要有那個勇氣——很少人有——就可以放膽……觸碰？

快來吧！

在柯提烏斯醫生展覽館，就連王室也不再神祕！

「謝謝你，梅西耶先生。」我收下那本單薄的小冊子。「我會好好珍惜。」

「妳認為，小不點，妳認為他們會願意重新幫我做一個蠟像嗎？當然要放在王家宮殿，不是這裡。妳認為他們會願意嗎？」

「很難說，」我說，「不是由我決定。」

「妳覺得不會，對吧？」

「我不知道。」我說。

「不、不，」他嘀咕，「每次的蠟像樂透我都有參加，和其他人一起把名字放進去。」

「純濃牛奶、新鮮雞蛋。」埃德蒙說。

50

◆◆◆

蠟頭失竊。

寡婦換掉了展示廳工作人員的制服。絲質套裝退場，換上黑色棉質外套與黑馬褲、樸素的黑色三角帽，但全部都有C字玫瑰胸章。最近剛成立的議會中，人民代表都穿這樣的服裝，寡婦特地模仿。

我回來之後沒過多久的一個禮拜日，鐘聲響徹巴黎市，比平常敲得更久。我們整個上午都在工作室忙碌，因此沒有放在心上，不過，因為鐘聲一直響，埃德蒙在閣樓不停來回踱步。我上去安撫他，但鐘聲嚇到他，他非常不安。我摀住他的耳朵，這個方法總是有用。我告訴他鐘聲很快就會停了，但一直沒有停。

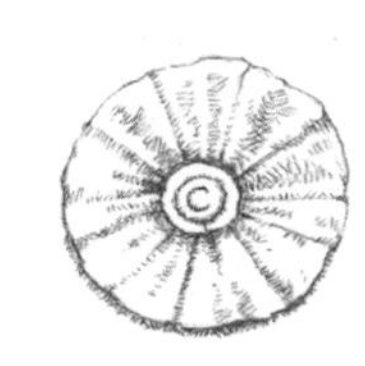

傍晚時分，寡婦尖叫著衝回猴子屋，闖進我師傅的工作室。

「被偷了！被偷了！我們的東西被拿走了！我們的頭，柯提烏斯！」

寡婦滿臉通紅、滿頭大汗。

「夫人！」柯提烏斯大聲說。「什麼事讓妳如此驚慌？」

「頭！頭！」她喘著氣說。

「是，」柯提烏斯說，「是特定的頭嗎？」

「對，」她用力吸氣，拚命想呼吸，「王家宮殿展示的頭被搶走了。」

「發生搶案？」

「光天化日之下。幾百個！」

「幾百個頭？」

「不，是人！幾百個賊，全都吵著要同樣的東西。」

「頭嗎？」

「對，柯提烏斯！我們的財產被搶走了！」

「誰的頭？」

「我們的！」

「哪個頭？」

「財政部長內克爾和奧良公爵。」

「搶去做什麼？」

「高高舉著在路上遊行，準備舉行葬禮。」

「可是那兩個頭是我們的！他們為什麼要這麼做？」

「柯提烏斯，你必須關心時事！你必須張開耳朵。部長遭到開除，公爵遭到放逐，人民在市區到處遊行，高舉著他們的頭。既然真人不在了，他們就用蠟頭來取代。」

「他們想要內克爾和奧良的頭，應該自己想辦法啊！那兩顆是我們的！」

「他們大聲呼口號，用力敲櫥窗，硬闖進展示廳，沒有一個人買票，而且還吵著要頭。」

「妳怎麼處理？」

「我把頭給他們了。反正最後也是會被搶走，要是動粗只會造成更多破壞。他們也想要國王，但我求他們不要，我說國王是全身像，非常重，那兩個只是胸像。」

國王是我的作品。「真高興國王平安無事。」我說。「謝謝妳救了他。」

寡婦轉身背對我。

「我們要報警逮捕那些人。」柯提烏斯怒吼。「那兩個頭是我做的！私有財產！」

「我知道其中兩個人的名字，攤販法蘭索瓦·佩平，刀匠安德列·拉崔。」

「他們一定會被判刑！」

「他們保證會歸還。」

「妳不該放他們走。」

「你不在場，」她低語——很小聲，但我聽見了，「那時候只有我一個人在，我很害怕。」

漫長的沉默，有如黑洞的死寂、撕裂的開口，就好像寡婦綻線了，而我們的世界也跟著破洞。

「妳會害怕？」柯提烏斯輕聲說。「妳？我絕不相信。」

「我以為他們要殺我，那些人。他們輕而易舉就能殺死我。要是他們真的想殺我，什麼也無法阻止。拿把尖刀，刺進去再拔出來，我就會大量失血，說不定會死，我很可能真的會死。幸好我運氣不錯，菲利普。」她說，眼淚落下。

「妳從來沒叫過我菲利普。」

這是第二個震撼。

這一刻，每個人應該都很害怕。

51

柯提烏斯隊長。

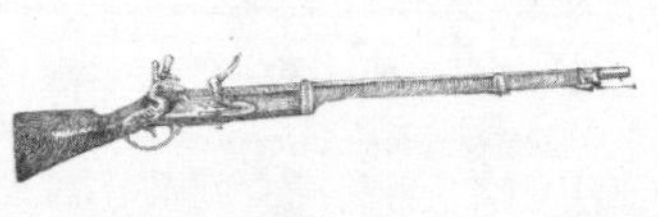

火槍需要蠟，來福槍和獵槍也需要蠟。蠟可以潤滑扳機，增加靈敏度；蠟可以將槍管變滑順，讓彈丸與火藥可以順利射出。

一整夜吵鬧不斷。大道上傳來叫囂喧譁，玻璃破碎。這些聲音都被大猴子屋吸進去，然後大猴子屋進一步加工：扭曲、拉長、回彈，似乎說什麼也不肯讓這些聲音消散。這些聲音讓埃德蒙很痛苦，害他無法入睡。我不知道那一夜有多少門窗被砸爛，我只知道猴子屋的大門屹立不搖。

到了早上，巴黎市所有的鐘一起敲響，整座城市的鐘彼此呼喚。但大猴子屋裡一片平靜。大門依舊緊閉。住在市區的工作人員沒有來上班。只有會計馬丁．米洛焦急地趕來，想確定一切平安。我們這些住在店裡的工作人員在後面工作，但心不在焉、動作很慢。米洛清點現金，雅各裁剪布料，寡婦植毛髮，師傅做頭，我做手。我沒有帶埃德蒙下來，因為他媽媽在。上午慢慢過去了，我們全神專注在蠟、頭髮、木頭、帆布上，只想著眼前的東西，忘記了外界的一切。

到了接近中午的時間，我們的門鈴響了。雅各去應門。他帶著兩位大道上的生意人回來：像支竿一樣瘦長的尼可雷先生，走繩索劇團的團長——他的紅磚建築叫做繩舞劇場，以及紅髮如火的葛拉姆醫生，他是天國之床的老闆。我原本不知道，直到他開口，我才發現他是蘇格蘭人——像我們師徒一樣是外國人。

這兩位男士表明，他們之所以來訪，是因為大道上沒有比大猴子屋更出名的商家。他們知道昨晚的事件一定讓我們非常驚恐，因為我們有太多財物。這座城市有如脫韁野馬，竟然沒有人想去抓住韁繩，這實在太糟糕了，他們如是說。我們必須盡快設法控制，否則整座城市都會墜落深淵。叛亂很快就會蔓延各區，巴黎將陷入火坑，城市裡的一切都會完蛋。

「我們已經深受其害了。」寡婦說。「昨天有人搶走了我們的兩個頭。」

「內克爾，」柯提烏斯說，「和奧良公爵。」

「那些搶你們東西的人，他們非法集會遊行，軍隊開槍將他們驅散了。」

「那我們的頭呢？」

「巴黎現在街頭喋血，一定要恢復秩序才行。」

「我們的頭能拿回來嗎？」

他們剛剛去過市政廳。那裡舉行了一場會議，所以才會敲鐘。現在是非常時刻，那兩個人一致表示。躲在家裡用被子蒙住頭雖然很輕鬆，但如果毫無作為，遲早會有人來掀開被子，把全身赤裸的你拖到街上去。最後那句話是對柯提烏斯說的。

市政廳的會議上，市府建議市民自組民兵隊，要有足夠強大的民兵隊，才能對外抵抗城牆外那些穿制服的恐怖軍隊，對內壓制沒穿制服的恐怖暴民。他們兩個停頓一下，然後緩慢清晰地說：大道上最受人景仰的柯提烏斯如果自願擔任地區民兵隊長，居民將會安心許多。你願意嗎？柯提烏斯隊長？他們說。

柯提烏斯與寡婦呆站著。透過我的眼鏡，他們兩個好像都縮水了。我聽到滴水的聲音，似乎來自我師傅體內。

「你們弄錯了。」他終於說。「菲利普．威廉．馬席亞．柯提烏斯。人稱柯提烏斯醫生。昨天才終於成為菲利普。從來沒有人稱呼我親愛的，真的，也沒有人叫我寶貝。簡單叫我柯提烏斯就可以了，不用多加稱謂。」

「柯提烏斯隊長，」他們堅持，「沒有人比你更合適。」

「他屬於這裡，」寡婦說，「和蠟人在一起。」

「是、是，沒錯，」他們說，「要保護如此傑出的蠟像，就必須先保護好這一區。」

「不，」寡婦說，「不，這樣不對。」

「柯提烏斯隊長，」他們說，「能夠獲選成為隊長，這是莫大的榮耀。」

「他不需要這種榮耀，」寡婦對那兩個人說，「也不需要你們這些懦夫。」

「他的名字已經呈報給市政廳了。」

「柯提烏斯，我接下來要說的話有點傷人，請原諒我。」她非常小聲地說完之後，重新轉身對那兩個人說話。「他像是能夠勝任的樣子嗎？他辦不到。他對這種事一無所知。」

「柯提烏斯隊長，請挺身接受責任。」

「柯提烏斯隊長？」我師傅說。

「柯提烏斯隊長，大家都在市政廳等你。」

「不，」寡婦說，「他不會去。」

「那麼，」葛拉姆醫生說，「他很可能會遭到逮捕。」

「你們的生意也可能遭到劫掠，」瘦長的尼可雷說，「我們無法制止。」

師傅默默站起來。

「必須有人代替他。」寡婦宣布。「我去！」

「不行，」他們說，「不行，絕對不行。妳是穿裙子的。不行、不行。」

這時我師傅開口了。

「柯提烏斯隊長。」他鄭重宣布。肯定句，不再是疑問句。

「柯提烏斯，不要！」

「非常感謝。」那兩個人說。「我們向你致敬。」

我師傅真的對他們行了個軍禮。絕不會有軍隊採用這種軍禮：那個動作只是非常勉強的模仿，一隻手非常迅速地在臉前面揮，彷彿趕蒼蠅。

即使挫敗，寡婦依然很清楚該做什麼。「雅各，你和他一起去。千萬不要讓他離開你的視線。」

「是，遵命！」雅各大聲回答。

「不要讓任何人碰到他。」

「是，沒問題！」

「皮考特寡婦，」我師傅說，「我是隊長。大家會對隊長說什麼？我要穿制服嗎？我很想穿制服。我要出發去加入人民的力量。他們全都認識我。他們會說『那個人是柯提烏斯醫生隊長呢』。」他摘下黏在下巴上的美人痣，黏在三角帽前端，彷彿當作軍隊的裝飾。

「今天，」我師傅對寡婦說，「我要叫妳夏洛特。」

「拜託，菲利普，你千萬不能去！」

「夏洛特，噢，夏洛特，我要出發了。」他張開雙手，有如鵜鶘展翅。「把門閂好，不要讓人進來——諸如此類。再會，夏洛特！」

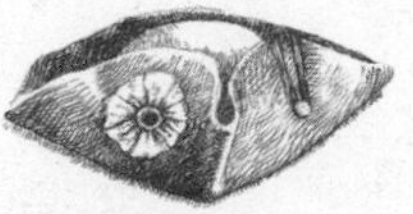

「師傅！」我大喊。

「菲利普！」寡婦哭了！

不知道我能不能再見到他。

他們出發，柯提烏斯的忠犬走在他前面，一跛一跛帶路。往市政廳前進，沿著大道走向聖安東舊城門——很久以前就關閉了——我們當初就是從這道門進入巴黎。到了大道盡頭，他們會在那棟碉堡右轉走上聖安東路。在那個七月十四日*。

*注：一七八九年七月十四日，革命群眾攻占巴士底監獄，後來成為巴黎國慶日。

52

邪惡的孩子。

五點剛過，喧鬧吵雜來到最高點。之前也有過砲聲，但現在幾乎隨時都有大吼大叫的聲音。我再也無法專心工作，於是去到後面，爬上舊猴子屋的樓梯，經過老亨利．皮考特的裁縫人臺。我很久沒聽到埃德蒙的動靜，所以想去關心一下。他不在閣樓，我到處都找不到他。我看看窗外，希望能找到噪音的來源，但我只看到空蕩蕩的大道。接著，我聽見人群高聲呼喊喧譁，越來越大聲。那群人一定正在往這裡接近。只要躲在閣樓，我就能親眼目睹。

這時我終於發現埃德蒙了。他在下面的院子裡，在猴子屋的閘門裡面，不停來回走動、揮舞雙手。他的嘴張得很大——埃德蒙在尖叫嗎？因為群眾的聲音太吵，根本聽不見其他聲音。我用最大的音量喊他：「埃德蒙！埃德蒙！快進來！」

但他應該聽不見。他走向欄杆，把頭靠上去。他用頭撞欄杆。因為撞得太用力，頭直接從中間穿過去——回不來了。埃德蒙的身體在欄杆這一邊，猴子屋這邊；而他的頭在另一邊。一大群人逐漸逼近。

「埃德蒙！快把頭收回來！快收回來！」我大喊。

然而，他只是蹲在那裡，肩膀靠著欄杆，頭卡在大道那邊。我急忙衝下樓，由後門出去，跑進前院。外面變得非常不一樣。人群逐漸聚集，有如濃密烏雲，越來越多。迴盪的噪音震動所有建築。埃德蒙依然在那裡，頭鑽出欄杆，人群快來了。

「埃德蒙，你卡住了嗎？你卡住了嗎？」

「檸檬醋喉糖！」他說。

「埃德蒙，我試試看把你拉出來。」

沒用。

「埃德蒙，你動不了！」

「義大利薩伏依特產馬鈴薯蛋糕！」

這時候，人群已經到了能看見的地方，非常驚人，彷彿由人類組成的龐大器官。暴民有如巨大吵鬧、長著許多嘴的野獸、巨型老鼠，幾百隻腳蹣跚前進。其中有人在跳舞，有人高舉老舊的籠子碎片。他們激動、亢奮，我希望他們快點走開。我去到閘門前，他們已經擠在外面了，非常接近，讓我無法呼吸。這是什麼新生物？

「這裡還有另外一顆頭。」有人大喊，人群哄堂大笑。

「不、不，這裡沒什麼好看的。」我說。「請你們繼續走。」

「他的頭卡住了嗎？」

「來人啊！來人啊！」我回頭對猴子屋大喊。「快來人幫幫我！」

「沒錯，還有一顆頭！」有人大喊。

「快看那顆頭，他應該想見見其他頭吧？」

接著，在歡呼聲中，他們將戰利品高舉起來。頭。兩顆頭。兩顆頭，插在長矛上。非常短暫的瞬間，我想著，製作非常精良，是柯提烏斯的作品嗎？接著我才猛然意識到真相：那兩顆頭不是蠟做的。完全不是。那是肉做的頭，是他們的父母製作的。真正的頭。其中一個被塞到埃德蒙面前，彷彿要互相比較，彷彿要讓他們聊天。埃德蒙尖叫，身體往後彈，急忙站起來，但他的頭依然出不來。

猴子屋的一個員工出來。

「蠟，」我對他大喊，「快拿蠟來，動作快！」

蠟，我想著，用蠟一定能解決。

※脖子被加長的洛奈侯爵。

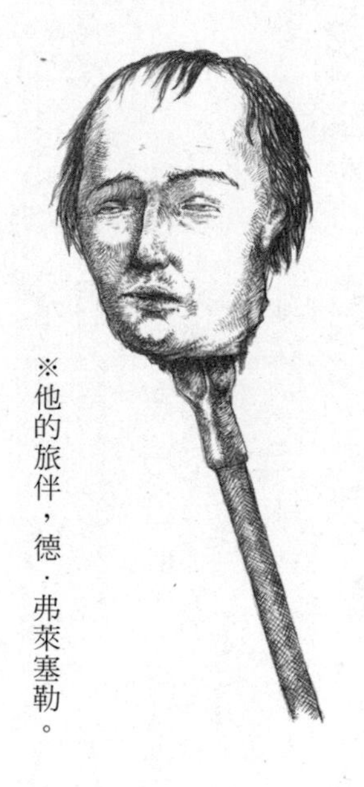

※他的旅伴，德·弗萊塞勒。

只要在欄杆上抹蠟，就能把埃德蒙的頭拉進來。蠟是潤滑劑，能夠防止門窗卡住，無論是金屬或木質都有效。無論是金屬或人類都能使用。蠟能讓鉸鏈停止慘叫，一定也能讓埃德蒙停止慘叫。

現在寡婦也出來了。「埃德蒙！」她大喊。「埃德蒙，立刻給我進來！」她推開我，想要拉他，但就連她的命令也無法讓他移動分毫。

「快過來。」寡婦命令我，臉色蒼白、全身顫抖。「讓他們繼續往前走。」

「快拿蠟來！」我大喊。「蠟可以鬆開他的頭。」

「蠟！蠟！」寡婦吼叫，猴子屋的少年全體奔忙。

「這裡是那個蠟人屋——我來過。」群眾當中有人說。

「我看過所有名人的身體！」

「我們的呢？這兩顆有名的頭呢？沒有身體，當然啦，不過有頭。大家應該都認識的頭。」

「巴士底監獄典獄長，洛奈侯爵。」

「前任典獄長。」

「他對我們開槍！」

「他再也不敢了。」

幾個少年帶著蠟跑過來。我切下一些，動手抹在欄杆上，以及埃德蒙的耳朵周圍。寡婦推開我。

「我在這裡，埃德蒙！我在這裡。」她大喊。

「這裡這個呢，是德·弗萊塞勒——他害人民挨餓。」

人群將另一顆頭垂到埃德蒙面前。他嚇得一直縮。

「以後不用挨餓了！」

「腦滿腸肥的商人！」

「我們把他肚子裡的東西全挖出來了。」

我從來沒看過殺人現場，這輩子從來沒有。我甚至沒看過鑄模之前的頭。但現在突然間，那兩顆頭被塞到我眼前。太過接近之前沒看過的真相，我沒辦法看，但也沒辦法不看。不停哀號的可憐埃德蒙，面對那兩顆頭，依然無法脫身。

蠟一定能起作用，我祈求。蠟一定可以。

「妳應該把我們的這兩顆頭做成蠟像。」有個人對寡婦喊。

「拜託你們快走，不要騷擾我們。」她哀求。

「還不行。妳要做好我們的頭。把這兩顆頭拿過去。做成蠟像。」

「不！不，拜託你們快走。」

「不准命令我們。」

「我們不會走。除非妳想要我們把第三顆頭也叉起來。」

「砍斷！砍斷！砍斷他的喉嚨！」

埃德蒙再次尖叫，這次原因不一樣。他發出的聲音多淒厲。

「瑪麗！」他大喊。「瑪麗！瑪麗！」真正的語言！他自己的語言，一次又一次——我的名字，重複再重複！「瑪麗！瑪麗！」

「我在這裡。」寡婦說。「埃德蒙，我就在這裡，你的媽媽。」

「瑪麗！瑪麗！」

沒有別的辦法了。「我會幫你們鑄模。」我終於說。「跟我來，沿著欄杆往前走，來吧，把頭交給我。」

「瑪麗！」

「你們幾個，用跑的，去拿柯提烏斯的工具箱。快跑！」

「要花多少時間？」

「幾分鐘就夠了。」我說。「只要幾分鐘，只要等石膏乾了就好。我會盡快完成，讓你們能繼續遊行。」

「好好做，否則我們會增加一顆頭。」

「不要，」我說，「不需要這樣。」

師傅的工具箱一向放在後門旁邊，員工急忙送來。

「我準備好了。」我說。

一個人爬上另一個人的肩頭，將依然插在棍子上的頭越過閘門頂端，送到我旁邊。頭的重量讓我吃了一驚，差點鬆手摔在地上。

我必須用石膏覆蓋這顆頭。只做臉部就好。

「這兩顆頭鑄模的時間不需要像平常那麼久。」我說。「不需要插管子讓他們呼吸，而且就算我粗魯一點，他們也不可能抱怨。」

就在這裡，猴子屋的前院，我準備開始動工。馬丁．米洛來幫忙，他的手在發抖。

「給我一點鉀皂。」我說。

放在我腿上的那顆頭是巴黎商會主席德．弗萊塞勒。他渾濁的眼睛彷彿注視著我。我知道我不該抱著這顆頭，我應該扔出去才對。這顆頭噁心、汙穢嗎？不久之前，這顆頭還長在人的身體上，會思考、會看、會聽、會咀嚼，為什麼汙穢？難道說，人只要死了，就會立刻變汙穢？這個可憐的東西，非常想念原本在下面的身體。人一旦被拆開之後，變得多嚇人、多奇怪。還有——噢！——這個人頭驚人又悲哀的重量。我永遠不該知道這樣的重量才對。可憐的圓球。我必須溫柔對待。為了埃德蒙、為了這顆頭。

第二顆頭是洛奈侯爵，巴士底監獄典獄長。這顆頭的狀況比較差，雖然取得的時間比較短。沒過多久，我的衣服就變得非常濕。照規矩來，我告訴自己，照規矩來。就像師傅常說的那樣。不要遺漏任何細節。就像在伯恩那時候一樣。展現出學習的成果，盡力發揮。

「洛奈侯爵的脖子，」我大聲說，同時寡婦繼續在她兒子的脖子和頭上抹蠟，「切割線條很不平整。右側太陽穴有一道撕裂傷；下頜處的肌肉嚴重割傷。鼻子軟骨嚴重塌陷；鼻子嚴重出血，並且歪一邊；一塊碎裂的軟骨從左側鼻孔露出。長矛的尖端刺進頭顱底端的枕骨大孔，進入頭顱相當深的地方，直到無法繼續深入。長矛尖端目前位在頂骨內側最高處，也就是矢狀縫的位置，現在我隔著侯爵的頭皮摸到顱骨外側有一點裂開的感覺，更確認了這件事。」

在大猴子屋的院子裡，我坐在凳子上，為兩顆人頭鑄模，瘋狂暴亂的觀眾擠在閘門前，頭頂的天空變得越來越灰暗。我完工時，埃德蒙也終於脫困了，他整個人回到大猴子屋的閘門內，寡婦氣喘吁吁，他疲憊不堪地倒在她豐滿的懷中。寡婦在哭。我看過這樣的畫面，人們稱之為聖母憐兒圖。

得救了，蠟救了他。

石膏乾了之後，馬丁將兩顆頭遞出去，那群人終於繼續遊行去了，但氣氛不像之前那麼興奮。我的衣服上全是鮮血與石膏，我轉過頭，突然嘔吐在石板地上。我很懊惱。我不該這麼軟弱。畢竟那兩顆頭只是人體而已，非常自然。但我的思考速度越來越慢。

「埃德蒙、埃德蒙！」我說。「你叫了我的名字！」但他已經進去了。

開始下雨了。我很高興。我站在院子淋雨。我做了多麼驚人的事，我想著。其他人一個接一個進去，但我很樂意獨處一下。

終於，我準備回猴子屋，卻發現三道門都上鎖了。

「妳不准進來！」寡婦怒吼。「我不會讓妳進來。待在外頭！邪惡的孩子！」

53

跳蚤咬。

接下來三個小時，我待在院子裡淋雨。我坐在臺階上發抖，終於柯提烏斯醫生和雅各回來了。師傅拉鈴，米洛出來，寡婦站在門內他身後的地方。

「她不准進來！」她大吼。「我不允許那樣的人進來。噁心！邪惡！」

師傅聽我們描述之前發生的事。

「妳用那兩顆砍下來的頭鑄模？」

「沒錯！沒錯！」寡婦站在門口大聲說。

「我是為了讓那些人放過埃德蒙。我認為我沒做錯事。」我說。

「怎麼可能沒做錯？」她大吼。

「這樣不對，瑪麗。」他說。

「我只是給那些人他們要的東西。」我說。「不然還能怎麼辦？」

「這件事該由我來做才對。」他說。

我愣了一下才明白他的意思。

「你不在。」我說。

「你們應該派人來找我。」

「沒有人知道你在哪裡。」

「問一下應該就能找到。」

「你去參加國民軍部隊了。他們需要你！」

「唉……我真的很難過。」我師傅說。

「我更難過。」寡婦說。「都是因為她，那些殺人犯一直擠在門口，可憐的埃德蒙頭卡在欄杆裡。」

「我絕對不會做任何會傷害埃德蒙的事。」我說。「我很努力——」

「汙穢的害蟲！妳以為妳是什麼東西？」她怒吼。

「蠟像師的助手。」

「惡毒、噁心、骯髒！」她唾罵。

我吼回去：「老太婆，我不怕妳。」

「妳們兩個，拜託。別激動。」我師傅說。

「我怎麼可能不激動？」寡婦大吼。「那種不正常的事就在我眼前發生。」

「快進來。」柯提烏斯平靜地說。「快進來擦乾。」

「她不准進來！」寡婦尖叫。接著她撲過來，不停搧我巴掌，先是正手，然後反手。

我不願意忍氣吞聲。我受夠了。我舉起小小的拳頭，反擊她滿是肥肉的臉。這下她終於停止打我。接著，在突然湧起的怒火中，我再次出拳。一擊正中她的臉。我做到了。我擔心手會碎裂成粉。

真棒！她的嘴唇流血。她的神情震驚。我做到了。感覺真痛快，她的嘴唇裂開，我的拳頭因為打到她的牙齒也破皮了。

「殺人啦！」她尖叫。

「我大可以殺了妳。」我大吼，這時我已經沒有半點冷靜。

「我經常想殺了妳。我想了多少次！」

「瑪麗！小不點！」我師傅說。「別這樣！可憐的夏洛特！」

「我已經受夠她了，我再也不要忍受。說不定我會把她的頭插在長矛上。這些年來我忍受她的多少酸言酸語？我再也不願意聽了。我要薪水——噢，老天，我立刻就要拿到薪水。今天就要！」

「小不點，快道歉。妳知道妳做錯了。」

寡婦滿臉通紅。「尼可拉斯的話應驗了：叛亂！」她大吼。「叛亂就是這樣開始的，法律被推翻，家裡出叛逆。」

「夫人，妳的嘴唇腫了。」

「快點求寡婦原諒。」

這時，我心中多年來累積的怨恨沸騰湧出，一發不可收拾。那兩顆頭有如憤怒與痛苦的砲彈，將我炸開。

「還有你！」我對柯提烏斯說，轉身踢他的小腿。「你也一樣。我為你做了多少事？你又為我做了什麼？要不是我，你永遠不會想到要做殺人犯。這個主意是我給你的。我幫你做出王室家族的頭。我骯髒？你的良心才是永遠刷不乾淨呢！我幫你刷地板多少年？我對你們兩個百依百順多少年？你們為我做過什麼？連一句謝謝也沒有。你甚至不敢幫我說話。這麼簡單的事，對你卻是那麼難。你為小不點做過什麼？還有妳，寡婦，妳發現妳的娃娃屋裡產生了一點點幸福、一點點愛，於是妳不假思索立刻捏熄。妳惡毒的思想逼死了所有美好。我救了埃德蒙，竟然得到這種對待。我忍了這麼久，以後不會再忍了。

「妳應該感謝我！妳能有今天的地位都是我的功勞！看看妳，紅得快爆炸了。那就快點爆炸吧！所有來到妳身邊的人都被妳毀了。妳把埃德蒙變得像塊抹布。妳把我師傅變得像個死人，他對妳的愛把他吞噬了。妳只是坐享其成，滿肚子死掉的愛，哀悼得津津有味——全都為了樓梯頂上的那個人臺。拜託妳燒了那個鬼東西，省得大家都痛苦。後退，皮考特寡婦！後退，否則我會砍掉妳的腦袋，我發誓！」

「賤貨！小賤貨！」寡婦尖叫，激動到快無法呼吸。「柯提烏斯，快想想辦法！她竟敢這麼放肆！要是沒有我，你們兩個早就流落街頭了。要是沒有我，這一切都不會存在。我為展覽館勞心勞力，才能順利經營下去。妳知道這個負擔有多重嗎？妳知道我都快被折磨死了嗎？」

「那就快去死！」我在走廊大吼，然後衝進我的工作室，非常用力甩門，希望震垮整棟房子。我坐下，穿著血淋淋的衣服大哭。哭完之後，我動手收拾東西，相信這次我絕對會被開除。

最後雅各來了，他送來一瓶酒。沒多久，我師傅也來了。

「那兩顆頭是重要的歷史紀錄。」我師傅說。

「你只有這句話要說？」

「唉，瑪麗，妳太狠心了。」

「沒別的了？」

「寡婦在陪她兒子。」

「就這樣？」

「我的小腿很痛。」

「活該。」

「我不知道妳怎麼會這樣，但不能就這樣算了。妳一定要道歉，但不是現在。現在先讓她安靜一下。」他嘆息。「瑪麗，做出這種事，完全不像妳。」

「哼，我終於清醒了。」

「我從來沒看過這種狀況。我們到底怎麼了？」

「是她逼我的。」

「瑪麗，」他說，「妳願意幫我做那兩個頭嗎？」

「嗯，」我終於說，「好，我幫你。」

我們做好了頭。那兩顆頭再次出現在猴子屋。

工作時，我問師傅：「師傅，巴士底監獄狀況如何？」

「我想應該很恐怖。」

「師傅，你真勇敢。」

「是啊。我不得不勇敢。」

「你不怕嗎？」

「專心工作吧。」

「我們錯過了，」雅各說，「真是遺憾。要是能親眼目睹，我一定會很開心。」

「你們錯過了嗎，師傅？」

「呃，瑪麗，我們在附近啦。」

「我們在羅伯特咖啡館，」雅各說，「聖保羅碼頭那裡。」

「真的嗎，師傅？」

「我帶他去的，」雅各說，「為了保護他。」

「真的嗎，師傅？」

「瑪麗，我只會做蠟頭。隊長這份工作——我恐怕不是那塊料。不過呢，頭，這才是我熟悉的東西。這才是我的歸宿，妳懂吧？」

「雅各，做得很好。」

「妳知道，像這樣的頭。」

那兩顆頭為猴子屋帶來新氣象。它們挖掘出我的脾氣，它們讓寡婦的嘴唇和我的拳頭破皮，它們還做到了另一件不可思議的事：讓埃德蒙離開閣樓。寡婦把他重新安置在她的臥房裡。那天晚上，她不准我去看他，但第二天，我拿了一包東西過去，裡面有布料、一點白色亞麻布、一些線、一根針、一把剪刀。

「妳來這裡做什麼？」寡婦質問，擋著門不讓我進去。她是不是有一點害怕？

「這是要給埃德蒙的。」我說。

「妳不准來這個走廊。」

「他應該會喜歡。」

「妳不准進來。」

屋裡傳來聲音：「瑪麗。瑪麗。」

「他在叫我。我聽見了。嗨，埃德蒙。」

「他整天只說那句話。」她氣急敗壞地承認。「他不正常。」

「他叫我的名字。他想見我。」

「沒這回事，他只是胡亂發出聲音。毫無意義。」

「那個聲音是我的名字。那個聲音是我。」

「瑪麗。瑪麗。」

「他真的在叫我。嗨，埃德蒙！我帶了一些東西給你。」

「胡說八道。不准給他。他會弄傷自己。」

「我認為不會。」

「誰在乎妳的想法？妳什麼時候變得這麼放肆、這麼自以為是？」

「自從妳把我關在外面。」

「妳這個小不拉嘰的醜八怪。」

「嗯，夫人？就這樣？」

「我的家人和妳毫無關係。」

「才不是這樣呢。」

「給我滾回樓下。」

「是，夫人。我會走，但是我自己決定要走的。再見，埃德蒙，我晚點再來。真高興你媽媽又重新注意到你了。」

雖然她沒有把我帶去的東西給他，不過至少她給了他一些亞麻布，埃德蒙用那些布做了一個人形，新的埃德蒙娃娃。這是很大的進步。他鼓起勇氣走到欄杆前，將娃娃拋到一樓大廳，讓我之後能找到。這個家裡叛亂四起呢！

54

◆◆◆

我很忙。

我們的牆外，動亂統治街頭。雅各．貝維薩吉代替我師傅，帶著艾彌爾．梅林和其他壯碩的員工去巡邏。回到家時，他的衣服上沾到一點血，他擁抱所有人，大聲說：「我們全都是公民！」他的能力很快就被看見了，他被任命為大道地段的民兵領袖。我師傅一直躲在猴子屋，終於，他短暫的隊長地位被推翻，他又可以回展覽館工作。

消息傳了出去，很快大家都知道我們有德．弗萊塞勒和洛奈侯爵的蠟頭。現在，每當有人的頭和身體分離，我們就會被叫去製作精良的副本，這樣當激情退去、太陽升起，他們就可以用比較理性的眼光評斷成果。在這樣的氛圍中，我接掌指揮。柯提烏斯蠟像館中的每個人，無論地位高低，都有自己的職責，提水桶、刷地板、調石膏、混合蠟、植毛髮、裝眼珠、搬底座、收門票。

雖然寡婦不准我接近埃德蒙，但他呼喚我名字的聲音帶給我勇氣。我有資格做頭；我證明了自己的能力。於是我做頭，我師傅允許。他站在一旁，看著我抱起那些沉重的圓球——和身體分離的頭，深夜裡被留在這裡，交給我們處理。其他人都不想做這件事，但我不介意。不對，不是這樣，我很樂意。我覺得自己有了生命，如此偉大的生命。從來沒有人這麼需要我。這些頭都曾經是當代的名人。我佩服自己，我找到了自己的天賦。

「說真的，師傅，我可以做嗎？」我問柯提烏斯。

「可以、可以，瑪麗，妳做吧。」

「你不想自己做？」

「老實說，我有點累了。」

「這顆頭很不錯。看看這張嘴，還有裡面的牙齒。」

「我好像沒辦法看。」

「別這樣嘛！」我忍不住笑出來。「這些頭只是人體而已。」

「我當然知道。」

「完全非常自然。」

「可是他們的死法不自然。」

「當然很自然！人殺人再自然不過了，不是嗎？」我聽到自己說的話，急忙停住。

「呃……是，師傅，沒錯。好可憐的人。這個人好可憐。真的很可怕，對吧，師傅？」

「非常可怕。這是謀殺，妳知道。」

「是，師傅。不過，我必須做這顆頭，對吧？」

「對，恐怕妳必須做。」

「我不介意這份工作。」

展覽館的員工，所有新來的人，他們多麼崇敬我！每當我接近，他們就會頷首致意並讓出路來，以這種方式表達敬重。我要他們做的事，他們都會乖乖做好。這是我第一次得到這種待遇。喬治跟在我身邊，整天忙個不停；他不像之前那麼愛講話了，但那是因為工作實在太多。我們的工作非常重要，我們把頭做好，放在大廳供人參觀。

即使寡婦不准我見埃德蒙，但她也對我展現出全新的尊敬。她不再隨意使喚我，沒過多久，她乾脆撤離猴子屋，白天帶著埃德蒙待在王家宮殿。她不再欺負我。

正所謂有進就有出。那個名叫安德列．華倫亭的十六歲少年，眼睛分得很開的那個。他之所以被趕走，不是因為眼睛，而是因為人格，因為馬丁發現華倫亭一直在偷收銀箱的錢。可憐的孩子嚇壞了。寡婦召集所有人，在大廳質問華倫亭是不是真的偷錢。他哭哭啼啼點

頭，哀求她再給一次機會。寡婦在他面前站著不動，然後伸手扯掉他胸口的C字玫瑰徽章。

「不！不！」華倫亭大哭。「先生，求求你。」

柯提烏斯只是哀傷搖頭。

「把他扔出去。」寡婦說。

雅各的小跟班艾彌爾把他驅趕到鬧門前，一把將他推出去。

「安德列．華倫亭不會就這樣認輸！」他吼叫。「有一天我會回來推倒這棟房子！」

我很同情他，可憐的孩子，這下他得流落街頭了。但我沒時間煩惱他的悲慘命運。我們必須展出蠟人。生意從來沒有這麼好。每天都有好幾百個男男女女入場參觀，而且現在門票只要三蘇*——慶祝攻陷巴士底監獄，門票特價。

*注：蘇（Sou），法國古貨幣名稱，一利佛等於二十蘇。

55

◆◆◆

幾段愛情故事。

這個故事的主題是一家店。經營事業的故事，業績起伏、員工來去、有賺有賠，有時也描寫外界發生的事，以及上門來的客人。因此，我有必要解釋一下。

王室全體被迫遷出凡爾賽宮來到巴黎，包括伊莉莎白公主——特別是我的伊莉莎白。一大群市場婦女組成的暴民殺進王宮討麵包，國王很怕死，於是投降，遭到大批平民欺凌。王宮關閉。倘若血腥暴亂發生當時我就知道，一定會非常擔心伊莉莎白的安危，但我得知的時候，事情已經過去了。一顆頭被送來我這裡——我是因為這樣才知道。

一大群在中央市場賣魚的婦女來到我們門前，送來一個包在圍裙裡的東西。她們往桌上一扔。那是一顆頭，以很不專業的方式割斷。

「喏，」一個婦女說，「我特地送來這裡。」

「呃，」我說，「請問這是誰？」

「凡爾賽宮的一個衛士。」

「瑞士衛隊？」

「對，其中一個。」

「我不認識這張臉。恐怕連他媽媽也認不出來。」

「做成蠟像。」

「這顆頭好像被踢過。」

「滴滴滴滴滴，滴滴滴滴滴。」

是佛羅倫斯，我們的廚娘。佛羅倫斯竟然加入她們！

「佛羅倫斯，妳也在現場？妳去了？」

「滴滴滴滴滴。對。我去了。」

「噢。」

「快點，」佛羅倫斯說，「做這顆頭。」

「妳們應該先帶來給我，然後再拿去當球踢。」

「快做。」現在她臉上沒有半點笑意。

告訴我伊莉莎白移居巴黎的人，也是佛羅倫斯。這些婦女非常以她們的成就為榮。

「妳的老家被封閉了。」她說。

多麼空洞。沒有人的凡爾賽宮，肯定是空前絕後的空洞。接著我想到：原本宮中有那麼多人，他們都去哪裡了？

「我感到非常遺憾。」

「妳感到遺憾？」佛羅倫斯問。

「呃，我只是覺得伊莉莎白很可憐。」

「遺憾？她說她很遺憾？」

「沒有，」我說，「我怎麼可能說那種話？我只是個下人。我只是奉命行事。」

「那就快點做這顆頭。」

「是，佛羅倫斯。」

「晚一點我做好吃的給妳。」

第二天早上，我去杜樂麗宮，現在王室成員住在這裡。穿過花園時，我的心跳多劇烈。宮殿前方有瑞士衛隊和軍隊列隊看守，大批巴黎人跑來想看王室成員。我推擠到最前面——小孩子可以這麼做，而我的身材依然像小孩，我問一位衛士：「我是伊莉莎白公主的舊僕人，」我說，「很特別的僕人。」甚至可說是朋友，他們會讓我進去嗎？「請告訴她瑪麗．葛羅修茲求見，」我說，「她的心和脾臟，就在外面等候。」

「走開，小姐。」

「請告訴她我的名字。她一定想見我。」

「禁止訪客。走開。」

人群中有人對我吐口水，另一個推我。接著喬治突然出現在我身邊，他扶起我。他來找我，因為又有新的頭送來了。我匆忙回家，告訴自己還會再來。這些日子發生太多難以想像的事：人民挑戰王室；我挑戰皮考特寡婦；還有這個：埃德蒙離開閣樓。伊莉莎白近在咫尺。我們三個人全都在巴黎：他、她、我。

「我很快就會離開了。」我告訴師傅。「趁現在還有機會，盡量利用我吧。等我不在了，你就得自己做那些頭了。我再也不想碰。」

但伊莉莎白還沒有準備好要見我。我再次去到杜樂麗宮，衛士甚至不肯跟我說話。

巴黎人花錢來柯提烏斯醫生展覽館。他們來看最新的頭；他們滿口公民、自由；他們彼此互看，也看那些頭。太多人來看巴黎新生活的展覽，有些人在遠處哭泣，有些人怎樣也擠不到前面。他們給的錢被送上樓交給馬丁．米洛，記好帳之後收進保險箱。我全都親眼看見了，因為現在我可以隨時去大廳。寡婦每次去大廳，回來時總是滿臉通紅，有一、兩次不停搖頭，有一次甚至快哭出來了，她對所有人大吼大叫。

猴子屋牆外，巴黎準備盛大慶祝節日。

「小不點，這些新的巴黎人多精彩啊！」梅西耶說。「充滿和諧、辛勤、和平。這是前所未有的偉大時代。各式各樣的公民都來了，準備慶祝聯盟節*。整座城市的各種人都為了同樣的使命而無私付出，布置戰神廣場準備慶祝。所有人都是兄弟姐妹，賣魚婦和貴族攜手合作。小不點，我們竟然能在有生之年看到這一天：人類終於變完美了！所有人都會來！所有人一起歡慶！」

「伊莉莎白公主也會去嗎？」

「所有人！所有人！」

「我好想見她。」

聯盟節當天大雨如注，不過無所謂。成千上萬的人湧入巴黎市，許多人來參觀柯提烏斯的蠟人，讚嘆他們生存的時代。在慶祝節日的短暫期間，人們相親相愛，和旁邊的人握手、

---

*注：聯盟節（Fête de la Fédération），一七九〇年七月十四日，為紀念革命滿周年舉辦的盛大節慶。

親吻。整座城市洋溢著輕快歡樂。這段日子有如奇蹟，每個人都年輕美麗，巴黎這座城市暫時成為烏托邦。就連雅各．貝維薩吉和他的艾彌爾都樂在其中，他們在街上遊蕩，尋找流浪狗餵食，大丹狗、貴賓狗、科卡犬，各種名貴犬隻跛著腳在街頭流浪，全都是貴族主人匆忙中拋棄的。柯提烏斯和寡婦一起坐在她的辦公室裡，用蠟為她製作各種小東西，像是水果、花朵。她沒有放在外面展示，而是收進抽屜裡，但也沒有扔掉。

在這段奇特的日子中，有一天，寡婦忙於把玩那些蠟做的小東西，將埃德蒙獨自留在大猴子屋的前院，我悄悄走向他。陽光下，我看到他的青筋，也看到缺角的牙齒、後頸的黑痣。我看到他身上的斑點：他只要稍微曬點太陽就會冒出雀斑，遍布下眼瞼、鼻梁，以及大小不一的可愛鼻孔。這時我看到了：他的耳朵開始發紅。

「埃德蒙？」

「瑪麗。」

「埃德蒙？是你嗎？」

「瑪麗……是我。」

「你回來了？你回來了！」

可惜我們沒有機會多說，因為那個女人在叫他了。「埃德蒙！埃德蒙，你在哪裡？快過來！」他媽媽很緊張，再次大聲呼喚他，他只好去找她。但他轉身對我揮手。

在這個短暫的季節，有一天柯提烏斯叫我去他的工作室，他的臉頰泛紅，感覺有點類似健康的氣色。「小不點，妳對這種事情有所瞭解嗎？」他害羞地說。「妳對這個主題有什麼概念？想法？可以給我意見嗎？」

「什麼主題，師傅？你沒有說。」

「我沒有說嗎？我還以為說了呢。唉，愛情，瑪麗。妳對這件事有所瞭解嗎？」

「有的，師傅，我確實有。這是我最關心的事。」

「瑪麗，妳是人，身為一個人，妳認為我有可能戀愛嗎？」

「是，師傅，我認為可能。」

「不過，妳認為我有可能被愛嗎？」

「我認為可能。」

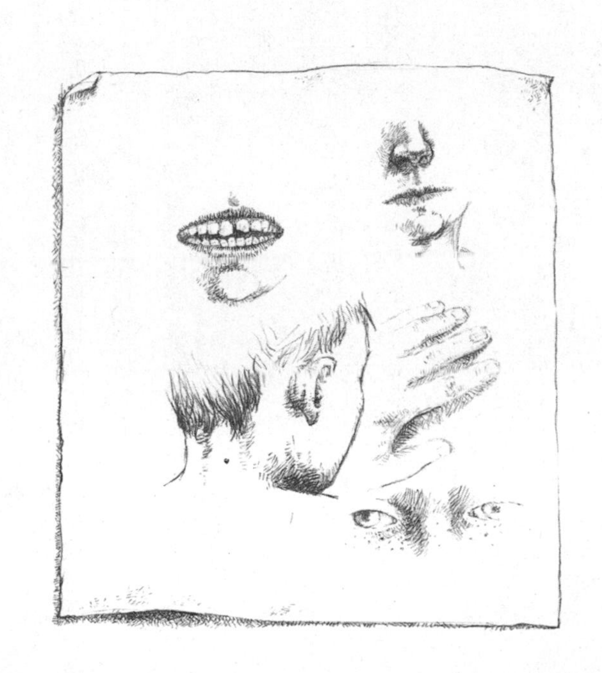

「妳知道，最近展覽館發生了很多巨大的變化，她的內心也同樣起了變化。我察覺到了。夏洛特，親愛的夏洛特。之前她只在事業上需要我，但現在我認為多了一種不同的需要。絕不是我的想像。不。愛情，」他低語，「愛情。究竟是什麼？如果能在一張臉上看到，如果能用蠟捕捉，那一定很神奇。」

56

◆◆◆

家人減少。

伊莉莎白做了一件蠢事。她企圖逃跑。我真的好生氣，她竟然想要不告而別，竟然隨便賭命。

六月二十日夜裡，國王、王后、兩個倖存的孩子，以及我的伊莉莎白——全部打扮成各種僕人與家庭教師，這種角色他們絕對演不來——他們坐上一輛載了很多東西的馬車逃離巴黎。第二天晚上十一點，這一年最漫長的一天，逃亡的王室成員在鄉下遭到逮捕，被帶回首都。全巴黎惱怒的人民都出來看，人群阻塞街道、擠滿窗口、爬上屋頂，全都等著看這個不可思議的景象：笨重的御用馬車以步行的速度回到杜樂麗宮。國民議會豎立警告標語：

鼓勵國王者將施以杖刑

國王經過時，人民沒有脫帽。他們張望馬車窗戶；他們拚命想看清楚。我也在人群中；我想看她，但我擠不到前面去。一瞬間，我好像看到她的後腦勺、她的帽子、一點金髮。我的伊莉莎白。她幾乎成功逃脫，我告訴自己，但她回來了，我很快就能再見到她，她會派人來找我。現在她一定會來找我。

另一個王室家族，我的蠟人，他們被裝上貨車，往反方向走，離開王家宮殿，回到大猴子屋。我好高興他們回來了，但現在他們要去大廳，和那些被砍斷的頭一起展示，加入罪人與惡人。他們不再以公開進餐的場景展出，而是圍坐在一張樸素的餐桌邊，一個穿國民衛隊制服的人衝進去，重現他們在那個叫做瓦雷內的地方遭到逮捕的場面。因為沒有時間做國民衛隊的蠟像，於是他們從舊的展示品中找了一個比較不出名的罪犯，戴上新的黑色假髮作為掩飾。王室家族只缺伊莉莎白一個人，因為我一直沒有為她鑄模。感覺彷彿我救了她，讓她免於加入這個場面。

七月十七日，拉法葉*命令國民衛隊朝抗議群眾開槍，殺死了五十個人。於是拉法葉的蠟像也加入了罪人的行列，王家宮殿的蠟像越來越少，寡婦顯得很孤單。前任市長貝里經歷了同樣的命運，財政總監卡隆恩與政治家米拉波也是；所有蠟像逐漸回老家。四月一日，寡婦自己也終於拋下王家宮殿。那時候，王家宮殿的展示廳幾乎全空了，只剩下少數幾個傑出人士：伏爾泰與盧梭、葛路克與富蘭克林，以及孟格菲兄弟。埃德蒙回到猴子屋，雖然他又被關進閣樓。

四月二十日，法國因為擔心外國入侵，搶先向奧地利與普魯士宣戰。二十五日，攔路搶劫的土匪尼可拉斯—雅各．裴雷提以最新發明的方式處決。那架機器是路易先生所發明，因此人稱「小路易」，木造框架搭配大型斜角刀刃。劊子手放下把手，框架中的刀刃便從高處直接落在裴雷提先生的脖子上，他的頭從身體上掉下來。雅各與艾彌爾去看熱鬧。他們敗興而歸。

「什麼都看不見。」雅各說。「太快了。還沒搞清楚狀況，頭就掉了。」展覽館繼續營業，比之前更忙碌。我們有如工廠日夜趕工，像機器一樣複製近代史。我們忙著製作一波波蠟像；沒有人明白整體是怎樣，每個人都只知道自己負責的那一小部分。有些人只看到頭髮，有些人只看到牙齒；一個人專門做眼睛，另一個上色；一個負責調蠟，另一個準備石膏。大家除了自己的工作臺，什麼都看不見。只有同心協力，我們才能製作人體，記錄這座風起雲湧的城市；只有攜手合作，我們才能讓所有民眾瞭解局勢。

＊注：拉法葉侯爵（Lafayette，一七五七—一八三四），法國將軍、政治家，同時參與過美國革命與法國革命。

寡婦在辦公室抽雪茄，咬羽毛筆，煩惱是不是沒想到這個或那個，為了決策而煩躁不已，再也無法確定方向。她為路易十六的蠟像戴上人稱「自由之帽」的紅色佛里幾亞無邊帽，完工之後，她開始製作展覽館外場員工的新制服。他們曾經穿過國民衛隊的制服，但七月時衛隊朝民眾開槍，因此失去民心，於是，現在員工打扮成革命激進派「無套褲漢」，穿上勞工大眾的服裝：條紋長褲、寬鬆上衣、樸素外套。他們依然配戴柯提烏斯玫瑰胸章，但現在多了三色花結：紅與藍是巴黎的傳統色，白則象徵王室。

沿著走廊往內走，我在主工作室忙個不停，拆開石膏模取出蠟頭。喬治．歐夫若伊拿著調色盤在旁邊待命，裡面的顏料都是各種粉紅色和紅色。我以前的工作室現在成為植入眼睛和牙齒的地方。馬丁．米洛在一樓展示廳收錢。我們降低門票價格，但收入並未減少，因為參觀的人數非常多，每天蜂擁而至。小朋友來這裡，大聲背誦人權宣言，年輕女子來對拉法葉的蠟像吐口水，罵他腐敗。老人家來參觀，不停說祖國多偉大。這段日子，參觀柯提烏斯蠟像館是一種愛國情操。

八月一日夜裡，沒發生什麼國家大事，但我們家中發生了驚天動地的事：我聽見柯提烏斯和寡婦在樓梯頂端吵架。我師傅綁架了亨利。

「夏洛特，現在該把他收起來了。他死了！他死了！和我一起走出過去吧。」

「我做不到！」她的聲音泫然欲泣。「不要逼我！一步、一步慢慢來。我願意脫掉他的衣服，但不會再讓步。他是我的精神支柱。要不是有他，我絕對走不到今天。你從來沒見過他。他很了不起，你永遠比不上。」

「但我活著！」

「拜託，菲利普。我正在學習。」

第二天早上，樓梯頂上的亨利變成裸體了。

八月十日，大批公民集結要求國王退位。在大猴子屋的我們聽到砲擊聲，瑞士衛隊為了防禦杜樂麗宮而開砲。伊莉莎白！我想著。她在裡面。我去工作室拿出那顆心和那個脾臟。

「一定要平安、一定要平安、一定要平安。」

猴子屋門窗緊閉，巴黎的所有房屋都一樣。我們無法外出；貿然上街的人都會挨子彈。大廳裡，每當砲聲響起，身體空空的蠟人便隨之震動，巴黎市長貝里顫抖，王室家族在椅子上晃動。我們把一些蠟人平放在地上，以免萬一倒下摔壞。隆隆砲聲撼動所有物品。

「一定要平安、一定要平安、一定要平安。」

亨利・皮考特的迎客鈴響了。我們拉開門閂、打開門，看到雅各・貝維薩吉和他的艾彌爾站在鬧門前。艾彌爾全身無力癱軟，臉色非常灰白，眼睛閉著，完全靠雅各扶持才能站立。接著，熟知所有知名殺人犯的雅各，抱起平頭的孩子進門，大家看出艾彌爾．梅林已經死去了。雅各終於親眼目睹殺人事件。

「雅各，發生了什麼事？」我師傅大喊。

「殺人！殺人、殺人、殺人！殺死了我的孩子。我的孩子！」

「噢，雅各！」我哭喊。「可憐的雅各。」

「孩子！」雅各咆哮。

到了這時候，整座城市完全停擺。許多人在街上巡邏，大聲宣布膽敢窩藏杜樂麗宮瑞士衛隊的人一律處死。他們徹夜搜索，幾乎將整座城市翻過來。既然瑞士衛隊逃跑了，那麼平民與王室之間的阻隔也就消失了，所有人全部混在一起，成為一堆難以分辨的肉體。我不知道伊莉莎白的死活。

「救命，」雅各大哭，「噢，救命啊。」

那一天燠熱的午後，我在工作室裡，天色突然變暗。我走到窗前，推開窗戶，外面傳來恐怖的嗡嗡聲響。大量蒼蠅停在玻璃上擋住陽光，有如濃密烏雲的大量蒼蠅在大道上飛行。巴黎到處都有大量屍體。

配戴三色彩帶的軍人來敲門，詢問我師傅的國籍。「他是柯提烏斯！」寡婦怒吼。「柯提烏斯本人！」但那些軍人似乎沒在聽。他們再次質問我師傅，他回答說他是在瑞士出生。然後他們問展覽館中是否還有其他瑞士出生的人，我師傅說有，一位長年跟隨他的助手，一名女性，剛好也是瑞士人。

「兩名瑞士人，」軍人說，「我們記下了。」

「他們是忠誠的法國公民，」寡婦說，「他們兩個都是。」

「他們是從瑞士來的。」

「這裡是他們的家。」

「他們是瑞士人。瑞士才是他們的家。」

「他們沒有做壞事。」

「調查過才知道。兩名瑞士人。記錄好了。」

他們離開之後，寡婦渾身發抖。「你們絕對不會有事。我發誓。就連她也一樣。」

「謝謝妳！」我激動地說。我沒想到寡婦竟然會做出這種承諾。

「夠了。我不想聽。」

「但我真的很感謝妳。這是妳第一次對我說好話。」

「第一次？哼。夠了。妳還算有用。」

我真的不敢相信。「我有用嗎？」

「對了，小不點，」寡婦說，「趁我現在願意說，再告訴妳一件事。妳應該想知道。妳的公主平安無事。他們全都活著，關在聖殿監獄裡。雖然成為階下囚，但活著。我幾個小時前才得知這個消息。妳應該想知道。」

「噢！謝謝妳！」

「好了，快滾去我看不見的地方。」

「好，沒問題、沒問題。」

「那就快滾。」

她對師傅說：「規定變得太快，我已經搞不清楚了。我已經沒辦法猜了。她可以。她知道的比我多！這些日子只有她明白狀況。只有像她那樣的人。」

寡婦發生了什麼事？怎麼會說出這種話？我們身處怎樣的險境，她竟然如此洩氣？她一定很擔心我們會死，我想。她一定非常擔心。

大道上的人似乎越來越不歡迎我們。那天早上，我們的廚娘佛羅倫斯·畢布羅離職了。她拒絕為瑞士人工作。第二天，另一批人上門來問了很多問題，他們要求檢查整棟建築，並且寫下許多註記，並且不再稱呼我師傅「愛國人士」或「公民」，而是「來自伯恩的瑞士人柯提烏斯」。幸好雅各為他擔保，他才沒有被立刻抓走。

每天都有政府的人來猴子屋，搜查我們的房間，尋找證物。

「我們沒有做壞事！」寡婦大喊。

「你們窩藏瑞士人。」

大猴子屋重新開張。小路易成為全國最熱門的行刑方式；穆浮達路上有家專門製造這種機器的工廠。現在機器的名字改了：小路易太容易聯想到失勢的國王，於是改名為吉羅丁斷頭臺，紀念吉羅丁醫生，他奔走多年，為死刑犯尋找人道的處刑方式。

為了消除懷疑，寡婦和我師傅將所有最受唾罵的人物放在展示廳同一區。王室成員被關進監獄，放進狒狒拉薩路的舊籠子。

我師傅雖然受到巴黎政府監視，但在猴子屋裡，他依然希望能被看見。「瑪麗，她會來我身邊，就快了。她會來我身邊。她需要我。夏洛特。任何一天，她只要敲敲門，我就在這裡。我們之間的藩籬慢慢倒下了。」

「師傅，我為你感到開心。她真的變了很多。」

一天晚上，我離開工作室去探望大廳裡那些不會說話的人，卻愕然發現寡婦跪在亡夫的人臺前幫他縫補。一看到我，她慌了，罵我偷偷摸摸。她站起來時撞到人臺，我好像聽見金屬撞擊的聲音。

一天早上，我看到安德列．華倫亭回到大道上，隔著鬧門和馬丁．米洛講話。我一走過去，華倫亭立刻跑走。

「他有什麼事？」我問。

「當然是要錢。」馬丁回答。「永遠是錢。」

「他沒錢吃飯嗎？」

「他很餓。」

「最好不要理他。不能相信他那種人。」

「儘管如此，他依然是法國人。」

八月二十五日，我們失去了五位員工。他們全都去打仗了，我勇敢的喬治也是其中之一，三萬名青年受到臨時執政委員會的號召參軍。我們揮手送別，這麼多年輕人行軍離開巴黎，鼓聲響徹城市。他們再也沒有回來。

57

「做我的蠟像。」

「他們在屠殺監獄裡的人。」梅西耶來找我們，傳達巴黎市最新的狀況。「就在今天傍晚。我和你們說話的同時，囚犯被拉出去屠殺，沒有審判、沒有憐憫。這雙染血的鞋子讓我作嘔，讓我急著來找你們。小不點，最近你們肯定會有很多頭。」他的語氣無比苦澀。我們一起坐在大廳裡，所有人，甚至埃德蒙也來了。

「伊莉莎白公主呢？」我問。

「王室成員目前還平安。他們殺的主要是教士。」

「真的？」我說。「謝謝你。這樣我就安心了。」

埃德蒙看著我。我判斷不出他在想什麼。

「坐吧，賽巴斯欽，」我師傅說，「喝點酒。我們很高興你來這裡。老實說，最近很少有客人。」

「我尤其想跟你們說一個人的事，」梅西耶接著說，「他身上染了很多人的血。我相信就連他自己也說不清到底殺了多少人。教士和貴族被他支解、砍殺。他砍到手都痛了。」

「梅西耶，你說得沒頭沒腦，」寡婦說，「到底是什麼人？」

「柯提烏斯醫生、皮考特寡婦，請問一下：雅各·貝維薩吉在哪裡？」

「守衛社區。」寡婦說。

「不，」梅西耶說，「恐怕不是這樣，皮考特寡婦。貝維薩吉變成劊子手，殘殺不肯服從國民憲法的教士。他將囚犯開腸破肚，生命就這樣流逝！」

「就是你們那個嗜血的雅各沒錯。我親眼看到他。」

「你一定弄錯了。」我師傅說。

「不、不，不可能。」

「他喝很多酒，」他放下自己的杯子，「他總是喝個不停。殺人很辛苦。」

「怎麼可能。」我師傅說。

「這個地方，」梅西耶看看那些面相凶惡的蠟人，「根本是培養殺人魔的溫床。」

我師傅臉色蒼白。「我們只是展示門外的世界。」他說。

「但你們不必展示，不是嗎？」

「當然必須！我們別無選擇。觀眾吵著要！」

「這些頭會帶來更多頭。勸你們快點遮起來或收起來！絕對不可以展示。這樣的新展覽不可以繼續下去。」

「這些蠟像只是反映外界發生的事。巴黎市的現況。」

「你們等於鼓勵這種行為！」

「我們只是單純觀察。」

「你們加以複製！你們保存最惡劣的行為，存放在這裡！」

「沒有比蠟更誠實的東西。所有人都知道。蠟不會說謊。」沒錯。蠟絕不會說謊——不像我在王宮裡看到的那些裝在鍍金畫框裡的油畫。蠟是最誠實的物質。

「快蓋起來，我求你！」

「但那樣等於撒謊。」

梅西耶憂傷嘆息。「這座城市快要爆炸了。」

外面有動靜。門鈴響了，又來了一群人。不同的一群人，但暴民的樣子都差不多。他們送來另一顆頭，放在桌子上，砍斷的脖子站得很穩。金髮！白膚！淺灰眼眸！

「噢！」我震驚地說。「這顆頭不一樣。我認識這個人！她活著的時候我和她講過話！」

「噓，小不點。瑪麗。孩子，」寡婦盡可能壓低音量，「拿去鑄模。妳不認識她。要是他們發現妳認識她，會連妳一起殺掉。」

師傅幫我準備石膏，他問：「那是……伊莉莎白嗎？」

「一開始看到金髮的時候，我以為是她。」

「是嗎？」

「噢，師傅，我以為是她。」

「是嗎？」

「不是。這個人——她是朗巴勒親王妃。」

「噢，原來不是。太好了。真是好消息。」

「她的皮膚幾乎是純白色。」

「想像成大理石吧，或許會好過一點。」

「可是我竟然認識一顆頭，師傅！」

「快做事吧。」

「我從來沒有遇到認識的頭！感覺好像我們越來越接近他們。」

「快來吧，瑪麗，拿起那顆頭。」

「好重。」

「妳好乖。」

埃德蒙看著我們處理那顆頭，沒有轉開視線。他的眼睛睜得很大，但沒有哭。他的坐姿非常端正，雙手抓著椅子。我們完成鑄模，那些人帶著頭離開猴子屋，我看到梅西耶坐在角落。哭的人是他。

「在伯恩的時候，我不該勸你來。」梅西耶說。

「如果沒有來，我就永遠無法見識這樣的美。」柯提烏斯回答，眼睛看著寡婦。

「噢，小不點，」梅西耶說，「小小的殘酷、小小的利刃、小小的血跡。妳的臉真適合這個時代。妳簡直是如魚得水，小小的惡夢。」

「你怎麼可以說這種話？」我說。「為什麼要罵我？我做了什麼該罵的事嗎？那些頭不是我砍下來的。」

「再見，」梅西耶說，「我應該不會再來了。」

我們開門讓梅西耶出去。他離開之前停下腳步，轉過身，用力踢了猴子屋一腳。

「但他很樂意喝我們的酒。」寡婦說。

「老實說，」我師傅說，「我從來不太喜歡他的頭。」

那天晚上，我們在大廳裡，寡婦坐在我師傅身邊，亨利．皮考特的鈴又響了。站在門外的人是雅各．貝維薩吉，一手拿著軍刀、另一手拿著毛瑟槍，吵著要進來。接下來的對話是以耳語（屋內）與咆哮（屋外）進行。

「他會殺死我們。」寡婦說。

「不會，」我說，「他絕不會傷害我們。」

「他身上有血，」馬丁．米洛說，「我看到了。」

「要讓他進來嗎？」柯提烏斯問。

「他不正常，」寡婦說，「他會殺光我們所有人，明天一早再哭哭啼啼。」

「他是雅各，」我說，「我們的嗜血雅各。」

「做我的蠟像！」雅各在閘門外大吼。「做我的蠟像！」

「這樣違反規定，」寡婦輕聲說，「我們不做自己的蠟像。我們不是展示品。我們不加入。」

「我殺了很多人！」雅各說。

「他喝了很多酒。」我說。「沒錯，他不正常。」

「最好讓他睡在臺階上，等他恢復正常。」柯提烏斯說。

「要怎麼睡才能讓那種狀況恢復正常？」寡婦問。

「好多人！噢，好多人！」他大吼。「這雙手！」

一陣寂靜。

「他走了嗎？」馬丁問。

「大概吧。」

但緊接著又開始了。

「噢，救命啊！」雅各大喊。「救救雅各！快來人救救雅各！」

「我受不了了。」我師傅說。

「小不點，救我！小不點！」

「我想去看看他。」我說。

「艾彌爾！艾彌爾！」雅各哀號。

「他稍微安靜一點了。他好像沒那麼激動了，」寡婦說，「但我們還是不能讓他進來。」

「該怎麼辦？」他哭喊。「現在該怎麼辦？」

「他很快就會離開，」寡婦說，「他會安靜下來。」

「家人！」雅各大喊。「媽媽！爸爸！弟弟！妹妹！」

「雅各．貝維薩吉，」我低語，「快別吵了。」

「我！我！救命！救救我！」

他放聲大叫，有如動物長聲哀鳴。一切終歸平靜，他走了。

「師傅，」我說，「明天我們一定要去找他。」

「嗯，瑪麗，明天他應該會冷靜下來。說不定晚一點他會再回來，在臺階上睡覺。」

雅各．貝維薩吉那天晚上沒有回來，第二天早上也沒有。滿身鮮血的他，拋開了柔軟的床鋪、抖去了溫暖與舒適，將自己與痛苦一起放逐回街頭。

那一夜，巴黎徹底改變，大道沒有半點聲響。曾經車水馬龍、絡繹不絕的街道，如今只剩寂靜。城門封鎖。每條街上都有手持長矛的人巡邏，挨家挨戶敲門。河流上，每隔一段距離就停著一艘船，一有任何風吹草動，船上的人就會開槍。

天亮之後，城門重新開啟，我和柯提烏斯出門尋找雅各，呼喚他的名字，吹口哨、大喊。我們攔下路人詢問。我們懸賞打聽他的消息。但無論是那一天，還是接下來的許多日子，始終沒有消息。

「我的雅各，」柯提烏斯傷心地說，「我的孩子！萬一半夜有小偷上門怎麼辦？現在誰來保護我們？」

58

沒有感情。

在巴黎公社的命令下，所有城門全部封鎖，家家戶戶的擋雨板與窗戶一致關閉，市區中的重要街道排了四層士兵，我、柯提烏斯、寡婦、埃德蒙，我們一大早就接到國民議會傳喚，奉命去到瑪德萊納路的瑪德萊納教堂。我們收到紙本命令，於是早早起床，慎重盥洗打扮。馬丁·米洛幫我們檢查確認、整理衣物，確認我們的三色花結鮮明挺立，接著後退再次觀察我們，終於揮手送我們出門。

「沒問題。」他說。「多重大的日子。你們全都值得這份榮耀。」

我們出門。我轉身向馬丁揮手時，瞥見旁邊的街上，有一個人獨自站在那裡，豎起領口擋風。

我們在瑪德萊納教堂度過漫長的上午，等候太久，我都快忘記我們到底為什麼來。終

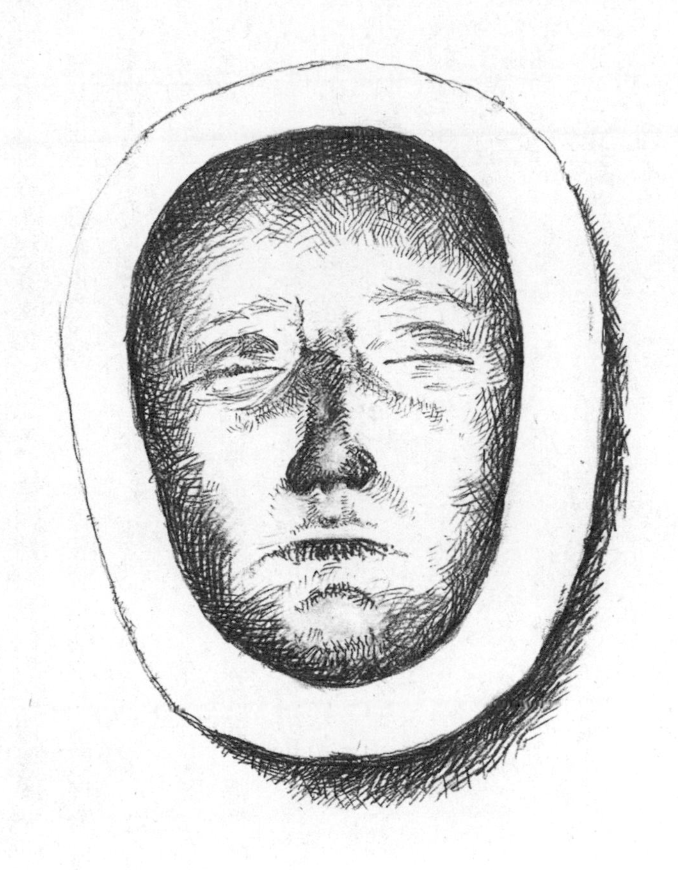

於，我聽見一輪鼓聲，安靜一下之後，突然響起非常轟動的歡呼。我們稍微移動，端正坐姿，重新整理儀容。應該不用等太久了，隨時會開始。我們的心情多麼緊張。柯提烏斯的肚子發出聲響。雖然很冷，寡婦依然滿頭大汗。埃德蒙放在腿上的手緊握著埃德蒙娃娃。我和埃德蒙不斷彼此對看。但我們繼續等，只是等。什麼話都沒說。

大約十點半的時候，城門開啟，大家可以做生意了。整座城市的擋雨板紛紛打開，人們出現在窗口，準備開始日常生活，去延後開業的市場採買蔬菜肉類，喝杯咖啡、下一盤棋、睡回籠覺。大約同一個時間，十點半剛過，教堂墓園挖了一個墳坑，旁邊準備好一桶生石灰。我們收到裝在籃子裡的東西，對方吩咐我們動作快。

「大部分的頭髮都不見了。」柯提烏斯說。

「分批賣掉了。」推獨輪車的人說。

我腿上放著那個沉重的東西。

「你們最好動作快。」推車的人說。「那個女人好像哭了。」

「沒這回事。」我師傅說。「瑪麗，妳在哭嗎？這樣完全不像妳。」

「她不該哭。這樣不對。」

「瑪麗，我們是隱形人，」我師傅說，「我們完全沒有感情。我們負擔不起感情，那是其他人的事。妳應該比任何人都清楚。我們做過多少頭了？為什麼現在要這麼激動？我們的角色就像報紙。我們只負責記錄。瑪麗，能夠親眼見識時代改變，是我們的榮幸，而這份榮幸隨之而來的代價，就是這個。國王也會死，以各種方式死去。歷史紀錄證明了這件事。現在我們也在記錄歷史。事實。事實。」

「謝謝你，師傅。我現在好多了。」

皮考特寡婦，堅不可摧的堡壘，她的裙子沾到一滴國王的血。她用手指戳。我絕對沒看錯，她的眼中含著淚。

「國王，」她低語，「噢，國王。我們究竟做了什麼，竟然走到這一步？」

這顆頭帶來太大的震撼，就連寡婦也不知所措。埃德蒙早已嘔光了早餐，坐在他媽媽身邊發抖，還把布娃娃埃德蒙咬在口中。

我和柯提烏斯開始動工。我們互相把頭傳來傳去，希望能弄乾淨一點：脖子斷裂處的寬度，肌肉切斷的地方，裡面的血塊與碎骨。我在他臉上抹油，小心不拉開眼瞼。那張臉上沒什麼表情。眉間有一點皺紋，嘴唇必須推回原位並且固定。牙齒磨損很嚴重，可能是因為吃太多甜點——不，不可以，不要想這件事。

「《魯賓遜漂流記》，」我說，「那是他最喜歡的書。」

「油。」我師傅說。

「既然連他都受到這種對待，伊莉莎白應該也逃不過，對吧？」

「石膏。」我師傅說。

完工之後，他們將分離的頭和身體放進最樸素的木箱，灑上生石灰。我將風乾完畢的石膏模放進柯提烏斯父親的手提箱裡，等候國民議會的進一步指示。這個空模是柯提烏斯製作過最重要的東西。回家的路上，我們輪流拿那個沉重的手提箱。我邊走邊想，現有的那兩尊國王蠟像該怎麼處理？一尊坐在餐桌旁，是我畫了無數草圖之後做出來的；另一尊站立的，則是我用他本人的頭鑄模。畢竟那兩尊都是全身像，體積很大。這兩尊蠟像的頭依然連著身體，這樣不對；國王遭到處刑之後，他們應該自動身首分離才對。

寡婦接過我手中的箱子。

「換我拿吧，」她說，「妳已經拿夠久了。」

看吧，我是這個家的一分子。

我們終於到家了，我發現標示出口的那扇門開著，一道閘門也開著。馬丁．米洛，一定是他先開好門等我們回家。我叫他的名字，但他沒有出來。進去之後，一切都像之前一樣：插在長矛上的那些頭，平放在地上的蠟像。柯提烏斯將箱子放在地上，但感覺不太對；寡婦拿起箱子放在桌子上。我從箱子裡取出石膏模放在桌上，將國民議會的命令公文放在旁邊，把東西準備好，等他們聯絡。柯提烏斯的手提箱必須準備就緒。我走進工作室，補充石膏粉和油，然後將箱子放在後門邊，準備下次使用。

我回到大廳時，馬丁．米洛依然不見人影，於是我上樓去找他。他不在會計室的高凳上，辦公桌上的東西全都不見了。我發現保險箱的門微微打開。這不像馬丁會犯的錯，我想，竟然忘記關保險箱；通常他都非常注重這些事。我想去關上，卻發現保險箱裡面空空如也。層架上什麼都沒有，只剩一張紙。

我拿出那張紙，急忙衝下來，一路尖叫。我將紙塞進寡婦手中時依然不停尖叫，寡婦接過去時，我還在尖叫。

她和柯提烏斯坐在大廳的長椅上，樂透得主西普利恩．布查坐在他們中間。她低下頭，讀出紙上的文字：

我拿走了一萬七千六百七十五張債券。

我拿走了一萬兩千三百六十四金路易*。

我拿走了皮考特寡婦藏在她丈夫人臺裡的九千利佛。

這個骯髒的事業完蛋了。我親手結束了。

你們回來的時候，會看到閘門開著，因為我早已離去。

簽署：馬丁．米洛。

寡婦一直低頭看那張紙。雖然一直低垂著，但我知道她一定會抬起頭。她總是知道該怎麼辦。寡婦的頭依然低垂，但很快就會抬起來，不用等太久。這個打擊很嚴重，確實如此，但她一定能解決。她總是知道該怎麼辦。我們依賴她。寡婦的頭依然低垂。很快就會抬起來，很快。

寡婦的頭依然低垂。

依然低垂。

再也沒有抬起來。

＊注：法國古代使用的金幣，一個金路易等於二十四利佛。

第六部

1793～1794

寂靜屋

三十二歲到三十三歲

59

寂靜街上的寂靜屋。

那些下班之後一批批蜂擁而至的人們，現在去了哪裡？總之不在這裡。他們不會來了。現在麵包、蠟燭、布料的價格都漲了三倍，誰還有錢玩樂？大道上的藝人全部離開了，打包搬家，將娛樂帶去別的地方。葛拉姆醫生的店門上掛起出租告示。全都沒了、全都沒了。一蹶不振、損失慘重。沒有煙火。沒有星火。聖殿大道不復存在，改名為寂靜街。

大猴子屋有如廢墟。馬丁．米洛離開時打開的閘門，從那之後再也沒有關上，現在朝著地面歪倒。馬丁捲款潛逃是單獨犯案嗎？還是有共犯？感覺不像他會做的事。一定有人幫他。前院的縫隙冒出雜草；小孩跑來在石板地上玩耍，沒有人趕他們走。歪扭閘門上的鈴再也不會響了。當寡婦再也抬不起頭，展覽館也跟著停擺。她是這份事業的頭腦。

現在屋裡非常空。雖然感覺不到，但其實裡面還有人在。四顆心臟依然在跳動。一顆或許有些微弱，但另外三顆加速跳動作為補償。

「我是醫生，」柯提烏斯說，「埃德蒙，你是她兒子，還有妳，瑪麗，妳是——呃，妳是小不點。現在呢，我們必須著眼於事實，只看事實。我只會說真話，夏洛特。親愛的夏洛特，中風了。」

我和埃德蒙蒐集店裡的鵝毛管，也就是鑄模時用來讓人呼吸的管子。現在我們將鵝毛管塞進寡婦歪斜的嘴裡，幫助她進食。

「我敢發誓，絕對是中風。」柯提烏斯說。「或許頸部周圍肌肉撕裂，腦部充血。半身不遂，也就是身體百分之五十癱瘓。會不會是動脈瘤？夏洛特，妳頭腦清醒嗎？妳能夠理解現在的狀況嗎？可以表示一下嗎？要是能看見裡面，」他輕柔撫摸她的粗紗軟帽，「我立刻就能判斷。要是能看一下就好了。是血栓嗎？還是腫脹？哪裡裂了？我沒辦法看，我們也就無法得知妳的祕密。妳的頭是不是發生過意外？幫幫我。我不知道該怎麼辦。夏洛特，不要停止存活。拜託，求求妳，不要停。」

她只是呆望著天花板。她可以吞嚥液體，算是不幸中的大幸，雖然柯提烏斯得捏她的鼻子才能說服她喝。她繼續呼吸，他說這樣就滿足了基本要求。

「我會永遠陪著妳。」他拍拍她的手。

一滴口水從她的嘴角流到下巴。他擦乾淨。

「要換尿布了嗎？」他聞一下。「沒錯。我幫妳換尿布。瑪麗、埃德蒙，你們出去吧，拜託，這是我的工作。埃德蒙，我必須搬動你媽媽。瑪麗，我必須搬動這位偉大的女性，以前她真的很照顧妳。等一下再回來吧。我自己能處理。夏洛特，為了妳，我長出肌肉了呢。我變得很壯。不，夏洛特，我不懷念其他的頭。不，我完全不在意。我所需要的一切都在這裡。我因此變得更加富有。」

柯提烏斯醫生的新生活是充滿愛的生活。他愛這份辛苦的工作，他愛她的汗水與口水，無論她的身體製造什麼，他全都愛。就連口齒不清的咕噥在他耳中也有如天籟，因為那是她發出的聲音。當他有勇氣的時候，就會低聲說：

「噢，我愛妳，我愛妳。我愛妳。我有沒有跟妳說過？」

因為沒有人阻止他，最後他不再低語，而是大聲宣布，先是對著她的右耳，然後再換左耳，確保她能聽見。他只要一有機會就大聲示愛。有時候他會坐在她壞掉的那邊，憂傷地望著她鬆弛的臉、再也不會動的手腳、形狀像水蛭的半邊嘴巴、眼瞼垂下的眼睛。

「我來說妳的事給妳聽，」他說，「妳豐腴、多痣、多毛髮，沒錯，這就是妳。夏洛特叼著雪茄掌管事業；她成就非凡，我們都非常以她為榮。妳有許多令人驚奇的面貌。為人母的夏洛特；妳把兒子養育得多出色。一家之主夏洛特；妳多會照顧家人。還有寡婦夏洛特；雖然這個夏洛特比其他小，但千萬不能忘記她。不過，或許那個夏洛特消失也好，那是過去的夏洛特。還有現在的夏洛特，對吧？畢竟她就在這張床上。一邊的身體放棄了，但另一邊依然努力撐下去，對吧？稍微進步一點？沒錯！就是這樣，未來的夏洛特。說不定是所有夏洛特當中最好的一個。」

入口和出口都關上了。國王處決後製作的石膏模，依然在等候國民議會的命令。公文始終沒有來。似乎沒有人想要。石膏模就這樣放在一旁，兩邊綁在一起。石膏殼裡的空洞代表重大的歷史事件。我們負責看守。

那段時間，我和埃德蒙突然在一起了。沒有人阻止我們。經過這麼長的時間，我們終於可以在一起。一開始，我們都不知道該向對方說什麼。我們只是彼此靠近，絕不離開對方身邊，陌生的自由反而讓我們不知道該做什麼。有時候我們會離開大猴子屋，去寂靜街上購買少少的配給麵包。排隊好幾個小時，以前的鄰居打量我們，看到我們變得如此落魄而暗自竊喜。有時候，我們明明已經排到前面了，卻又被趕到後面。有一天，一個年輕人把我們拉出隊伍，他的眼睛像魚一樣分得很開，身上的衣服很新，腰側掛著一把精美的軍刀。

「死了沒？」他問。

「沒有，安德列．華倫亭。」我說，因為那個人就是他。「她今天似乎好轉了一些。」

「真可惜。你們有沒有帶身分證明文件？我要再檢查一次。」

「已經檢查過了。」那段日子，我們必須隨身攜帶文件。

「我要再檢查一次——我隨時想看，你們就得拿出來。瑞士人！妳知道我們怎麼處置瑞士人嗎？我們逮捕瑞士人。我們砍掉他們的腦袋。我很好奇，現在巴黎市還剩下多少瑞士人。應該不多了。而且越來越少。」

「公民，你的刀是從哪裡來的？」

「我掙來的。生意如何，說來聽聽？」

「最近比較冷清。」

「很好、很好，我就知道！你們把可憐的華倫亭趕出去，看看你們現在淪落到什麼地步。你們兩個，到隊伍後面去。」

安德列．華倫亭被趕到大道上，再也無法進入猴子屋鬧門，鼻血直流，但他沒有因此一蹶不振。他在大猴子屋外示威，其他人看到也紛紛加入。那一陣子好多人來示威。華倫亭向他的同類兄弟姐妹訴苦，告訴他們展覽館是個多惡劣的地方，他們說：「再多講一點！」

「好，我還有很多事可說，你們有多少時間？」於是他們收容他，給他吃、給他喝，他說可怕的故事給他們聽。安德列．華倫亭就這樣活了下來。我認為是摧毀猴了屋的夢想，讓他苟活於人世。

雅各．貝維薩吉失蹤之後，華倫亭接手管理地區治安的工作，到處窺探別人的家，那雙眼睛以奇怪的角度看所有東西，找出別人沒發現的證據。他扯破女人的衣服，找到掛在她脖子上的墜盒，裡面藏著國王的肖像，於是她被處死。他在下水道裡抓到一個瑞士衛隊餘孽，當場將他淹死。他發現一個孩子膽敢玩王后娃娃，於是那孩子和媽媽一起下獄。不久之前，他突然發財了，足以到處賄賂取得升職機會；我們懷疑那筆錢是從猴子屋偷走的，但苦無證據。更何況，我們是外國人，他是愛國公民，沒有人會站在我們這邊。安德列．華倫亭成為官員，整天趾高氣揚地巡邏，胸前掛著很寬的三色彩帶，我們無法阻止。那段日子，有一群人的音量變得很大，他也是其中之一；他本身並不是嚮往自由的人，卻在那些主張自由的人當中快速晉升。

我和埃德蒙從市場回家，有時候能買到一點東西，有時候什麼都買不到。有一天，我們回家時聽到樓上傳來恐怖聲響。我們急忙跑上樓，看見我師傅在搬東西。

「師傅！師傅，你在做什麼？」

「快來幫忙！過來幫我。」

「噢。」埃德蒙說。

「我在搬我的床。我要住進她的房間。」

「噢，」埃德蒙不知所措地說，「噢，老天！」

「不幫忙就走開！」

於是，現在他的床墊放在她的床邊，健康的那一邊。

「在床上這個人就是我的幸福。我的幸福。我的生命。把她墊高一點。左邊雖然無力，但右邊很正常。瑪麗，無論左邊、右邊，我全都要。」

她癱軟地躺著，雙眼注視天花板，而我們身處其中的房子，逐漸崩塌。

60

詹姆斯．葛拉姆醫生的天國之床。

有些建築，即使命運坎坷、廢棄荒蕪、重新粉刷、無人聞問、遇到不愛惜房屋的房客，依然能夠保有特色。詹姆斯．葛拉姆醫生搬走之後留下的房子就是這樣。葛拉姆醫生逃離聖殿大道，回去蘇格蘭，但他留下了一些特質、一些氣味，一些日積月累、沉澱精華的東西。或許是嚮往、或許是肉慾，無論是什麼，即使他離開了，卻仍留下他的氣息，以及所有搬不走的東西。葛拉姆醫生的天國之床——出租，那棟建築隔著大道與我們相望，在那些漫長的上午與下午，我喜歡站在窗前看那些廢棄的建築。

斑駁的外牆上，隱約能看到兩個人的剪影，一男一女，兩個都一絲不掛。我看著那兩個鬼魂般的人形。埃德蒙過來坐在我身邊，光線照在他身上。

「埃德蒙，」我說，「埃德蒙，現在我非常清楚看見你。」

「瑪麗，」他說，「對，瑪麗。我很高興是妳。」

他握住我的手。我們一起坐在窗前，他非常靠近我，我們一起研究葛拉姆醫生的房子。我們望著對面的房子。我很想知道裡面是什麼樣子。

一個起霧的傍晚，路上幾乎沒有人，我們去到葛拉姆醫生的房子前面。我們在那兩個剪影的帶領下，穿過兩棟建築之間泥濘的安全地帶。我們踮起腳尖看裡面，一開始什麼都看不見。一片黑暗。我們繞到後面，發現那裡的門很容易撬開，於是我們進去。我們甚至敢點蠟燭。因為是從後門進去，所以我們立刻發現，這裡是禁止一般民眾進入的地方。我和埃德蒙闖進了葛拉姆醫生的更衣室。裂開的鏡子，地上扔著一件破舊的襯裙，一張黃色卡片上寫著過期的邀約：在朗波努咖啡店見？平常的時間？署名是快餓死的維多。

我們沿著一條樸素的走廊進入房屋深處。為什麼這裡的空氣感覺那麼悶？這個地方到處都有一種氣味，好像是麝香或我不認識的香料。我們到了入口大廳，停下腳步看寫在牆上的告示：歡迎光臨葛拉姆醫生的聖殿，本機構之創建乃是為了促進理性以及更美好的身心靈。現在這個地球上，大部分地方的人類都虛弱無力、荒謬愚蠢，只是苟活於世，終日奉承諂媚、苦惱憂心，為了毫無意義的競爭而彬彬有禮地互相割喉。歡迎進入，誠摯歡迎。您絕不會失望，但會從此改變。快請進，敞開心胸接受偉大的薰陶。請進。快請進。

「埃德蒙，」我說，「我們要不要像這裡寫的一樣，自己進去慢慢參觀？我們依照牆上寫的指示，就當作這個地方重新開張，迎接夜晚的人潮。」

「好，瑪麗。」他說。

「好。」我說，然後讀出牆上的指示。「在平靜音樂與溫暖氣息的薰陶下，往前走吧。」

我們走進一個房間，牆上畫著許多裸體的人，彼此糾纏；埃德蒙手中的蠟燭發出搖曳光芒，那些人彷彿在動。上方的彩繪橫幅寫著：音樂能讓幸福情侶的心靈變得溫柔，充滿愛與和諧。

「我們想像有音樂吧，埃德蒙。」

「好，瑪麗。」他低語。「我好像真的能聽見。」

我們往樓上走，樓梯扶手包裹著鋪棉絲緞。到了樓梯頂端，我們看到一扇很大的門，上面同樣寫了字：

進去就會看到**葛拉姆醫生的天國之床**。我本人和員工都永遠不會知道是什麼人在裡面休息，我將這個房間稱為**神聖庇護所**！**葛拉姆醫生的天國之床**。這個房間裡的設備，其中的妙處我難以用言語形容，只能說是經過多年嚴謹研究，並且耗費重金打造。快打開這扇門吧！

埃德蒙打開門。但我們進去之後沒有看到葛拉姆醫生的天國之床，而是一個前廳。那裡又有一扇門，上面同樣有字：

處女膜聖殿

下面還有更多指示：請將個人物品交由員工保管，我們保證絕對會歸還，而且我們處理之後還會有美妙的香氣。現在呢，噓！不要說話！

埃德蒙手中的蠟燭越來越晃，我伸手想穩住他的手，卻發現我自己也在發抖。我們繼續讀下去：初次造訪的客人，若是感覺到強烈的衝動，想要幫伴侶除去社會強加的束縛，這種感覺非常正常、非常合理。進去的時候，禁止穿鞋。禁止外套。禁止軟帽。禁止假髮。禁止連衣裙。禁止馬褲。禁止上衣。禁止馬甲。禁止襯衣。禁止任何物品。徹底禁止。

這段文字非常強勢，於是，儘管我們在發抖，依然無法不遵從，我們彷彿中了魔咒，開始除去對方的衣物。我們笨拙地解開對方的衣服，解開一切，讓衣服落在地上堆成一堆，同時努力呼吸。現在，埃德蒙身上遮蔽的部分全部坦露出來。他對我低語：

「瑪麗，妳的乳頭好小、好尖。我沒想到會是這樣。」

我沒有說話。

埃德蒙說：「真的很美。」

而我輕聲說：「噓。」因為門上還有一行字：禁止言語。完全禁止。只有音樂。聆聽音樂。

但我們能聽見的音樂，只有彼此心臟猛烈跳動的聲音。

埃德蒙移動到我前面，打開那扇門，我們眼前出現一道絲質簾幕，上面印著命令的文字：PROCUL! O PROCUL ESTE PROFANI!（瀆神的人啊！遠離此地，遠離吧！）我們找到簾幕的開口，穿過去之後，埃德蒙輕聲說：

「詹姆斯．葛拉姆醫生的天國之床！」

毫無疑問，因為歷史上設計來讓人類平躺的物品當中，絕對沒有任何一個能夠媲美。那張床長二十英尺、寬十五英尺，巨大的平面上方懸掛著大型圓頂，裡面有一面圓形的鏡子，完美映出下方凌亂的絲緞寢具。圓頂下方有個巨大的床頭板，上面同樣寫著葛拉姆醫生的指示：繁衍吧。為地球帶來新生命。

與那張床相比，我和埃德蒙顯得好渺小。甚至沒有臺階讓我們爬上去。如果只是一張簡單的床鋪，用來安靜休息的

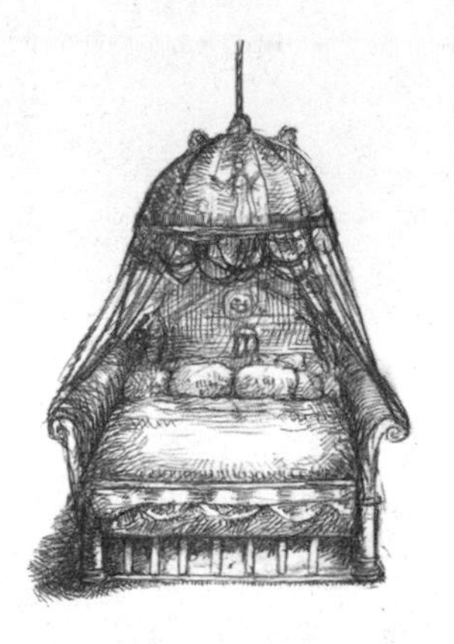

那種，要是我們身在樸實無華、充滿同情的地方，或許我們不會這麼尷尬。然而，面對這張彷彿為巨人打造、無比華麗的床，我們感覺非常渺小、徬徨。

我覺得那個奇怪的房間彷彿盯著我們看，好像我是尊蠟像，被人從四面八方觀賞。三十二歲。微不足道的女人。我爬上床，拉起滿是灰塵的床單遮住身體。不久之後，埃德蒙也跟著上床。

他吻我的嘴唇，一開始他的嘴唇很乾，接著他吻我的臉頰、脖子。埃德蒙發出嘆息，好像很睏，然後他輕輕讓我躺下，繼續從脖子往下親吻，現在他的嘴唇沒那麼乾了。一個溫柔的吻落在我的肩膀上。我感覺他繼續往下移動，不久便抵達我的胸前，他先是撫摸然後親吻。「妳拱起背了，」他呢喃，「妳在喘氣！」

緊接著，埃德蒙．亨利．皮考特將他推進我的身體，充滿我，我被抱住、搖晃。我閉上眼睛，在黑暗中又看見埃德蒙。

「我是埃德蒙．亨利．皮考特，」他說，「妳是瑪麗．葛羅修茲，綽號小不點，我們注定要這樣，很久、很久、很久以前就該這樣。」

就這樣。很久、很久以前，有個堅硬無法穿透的女孩，她名叫瑪麗．葛羅修茲。一天下午，她被敲裂，在硬殼底下發現另一個瑪麗．葛羅修茲，一個沒有皮膚、非常疼痛的人，一直存在於硬殼下。那之後，她再也不願遮蔽。

這就是生命。多麼活躍的生命。我戀愛了。

我愛上了埃德蒙。

後來，我們兩個經常在最奇怪的時間感受到渴望，於是偷偷穿過大道，在葛拉姆醫生壞掉的床上結合。有時候我們實在太急，我甚至沒有脫掉裙子，埃德蒙被落下的馬褲和長襪絆倒，褲子和襪子皺成一團，纏住他的腳。儘管這棟廢棄的建築裡，只有我們兩個是真正的人，但沒關係，我們讓房子重新活起來。對我而言，在我的生命裡，所有身體當中，我只要這個身體，屬於埃德蒙·亨利·皮考特的身體，屬於我的身體。我成為最瞭解埃德蒙·亨利·皮考特的專家，對於我的知識感到無比自豪。我們無比契合，有如尺骨契合橈骨、腓骨契合脛骨。最後，埃德蒙總是會把頭靠在我的胸前，專注凝視我。

這個生命，繼續下去，不停帶來驚喜。

這個小小的盒子，這個篇章，就在這裡結束，緊密封存，不讓四周的人接近，這樣其他篇章裡的人才不會跑進來打擾。這個寶庫就此封鎖，裡面的東西永遠不會洩漏，牢牢鎖住，如此珍貴，如此神聖、光輝，也如此神奇。但必須獨自存在。蠟，也是隱私。蠟封印信件。蠟讓世界上所有文字留在應該在的地方，直到對的人來打開，給予解放。

第六批頭。

61

排隊買麵包時，我對陌生人說：「埃德蒙．皮考特剝掉了我的硬殼。」害對方很困惑。回家的路上，我攔下一位老先生，歡天喜地宣布：「我的鈕釦被解開了！」我對一個年輕媽媽說：「我戀愛了！真的！」那是屬於我們的美好時光，我和埃德蒙很幸福，只有偶爾被師傅打斷。當我們眼中並非只有彼此的時候，當我師傅也在場的時候，我們察看四周，觀察每件物品——窗戶、擋雨板、窗眉、門、門把——心中滿懷感激。建築物保持直立，這樣我們才有地方住。我們每天互道早安、晚安。現在我們不在餐廳吃飯了，因為有一次，我們看到一隻大老鼠打開櫥櫃門。現在我們在舊廚房吃，桌上永遠有寡婦的餐具。小朋友在外面破碎的石板地上玩耍，笑鬧聲驚擾我們一碰就碎的家。

蠟人蒙塵。國王的斷頭石膏模裡依然只有空氣。我們不時巡視蠟像，收掉繼續展出會有危險的那些，我們的腳步在灰塵上留下痕跡。太多蠟像不能展出。絕對不能擺出與米拉波相似的臉，拉法葉也絕對不可以；絕對不可以證明那樣的人也有臉。王室家族——大部分成員——絕不可以出現在家中，不可以坐在餐桌邊，就連關在籠子裡也不行。

王后像國王一樣遭到處決：那天我們待在家裡，但是依然能聽見歡呼。伊莉莎白還活著，關在聖殿監獄。我知道千萬不可以去探望她，這種行為會害死全家人。我只能每個星期路過監獄一趟。我必須等待，我告訴自己。現在王后也死了，他們應該滿足了。他們應該很飽了。

我們在大廳灰塵中留下的足跡，反映了法國人民的歷史。我們將不能展出的蠟像搬到後面，在那裡拆解——首先脫掉衣服，然後拿掉頭。身體可以不用拆，只有頭會造成危險。我和埃德蒙高高舉起那些禁止展出的頭，用力往地上砸，一顆接一顆摔碎，所有碎片全部混在一起。埃德蒙將王室家族的頭遞給我。因為那些是我做的，所以只有我能摔。他們一個接一個碎裂。王后的鼻子、她丈夫的耳朵、她小叔的下巴，全部混在一起，好像還有一點米拉波凹凸不平的臉頰、貝里的眼眶（眼珠先取下收好，因為以後還能用）。我們踩踏那些過往的頭，讓蠟碎得更徹底，然後全部掃起來，一點碎屑也不留，全部都倒進我們的大銅盆。然後點火融化。

融成液體之後，我們熄滅爐火，柯提烏斯站在銅盆旁，虔誠恭敬地舉行儀式。他將雙手伸進慢慢變涼的蠟裡，感受最後的溫熱，同時喃喃說：

「生於蠟者，壽命短暫。」

半個小時後，我們翻倒銅盆，用刮刀取出裡面的東西。凝固的蠟掉在桌上，發出很大的聲響。融化的時光化作巨大的半球，再也無從辨認。失去的頭。遺忘的表面。

我靜靜在師傅身邊坐下。寡婦在樓上睡覺。

「那麼多的辛勞全泡湯了。」我說。

「有些很傑出，有些沒那麼好。」

「全都沒了。永遠消失。」

「還沒呢。」他說。

「還沒嗎，師傅？」

「我們還有石膏模。沒有徹底遺忘。只是看不見而已。」

我和埃德蒙手牽手待在大猴子屋的後面。柯提烏斯醫生忙著照顧皮考特寡婦，她發出的任何聲響都能令他讚嘆：「快聽啊！她多有精神！」

但我們的生活不可能永遠這麼平靜。一天晚上，將近深夜時分——我們全都睡了——一

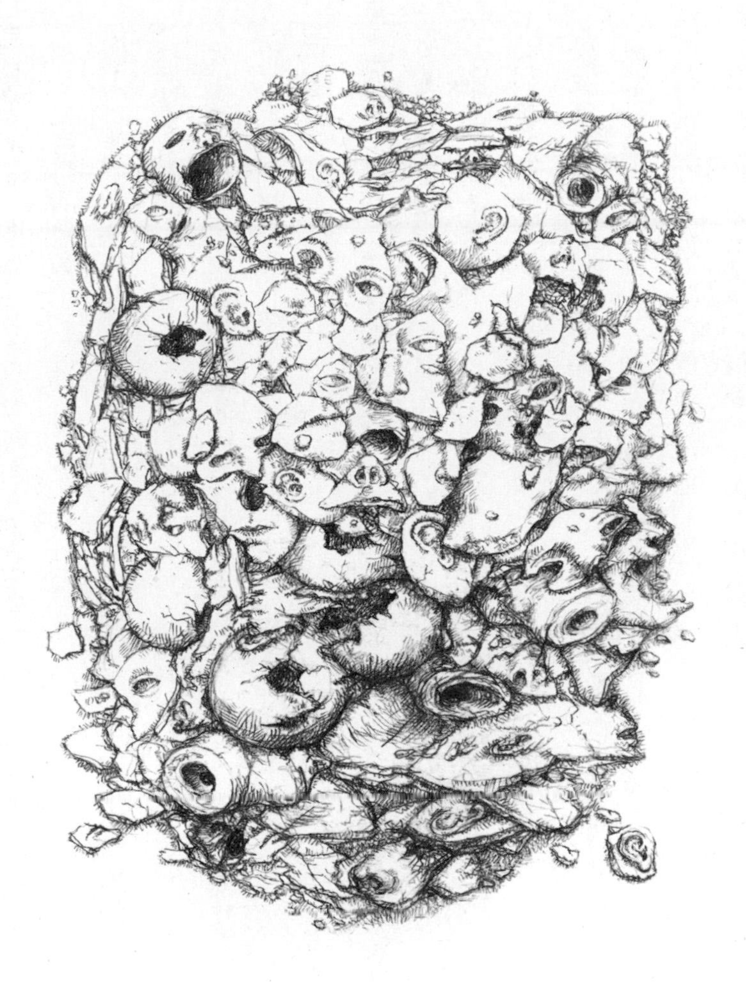

個聲音響徹大廳。一開始，我們無法理解；我們忘記了那個聲音。

亨利．皮考特的鈴響了。

十個人。他們從生鏽的柵欄進來，用力敲入口的門，也用力敲出口的門。

「他們不肯離開。」我說。「我去跟他們說現在沒有營業。」

「我不能下樓，」柯提烏斯說，「我不能離開她。」

「說不定他們終於想到要來拿國王的頭。」

我下樓去。埃德蒙也一起。

「只有你們兩個？」他們問。

「對，」我急忙說，「只有我們兩個在。」

「大師呢？」

「不在家。」我說。

「妳有器材嗎？」

「你是說鑄模的器材？」我驚訝地問。「有？」

他們要我們立刻出發，帶著器材。他們帶我們過河。快點、快點，他們頻頻催促。我們抵達一棟人群包圍的小房子，很多人在哭。帶我們過去的那些人硬擠過去。我們走上二樓的公寓，走廊上擠滿了人，他們團團圍著一名女子，她穿著稍微破損的條紋連身裙，他們不肯放她走。

「她做了什麼？」我問。「殺人。」他們回答。

我們被帶進一個擠滿人的房間。人群讓出一條路，我們看到床上有一個男人，赤裸的身上只披著一件浴袍，頭上纏著白色頭巾。他的臉形像月亮，坑坑洞洞，大大的眼瞼沒有完全闔上，寬寬的嘴張開，舌頭稍微探出嘴角，他有皮膚病，膿瘡、疙瘩、破掉的疥癬。他的胸口有一個大洞，像一張很深、很黑的大嘴；可以直接看到喉嚨裡。那個人已經開始僵硬了；他體內的液體停止流動，顏色開始變深。

「埃德蒙，你還好嗎？」我問。

「嗯，謝謝妳，瑪麗。」他說。「不用擔心我。我很堅強，我的本質強悍。告訴我該做什麼，我會在妳身邊幫忙。真想不到，我自己都感到驚訝！真想不到，我又看了他一次。死人，遭到殺害的人。」

外面傳來震耳欲聾的吼叫，走廊上那個年輕女子被帶下去了。

一個滿頭鬈髮的男子站在遺體旁，手中拿著素描簿。他放下筆，轉身看我們。一開始我以為他長得非常好看，但當他轉過來時，我看到他的左臉：腫脹、變形，有一點像寡婦的臉，左邊的嘴角拉長，像被刀割過一樣。他說話的感覺很怪，斷斷續續。

「什——誰？」他問。

「我們是柯提烏斯展覽館的人。」我說。「我們受過訓練。我鑄模的經驗很豐富，活人、死人都做過。這位是負責身體的埃德蒙·皮考特。」

「柯——提阿斯？」

「沒辦法來。」

「一——丁要用拉做整個森、森體。」

「是，」我說，「我們會做。」

「快改四吧！」

「是，我們馬上開始。」

「一體快懷掉了。快乎藍了。」

「是，沒錯，遺體確實開始腐爛了。」

「我比需滑下來。」

「畫下來嗎？」

「為勾民公會滑下早到殺孩的影雄。」

「您是畫家？」

「我四達——費——。」

他是畫家雅各—路易．大衛。

「噢，是嗎？」我從來沒聽過這個名字。「請問一下，那位不幸遇害的人是哪位？」

「馬——臘——！」

他是國民公會*代表讓—保羅．馬拉醫生。沸騰馬拉醫生，每天都大聲疾呼要讓更多人上斷頭臺，這樣國家才能得救。狂犬馬拉醫生，他自稱為人民的怒火。重病的馬拉醫生——毫無疑問，疾病讓他的脾氣更火爆——他在前高後低的拖鞋型浴缸裡泡藥浴治療皮膚病的時候，被人用麵包刀刺穿左肺、主動脈，刀刃深入左心室。

我們必須迅速、謹慎，我們必須保存這具可怕的遺體。

我們是第一批處理馬拉遺體的人，接下來還有很多人。我和埃德蒙動手鑄模，一起忙碌趕工。只做頭部和一部分的胸口，因為其他部位承受不起鑄模的過程。馬拉的臉龐凹陷，眼睛像生蠔一樣渾濁。我們完成鑄模之後，另一批人上前，他們切開遺體，一些內臟被扔掉，一些小心保存，用溼布包裹。這是他們的工作，這些人的工具是醋、砷、汞鹽與針線，他們

*注：一七九二—一七九五年間，法國大革命時期的單一國會。

整理好遺體準備進行國葬。他們取出他的心臟，真正的心臟，放進斑岩甕裡。我們帶著頭部的石膏模回家，他們命令我們盡快做好馬拉的死亡面具送來。

匆忙趕回家的路上，我說：「埃德蒙，我們要一起合作。所有步驟。我需要你幫忙。」

「沒問題，」他說，「我知道。」

首先，我們清掃大工作室的地板。然後把工作臺刷洗乾淨、擦拭工具。我們擺好所有東西：量尺、石膏粉、鉀皂。一切準備就緒之後，我們將石膏模搬到工作臺上。

柯提烏斯下樓來。「這是什麼？」

「頭。」我說。

「生意？」他震驚地說。「有生意上門了？」

「是，師傅，」我說，「一點生意。」

「不，不行。我們歇業了。」

「師傅，我們不得不做。這是命令。」

「這是誰的頭？」

「一個被謀殺的人。」

「我不要再看到死亡。從今以後我只要生命。我希望所有人活下去。絕不可以接觸死亡。說不定會蔓延。」他伸出顫抖的手，將存放蠟的櫃子鑰匙交給我。「拿去。我受夠了。我要回樓上去了。不要吵醒夏洛特，她在睡覺。我得回去了。」

我們用石膏模做出來的第一個死亡面具放在馬拉家窗前，俯瞰街道，供上百位前來哀悼的民眾瞻仰。

我送過去時，大衛說：「帶好了！帶好了！鳥不幾的唉果拱敏。」

他說我是了不起的愛國公民。

兩天後，我們做好了馬拉的胸像，將死亡面具換下來。大衛要求我們做馬拉的全身蠟像公開展示。夏季高溫中，真正的遺體迅速腐壞，但盛大葬禮還在準備當中。

「塔的整過森體——，怪，百託怪做粗乃。」

我們回家便開始動工，我們兩個互助合作。馬拉的蠟像分為十二個部分。因為我們不可能用他的遺體鑄模——我們只有他的胸口、肩膀、後頸、頭顱——因此，必須先用我的筆記與埃德蒙測量的數據製作黏土模型。我們必須將死亡面具裝在黏土身體上，然後整體再次鑄模，最後再用新模製作蠟像。我們在中國蜂蠟中加入顏料，仔細調色，隔水加熱到正確的溫度，然後緩緩注入模具。我們取出蠟，將各部位拼在一起，最後畫上膿瘡，加上蠟的碎屑呈現出疥癬破掉的感覺。

「你們太吵了。」柯提烏斯說。

但我們其實幾乎沒說話。我和埃德蒙全心投入工作。

馬拉死後第三天，七月十五日，我去向大衛報告進度時，馬拉的遺體已經變綠了。第五天，悶熱不適的氣候終於緩解，下了一場雨，殺害馬拉的女子遭到處決。第六天，讓─保羅．馬拉醫生的遺體終於從家中移往科德利埃教堂供民眾瞻仰。致命傷特別呈現出來。人們靠近觀看傷口裡面，遺體經常噴灑香水。備極哀榮。第七天，我們的馬拉蠟像完成了，送交國民公會。我們的馬拉躺在他遇害的浴缸中，胸口插著一把刀，姿勢表現出痛苦。參觀的人可以伸手觸摸。沒有惡臭腐敗的馬拉，乾淨新穎，微微發亮。蠟像在國民公會展出，等候大衛完成一幅巨大的畫作，描繪死在浴缸中的男子，烈士、聖人、神。

「感些妳，拱──敏───。」大衛變形的臉頰上滿是淚痕。

大家都想要馬拉的紀念品。要去哪裡才能得到呢？他們都看過放在窗口的死亡面具。要去哪裡才能弄到？

雖然是無心插柳，但我們就此成為馬拉紀念品的主要供應商。

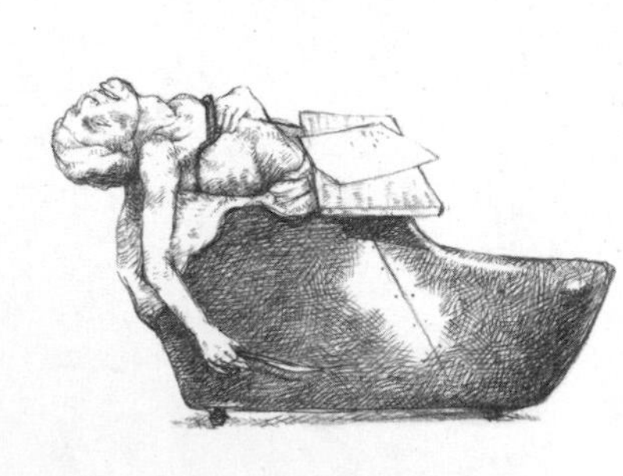

62

新事業。

那幾週、幾個月，我們意外成為成功的家庭工廠。我們製作激進派馬拉的石膏頭像，早上做馬拉，整個白天持續做馬拉，一直到夜深都還是只有馬拉。我們在出口和入口的標示下面放了告示：

購買馬拉

請至後門洽詢

「埃德蒙，」我說，「現在要由我們負責經營了。」

「我們嗎？」

「只有我們。柯提烏斯全心全意照顧寡婦。只有我們了。」

我們將售票櫃臺搬到後面，我和埃德蒙一起坐在那裡收錢：馬拉頭像，一個七十指券*。那段日子，我明白了與另一個人徹底合而為一是什麼感覺，每天一起生活，分享空間與身體，緊緊依偎坐在長椅上，在桌子底下偷偷牽手。我們是一間時光凝滯的店鋪，停留在一七九三年七月十三日，馬拉遇害的那天，就這樣延續了好幾個月。

「只做一個人的頭？」柯提烏斯醫生問。「只做一個人？」

「是，師傅，只做一個人。」

「這樣真的好嗎？只做一個人。萬一是不對的人呢？」

「師傅，我也不懂。確實感覺很怪。但我們猴子屋一向展出最受歡迎的人物，現在大家只要馬拉。」

布娃娃埃德蒙變得比以前大很多，身上纏繞著各種鮮豔色彩，青藍、朱紅、洋紅色的線，小塊的深紫、靛青、赭黃布料，全都是從他媽媽廢棄的工作室取得的。以前的真人埃德蒙有多內向、害羞、平凡，現在的布娃娃埃德蒙就有多大膽、耀眼、帥氣。

「我測量過妳的瑪塔。」他說。

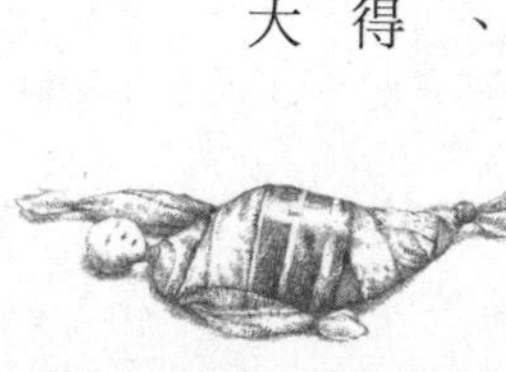

「繼續說，埃德蒙。」我說。

「我記得這件事。」

「還有別的嗎？」

「以前我會在晚上去找妳。我經常想起這件事。」

「沒錯，噢，沒錯。」

或許是因為埃德蒙難得說這麼多話。或許是因為民眾吵著要馬拉的頭像。也可能是因為柯提烏斯總是隨侍在側，他的愛慕與關注，他的千萬個人體故事。無論原因是什麼，皮考特寡婦殘存的軀殼內部開始發生擾動。

柯提烏斯醫生說她比較常發出聲音，他發現她不再看天花板，改看牆壁。可憐的柯提烏斯醫生，我們對彼此說，可憐的人，她的樣子完全沒變化，他是如此深情。然而，有一天早上，當埃德蒙去看她的時候，她的眼睛從天花板移動到牆壁，然後——他發誓——注視著他，一旦鎖定他之後，那雙眼睛再也沒有移開。他到房間另一頭，她的眼睛跟著移動。他走向另一頭，她的眼睛跟著移動。埃德蒙尖叫。我們急忙跑過去。

「快看！快看！」

＊注：指券（Assignates）為一七八九—一七九六年間，法國政府發行的一種紙幣。最初的目的是為了解決經濟危機，但因為濫發反而造成嚴重通貨膨脹。

我們到的時候，她又睡著了。但第二天，我進去時，柯提烏斯在對她說話，她發出的聲音感覺多了一點意義。

「咯嗚嗚嗚呃。」她說。

再一次。

「咯嗚嗚嗚嗚嗚呃。」她說。

「沒錯，我們過去是，我們過去確實是，」他說，「可是現在不是了。」

「工作，皮考特寡婦？」我問。「妳是說工作嗎？」

「咯嗚嗚嗚嗚呃呃呃呃呃。」她說。

我找了一些舊衣服給她，以前員工穿的舊制服，她奮力抓住。我將舊制服貼在她的臉頰上，她哭了起來。寡婦努力想回來——或許不是完整的她，但至少一部分。

我們把她搬下床，放在手推車裡，帶她在二樓的房間逛逛。我們給她把玩的東西，通常她都會扔在地上，彷彿看我們去撿更好玩。

一天早上，柯提烏斯醫生俯身揮舞手術刀，割斷了她的軟帽繫帶。軟帽掉落，但頭髮沒有散開。一股臭味瞬間瀰漫整個房間。那個臭味太過私密。大量頭髮糾結，棕、灰、白交雜，令人不忍卒睹的顏色，欠缺關愛的顏色。寡婦的頭髮變得硬梆梆，幾乎像骨頭一樣。

柯提烏斯沉吟許久，象牙髮梳懸在上方，不知該從何下手。他嘗試幾個不同的地方，把梳子插進去，稍微拉一下，寡婦的整個頭跟著動。埃德蒙驚恐地看著。接著，柯提烏斯拿出一把尖端分叉的長頸鉗，這是子宮手術的器具，靠著這支工具，他成功解開部分頭髮，鬆開綁太久的髮辮。這時，一些頭髮自行脫落。柯提烏斯渾身顫抖，手中握著寡婦的頭髮，糾纏、厚重、黏著、窒息、結塊、束縛，被時間侵蝕，像老鼠尾巴，飄出陳年惡臭，沒有半點生氣。除去軟帽之後，她所有的愛再次出現，那份愛變得多麼奇怪；那份愛有如一個軟弱、無力、怪異的人。柯提烏斯努力整理。

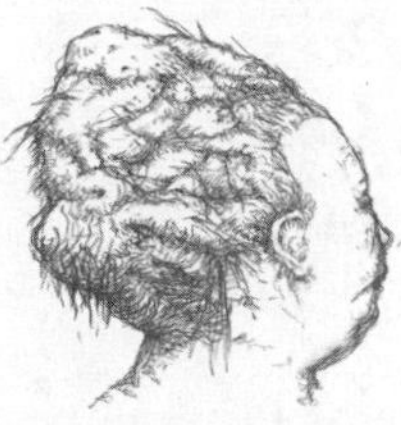

她咬他。

他一臉錯愕站在她面前。然後他拍手。「妳進步真多，夏洛特，進步真多！再咬一次。快咬啊！」

她確實回來了，但不是以前的她。她忍受柯提烏斯整理她的頭髮，有時甚至准許他修剪；他無比慎重、無限愛戀地為她打理。埃德蒙給她看以前的帳簿；她用正常的那隻手撕了幾頁。我們把她搬下來看大廳，但現在變得太淒涼，原本放蠟像的椅子和基座現在大多空著。我們用推車帶她去看剩下的蠟像，但她似乎漠不關心。我給她看我們的新工作，擺滿好幾層架子的石膏馬拉，但她似乎無法理解。我給她看我們賺到的錢，但指券是她沒看過的新紙鈔，我們每次把指券塞進她手中，她就會鬆手讓錢落下。最後埃德蒙抱住她的腋下，我和師傅各搬一條腿，將她扛回樓上。我覺得她好像比較喜歡待在房間裡。

埃德蒙搬來亨利．皮考特的人臺，現在變得非常扁塌，馬丁．米洛——和他的同夥——拿走裡面的錢之後，裡面的填料漏光，胸口嚴重凹陷。

「媽媽，我希望妳想起爸爸、想起我。我是埃德蒙，妳的兒子。或許現在我的樣子和以前不一樣了，可能真的變了很多，說不定妳會認不出我。不過，我希望妳認識我真正的模樣。妳的兒子，終於變強壯了。」

柯提烏斯咬著指節，彎下腰、轉過頭。埃德蒙將塌陷的爸爸放在媽媽面前，她看了又看、看了又看、看了又看，但什麼都沒看見。

「爸爸有時候會邊講話邊點頭。」埃德蒙回憶道。

柯提烏斯迅速點頭，他對自己很生氣。以前做蠟像的時候，柯提烏斯為了理解蠟像的臉，都會模仿表情，逐漸變成改不掉的習慣。現在，當埃德蒙一一說出父親的回憶，師傅便不由自主模仿。

寡婦看著天花板。

「爸爸工作時會唱聖歌。」埃德蒙得意洋洋地回憶。

「不！不會吧！」柯提烏斯低語，但還是哼了一小段。

「爸爸的腳內八！」埃德蒙大聲說，我的埃德蒙好強壯。

「噢，老天！」柯提烏斯說，跟著把腳尖轉向內。

寡婦繼續看著天花板，但皺起眉頭。

「爸爸……」埃德蒙大喊。「爸爸是招風耳。」

「救命！救命！救命！」柯提烏斯慘叫，摀住他的耳朵。

但寡婦睡著了。

回頭說我們的小生意，每次打開模具，我都很期待這次會不會是不同的人，會不會有人偷偷躲在裡面，但每次都是馬拉。有時候，當我打開模具，會忍不住嘔吐。

「都是那顆頭害的，」我說，「每次都只有那顆頭。只要不看，我就會覺得舒服一點。」

我們已經太習慣這樣的居家生活，因此，接下來的那段平凡日常對話才會發生，那是其他人家中會發生的事，普通人生活中會講到的事。

「不，」埃德蒙一臉嚴肅，「我大概知道是什麼原因了。不是因為頭，瑪麗。」

「不是嗎？」

「不是、不是。妳懷孕了。」

63

埃德蒙的同伴。

八月二十三日，全民動員令下達。規定男性必須服兵役。男人被抓起來送去打仗。年輕男子上街處理日常瑣事，就被抓去軍營。

在猴子屋，埃德蒙只能關上擋雨板躲在家裡。後來連這樣也不夠了，他必須回閣樓。

「不，瑪麗。我不要再回上面去。」

「為了你的安全考量，你一定要去。」

「我討厭閣樓。」

「但那裡最安全。」

「是嗎？妳怎麼知道？妳在那裡待過嗎？那個地方會對人產生可怕的影響。力量太強大。」

「不，」我說，「現在不會了。你已經是不一樣的人了。」

我一有機會就上去看他，但他必須躲好。萬一有人瞥見他的身影，或是聽見他的聲音，他就會被抓走，這樣一切就完蛋了。埃德蒙躲在樓上，在樓下，還沒有人來抓他。同時，來買馬拉的民眾告訴我各種消息。

「梅西耶被逮捕了——妳有沒有聽說？」

「可憐的梅西耶先生！我沒聽說。」我說。

「那妳一定也不知道是誰逮捕他的吧？」

「不知道。」我說。

「是雅各．貝維薩吉。」

「你見到雅各？你知道他在哪裡嗎？」

「我只是聽說而已。別人跟我說是他。」

埃德蒙認命地躲在閣樓，我的木娃娃和他的布朋友跟他作伴。他將所有店鋪人偶放在同一個房間，全部排排站。有時候他自己也會站在中間，彷彿假人公會召開會員大會。我們在閣樓存放了許多乾糧，這樣萬一我們被抓走，他可以慢慢吃。

埃德蒙躲在閣樓，柯提烏斯醫生趁機將亨利．皮考特給拆了。他趁沒有人注意的時候偷偷扯掉縫線，或剪掉一小塊。他用亨利．皮考特的碎片去塞牆上的洞。有一天，我發現裁縫的人臺只剩下一塊可憐兮兮的布塊，他放在口袋裡，偶爾用來幫寡婦擦汗。「這是誰？這是誰呀？」他舉起那塊布給她看，但她回答不出來，他滿意地點點頭。

又有一天，柯提烏斯對我說：「我懂解剖學。我很熟悉人體結構。以前他們曾經把死於產褥熱的產婦身體送來給我。我看過她們沉重的腹部。我記得很清楚，她沒有像其他遺體那樣被人研究過那麼多次。我打開她的腹部──」他壓低聲音，「──裡面有個小型的人。小不點，瑪麗，妳的肚子裡面有什麼？」

「寶寶。」我說。

「真正的寶寶？」他說。

「對，」我說，「希望是。」

「怎麼進去的？」

「一般的方式。」

他一臉迷惑。我指指閣樓。

「噢！」他說。

「對，師傅。」

「太危險，」他說，「不安全。」

「人都會生寶寶。」

「妳老了。妳太老了！妳會死！」

「或許吧，師傅，」我說，「但也或許不會。」

「不，噢，不。妳會死。」

這下我師傅得照顧兩個女人了。他每天都會聽我的胸腔和肚子好幾次，要求我躺下讓他檢查。他幫我洗臉，邊洗邊搖頭。他甚至來幫我做馬拉。這時候，我們的馬拉蠟像已經歸還了；原本展示的位置改掛上大衛的畫作。因此，馬拉石膏像的需求開始降低，因為我們是用馬拉真正的臉做出來的，和大衛的畫相較之下顯得很醜。他將馬拉畫得很美、很神聖，彷彿他是聖經人物，但其實他根本不是那樣。那幅畫是謊言。

埃德蒙縫製了一套簡單的粗布衣，很像店鋪人偶的身體。

「要是有人上來，」他說，「一定會以為我也是店鋪人偶。」

「狀況不會永遠這樣，埃德蒙。」我說。「記住你是誰。你絕不可以忘記。看看窗外，看看葛拉姆醫生的店面。今晚我會來找你。」

「我們快要有孩子了。」

「希望是，埃德蒙，希望我們運氣夠好。」

「妳的身體裡有一個孩子，正在成長。」

「對，但也可能會突然停止。」

他哭了起來。

「不過我們要為孩子盡一切努力。」

「嗯，盡力做到最好。」

在這段半死不活的陰暗日子裡，我們在黑暗的家中緩慢移動，盡可能不發出聲音，這時我們聽到了消息。屬於另一段人生的人。我很久沒有想到她了。我忘記要思念她了。要是我一直想著她，說不定她能平安無事，依然活著、依然呼吸。

我要出門買麵包，但後門上鎖了。柯提烏斯醫生站在門邊，彷彿在守門。「今天最好不要出去。」他說。「今天我們不需要麵包。」

「當然需要，」我說，「我們真的需要麵包。」

「今天真的不要出去比較好。」

一開始，我沒有想到。

柯提烏斯堅持要我去陪寡婦。然後，埃德蒙給我看一個他自己做的紙漿面具，可以遮住他的整張臉，只留鼻孔呼吸。面具上有雙畫得很粗糙的眼睛，藉此掩飾他真正的眼睛。

「不要，埃德蒙，這樣太誇張了。」

「不、不，這樣我覺得好多了。安全多了。」

只要一聽到有人上樓的腳步聲，他就會戴上面具。柯提烏斯要我再跟他講一次，以前我們在伯恩的生活。那天柯提烏斯說：「我們來聊聊我們最早做的頭。披上那條毯子。」於是，我們裹著毯子坐在火邊，回憶當初那些名不見經傳的蠟頭。

最後我終於想通了。

我的思路是這樣的：所有擋雨板都關上了，就像國王和王后遭到處決時那樣，因此，說不定今天又有重要人物被處決了。我納悶會是誰。不過，當我悄悄打開一扇擋雨板，望向大道上還有人住的房子，卻發現只有我們家鎖上擋雨板，這時我開始心慌。說不定是她，我想。很可能是她。搞不好真的是。不然為什麼他們都那樣看我？為什麼他們一直摸我、拍我、寵我？

「嗯嗯嗯嗯嗯嗯。」寡婦說。

「伊莉莎白？」我問。

「瑪麗？」埃德蒙說。「讓我摸摸妳的肚子。」

「伊莉莎白？」我問。

「瑪麗，」我師傅說，「陪我在火邊坐著休息一下。」

「伊莉莎白？」我問。

「跟我聊聊伯恩的那些頭。」

「伊莉莎白？」我問。「伊莉莎白？伊莉莎白？」

終於他點頭。「伊莉莎白。」然後，「過來火邊坐著吧。」

於是，老天啊，我過去坐下。

一七九四年五月二十七日，新曆法則是共和國二年牧月八日。說不定石膏耶穌一直陪著她，那個可惡的東西。我應該和她在一起才對。一起擠在囚車裡，和其他那麼多人一起。我們肯定會一路祈禱。他們說，她的頭巾被風吹走了，所以最後那段路，她的頭裸露。她是二十四號。那次行刑，在她之前一共有二十三人。我的伊莉莎白。我的伊莉莎白，沒有心臟也沒有脾臟，就這樣去赴死了。我的伊莉莎白。她始終沒有召見我。

妳為什麼沒有召見我？

第二天早上，我出門去買麵包。

64

離去。

一七九四年六月十日，牧月二十二日法令通過了：革命法庭必須追上犯罪的速度，所有案件都要在二十四小時內做出判決。

於是，再平凡不過的老百姓，每天一大早從監獄被送去法庭，下午兩點做出判決，三點就坐上囚車準備上斷頭臺。檢察官隨便一指，宣布：「妳有罪，因為妳的裙子有摺痕。你有罪，因為你的名字。你是因為鬍子。你是因為頭髮。你該死，因為你生來就比別人富有。你是因為比別人貧窮。你是因為有一次小聲說出想法。你是因為出門沒有配戴三色花結。你是因為有人聽到鄰居講你壞話。你是因為喊叫太小聲沒有人聽見。你該死，因為我們需要補足數量。你該死，因為我們說你該死。我們知道你的腦袋裡在想什麼；你對我們的自由造成威脅；你是危險人物。」

我和柯提烏斯站在模具室，一個又一個架子上滿是倒反的頭。

「一定要砸碎才行。」我說。「師傅，一定要。這些模具要是被發現，我們會被處死。安德列．華倫亭每天都在大道上找碴。他絕不會放過我們。師傅，一定要砸碎。否則我們會因此丟掉性命。」

他一臉茫然。

「這是我和寡婦一起建造的人生，」他說，「現在要全部拋棄！」

「不得不這麼做，師傅。」

「等一下！等等！說不定還有希望。瑪麗，如果我們把整間模具室填滿石膏，從地板到天花板全部填滿？填得滿滿的，不留任何空間，只有石膏。全都是石膏，從內到外。以後——如果還有以後——我們可以用榔頭和鑿刀非常小心地鑿掉。我們先把模具放進去，蓋上一層油布，然後將剩下的空間填滿石膏。這樣以後無論是誰來鑿開，只要看到油布就能找到平安無事的模具。」

於是我們就這麼做。模具堆疊起來之後用油布蓋住。我們用了好幾桶石膏，並且門口裝上木板以免石膏流出，終於模具室再也不是一個房間了。要有空間才是房間；而這裡沒有半點空間，只有少數頭顱大小的縫隙，等候未來開挖。我甚至把國王的頭也放進去了。反正一直沒有人來要，而當初命令我們製作的人也已經死光了。我們拆掉門框，在原本是門的地方裝上踢腳板。消失的房間、消失的門。

我們繼續留在大猴子屋裡，靜靜聆聽外面的人們走動。有時候安德列．華倫亭會出現在我們破損的鬧門前，滿臉得意笑容。有一次他跑進來，推倒東西，用指節敲寡婦的頭。他質問我們埃德蒙在哪裡。我們說他早就走了，回去他妻子身邊。他不相信，於是開始在屋內四處搜索，他甚至去了閣樓，特別仔細搜索閣樓，他很可能看見了躲在大批店鋪人偶中的埃德蒙，但他那雙斜眼沒有發現那是活人。他又來了，又去搜索，然後又離開。我們暗中盼望，或許安德列．華倫亭會繼續這樣欺負我們，說不定他覺得這樣很好玩，最好繼續這樣下去，只是一場遊戲。然而，當安德列．華倫亭再次上門找碴，踢起塵土、掀翻椅子，這次我們以前的廚娘佛羅倫斯．畢布羅也一起來了，龐大身軀上披著三色彩帶。

「畢布羅公民，就是這些人嗎？」

「滴滴滴滴滴。」她說。

「他們效忠廢位國王？」

「滴滴滴滴滴滴。」她說。

「他們是瑞士人？」

「滴滴滴滴。」她說。「馬鈴薯餅、麵包肉排。」

「還有嗎？」

「滴滴滴滴。」她說。「他們為國王感到難過。我親耳聽到她說。滴滴滴滴。這些年我常聽見他們說要設法得到王后的肖像。愛死王室了。他們全都一樣。那邊那個甚至曾經住在凡爾賽宮。」

她啐了一口唾沫。

「謝謝妳，公民。」華倫亭說。

「滴滴滴滴。」

他吹響銅哨。

「根據牧月二十二日法令逮捕你們。」他說，無法注視我們。「請跟這些人離開。封鎖這棟房子。」

我們被帶走。

除了埃德蒙。他在閣樓，穿著粗布衣、戴著面具。我們之前就說好了，如果有人上門來抓我們，他要躲在閣樓裡，藏身於人偶兄弟姐妹之中。

我沒有機會道別。我不敢回頭看。

第七部

1794 ～ 1802

等死牢房與紙板屋

三十三歲到四十一歲

65

牢房生與死。

我們先被帶去拉福斯監獄，在那裡被正式起訴。我和寡婦在一起，柯提烏斯醫生則被送往另一所監獄，開庭時才再次見面，當時我們都沒想到可能會從此訣別，直到我師傅被拉走。另一趟旅程，從囚車的木板間望著街道與房屋，彷彿第一次看見，到處都好美，終於我們抵達迦密山教會的修道院，從此陷入黑暗。據說，最動亂的那個九月*，一天夜裡，雅各・貝維薩吉在這裡屠殺僧侶。那一夜，我們還享有自由，埃德蒙在我身邊；現在，我和他生病的母親一起在牢房裡，還有另外二十位婦女和我們擠在一起，她們全都像我們一樣被當作畜生對待，坐在老舊稻草上哭泣。

他們將這座監獄命名為迦密。多麼和平的名字。*

我們的小牢房感覺像位在海底。這裡的時間很沉重，背負著二十個女人的最後一段人生，我們全部擠在一起。在那間牢房裡，每次呼吸都必須嚴肅對待。我們會對牢友說：「妳的衣服有一點黃色，真是太好了。否則我們會完全看不到黃色，那樣多可惜。」

這間牆壁厚實、鐵門沉重的牢房裡，全都是女性。最年輕的才十二歲，最老的則是一位七十歲的老伯爵夫人。有些牢友似乎因為那個十二歲的女孩，而憎恨那位七十歲的老人。

這麼多女人聚集在一起，氣味非常可怕。

女人來、女人走。我們都很清楚她們去了哪裡：先是巴黎古監獄，等死的地方，然後再送往民族廣場，最後則是赴死的路途，趴上可以抽換的木板，把頭放進稱為國家之窗的枷中。我一直握著寡婦的手。她無法理解自己身在何處，她僅存的一絲智能也棄她而去。有必要時，身體可以對我們很善良。

他們不會送孕婦上斷頭臺。小女孩、發瘋的老婦都逃不掉，但孕婦可以暫時安心。等我分娩之後，很有可能就會被帶走。只要寶寶還在我的身體裡，我就不會有事。我們讓彼此活下來。根據我的計算，我應該還能再活三個月。

我估計牢房的空間大約是二十英尺長、三十英尺寬。石頭地板，他們提供稻草作為床

＊注：九月屠殺，發生於一七九二年九月五日—七日的事件。面對步步逼近的外國軍隊，革命黨人認為巴黎的囚犯若是遭到釋放，將會成為十分危險的反革命勢力。馬拉等激進分子召集人手，消滅任何有反革命跡象的囚犯。此事件造成至少一千兩百人死亡。

＊注：迦密山為基督教與猶太教的聖地，希伯來語原意為「果園」或「神的花園」。

墊。數量不太夠——有時候得用搶的才有床——但大部分的人都願意輪流。我們獲准每星期清掃牢房一次。牢房裡有一扇小小的窗戶，但只能看見一道斑駁的灰色牆壁。看不見天空。一面牆上長出一點青苔，我喜歡看，青苔有顏色。

大家共用的夜壺沒有固定清理的時間。有些人可以毫不介意地使用；有些則會一邊用一邊大聲講話；更有一些人將使用夜壺視為每天必須忍受的羞辱、最痛苦的折磨。有一對母女，媽媽用夜壺的時候，都會要女兒舉起一塊布站在前面，但布不是牆壁，無法隔絕聲音，這樣只會讓人更加注意她們。有些人不明白別人為什麼要那麼拘謹。這裡完全沒有獨處的機會。或許僅有的一點點孤獨，只存在於皮考特老媽媽的頭腦中。

我從來沒有和這麼多人相處過。年輕女生聚在一起聊男人。當然也有吵架的時候，為了大事吵、為了小事吵。小牢房裡的所有人際關係都只是想活下去的最後努力。有時候，我們對彼此很殘忍，有時候很和善。每個人都想要一點人類的溫暖。我記得有一個人，她原本是賣樂透彩券的，她整天在牢房裡走來走去，一個又一個問牢友：「我可以握妳的手嗎？」或是，「接下來我想握妳的手。」或是，「我可以握久一點嗎？」

有時候，我們會獲准在監獄範圍內走動。也有男人關在這裡；整座監獄瀰漫著臭味，人類排泄物、阿摩尼亞、濕氣。所以人只能在滯悶的空氣中移動。那些難得可以離開牢房的時刻，和其他人一起互相推擠，看那些像我們一樣絕望的男人，大家悄悄說著誰被抓去行刑了，昨天幾個人、今天幾個人。在迦密監獄，我聽說了更多雅各．貝維薩吉的故事：有人在不同的地方看到他，做出罪大惡極的恐怖行為，滿身血淋淋，殺死全家人、放火燒村莊。但那些故事都沒有提到雅各的特徵，沒有確實的描述：沒有提到他跛腳，也沒有提到他為了孩子而傷心至極。我全都不相信。

我們在迦密監獄的生活，是由每天公布的行刑名單決定。一般而言，名單公布之後，那些人要等二十四小時之後才會被叫出去。那段時間多麼痛苦！然後就會聽到那些人被拉出去，驅趕上樓，她們慘叫、哀求、掙扎，但還是得走。夜裡，我們全都滿身大汗，許多人哭泣。要是能有空氣就好了，新鮮空氣。

我們有那麼多時間。

我們完全沒有時間。

一個接一個，牢房裡的人消失。不對，不是這樣；有時候會一次三個人消失，甚至更多。時間不知不覺流逝。我和寡婦還活著。有時候，會有牢友無法控制情緒，尖叫、大哭，但沒有任何作用，只是平白讓大家難過。我們盡可能保持尊嚴活下去，和睦相處，做文明、端莊、友好的人。有時候我們甚至會笑。一些人甚至覺得進監獄反而是解脫；我們在巴黎的生活總是戰戰兢兢，等著大禍臨頭，真正來到這裡反而有點安慰、有點平靜。我們被抓了，我們又可以做自己。我們的心思總是圍繞著牢門。有些人不肯看，但誰也無法不想著牢門。

我們的牢友當中有一個非常漂亮的女人，極為感性、和善，她是如此崇高，啟發我們大家的勇氣。她登上名單之前的那一夜，我聽見她輕聲說：「我知道接下來就會輪到我。」她離開之前和所有人吻別，把她僅剩的東西分給大家。我走的時候也要像她那樣。

我們的日子最重要的就是牢飯，食物非常硬，麵包、豌豆、豆子，老人的牙齒會斷裂，吸吮太久下顎會疼痛。我因為飢餓而全身疼痛。現在的我們全都像伊莉莎白的受苦貧民一樣。彷彿悲慘是制服，我們全部都必須穿上。要是她還活著，看到現在的我，一定會誤以為我是貧民。

我們擠在那間牢房裡，所有東西都珍貴無比。能愛的東西太少了。巴黎人民被困在一起的大量噪音，每天、每夜都和我們一起生活。

我們有那麼多時間。

我們完全沒有時間。

演員不斷改變。

起初，我的時間都用來照顧寡婦。我們一起玩遊戲，我跟她說埃德蒙和柯提烏斯醫生的事。讓她保持冷靜。幫她清洗、擦拭。將她抱在懷中，讓她滿是皺紋的頭靠在我肩上。用手指盡可能解開她糾結如鳥窩的髮絲。我幫她弄得漂漂亮亮，然後說她很漂亮。疾病讓她變得柔和許多；我很難繼續恨她。我試著愛她。她無法理解她要當奶奶了，但她經常注視我的肚子，表情非常悲傷，好像就要想起什麼事，卻又始終抓不住。人生真奇怪，最後竟然是我們兩個在一起。

「妳有一個兒子。記得嗎？他的名字叫埃德蒙？他平安活著。他躲起來了，很安全。沒有人能找到他。」

「嗚——」

埃德蒙飄過她的意識邊緣，隱隱約約的身影，但消失得太快。我好希望她能想起他。有一次我以為她認得我，她的臉上流露憤怒，但很快淚水就模糊了她的視線。她又忘記我了。從背後看過去，她不太像真人，可憐的老孩子，她只是一堆布袋。

當她的名字出現在名單上時，她不懂。我沒有告訴她。她怎麼可能理解？那天一整天我都守在她身邊，她枕在我的腿上睡了兩個小時。我撫摸她糾結的頭髮。很快就會有人幫她剪短，送她踏上人生最後的旅程。上斷頭臺前都要先將犯人的頭髮剪短，露出脖子。我好希望她的頭髮會弄壞剪

刀。當他們叫她的名字，她不知道那是她的名字。我必須替她回答。一開始她很開心，但她不懂為什麼我沒有一起去。我告訴她我不能去，她哭了。老婦哭泣總是特別悽慘。我希望當她被帶上斷頭臺時，已經忘記我了。我希望她完全不懂那些人稱之為審判的殘酷過程。我希望囚車裡有人善待她。我希望她是那批死囚當中第一個行刑的。我希望她不明白她即將失去頭顱。說不定她會以為那些人全都要被做成裁縫人臺；說不定她不介意也成為人臺。我擔心木板上的血跡會讓她害怕。希望不會。我希望天氣晴朗。我希望氣候溫暖。巨大瘋狂的老婦人。噢，救救我、救救我，救救我們所有人。

我們有那麼多時間。

我們完全沒有時間。

演員不斷改變。

她離開之後，我會抱著瑪塔，以非常僵硬的姿勢躺在稻草上，假裝我的身體裡面只有木屑。一連好幾天，我完全不想聽人講話。我為寶寶而吃，不是為自己。一定要保住孩子，否則我該如何面對埃德蒙？我保不住他的媽媽。我的身體裡面有個小生命，於是我堅持下去。

我又開始和牢友講話。

我們互相訴說生平故事。一次又一次。真假很容易分辨，因為假的故事情節每次都不一樣。真的故事不會改變。人生是什麼？我們只剩下故事。故事是我們的衣服。

一個女人被抓去行刑了，她丈夫早已上了斷頭臺，生前是議員。她走了之後的那個晚上，我聽見另一個人將她的故事當成自己的講。那個偷故事的人原本是巴黎喜劇院的演員，她之所以被逮捕，是因為有人聽到她引用戲劇中國王的臺詞——不是被砍頭的鎖匠，而是很久以前的國王。哪個時代不重要，國王就是國王。她聽議員的妻子講過她的故事，現在她幾乎一字不漏地重複，她的聽眾是兩個新來的人，她們完全沒有起疑。大家都很生氣。我們罵她是小偷。但她只是憂傷搖頭，她說她不是壞人。她只是想蒐集這些故事，那些離去的人只剩下故事，她的記憶力過人，因此想以這種方式保存。現在她明白了，這就是她成為演員的意義：為了述說別人的故事，不是劇本裡的虛構人物，而是這間牢房裡真正的人。這樣即使她們死了，也不會遭到遺忘。當然啦，這番話的意思是她相信自己能活著離開，如此才能保留所有故事。但她也被叫出去行刑了，她蒐集的故事也跟著死去。

我在牢裡關了一個月之後，開始述說先前離開那些人的生平——不是當成我自己的故事講，而是指給新來的人看。那邊的角落以前是愛洛蒂的位子，她的故事是這樣的；那裡是從馬賽來的葛倫林夫人的位子；寇塞夫人經常整天待在窗邊，看啊，她用指甲在那裡刮出的痕跡。牆上到處有記號；整個地方充滿微小的訊息，只有這些能夠證明她們的生命曾經存在。

有些牢友會尖叫要我閉嘴，但大多數的人都擔心自己會遭到遺忘，因此來找我述說她們的故事，然後考我記住了多少。我必須記住雀斑、酒窩、一對椅子、花園裡的花、有老有少的男人、戴假髮穿長襪的男孩、喜歡草莓的女孩、信仰虔誠的女人、年輕人的背、旅程與親戚、紙牌遊戲、溏心蛋，賺了錢買了小房子、第一次裝上的壁紙、孩子出生、失去孩子、父母過世，包羅萬象，那麼多故事，最愛的狗、最愛的馬、一首老歌、某個人在某個時候看過國王、珠寶與奢華、傳家之寶、詩歌、童話故事〈灰姑娘〉與〈長髮姑娘〉、我兒子在倫敦市政廳。瑪麗，請妳記住，好嗎？妳記住了嗎？真的記住了？我的堂哥是誰？我在哪裡認識皮耶？我的家徽是什麼？他眼睛旁邊的小傷疤。太多了。講慢一點、慢一點，不然我記不住。

我要記住的故事太多，最後全部混在一起。一個故事的片段被混淆，出現在另一個故事裡：D夫人熱愛黃水仙的癖好被放進P夫人的故事裡，P夫人迷上了一個名叫奧古斯丁的軍人，但這段故事被放進一位聖馬塞爾郊區老太太的生平中，她的妹妹、她的看護又會突然出現在一個攤販的故事裡，她在革命廣場賣冷飲給觀看行刑的人。

我開始畏懼這些故事。它們趁我睡覺的時候跑來，擅自闖進我的夢。這樣會傷害我的寶寶。我相信一定會。我不再聽故事。我不想再聽到別人的事情。我只想要我自己、寶寶、埃德蒙。我盡可能保有自我。

現在我失去了那些故事，但片段依然會不時出現。有時候，死去的女人會侵擾我的睡眠，她們穿著各自不同的服裝，大聲喊出自己與心愛之人的名字，那是她們專屬的小小細節。一個女人告訴我，她受不了那些討厭球芽甘藍的人。「那種人軟弱又沒有個性。」她說。一個女人告訴我，她曾經在鄉村遊樂會上和熊一起跳舞。那隻熊跳得還不錯。一個女孩告訴我，她虛構出一座島和人民，她畫了地圖、制定了法律。她們對我說的故事，可以寫成好幾本書。

在那麼多失落的故事當中，有一個至今依然為人津津樂道，還沒有遭到遺忘。我進入迦密監獄兩個月之後，來了一個出生於美洲馬丁尼克殖民地的法國移民後裔，她從小生長在一座蓄奴莊園。她的丈夫原本也在迦密監獄，但他已經被處死了。她的本名是瑪麗—約瑟芙—蘿絲·塔契·德·拉·帕熱利，但那時她都用蘿絲這個名字。

她很頑固。稍微有點情緒化，漂亮但不算太美，斜肩、深色頭髮，濃眉大眼，嘴巴也很大，現在仔細回想，她的鼻子也不小。她總是哭個不停；後來她宣稱自己在牢裡很勇敢，會一一陪伴牢友、給予安慰，但其實不是這樣。她非常害怕。誰能怪她？她經常坐在我身邊，靠在我的肩膀上哭泣。

「小姐，」她如此開頭，「我不要稱呼妳公民，我受夠了，再也不要用這個詞。我要告訴妳我最思念的是誰。不是我丈夫，雖然他很可憐，但他對我不好，在外面拈花惹草。他死了我很難過，但我無法讓他復活。也不是我的兒女。身為媽媽，我非常愛他們兩個，但他們被送到城外交給別人照顧。為了保護他們，我送他們去當學徒——荷丹絲學裁縫、尤金學製作家具。他們不會有生命危險，但他們會改變多少？他們會變成怎樣的人？不，其實我最思念的不是人，而是我的巴哥犬。幸運是最棒的狗狗。我好喜歡看牠搔耳朵、扭屁股、睡覺、吠叫、喘氣、打噴嚏。我最想念的就是幸運，我親愛的巴哥。」

因為狗不在身邊，很快，她就開始叫我巴哥。鼻子小小的狗。真是妙極了，她自得其樂。夜裡她會叫我。一直叫個不停，等到我過去她才會安靜，拍拍我、摸摸我的頭髮。我不介意。有時候她會分食物給我。我需要食物。

我甚至見過幸運。蘿絲用魅力征服了一個警衛，他設法讓幸運每個星期來一次。牠每次來都讓我們覺得找回了一點生命力。牠是個活潑可愛的小傢伙，對主人非常忠心，大家都很高興能看到牠。天真無邪再次回到我們的生活中。毫無惡意的小狗狗，憂傷的黑臉蛋，憂愁的眼睛，彷彿牠明白我們的困苦。牠帶給我們很多安慰。牠的小鼻子，人人好的個性，從不責怪任何人。看到牠離開時，我們都

好傷心，希望能活到下星期再見到牠。我們說，至少讓我們活到那時候吧。

蘿絲經常拍拍我、摸摸我的肚子。她不會幫我打掃，但我和其他牢友做這些事的時候，她會在旁邊跟我聊天。我好像有點愛上她。而她則愛上了關在迦密監獄裡的一個軍人，他長得很帥，有一道軍刀留下的疤痕，非常令人佩服。為了討那個軍人的歡心，她花很多時間打理自己，努力維持美麗的容貌，他名叫拉扎爾．奧什。他深信自己不會上斷頭臺，他的信心帶給她安慰。為了他，她多麼用心打扮。

我比她大兩歲，但看不出來。我也活得比她久。她死於一八一四年，死因是廢位併發症，享壽不到五十一歲。她是那麼精力充沛，不該如此短命。我在監獄的最後那段時間，她讓我的心情輕鬆不少。

一七九四年七月二十八日，也就是共和國三年熱月十日，牢門開啟，守衛大喊：「安．瑪麗．葛羅修茲。」「我是孕婦，」我說，「看看我的肚子。」我說。如果他們把手放在上面，很快就會感覺到寶寶在踢。但他們一次又一次喊我的名字，我不得不去。看來現在連孕婦也逃不過死刑了。其實到了最後，反而不覺得震撼了。一點也不奇怪。說到底，我有什麼資格逃過一死？我有什麼了不起？

寶寶，我們上路吧，我不會離開你。我不能離開你。

我再次被帶到地面上，這裡的空氣清新多了，變化來得太突然，我的肺嚇了一跳。我的手很髒、衣服很髒、頭髮很髒。我還以為把自己照顧得很好；反正現在都無所謂了。我捧著肚子，對寶寶道歉。我們走上樓梯，走出修道院，來到巴黎的一條街道上，在那裡，國民衛隊的人對我說：

「請往這裡走，公民。」

「我是孕婦。」

「是，」他說，「不用擔心。」

「我怎麼可能不擔心？」

「妳並不是要去受審。」

「不是？真的？」

「對，公民，真的不是。妳要去別的地方。」

66

碎裂的下顎。

我聽見聖奧諾雷路上傳來歡呼，多麼喜慶的聲音，多麼歡樂的聲音！「結束了！」我聽見有人大喊。「暴君完蛋了！」「暴君死了，他們正在搜捕他的親信！」

他們帶我去革命廣場附近的一個房間。許多人圍成一圈看著放在長桌上的東西，有如屠夫案上的肉。只是這裡的肉不會秤重賣給客人吃。

「頭，」我說，「我做頭。有人死掉了才會來找我。這裡有頭。」

「沒錯。」他們說。

「這個人是誰？」我問。

「這個人，」他們介紹，「他是瘸子庫東。他脖子的角度很奇怪，因為他們不得不讓他側躺。他在囚車裡遭到其他人推倒踐踏。」

「這個呢？」我問。

「這團血肉模糊的東西，他生前名叫奧古斯丁．羅伯斯庇爾，暴君的弟弟。他一發現大事不妙，立刻從高樓窗戶往下跳，墜落中庭。一定很痛。他摔得支離破碎，但沒有死——後來我們幫他一把，砍斷他的脖子，妳應該看得出來。他旁邊這個乾淨整齊的人是聖茹斯特。和其他人放在一起，他顯得特別乾淨。」

「這個呢？這個？」我問。

「這個不是別人，正是『不可腐蝕之人』。」

桌子上放著馬西米連．羅伯斯庇爾*的頭。這是我第一次見到羅伯斯庇爾，以前從來沒見過。桌上那顆血淋淋的圓球之所以會在這裡，不只是因為他上了斷頭臺。我的這段歷史始於另一個國家，一副下顎，消失的傳家寶，被炸膛的大砲炸毀。這裡，在這顆頭的末日，我又看到了一副碎裂的下顎。這個下顎沒有消失，還連在臉上，一顆子彈讓上顎與下顎分家。羅伯斯庇爾企圖舉槍自盡，但沒有射中要害，自殺失敗。

他們把我從監獄裡放出來，不是為了讓我參觀今天斷頭臺的成果。我必須工作。他們準備了大量石膏，他們也準備了蠟——做蠟燭用的那種普通蠟，品質低劣，但他們只有這種——他們為此蒐集了好幾百個燒

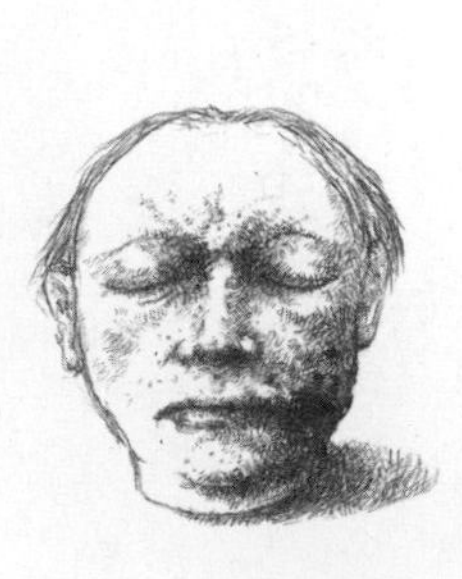

剩的殘燭。我必須製作蠟像送去國民公會展示。於是我只好做了。

我花了兩天的時間。

「很多人會想看這三個頭，」我說，「很多人會希望確認他真的死了。一定會。我確定。就算過了幾十年，大家也還是想看。」

蠟像完工之後，我問他們接下我會怎樣。

他們說我可以回家了。

可以去哪？我問。

回家，他們說。妳回家吧。

「回家，」我低語，「我完全沒想到。」

我選了最長、最迂迴的那條路。我不想太快回到家。我不確定回家會看到什麼。

＊注：馬西米連．羅伯斯庇爾（Maximilien Robespierre，一七五八—一七九四），法國大革命時期政治家，雅各賓專政時期（一七九三年九月—一七九四年七月，也稱恐怖統治時期）的實際最高領導人。

67

黑色小清單。

我希望我是空的，但我滿滿的。我希望我是空的。應該有人先提醒我才對。我必須寫一份清單。全部寫下來。人體來、人體去；不可以產生太多感情。我在監獄的時候，很多人走了。我必須寫一份清單。

夏洛特．皮考特，六十歲，衰老迷亂的婦人。

我的清單還沒寫完。我很小。我是隻小蝸牛。不，我是堅硬的皮革。我黑暗破損。我非常小、非常有活力。我在寫清單，還沒寫完。聖經裡有一個名叫約伯的人。他失去了全家人，但他並未因此動搖，他全身長滿膿疱，挨打、挨揍，但他沒有放棄。說不定他也不知道為什麼。我在寫這份清單。已經沒那麼心痛了。我的清單。快寫吧。

我回到家時，房子只剩一半。一半坍塌了，可能是支柱自行倒下，也可能是被拆掉，地上堆滿紅磚與木材，有如紙牌搭建的房子。大猴子屋，殞落的雄心壯志。兩面磚牆完全倒塌，露出老舊破爛的木造結構。石板被挖起來搬走；柵欄不復存在，曾經屬於亨利．皮考特的迎客鈴也下落不明。這個地方曾經洋溢希望；那麼多人在這裡工作；那麼多人來參觀。這裡曾經是大道上最精彩的娛樂，甚至是全巴黎最熱門的地點。

我默默站在房子前面。

「埃德蒙，」我低語，「我回家了。」

沒有回應。

「埃德蒙。」

沒有回應。

我不在的這段時間發生了什麼事？後來我看了賽納省政府的紀錄才知道。填補空白。結束痛苦。

一大群人來到大猴子屋，地區衛隊與街道衛隊的隊長、國民衛隊士兵以及舊日員工——我猜應該是安德列．華倫亭，但我無法證實。他們一直很痛恨這個地方。他們包圍房子，動手破壞。不需要費太大的力氣，兩根支柱輕輕鬆鬆就倒下；整棟房子驚呼嗚咽，彷彿所有猴子都回來了。地區衛隊長徹底搜查，每個櫥櫃、每個衣箱、每個抽屜、每個房間，一樓、二樓，裡裡外外、上上下下，什麼地方都不放過。他們在我們的娃娃屋裡作亂，搗毀一切，因為他們想傷害我們的蠟人。他們把幾個蠟人拖出去，醉醺醺地在街頭上和蠟人跳舞，弄壞之後就隨便扔在路上。他們弄得天翻地覆、一片狼藉。不過，模具室依然平安。他們不知道有那個房間。那麼樓上呢？

我站在樓梯底，發現埃德蒙以前用木頭做的那個我，她以娃娃無助的姿勢癱軟在地，雙腿以不自然的角度往後彎，裙子掀起，頭部一側有條裂縫，一隻手往後扭，彷彿想保護頭，彷彿不忍心看。

我繼續往上走。閣樓，或者該說閣樓的廢墟。大部分的屋頂都垮了。

當那些酒醉、憤怒的人翻箱倒櫃搜查大猴子屋，樓上那些皮考特兄弟姐妹依然故我。安靜、溫和的一群人。突然間來了那麼多憤怒無情的人，將他們推倒、亂丟，放肆嬉鬧，多麼歡樂。他們撕裂縫線。他們將皮考特兄弟姐妹扔出窗外。假人落地摔毀，堆疊在一起，閣樓牆壁哀號，木材再也支撐不住。終於輪到那個有體溫的人偶。

「噓，」他對地區衛隊長說，「我是店鋪人偶。」

地區衛隊長呆望著他。

「噓，」他說，「我非常安靜。」

地區衛隊長抓住他的粗布衣。閣樓哀號。

「我是用木頭和帆布縫製的。我的頭是彩繪紙漿。我是布。我的內臟是木屑。」

木材放棄抵抗。

「那麼，這樣你應該也不會受傷吧？」

過程是這樣嗎？難道是他的耳朵洩漏了祕密？以他為原形，可以再製造出千千萬萬個人偶。他沒有喊叫，我相信他沒有。不，說不定有。說不定那些人在樓下的時候，他大聲說：「我名叫埃德蒙．亨利．皮考特！埃德蒙．亨利．皮考特！我沒有忘記！」也可能到了最後，他一不小心真的變成了人偶。破碎的兄弟姐妹。在那些殘破碎片、斷裂的四肢頭顱、扁塌身軀當中，有一個人偶特別重。或許他始終沒有發出聲音，他們不知道從閣樓窗戶扔出去的那個人偶，其實是人——直到他落地，他們看見紅色的血。我的生命從房子流淌而出。我再也無法修復他。我填補空白。事發經過是這樣嗎？會不會是因為閣樓一直以來承受了太多憂鬱，終於開始崩解，埃德蒙的心靈受創，於是決定自己跳下去？

我收到賽納省政府的紀錄：男子由建築物墜落，身高五尺五又八分之一吋。姓名不詳。埃德蒙一生都在練習隱形。就這樣，我的私生活就此結束。

埃德蒙．亨利．皮考特，三十九歲，人偶大師。

猴子屋只剩下原本的一小部分。蓋在原本棋館土地上的新建築全部倒塌。我的清單。我的清單還沒寫完。我必須寫完。

我去硝石庫醫院。在擁擠的病床間，我的寶寶出生了。但她沒有出聲。我體內湧起一股熱流，我突然明白我愛上了她。我有了孩子，我說，多偉大的奇蹟。小小的手、小小的腿、小小的肚子。嘴唇好薄、好紅。她有葛羅修茲家的下巴，這個特色再次出現，但她沒有沃特納家的大鼻子。她的鼻子像埃德蒙，非常小。我親愛的女兒。她完全沒有存活的機會。我製造的小人兒。一出生就沒有生命。死產。她沒有動，他們從我懷中將她帶走。

瑪麗．夏洛特．葛羅修茲，寶寶。

世界破掉了，我說，出現了裂痕。有些東西從世上消失了，永遠無法取代。永遠無法。這時候我才明白寡婦一直都懂的那件事，這世界到處都是縫隙，而這些屬於我。或許我永遠製造不出活的東西。一定是我不好，因為我只能製造出栩栩如生、擬似真人的東西。她的爸爸不像人，比較像店鋪人偶，她還能期待什麼？她的媽媽和蠟人相處的時間比真人多，她還能期待什麼？

我回家。

68

◆
◆
◆

沒有任何骨頭。

我躲在房屋深處。瘦骨嶙峋、歪七扭八。有人敲門。我以為是附近的小孩又來鬧我，所以我沒有開門，但敲門聲持續。不像小孩敲得那麼用力，也不像鎖匠路易在工作室敲打鎖頭的輕微聲響；我終於明白，那是和諧的敲門聲。那是充滿愛的敲門聲。我去到門前，打開一小縫。

我的師傅柯提烏斯。

柯提烏斯醫生和他的學徒重聚了。臺階坍塌之後，我放了一塊木板方便出入，我們站在木板兩邊。我們看著對方，只是看著，他站在舊庭院破碎的石板上，我站在棲身的廢墟門口。可能只過了幾秒鐘，也可能更久，幾分鐘，幾十分鐘。多麼振奮人心的畫面！他之前一直在主宮醫院，就是梅西耶以前在廚房描述巴黎時提到的那個地方；所以他才這麼久沒回來。他生了重病，監獄的人怕他傳染給其他犯人，萬一他們來不及上斷頭臺就先病死，那就糟糕了，於是他被送走。他被扔去主宮醫院，和其他飢民一起等死，然而，出乎意料之外，他沒死。一天又一天，他沒死。當其他人一一死去，他終於慢慢好轉。等到他有力氣走幾步路，醫院就把他趕回家了，現在他是自由的公民。我親愛的老人，當然非常瘦，狀況很差，但至少活著。他像乾枯的長長樹根，沒有半點樹汁，但會動、會說話。

「嗨，師傅。」我說。

「難道是……我的小不點？如果真的是就太好了。」

「對，」我說，「真的是。沒錯。」

「我們又在一起了，妳和我。」

「師傅，你要進來嗎？」

「要、要，我要。」

他進來了。我關上門。雖然關不緊。

「好黑喔，瑪麗。」他說。

「我去拿蠟燭。」

「啊，光！黑暗中的光。」

他心裡在煩惱其他事。我看出他的神情慌張，但他沒有立刻問。我們一起坐下，並隨口閒聊，只是為了不要太安靜。過了半個小時之後，他終於鼓起勇氣，小聲地問了那個最重要的問題：

「小不點，瑪麗，其他人呢？他們出去了嗎？什麼時候回來？」

我搖頭。

我們沉默非常久。

「埃德蒙在哪裡？應該……在樓上？」

「我多希望他在樓上。要是那樣就太好了。」

「噢，老天，」他嘆息，「他是非常傑出的人偶大師。」

「是，師傅。」

「我可憐的瑪麗。」

「是，師傅。」

「妳呢？瑪麗？妳怎麼樣了？之前不是……有個新生命？」

我搖頭。

「沒有任何骨頭，」他說，充滿感情的手指自己動了起來，「沒有任何骨頭能夠安慰妳。」

再次沉默。接著：

「該不會連她也……？」他非常、非常匆促地問。「至少不會連她也……告訴我，寡婦應該沒事吧？」

「是、是，連寡婦也是。」

他閉上眼睛。

「她已經生病了、已經不正常了。」

「對不起。」

「我以為她或許能平安。我不喜歡猜測……我以為或許她不會……真殘忍，噢，真殘忍。」

他坐在椅子上彎下腰。他的臉微微顫抖，一波神經反應，一隻眼睛抽搐，癟著嘴。接下來他發出的聲音，我只能以整棟樓房倒塌來形容，地板砸在地板上，瓦礫劇烈翻騰，撞擊，沉重物品滑動，全部摔成一堆，差別在於，這個聲音是從我師傅體內發出的。但他依然坐著，雖然他的額頭上全是汗，雖然兩隻耳朵流出了一點黑色的液體，雖然一隻眼睛好像看不見，但這個廢墟繼續呼吸。可能是因為屋裡太冷，當他張開嘴，似乎噴出一團奇異的雲霧。

我們坐在悲慘的猴子屋裡。

「小不點，說到底，真的對我們有好處嗎？我是說，那些人體器官。不是我們的模型，不是我們的蠟，而是身為人的部分。我們是不是和它們一起生活太久了？說不定是它們在呼喚我們。」

不過，這還不是結局。還沒有。我和柯提烏斯，我們繼續活下去，雖然只有一小段時間。我們總是形影不離。我們不喜歡單獨行動，生怕一個人的時候會遇上鬼魂，遇上我們失去的那些人，他們說不定會回到這棟我們曾經全部在一起的房子。我們繼續前進，雖然跌跌撞撞，但繼續前進。我們整理、打掃，垃圾當中有許多鈕釦。房子破洞的地方，我們用帆布遮擋。許久之後，我們終於鼓起勇氣打開幾道擋雨板。我們動手開挖模具室，因為非常堅固，所以沒有受到什麼破壞。我們用鑿子清除石膏，終於看到油布，所有模具都平安無事。即使到了這個時候，國王死去時製作的模具，依然沒有翻模。

我和柯提烏斯開始了這份事業，現在依舊由我們兩個繼續。我師傅回家兩個月之後，我們重新開業，展出少少幾個髒兮兮的蠟像。我們獲准製作羅伯斯庇爾和他的兩個左右手的蠟像。柯提烏斯醫生渴望人。他一直如此。這份渴望讓他繼續前進。

「一路走來妳都在我身邊，」他對我說，「我們真是好伙伴。妳接手寡婦的工作，能力幾乎不輸她。妳不該繼續稱呼我師傅，以後不要了。這個稱呼令我汗顏。因為妳沒有媽媽，只有一個木片娃娃，妳也沒有爸爸，只有一個金屬假下顎，小不點，如果合適，瑪麗，如果妳不覺得討厭，如果不會卡住妳的喉嚨——或許妳可以把我當成叔叔。也可以這樣稱呼我。」

「叔叔？」

「對。」

「不行，師傅，我做不到。」

「唉，或許妳只是需要時間。」

「師傅，現在我會有薪水嗎？」

「唉，我也很希望有錢可以發薪水給妳。」

馬拉的胸像紛紛遭到毀壞，現在大家因為家裡有他的胸像而感到羞恥。馬拉的遺體被人從先賢祠挖出來，扔進糞肥堆。我們依然展出蠟像，在浴缸裡遭到謀殺的場景；他是我和埃德蒙製作的。我們寫了一個很大的招牌：

內心的惡魔

客人很少。我們很難責怪他們。大家都受夠了惡魔。於是我們換了個名字：

正義法庭

還是一樣沒什麼客人。「為什麼，」他們問，「我們要花錢看羅伯斯庇爾？就是羅伯斯庇爾處決了我的父母、兒女。」我們不知道如何回答這個問題，於是師傅開放免費參觀，寡婦絕不會容許這種行為。我們沒有看門狗了，當我們在路上被人謾罵時，沒有人保護我們。我們只能繼續往前走。小孩子對我丟石頭，柯提烏斯被絆倒。似乎有些人認為我們也有罪。

儘管如此，我師傅從不曾喪失對這份工作的信念。「瑪麗，我們所做的事是鏡子，只是鏡子。」他說。「我們的展覽館一直以來只是鏡子。他們不喜歡看到自己。鏡子裡的影像令他們感到可恥。」

我們的生意苟延殘喘，直到九月二十五日最後的幾個小時。二十六日一大早，我聽見柯提烏斯在夜裡拍手；否則他應該也會像我爸爸離開時那樣無聲無息。早晨他沒有下樓。我在樓梯上坐了一下，就像媽媽過世時那樣。終於我上去找他。

「起床囉，師傅，快起床。你不知道現在幾點了嗎？」

他沒有聽見。

「至少睜開眼睛吧？你可以睜開，對吧？這個要求並不過分。讓我再看看你的眼睛。我知道是藍色的。」

多頑固的人。

「不然，出點聲音好了。一點聲音就好，師傅。我只要這樣就好，然後我就會悄悄出去，晚點再來叫你。你是不是說話了？再說一次。你好像動了。對吧？師傅，不要丟下我。你不可以丟下我。這樣太壞了。我搖一搖，你會醒來嗎？噢，師傅，師傅！你為什麼一動也不動？我該怎麼辦？」

其實一直以來我都知道該怎麼辦。我幫他洗臉，將頭頂殘存的頭髮往後梳，抹上鉀皂，混合石膏，不需要呼吸管。真奇怪，這顆頭依然連在身體上，我都忘記身體有多礙事了。菲利普·威廉·馬席亞·柯提烏斯醫生的死亡面具，一七四九年生於伯恩，一七九四年逝於巴黎，最偉大的巴黎娛樂大師，記錄歷史的人，製造人的人，深愛寡婦的人，幾乎沒有人比他更瞭解人體，他卻從不曾和別人分享他的身體。偉大的柯提烏斯。

「現在我終於可以稱呼你叔叔了。」我說。「叔叔。」

在革命法的規定下，葬禮只能在午夜舉行，禁止任何宗教儀式。來參加的人不多，只有幾個被淋濕的悼客。有個人被人用推車送來，他是路易—賽巴斯欽·梅西耶。羅伯斯庇爾死去之後，許多囚犯得到釋放，梅西耶也是其中之一。巴黎的光照在他身上，但這個可憐人已經看不見了。他的眼睛沒瞎，但他只看得見過去；他再也無法理解巴黎。他說，這個全新的城市非常陌生。

長期監禁的這段時間，梅西耶從來沒有脫掉心愛的鞋子。一開始，他每天在牢房裡走來走去，但不久之後他枯坐在角落，他和鞋子都缺乏運動。牢房很潮濕，會滴水，他的稻草從來沒有好好清理過。因為太久沒有動，他曾經走過的路在腦中逐漸混淆，他迷失在思緒中，他的鞋子開始潰爛。皮革和他腳上的皮膚長成一塊。他腫脹的腳踝蔓延到鞋子上，久而久之，鞋子和腳合而為一了。當他的腳碰到巴黎的地面，就會感到疼痛難耐。他出獄時是被人扛出去的。

醫生說必須動手術將鞋子從腳上取下，他告訴我，但他不允許。他來送柯提烏斯上路。他邀請我去和他一起住，成為他的鞋，在新巴黎行走，告訴他我的見聞。我道謝婉拒。

我師傅的律師吉貝，一個長得很像田鼠的人，他告訴我師傅留下了遺囑，也告訴我裡面的內容。「所有財產全部由一個人繼承，」他說，「就是妳。」

我？小不點？安．瑪麗．葛羅修茲？你確定？全部？不對，一定弄錯了。讓我再看一次遺囑。不可能。快說，你沒有騙我吧？我很容易上當，千萬不可以騙我。就算我上當，你也沒什麼好得意的。請你大聲讀出來，好嗎？

「贈與安．瑪麗．葛羅修茲，我的藝術同儕。」

我摀住嘴。

「是我！我就是她！我得到報酬了！我終於得到報酬了！」

我有家了。叔叔給了我一個家。

吉貝說：「有債務。」

我師傅的債主包括：一位外科醫生、兩位裁縫、一位鎖匠，以及蠟經銷商。前一年的稅欠到現在，債務總計五萬五千利佛。這麼大的數字，簡直不可思議。這麼大的數字，可以把人淹死。

※安・瑪麗・葛羅修茲　大衛之友

69

◆◆◆

安・瑪麗・葛羅修茲肖像。

（路易・大衛繪，共和國三年）

故事就快說完了，只剩一些小事。我看看四周，尋找認識的人。但他們全都不在了。有一天，毫不誇張，我在猴子屋損壞的門階上發現一個派。我知道是佛羅倫斯・畢布羅放的。表示歉意？我把派踢到爛泥裡。我再也沒有見過她或她的派。現在我擁有自己的事業，是個有頭有臉的人。我甚至請雅各—路易・大衛幫我畫了肖像，當時他被囚禁在盧森堡宮。很少有人去探望，所以他欠缺作畫的素材。我不介意。一身黑衣的小小女子。我把瑪塔放在腿上，我應該抱著小寶寶瑪麗・夏洛特才對，但現在只能用瑪塔湊合一下了。我堅持要用一隻手遮住臉，我還沒準備好被看見。

他吵著說這樣遮住臉，他看不清楚五官。

「罷——託——！」

我堅持。就像放在我腿上的娃娃一樣空白，底下可以是任何面貌。

接下來：如何填補空白。五萬五千利佛。

我去借錢。找石膏經銷商周轉；畢竟我有生意、他才有生意。儘管如此還是不夠。我必須靈活運用。我三十四歲，擁有自己的事業。要是不快點想辦法，我會失去一切。猴子屋破爛不堪，很難吸引人潮。我賣掉舊房子左右兩邊的土地。他們清理掉瓦礫。過一段時間，說不定我可以重新展出以前的蠟像，過一段時間，說不定它們又會重新受歡迎。

我獨自坐著，以埃德蒙為範本的店鋪人偶和我作伴。我想，或許就這樣下去吧。乾脆自己戴上寡婦軟帽。然而，到了最後，我還是比不上皮考特寡婦。有太多事要做，我只有一個人。我每天焦頭爛額。絕望的人會做出錯誤的決定。果然沒錯。

為了拯救自己，我打算以再常見不過的方式招募伙伴：婚姻。

消息傳了出去。大家都以為柯提烏斯一定家財萬貫。事實並非如此，不過他至少擁有猴子屋，而現在屬於我了。男人登門求親；大家都沒飯吃，機會很難得。有一個人給我看筆記本裡的數字，以及用墨水繪製的精緻小建築。或許吧。

一七九五年十月五日，街頭再次爆發戰鬥。二十六日，雅各—路易．大衛獲得赦免。

二十八日，在巴黎市政府的塞納省行政處，一個沒有裝飾的髒兮兮小房間，證人坐在長凳上，沒有打扮的新娘和沒有打扮的新郎等候登記，安·瑪麗·葛羅修茲與法蘭索瓦·約塞夫·杜莎在此成婚。「這是事業上的結合。」我告訴杜莎公民，杜莎公民將筆記本放進胸前的口袋，點頭同意。

杜莎公民，我的丈夫。他的故事並不幸福。或許要怪罪他的父母。他小的時候，他們帶他去劇院，他愛上了戲劇。法蘭索瓦有了夢想，長大之後也沒有忘記。無數人受到舞臺布景與舞臺角色所迷惑，他也一樣，絢麗場景與燦爛燈光逐漸讓他昏了頭。他從來不知道後臺是什麼樣子。他從來沒想過要走進那扇標示「非請勿入」的門。他熱愛紙板劇場，經常玩。他算是個好人，只是沒用。

我不記得他唇髭的觸感；我不記得他在走廊上的腳步聲；我不記得他來敲我的房門，這個房間曾經屬於我的師傅。我記得看到他的存款數字時驚恐的心情。他騙我，我竟然傻到相信他。多麼不幸的婚姻。

我還是撐下去了。每天早上我都會起床，不得不起床。我和杜莎公民分房睡，但他和我一起住在猴子屋裡，他偶爾會來找我，老天啊，我沒有拒絕。

他認定我該去賺錢。他一直認定我有錢。我給他零用錢，就像父母對孩子那樣。他把錢

拿去印製華麗的名片。「有了這個，」他說，「以後一切都會很順利，等著瞧吧。」

法蘭索瓦．約塞夫．杜莎

劇場設計師

工作室

聖殿大道二十號

那些名片也是紙板做的。早上他帶著滿腦子的理想抱負出門，下午回家時總是垂頭喪氣、爛醉如泥。這時候，我的身體裡有個人在成長。我不期待孩子能活下來。一開始，我幾乎不把這件事放在心上，我不敢在乎。我限制法蘭索瓦的花費，但他在外面欠了更多債。我教他做蠟人，但他對蠟人不感興趣。他不願意為展覽館工作；他只想要錢。無論我把錢藏在哪裡，他都能找到——這可能是他唯一的才華——他把錢花光，然後在我面前哭哭啼啼或大吼大叫。猴子屋需要人手，但要有錢才能雇用。或許我認為可以生出屬於我的軍隊。三十四歲高齡生小孩很危險，但是七歲小孩被扔在柯提烏斯醫生家也很危險，柯提烏斯醫生來巴黎也很危險。

嶄新的火焰點燃，不可思議的嶄新好運。嶄新的生命。

一個，過了一段時間，兩個！

小法蘭索瓦出生於一七九八年。小約塞夫一八〇〇年來到人間。他們兩個都有明顯的沃特納鼻子與葛羅修茲下巴。又有人陪我了！我教導他們，就像埃德蒙與柯提烏斯以前教導我那樣，讓他們認識我所知道的世界，也教他們寡婦教我的事。杜莎公民哭著逗弄他們；他也愛上他們了。這兩個小男生，他們會動、會發出聲音，我在蠟人面前給他們哺乳。

那一段時間，我們很幸福，因為有這兩個嶄新又神奇的新伙伴。但生意毫無起色。

我必須保住猴子屋，也必須保住孩子。小法蘭索瓦四歲就開始幫我做事，為蠟頭植髮，調合石膏粉和水，點燃爐火，就像我小時候為柯提烏斯所做的那樣。

「他才四歲。」杜莎公民說。

「他必須工作。」我說。「你不介意吧，小法？」

「不介意，媽媽，快點開始工作吧，拜託。」

乖孩子。

「媽媽，我們要去哪裡？」

※小法　※小約

「杜樂麗宮。」

「伊莉莎白公主以前住的地方？」

「對，一小段時間，沒錯。非常好，小法。」

「可是現在才凌晨五點，」杜莎公民抱怨，「孩子需要睡眠。來吧，孩子，回去睡覺。」

「不，杜莎公民，」小人兒對他父親說，「我要和媽媽一起去。」

要是他回去睡，就永遠見不到拿破崙了。

70

我的最後一個法國蠟像。

我有個偉大的計畫，這個計畫非常冒險，就像寡婦當初決定搬來猴子屋那樣。我還沒有告訴任何人，只是讓這個想法在內心成長。搬來猴子屋需要非常神奇的靈感、非常誇張的勇氣；蒐集所有知名人士，不分好壞，這種作法也一樣。放手一搏或破產落魄。我重新開始蒐集。我的名單上只有一個名字——任何人的名單上都有這個名字。為了得到拿破崙，我向一位老朋友討人情。

那時候他的頭銜是第一執政，他娶了我認識的人，迦密監獄的愛哭鬼蘿絲。我寫了一封短信給她，署名妳的老友，巴哥。她回信說恐怕不簡單，他沒時間做這種事。他非常愛蘿絲，不過他比較喜歡稱呼她約瑟芬。

蘿絲吻我，疼愛地點點小法蘭索瓦的鼻子。幸運在旁邊跑來跑去。波拿巴執政也在場。

「過來。」他說，我過去。

「不是妳，」他說，「另外那個。法國的未來。」

我將小法蘭索瓦推向前。他過去，噘著小嘴。拿破崙．波拿巴走到他面前，一手按住我兒子的肩膀，低頭看他，小法蘭索瓦站著一動也不動，然後尖叫起來，不是因為害怕，而是開心。小法蘭索瓦覺得好玩的東西都很怪。

法蘭索瓦，他雖然不是我的第一個孩子，卻是我的第一個兒子，後來他經常說這個故事。這是他的一段神話。他會跟同學吹噓，但他們一個字都不相信。

「妳是他的母親？」拿破崙問我。

「是，執政。」我說。「長得很像吧？」

「他很勇敢。我們需要勇敢的人民。快開始做妳的事吧。」

我把所有東西拿出來。我詳細解說過程。他的臉將會完全被石膏覆蓋。小法蘭索瓦拿著呼吸管上前。他點頭。

我們動工。

完工之後，他說：「我在那塊石膏裡面？」

「是，執政，完全一模一樣。」

「小心對待。那顆頭很珍貴。」

「執政，我從來不評斷頭的價值。」我說。「師傅教我不可以這麼做。有些頭會流傳千古，但非常罕見。我們絕不會融掉富蘭克林或伏爾泰。但就連窮凶極惡的殺人凶手戴斯盧都已經被世人遺忘了。真的很難判斷，無從保證。但我們會一直做下去，執政，我們不會停止，永遠有值得做的人，永遠有被融化的人。」

「小巴哥，」蘿絲說，「妳真會說話。」

「畢竟這是我的事業。我懂我的事業。我很願意說這方面的事。」

「小巴哥？」他問。

「在監獄裡的時候我都這樣叫她，排遣幸運不在的寂寞。」

「複製人臉的女士，現在有太多誇張的傳奇人物。」拿破崙說出他的想法。「大革命製造出各種奇特的故事。狂吼僧侶胡克斯、殺人醫生馬拉、劊子手雅各．貝維薩吉。」

「執政，您見過他嗎？雅各．貝維薩吉？」我問。

「雅各．貝維薩吉只是個故事。『你有沒有聽說雅各．貝維薩吉怎麼殺死那個人？』人們會說。『他怎麼送她上路？』沒有人能做出那麼殘酷的行為。他會是歷史上最可怕的怪物。大革命的所有醜惡都被加諸在這個人物身上。」

「最偉大的殺人犯。」我說。

「聽說他在南特溺死了很多人。」蘿絲說。

「我聽說他成為恐怖檢察官傅奎─廷維爾的走狗，將很多人處死。」拿破崙說。

「我也聽說，」蘿絲說，「九月大屠殺結束之後，他懊悔不已，於是跑去市政廳廣場吼叫咒罵，引來很多人圍觀，等到人數超過一百個人的時候，他在他們面前自我了斷，舉槍打穿自己的頭。據說，後來連續好幾天晚上都有很多野狗去那裡睡覺。」

「真的嗎？真的發生了這種事？」我問。「可憐的雅各。」

「全都不是真的，」拿破崙說，「都是傳說而已。雅各．貝維薩吉，多荒謬的名字。根本沒有這個人。」

「執政，真的有。我認識他。最早的時候，他和我們一起住在柯提烏斯展覽館。以前我們都說他是我們的看門狗。我們一起長大。」

「這個故事，」拿破崙說，「我倒是第一次聽說。別以為我會相信。」

「我們找了他好久。但他還沒回家。」

「又是一個大革命的杜撰故事，用來嚇小孩和大人。妳肯定是刻意編出這個故事，想為展覽館增添神祕感。妳能證明他真的存在嗎？他有留下蠟像嗎？」

「沒有，他沒有。不過他要求過。」

「嗯。妳的工作結束了嗎，公民？」拿破崙問。

「只要世界上依然有很多有意思的頭，我就會繼續做下去。」

「妳來這裡想要的東西已經得到了。再見。」

「感謝您，執政，我不需要再來了。再見，蘿絲，謝謝妳。再見，幸運。」

一年後，幸運被拿破崙的廚師養的英國鬥牛犬咬死。

我們出去。外面的走廊上有很多人在等待；今天早上似乎是波拿巴執政接見藝術家的時間。大衛來了，雕塑家烏東也來了，他的樣子非常窮困潦倒，還有一個英俊的年輕人，我之前沒有見過。我很好奇接下來會是哪個人獲准晉見。

後來，烏東製作了拿破崙的真人尺寸胸像，但那不算什麼。後來，大衛繪製了他自行加冕的畫面，畫布長二十英尺、寬二十二英尺。大衛和拿破崙，他們是為彼此而生的。走廊上那個年輕人將以最高級的大理石為他塑像，高度超過十四英尺，以戰神的姿態呈現。那位藝術家名叫安東尼奧．卡諾瓦。

大衛與卡諾瓦，以及其他許多藝術家，將五尺七吋的拿破崙變成巨人。那一陣子，巴黎所有的藝術家都只想做那顆頭，重複又重複，整個城市變成一座充滿仰慕的工廠。整個首都的每條街的每個房間，不分公開或私人，到處都能看到各種角度的拿破崙。在他的全盛時期，有人說法國有七百萬人口，其中有五百萬個是拿破崙雕像。誰會想去只有拿破崙的蠟像館？在這樣的局勢下，蠟像館的生意怎麼可能好？

71

永遠不回頭。

◆
◆
◆

做好拿破崙的石膏模之後，我終於可以說出我的計畫。我不打算重建猴子屋，我的計畫更宏大。新的國家。新的城市。我要去倫敦。巴黎不堪一擊，倫敦充滿希望。巴黎人餓得皮包骨，倫敦人身強力壯。倫敦有未來，巴黎只有過去。我聽說，原本在大道討生活的藝人，去倫敦用魔術燈展示斷頭臺的圖片，賺了很多錢。

我有更厲害的東西：我有頭。可以摸的頭。現在還有了拿破崙。

我寫了很多信，我轉移資金，我在萊賽姆劇院附近租了一個房間。我要開始新生活。小法蘭索瓦和小約塞夫會在那裡成長，大鼻子聞著對他們人生有益的氣味。他們可以活下去。

「倫敦，」我宣布，「倫——敦。小法，說倫——敦。」

「倫——敦。」他說。

我告訴杜莎公民我會回來，但連我自己都不相信，他又怎麼會信？他的一切都是負數，只會減少，不斷漏財的口袋。我把猴子屋留給他，給他機會證明自己不是廢物。任由他處置。我對那棟房子道別，對寡婦、柯提烏斯醫生、埃德蒙道別。也對雅各·貝維薩吉道別，他始終沒有回家，他的故事終究沒有結局，但他的傳奇永遠不會消失。聽說即使到了現在，大道上的人們依然低聲述說他的故事。大人會嚇小孩說，要是不乖乖睡覺，雅各·貝維薩吉就會來抓你喔。我向這一切道別。

「我要把兩個孩子一起帶去英國。」我說。「我會賺錢回來。」

我的丈夫法蘭索瓦·杜莎公民，畢竟還有人性，他愛自己的孩子，拚了命爭取。他滿心哀痛，用我給的零用錢去請律師。審理此案的法官——命運的起伏真是出乎意料——偏偏是安德列·華倫亭。他的眼睛依然一隻東、一隻西，他在世上的地位越來越高。

「瑞士人，妳還在這裡？」

「要走了。」

「去哪裡？」

「倫敦。」我說。「那裡一向歡迎外國人。」

他同時看著我和杜莎，宣判一個孩子跟母親去倫敦、一個孩子跟父親留在巴黎。我毫無辦法。我的胸口依然有顆心，哽咽、搏鬥、掙扎。我被迫將約塞夫留給丈夫，殺死埃德蒙的人逼我這麼做。我哪有能力反抗法官？安德列．華倫亭依然是個賊。

「埃德蒙墜樓的時候，你在場嗎？」我問。「我一直認為你在。你在場嗎？」

「我不知道妳在說什麼。」

「請告訴我那時候發生了什麼事。」

「要我扣押妳的證件嗎？」

「埃德蒙是你殺死的嗎？」

「夠了，公民，還有很多人的案子等著審理。結論就是：一個孩子留下來、一個孩子跟妳走。」

我們搭乘的船叫做魚狗號。後來那艘船在錫力群島撞得四分五裂，不過它先帶我們平安去到英國；海峽深黑的水中沒有用海草當鬍鬚的蠟人。

在甲板上，我抱著小法，更加珍惜，他是我的未來。底下的船艙裡有我的過去，一生累積的物品，我的歷史、我的人們，蠟做成我愛的人與我恨的人，全部在箱子裡晃來晃去。埃德蒙用木頭、頭髮、玻璃做成的我。以他的體型製作的一個店鋪人偶。我絕不會拋下這兩樣東西。

我將法國歷史仔細包裹、裝箱，帶往英倫群島。旅程中，伏爾泰的鼻子斷了，富蘭克林少了一隻耳朵，讓—保羅．馬拉的胸口凹陷。不過這些都能修理。我有石膏模。

我們揮別巴黎以及那裡的一切。我要去一座島，我說。海洋會將我們分開。不要跟來，永遠不要跟來。

我在船上，高速穿越英吉利海峽，帶著許多愛，要去告訴英國人我們的故事。你們聽過藍鬍子、睡美人、穿長靴的貓？這裡有另外一個故事：背負歷史的小小女子。你們想要血腥？我有。王宮？當然有。破屋？沒問題！噢，怪物嗎？有、有，我有很多怪物！快來看啊，只要你們願意來看，讓我展示這一切是如何製作出來的，讓我以擅長的方式，告訴你們人類是什麼。

不過，這裡有愛嗎？

有。噢，有。

我們航向遠方，我和小法。我們身後的法國越來越小、越來越小，終於再也看不見了。安德列．華倫亭以後休想再讓我心痛。我轉身背對法國，叫小法也轉身面向前方。英國在那裡，我說。英國會怎麼對待我們？我們能為英國做什麼？那裡的人說英文——我們會說嗎？喬治三世。多佛港。萊賽姆劇院。倫敦。

「媽媽，我們會回家嗎？我們以後還會回去嗎？」

「小法，我們會打造新家，全新的家。我們永遠不想離開的家。」

後記

1850

家

八十九歲

72

第七批頭。

我在樓上的房間。我所有的東西都在這裡。那邊的牆上掛著雅各—路易．大衛為我繪製的肖像。那邊的玻璃櫃裡放著柯提烏斯叔叔的死亡面具；埃德蒙以我為範本做的木娃娃也在，旁邊的人偶很像我曾經認識的一個男人；這裡有顆蠟做的心，旁邊有一個蠟做的脾臟；我的蠟頭，我七歲那年柯提烏斯做的那個；另外還有爸爸的下巴銀板，這麼多年始終沒有遺忘，以及從最初到最後都陪著我的無臉娃娃瑪塔，媽媽送我的禮物。這些東西全都在這裡，我也是。但這裡是什麼地方呢？

我們在倫敦。這裡是濟貧院嗎？不。住在濟貧院的人不會有這麼多東西。我們在自己家，我們買下的房子，我們發展得非常好。我們爬到倫敦的顛峰，這座城市有如人類有史以來最大的糞堆，體積驚人的贅瘤。然而，我必須承認，我並非完全在這裡。現在的我分成三部分。我的牙齒全部掉光了，換上假牙。我把假牙裝進嘴裡，上顎一排、下顎一排，像爸爸裝上假下顎那樣。取出假牙，我的臉會塌陷，我的鼻子非常靠近下巴，幾乎碰在一起。我的眼鏡越來越厚，圓形金屬框。沒戴眼鏡的時候，我看不清楚人，無法觀察任何事物。

我的家在貝克街，貝克這個詞是烘焙師傅的意思，非常適合我們，因為我們用自己的方式烹製假人。我們居住的這棟建築非常大，像大象一樣的龐然大物，巨型怪獸。這棟建築裡保存著歷史。展覽館位於二、三樓和地下室，我們展出蠟人，我們的娃娃。我們有一間藝廊專門展出王室和其他上流人物，那些最偉大、最當紅的人物。四樓是工作室；每天都有蠟人在那裡被融化、被製作。人會成長，人會離開。我目睹這一切，生命的循環。太多人拚命想要出人頭地。我終於安全了。我記得皮考特寡婦當年站在猴子屋的閘門裡，也以為自己可以從此平安。建築不會永遠安全，最後注定會倒塌。

樓下，太陽照不到的黑暗地窖裡，我們展出其他人，聲名狼藉的人，作惡多端的人。永遠都有這種人。現在的壞人和過去的壞人擺在一起。恐怖地牢。昨天我下去地窖的時候，看到一個小男孩站在那裡，一個小童工，他看著讓—保羅．馬拉躺在浴缸裡流血，傷口依然如新，埃德蒙製作的悽慘身軀。那孩子大口吃著一塊豬肉派。

我每天都會去巡邏，一一探訪所有蠟人，看看那些老人。有時我也會去看新人，但我屬於老的那邊。我比這些人長命。我順順拿破崙的頭髮，撫平路易十六的織錦外套，我在他的口袋裡放了一份魯賓遜荒島的地圖。從他的臉上，我可以隱約看出他妹妹的樣子。

人們也會來摸摸我。他們稱我為歷史夫人，有些人說我是時間之母。很多人把我的名字念成土薩夫人。我就像一棟歷史建築。以前我會向參觀的客人述說我的故事。真的嗎？他們問。我告訴他們，蠟這種東西，不會說謊。

現在，我已經沒辦法坐在櫃臺收入場費了。我太脆弱，可能會碎掉。其他人替我收錢。法蘭索瓦和約塞夫製作我的蠟像，代替我守著櫃臺。有些日子，我會在下午的時候去站在蠟像旁邊；觀眾非常喜歡看我們站在一起。插畫家克魯克香克受到啟發畫了一幅漫畫，名稱是杜莎夫人站在自己身邊。老實說，這尊蠟像的相似度不太高。不過，我還是能在蠟像身上看出我自己，乾癟縮水的人類，滿是皺紋的老人粗糙肌膚，有點像蜘蛛，有點像甲蟲、沒有翅膀的蛾，塵土累積出的佝僂身形，全身黑衣，從靴子到軟帽都是黑的。皮考特寡婦，有個男人每隔十五分鐘就來捏捏我的下巴。膽小的孩童一看到我就尖叫。他們夢見我，尖叫驚醒。這些孩子現在聽傳奇故事——那些故事已經不是說給大人聽的了，這個年代，只有小朋友才聽故事。那些孩子唱著「一閃一閃亮晶晶，滿天都是小星星」，這個曲子是在我出生那年寫出來的。我和那段曲調

一樣老。

一個接一個，有的匆匆忙忙、有的拖拖拉拉，所有人都死了。路易—賽巴斯欽．梅西耶在睡夢中死去，鞋子依然黏在腳上。讓—雅各．大衛死的時候身敗名裂、放逐他鄉。約瑟芬，愛哭鬼蘿絲，登上后座又被趕走。就連拿破崙也死在太平洋中的小島上。法蘭索瓦．杜莎，我的丈夫，被債務壓死。安德列．華倫亭爬上高位之後被人砍成兩半，倒向兩個不同的方向，罪名是侵吞帝國公款。

猴子屋空置多年之後，發出最後一下狒狒咆哮，咳出大量灰塵，坍塌成一堆瓦礫被清走。那塊地上現在沒有建築了。

還活在世上的人都不瞭解我。只有我的娃娃。

小說家狄更斯先生來找我。當然，他是個賊。我告訴他所有故事。他寫了很多筆記。那兩個蘇格蘭殺人販屍凶手伯克與海爾也在我的地下室，放在馬拉附近，一個是活著的時候鑄模，一個是死了以後。威靈頓公爵*以前常來看我的拿破崙蠟像。現在，威靈頓自己也只剩下蠟像了。

生與死之間還有一個特別的狀態：蠟像。

---

*注：威靈頓公爵（The Duke of Wellington，一七六九—一八五二），英國軍事家，於滑鐵盧戰役中打敗拿破崙。

我住在這棟建築最頂樓，和家人住在一起。通往住家的門上明確標示：私人場所、禁止進入、請勿擅闖、不對外開放。這是我的臥房。我的東西都在這裡，絕不展出，永遠保持隱私。我的私人收藏，我的個人歷史。

馬可斯．海利醫生每天都會來，他是這本書裡的第七個醫生，也是最後一個。他頭髮稀疏、身材肥胖，不過他盡可能掩飾，他忙東忙西為我檢查。他搬動我，彷彿我不會自己動，在我身上摸摸弄弄，像小孩玩玩具。

現在的世界什麼都機械化了。以鋼鐵打造的新世界。現在的生活很沉重，由蒸氣與活塞推動。人們不再用蠟燭照明，改點煤氣燈，這樣的光沒有神祕感。另外還有一件事可以證明我有多老：人的樣子和以前不同了。男人留起八字鬍，誇張的鬍子讓他們感覺像可卡犬，他們用蠟維持巨大鬍鬚的形狀。還有一個新玩意，法蘭索瓦擔心會影響我們的生意。這個最新的發明叫做銀版照相法，可以鎖住生命的影像，用拋光的銀捕捉人。比製造蠟像快多了，而且絕不會有失誤。他們想用那種機器拍攝我。我打算在他們得逞之前死掉。

我在這裡，躺在床上快沒氣了。在這個房間裡，我可以清楚看見盡頭。我八十九歲了。我不會活到九十歲。我是安．瑪麗．杜莎，本姓葛羅修茲。小不點。

永遠不會離開的人。

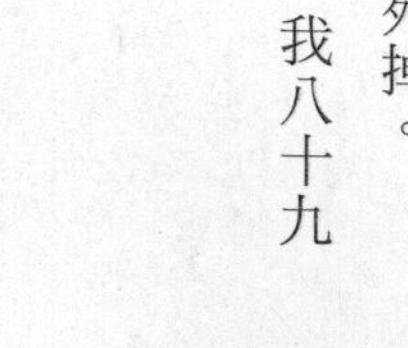

小不點 Little

作　　者　愛德華・凱瑞 Edward Carey
繪　　者　愛德華・凱瑞 Edward Carey
譯　　者　康學慧 Lucia Kang
發 行 人　林隆奮 Frank Lin
社　　長　蘇國林 Green Su

出版團隊
總 編 輯　葉怡慧 Carol Yeh
主　　編　鄭世佳 Josephine Cheng
企劃編輯　黃莀肴 Bess Huang
責任行銷　朱韻淑 Vina Ju
封面設計　許晉維 Jin Wei Hsu
版面構成　譚思敏 Emma Tan

行銷統籌
業務處長　吳宗庭 Tim Wu
業務主任　蘇倍生 Benson Su
業務專員　鍾依娟 Irina Chung
業務秘書　陳曉琪 Angel Chen
　　　　　莊皓雯 Gia Chuang

發行公司　精誠資訊股份有限公司
　　　　　悅知文化
　　　　　105台北市松山區復興北路99號12樓
訂購專線　(02) 2719-8811
訂購傳真　(02) 2719-7980
專屬網址　http：//www.delightpress.com.tw
悅知客服　cs@delightpress.com.tw
ISBN：978-986-510-205-0
建議售價　新台幣499元
首版一刷　2022年03月

國家圖書館出版品預行編目資料

小不點 / 愛德華.凱瑞(Edward Carey)作；康學慧譯. -- 初版. -- 臺北市：精誠資訊股份有限公司, 2022.03
　面；　公分
譯自：Little
ISBN 978-986-510-205-0（平裝）
873.57　　　111002074

建議分類｜文學小說